# 댈러웨이 부인

댈러웨이 부인

# 댈러웨이 부인

Mrs. Dalloway

버지니아 울프 장편소설　최애리 옮김

**MRS. DALLOWAY**
**by VIRGINIA WOOLF (1925)**

이 책은 실로 꿰매어 제본하는 정통적인 사철 방식으로 만들어졌습니다.
사철 방식으로 제본된 책은 오랫동안 보관해도 손상되지 않습니다.

# 댈러웨이 부인

7

꽃은 자기가 사오겠노라고 댈러웨이 부인은 말했다.

루시는 루시대로 해야 할 일이 있었기 때문이다. 문들도 떼어내야 했고, 럼플메이어[1]에서 사람들이 오기로 되어 있었다. 그런데, 하고 클라리사 댈러웨이는 생각했다. 얼마나 상쾌한 아침인가. 마치 바닷가의 아이들에게나 찾아오던 아침처럼 신선했다.

얼마나 유쾌했는지! 마치 대기 속으로 뛰어드는 것만 같았다! 언제나 그런 느낌이었다. 부어턴[2]에서 프랑스식 유리문을 열어젖히고 — 그 문의 경첩이 약간 삐걱대는 소리가 지금도 들리는 것만 같다 — 활짝 열린 대기 속으로 뛰어들 때면 언제나 그런 기분이 들곤 했다. 이른 아침의 공기는 얼마나 신선하고, 얼마나 고요했던지. 물론 오늘 아침보다도 더 조용했었다. 파도의 찰싹임처럼, 파도의 입맞춤처럼, 싸늘하고 날카롭고 그러면서도 (당시 열여덟 살이던 소녀에게는) 엄숙했다. 거기 그렇게 열린 창문 앞에 서 있노라면 무엇인가 엄청난 일이 일어나리라는 느낌

1 파리의 주문 요리 배달점 룅펠메예르의 런던 분점. 세인트제임스 스트리트에 있었다.
2 세번 강 하구 근처, 코츠월드에 있는 부어턴 온 더 워터Bourton-on-the-Water를 가리킨다.

이 들었다. 꽃들과, 나무들과, 나무들을 감돌아 지나가는 연기와, 갈까마귀들이 날아오르고 내리는 것을 바라보며 서 있노라면. 그때 피터 월시가 물었다. 「채소밭 가운데서 명상하는 거야?」— 그렇게 말했던가? —「난 꽃양배추보다는 사람들이 더 좋아.」— 그렇게 말했던가? 그녀가 테라스에 나갔다 온 어느 날 아침 식사 때 그는 분명 그렇게 말했던 것 같다. 피터 월시. 그가 곧 돌아온다지. 유월, 아니면 칠월? 잊어버렸다. 그의 편지는 지루하기만 했다. 기억나는 것은 그가 한 말이다. 그의 눈, 그의 주머니칼, 그의 미소, 그의 퉁명스러움, 그리고 — 그 밖에 온갖 것들이 다 사라져 버린 마당에, 이상하기도 하지! — 양배추에 관한 그 몇 마디 말뿐이다.

그녀는 길모퉁이에 조금 긴장한 채로 서서, 더트널 회사의 짐차가 지나가기를 기다렸다. 매력적인 여자로군, 스크로프 퍼비스는 그녀를 보고 생각했다(그녀를 안댔자 웨스트민스터[3]에 사는 사람이 이웃 사람들을 아는 정도였지만). 어딘가 새 같은 데가 있어. 푸른 녹색에 가볍고 발랄한 어치새 같군. 나이가 오십은 넘었고, 앓고 난 후로는 아주 창백해졌지만. 새가 횃대에 앉듯, 그녀는 그를 전혀 보지 못한 채, 몸을 곧게 세우고서 길을 건너려고 서 있었다.

웨스트민스터에 살다 보면 — 몇 년이나 되었지? 20년도 넘었어 — 이렇게 차들이 붐비는 한복판에서도, 또는 한밤중에 잠이 깨어서도, 간혹 특별한 정적 내지는 엄숙함을 느끼게 되지. 확실히 그렇다고 그녀는 생각했다. 뭐라 형용할 수 없는 정지의 순간, 빅벤[4]이 시종(時鐘)을 치기 직전의(독감 때문에 그녀의 심장



3 버킹엄 궁전과 세인트제임스 파크 인근의 동네. 클라리사는 이 공원을 향해 빅토리아 스트리트를 건너려 하고 있다.

이 약해져서 그런 거라고들 하지만) 조마조마함. 아, 마침 종이 치네! 종소리가 퍼져 나간다. 먼저 음악적인 예종(豫鐘)이 울리고, 이어 시종이 친다. 돌이킬 수 없는 시간의 종소리가 겹겹이 묵직한 원을 그리며 공중으로 흩어져 간다. 우린 참 바보라니까, 그녀는 빅토리아 스트리트를 건너며 생각했다. 왜 그렇게 삶을 사랑하는지, 어떻게 삶을 그렇게 보는지, 삶을 꿈꾸고 자기 둘레에 쌓아 올렸다가는 뒤엎어 버리고 매 순간 새로 창조하는지, 하늘이나 아실 일이다. 더없이 누추한 여인들, 남의 집 문간에 앉아 있는, 비참하기 짝이 없는 이들도 (자신의 몰락을 마시는 거지) 마찬가지야. 저 사람들도 인생을 사랑하거든. 바로 그 때문에 의회 법으로도 다스릴 수 없는 거야. 사람들의 눈 속에, 경쾌한, 묵직한, 터벅대는 발걸음 속에, 아우성과 소란 속에, 마차, 자동차, 버스, 짐차, 지척거리며 돌아다니는 샌드위치맨, 관악대, 손풍금 속에, 승리의 함성과 찌르릉 소리, 머리 위를 날아가는 비행기의 묘하게 높은 여음(餘音) 속에, 들어 있었다, 그녀가 사랑하는 것이, 삶이, 런던이, 유월의 이 순간이.

유월 중순이었다. 전쟁도 끝났다. 어떤 이들에게는 꼭 그렇지도 않지만. 엊저녁 대사관에서 만난 폭스크로프트 부인 같은 이는 그 착한 아들이 전사하여 오래된 장원 저택이 사촌한테 가게 되었다며 가슴이 미어지던데. 레이디 벡스버러도 그렇지. 들리는 말로는, 유독 아끼던 아들 존이 전사했다는 전보를 손에 쥔 채로 바자를 열었다지 않나. 하지만 지나갔다. 다행히도. 끝이었

---

4 Big Ben. 오늘날 영국 의회가 들어가 있는 웨스트민스터 궁의 유명한 시계탑. 엄밀히 말하면 중앙의 13톤짜리 종이 빅벤이고, 음 높이가 다른 네 개의 종이 더 있어서 20가지 시퀀스의 종소리를 낼 수 있다. 즉, 15분에는 1~4, 30분에는 5~12, 45분에는 1~4, 그리고 정시에는 5~20시퀀스로 시간을 알린다.

다. 유월 중순이었다. 왕과 왕비도 궁에 있었다.[5] 아직 그렇게 이른데도, 규칙적인 말발굽 소리, 질주하는 조랑말들의 활기 찬 소리, 크리켓 배트를 치는 소리가 사방에서 들려왔다. 로즈, 애스콧, 래닐러,[6] 그 밖에 여러 곳에서. 아직은 회청색 아침 공기의 부드러운 너울에 감싸여 있지만, 날이 더 밝아지면 너울이 걷히고 이제 막 앞발로 땅을 박차고 솟구쳐 올랐다가 풀밭을, 경기장 한복판을 내려딛는 조랑말들이 뚜렷이 보일 것이다. 휘돌아 가는 젊은이들, 속이 비치는 모슬린 옷을 입고 낭랑하게 웃어 대는 소녀들, 밤새 춤추고 난 지금도 우습게 생긴 털북숭이 개들을 데리고 나와 산책하는 소녀들도. 지금, 이 시간에도, 점잖은 노부인들은 무슨 볼일인지 자동차를 타고 쏜살같이 지나간다. 점원들은 진열창에서 인조 보석이며 다이아몬드, 미국인들을 유혹하느라 18세기풍으로 세팅한 연푸른 바다 빛깔 브로치 같은 것들을 늘어놓느라 바쁘다(하지만 절약해야지, 엘리자베스에게 무분별하게 이것저것 사주면 안 돼). 그녀 역시 그 모든 것을 전에도 그랬듯이 어리석지만 충실한 정열로 사랑했고, 그 모든 것의 일부였고, 그녀의 조상들은 한때 조지 왕조[7] 시대에 조신(朝臣)이었으니, 그녀 자신도 바로 오늘 저녁 불빛을 휘황하게 밝히고 파티를 열려는 것이었다. 하지만 이상하기도 하지, 공원[8]에 들어서니 갑자기 조용해졌다. 옅은 안개, 나직해진 소음. 천천히 헤엄치는

5 왕이나 여왕이 버킹엄 궁에 있을 때는 깃발을 내건다.

6 로즈Lord's는 에릴본 크리켓 클럽의 경기장, 애스콧Ascot은 〈애스콧상(賞)〉을 놓고 겨루는 경마장이다. 래닐러Ranelagh에는 첼시 구역에서 폴로 경기로 유명한 헐링엄 스포츠클럽이 있다.

7 조지 왕조란 하노버 왕가의 조지 1세부터 4세까지가 다스리던 시기(1714~1830)를 말한다.

8 세인트제임스 파크.

행복한 오리들, 뒤뚱거리며 걸어가는 턱 주머니 달린 새들. 그런데 저게 누구야. 정부 청사를 등지고 걸어오는 사람, 게다가 언제나 그렇듯 격에 맞게도 왕실 문장이 찍힌 공문서함을 들고 오는 사람은 휴 휘트브레드가 아닌가. 옛 친구 휴 — 존경스런 휴!

「여어, 클라리사, 안녕하시오!」 휴는 서로 어린 시절부터 알던 사이치고는 다소 과장된 어조로 말했다. 「어딜 그렇게 가십니까?」

「난 런던 거리를 걷는 게 좋아요.」 댈러웨이 부인이 말했다. 「정말이지 시골길을 걷는 것보다 낫거든요.」

그들은 의사를 보러 — 딱한 일이다! — 올라온 길이었다. 어떤 사람들은 그림을 보러 오고, 오페라에 가고, 딸들에게 나들이를 시키려고 오건만, 휘트브레드 가족은 〈의사를 보러〉 왔다니. 클라리사는 요양소에 있는 이블린 휘트브레드를 수도 없이 문병하러 갔었다. 이블린이 또 아픈가? 이블린은 영 활기가 없어요, 하고 휴는 말하면서, 근사한 모자를 쓰고 남자다우며 아주 멋들어지고 나무랄 데 없이 차려입은(그는 항상 시나지다 싶을 만큼 잘 차려입는데, 뭐 어쩌면 궁정에서 맡은 사소한 직무 때문에 그래야 하는지도 몰랐다) 몸을 약간 내미는 듯 아니 부풀리는 듯한 몸짓으로, 아내에게 심각하지는 않지만 뭔가 정신적인 병이 있는데 클라리사 댈러웨이는 오랜 친구니까 굳이 설명하지 않아도 이해해 주리라는 뜻을 비쳤다. 아, 물론 이해하고말고요. 하지만 참 고생이겠어요. 그녀는 아주 자매 같은 동정심이 우러나는 동시에, 묘하게도 자꾸만 자기 모자에 신경이 쓰였다. 이른 아침에 쓰고 나오기에 적당한 모자는 아니지 않은가? 휴 앞에서는 늘 그런 느낌이 들었다. 가령 지금처럼 그가 다소 지나치게 정중한 태도로 모자를 치켜들면서 그녀는 여전히 열여덟 살 소녀 같다고,

물론 오늘 밤 파티에 참석하겠으며 이블린에게도 꼭 그렇게 하라고 했다고, 단지 짐의 아들아이 하나를 궁에서 열리는 파티에 데려가야 하므로 약간 늦어지겠다고, 한바탕 떠들고 서둘러 가버리면 — 그녀는 왠지 자신이 다소 빈약한 느낌, 여학생 같은 느낌이 들곤 했다. 하지만 그래도 그는 소중한 친구였다. 어려서부터 알기도 했고, 또 그 나름으로 좋은 사람이라고 생각했다. 물론 리처드는 휴 때문에 몹시 역정을 냈고, 피터 월시로 말할 것 같으면, 그녀가 휴에게 호감을 갖는 것을 이날까지도 용서하지 않지만 말이다.

그녀는 부어턴에서의 장면을 하나하나 전부 기억할 수 있었다. 피터는 화가 나서 길길이 뛰었고, 휴는 물론 어느 모로나 그의 상대는 못 되지만, 그래도 피터가 생각하는 것 만큼 형편없는 바보에 허수아비는 아니었다. 그의 나이 든 어머니가 그에게 사냥을 그만두라거나 바스[9]에 데려가 달라고 하면, 그는 두말없이 그렇게 했다. 정말이지 이기심이라고는 없는 사람인데, 그가 머리도 가슴도 없고 영국 신사의 예법과 교양을 빼면 끝이라는 것은 피터가 극도로 화가 났을 때 한 말일 뿐이었다. 물론 그는 견딜 수 없는 속물에 구제불능인지도 모르지만, 이런 아침에 함께 걷기에는 유쾌한 사람이지.

(유월이 되어 나뭇잎들이 남김없이 피어나 있었다. 핌리코[10]의 어머니들은 어린것들에게 젖을 물렸다. 함대에서 해군성으로 메시지가 전달되는 중이었다. 알링턴 스트리트와 피카딜리는 공원의 공기 자체를 마찰시키는 듯, 이파리들은 그 열기에 반짝이면서, 클라리사가 사랑하는 그 신성한 생명력의 파도에 넘실거

---

9 Bath. 로마 시대부터 내려오는 오래된 온천이 있는 곳이다.
10 웨스트민스터 서쪽의 가난한 동네.

렸다. 춤추기, 말 타기, 그 모든 것을 그녀는 좋아했었다.)

헤어진 지가 수백 년은 된 것 같았다, 그녀와 피터는. 그녀는 편지를 쓰지 않았고, 그의 편지는 무미건조했다. 그러나 문득 이런 생각이 들곤 했다. 지금 나와 함께 있다면, 그는 무슨 말을 할까? 어떤 날들, 어떤 광경들은 그를 떠올리게 했다. 담담하게, 해묵은 쓰라림 없이. 어쩌면 그런 쓰라림은 사람들을 사랑한 대가이겠지만. 어느 날 아침 그들은 세인트제임스 파크 한복판으로 되돌아온다. 정말로 돌아온다. 그러나 피터는 — 날씨가, 나무와 풀밭이, 분홍 옷을 입은 어린 소녀가, 아무리 아름다워도 — 피터는 그런 것을 하나도 보지 못한다. 그녀가 그렇게 말하면 그는 그제야 안경을 꺼내 쓰고서 바라볼 것이다. 그가 관심을 갖는 것은 이 세상일들이었다. 바그너, 포프의 시, 허구한 날 사람들의 성격, 그리고 그녀 자신의 영혼의 결함 같은 것들. 그는 얼마나 그녀를 비난했던가! 그들은 서로 얼마나 다투었던가! 그녀가 수상과 결혼해서 계단 꼭대기에 서게 될 거라고, 완벽한 안주인이 될 거라고(그 말 때문에 그녀는 침실에서 울었다) 그는 그녀를 놀렸다. 완벽한 안주인감이라니까! 그는 그렇게 말했었다.

그렇듯 그녀는 세인트제임스 파크에서 여전히 논쟁을 벌이면서, 그와 결혼하지 않은 것이 옳았다고 — 또 그래야 했다고 — 결론을 내리곤 했다. 왜냐하면 결혼해서 날이면 날마다 한집에 사는 사람들 사이에는 약간의 방임, 약간의 독립성이 있어야 하기 때문이다. 리처드는 그녀에게, 그녀는 그에게, 그런 여유를 허용하고 있었다. (그런데 그는 오늘 아침 어디에 갔지? 무슨 위원회라던데, 한 번도 자세히 묻지는 않았다.) 하지만 피터와는 모든 것이 공유되어야 했고 모든 것이 설명되어야 했다. 도저히 견딜 수 없었고, 그 작은 정원의 분수 곁에서 말다툼이 벌어졌을 때

는 그와 절교를 하는 수밖에 없었다. 그러지 않았다면 둘 다 파멸
해 버렸을 것이다. 분명히 그랬다. 그 슬픔을, 그 고뇌를 여러 해
동안이나 가슴에 박힌 화살처럼 지녀야 하기는 했지만. 그러던
어느 날 누군가가 음악회에서 그가 인도로 가는 배 위에서 만난
여자와 결혼했다는 소식을 전해 주었던 그 끔찍한 순간! 그 일은
도저히 잊지 못할 것이다! 냉혹하고 무정하고 새침데기라고 그
는 그녀를 비난했다. 그녀는 그가 어떻게 사랑한다는 것인지 도
저히 이해할 수 없었다. 그러나 그 인도 여자들은 아마도 이해하
겠지 — 어리석고 예쁘고 경박한 바람둥이들. 공연한 동정심이
었다. 그는 자신이 아주 행복하다고 단언했다. 완벽하게 행복하
다고. 그들이 함께 이야기했던 것들을 하나도 이루지 못했는데
도 말이다. 그의 전 생애는 실패였다. 그 점을 생각하면 그녀는
여전히 화가 났다.

그녀는 공원 문에 이르렀다. 잠시 서서 피카딜리를 지나가는
버스들을 바라보았다.

그녀는 이제 세상 누구에 대해서도 그들이 이렇다든가 저렇다
든가 말하지 않을 것이다. 아주 젊은, 그러면서도 말할 수 없이
나이가 든 기분이었다. 그녀는 칼처럼 모든 것을 저미고 지나가
지만, 그러면서도 밖에서 구경을 하는 듯했다. 택시들이 지나가
는 것을 보고 있노라면 항상 그렇게 멀리 바다 밖에 나가 혼자
있는 듯한 느낌이 들었다. 단 하루라도 산다는 것은 아주, 아주
위험한 일이라는 느낌이 떠나지 않았다. 자기 자신이 영리하다
거나 보통 사람들과 그리 다르다고는 생각지 않았다. 프로일라
인 다니엘스가 가르쳐 준 몇 가지 되지 않는 지식으로 어떻게 인
생을 헤쳐 올 수 있었는지 신기할 정도였다. 하나도 아는 것이
없었다. 외국어도, 역사도. 이제는 책도 별로 읽지 않고, 잠자리

에서 회고록을 읽는 정도이다. 그런데도 그 모든 것이, 지나가는 택시들이, 그녀에게는 너무나도 매력적이었다. 피터에 대해, 또 그녀 자신에 대해서도, 나는 이렇다, 나는 저렇다고 말하지 않으리라.

자신의 유일한 재능은 사람들을 거의 본능적으로 아는 것이라고, 그녀는 계속 걸어가면서 생각했다. 만일 누군가와 한방에 있게 되면 그녀는 고양이처럼 등을 치켜세우든지 아니면 다정하게 가르랑거린다. 데본셔 하우스, 바스 하우스, 도자기 앵무새가 있는 집, 그녀는 한때 그 모든 집에 불이 켜진 것을 보았었다. 사람들이 떠올랐다. 실비아, 프레드, 샐리 시튼 — 그 많은 사람들. 밤새도록 춤을 추던 일, 시장[11]을 향해 덜커덩거리며 지나가던 트럭들, 차를 타고 공원을 가로질러 집에 가던 일. 한번은 서펀타인 호수[12]에 1실링 동전을 던진 것도 생각났다. 그러나 누구에게나 기억은 있는 법이다. 그녀가 사랑하는 것은 지금 여기 이것, 그녀 앞에 있는 것이었다. 택시를 탄 뚱뚱한 저 부인이라든가. 그렇다면 문제가 될까? 그녀는 본드 스트리트[13] 쪽으로 걸어가며 계속 생각했다. 그녀 자신도 어쩔 수 없이 죽어야 한다는 것이? 이 모든 것은 그녀 없이도 계속될 것임에 틀림없다. 그 점이 한스러운가? 또는, 죽으면 모든 것이 완전히 끝이라고 믿는 편이 위로가 될까? 하지만 어떻든 런던의 길거리에, 사물들이 밀려오고 밀려가는 흐름 속에, 그녀는 여전히 살아 있고, 피터도 살아 있으며, 서로의 속에 살아 있었다. 그녀가 고향집 나무들의 일부이듯

11 날이 새기 전에 물건을 들여놓던, 코벤트 가든의 시장을 가리킨다.
12 하이드 파크 한복판에 있는 인공 호수.
13 피카딜리에서 옥스퍼드 스트리트까지, 메이페어를 가로지르는, 우아한 상점들이 있는 거리.

이, 저기 보기 싫게 잡동사니처럼 늘어서 있는 집들의 일부이고 한 번도 만나 보지 못한 사람들의 일부이듯이. 그녀는 자신이 잘 아는 사람들 사이에 엷은 안개처럼 펼쳐져 있었다. 언젠가 보았던 나무들이 안개를 떠받치듯이, 그들은 자신들의 가지 위에 그녀를 받쳐 주고 있었지만, 그 안개는, 그녀의 삶은, 그녀 자신은 끝없이 멀리 퍼져 나갔다. 그런데 해처드 서점[14]의 진열창을 들여다보면서 대관절 무슨 꿈을 꾸고 있는 거지? 뭘 기억해 내려고? 펼쳐진 책에 씌어 있는 말에서, 어떤 창백한 새벽의 영상을?

> 더는 두려워 말라, 태양의 열기를
> 사나운 겨울의 횡포를.[15]

최근 세상에 일어난 일들 때문에 사람들은 남녀 할 것 없이 가슴속에 눈물이 그득하지. 눈물과 슬픔, 용기와 인내, 완벽하게 의연하고 금욕적인 참을성. 노상 감탄해 마지않는, 레이디 벡스버러, 바자를 열던 때의 부인을 생각해 봐.

조록스의 『소풍과 잔치』가 있었다. 『비누거품 스펀지』와 아스퀴스 여사의 『회고록』, 『나이지리아 대수렵기』 등이 모두 펼쳐져 있었다. 책이 참 많기도 하지. 하지만 요양소의 이블린 휘트브레드에게 갖다 줄 만한 책은 딱히 없었다. 그녀를 유쾌하게 만들어 줄 책, 그래서 그 말할 수 없이 여윈 작은 여인이 클라리사가 들어설 때, 늘 그렇듯이 여자들의 병에 대한 끝없는 이야기로 넘어가기 전에, 잠깐만이라도 진심으로 반가워하게 만들 만한 것은. 자기가 들어설 때 사람들이 반가워해 주기를 내심 얼마나 바라

---

14 Hatchard's shop. 피카딜리에 있는 아주 유서 깊고 문학적인 서점.
15 셰익스피어의 「심벌레인」 4막 2장에 나오는 노래의 첫 구절.

고 있는가를 생각하자 언짢아져서, 클라리사는 서점 앞을 떠나 다시 본드 스트리트 쪽으로 발길을 옮겼다. 어떤 일을 할 때 꼭 다른 이유가 있어야 하다니 어리석지 않은가 말이다. 그보다는 리처드처럼 일 자체를 위한 일을 하는 사람이 되고 싶었다. 길을 건너려고 기다리면서 그녀는 생각했다. 그런데 그녀가 하는 일의 태반은 일 자체를 위한 것이 아니라 사람들에게 이렇게 혹은 저렇게 보이기 위한 것이었다. 바보짓이라는 것은 알고 있었다 (이제 경찰관이 손을 들어 올렸다). 아무도 단 한순간도 속지 않을 것이다. 오, 다시 한 번 살 수 있다면 얼마나 좋을까! 그녀는 인도로 올라서면서 생각했다. 전혀 다른 모습이 될 수 있다면!

그녀는 무엇보다도 레이디 벡스버러처럼 검은 머리, 쭈글쭈글한 가죽 같은 피부에 아름다운 눈을 가진 여인이었으면 했다. 레이디 벡스버러처럼 느긋하고 당당해지고 싶었다. 몸집이 크고, 남자처럼 정치에 관심이 많고, 시골에 별장을 소유하고, 아주 점잖고 아주 진지한 여성. 반면 그녀 자신은 가느다란 완두콩 줄기 같은 몸집에 우스울 만큼 자은 얼굴에 꼬는 새의 부리처럼 뾰족했다. 사실 몸을 잘 가꾸고 있었고, 손과 발은 여전히 고왔다. 또, 옷값을 별로 들이지 않는 것치고는 옷도 잘 입었다. 하지만 이제 종종 자신이 걸치고 있는 이 몸(그녀는 네덜란드 그림을 보려고 멈추어 섰다), 이 몸과 그 모든 기능들은 아무것도 아니라는 생각이 들었다. 전혀 아무것도 아니지. 눈에 보이지 않는 존재가 된 듯한 기묘한 느낌이었다. 보이지도 않고 알려지지도 않은 존재. 더는 결혼을 할 것도 아니고, 아이를 낳을 것도 아니고, 단지 사람들과 더불어 본드 스트리트를 걸어가는, 이 놀랍고도 다분히 엄숙한 행진에 동참하고 있을 뿐이야. 클라리사조차도 더는 아니고 그저 미세스 댈러웨이, 리처드 댈러웨이의 부인으로서.

본드 스트리트는 그녀를 매혹했다. 이 계절 이른 아침의 본드 스트리트. 깃발들이 날리고, 가게들이 늘어서고, 하지만 요란하게 번쩍이는 것은 없다. 아버지께서 50년 동안 양복을 맞춰 입으시던 가게 안의 트위드 천 한 뭉치. 약간의 진주, 얼음덩이 위에 얹어 놓은 연어.

「그게 다야.」 그녀는 생선 가게를 들여다보며 중얼거렸다. 「그게 다야.」 그녀는 장갑 가게의 진열창 앞에서 잠시 걸음을 멈추며 되풀이했다. 전쟁 전에는 대체로 장갑다운 장갑을 살 수 있었는데. 윌리엄 숙부는 노상 말하길 여성은 구두와 장갑을 보면 알 수 있다고 했다. 그는 전쟁이 한창이던 어느 날 아침 침대에서 세상을 떠났다. 〈살 만큼 살았다〉고 말했다지. 장갑과 구두, 그녀는 장갑을 좋아했지만, 그녀의 딸 엘리자베스는 구두에든 장갑에든 전혀 관심이 없었다.

전혀 관심이 없어, 그녀는 본드 스트리트의 한 꽃집을 향해 걸어가며 생각했다. 그녀가 파티를 열 때면 꽃을 대주는 가게였다. 엘리자베스는 정말로 무엇보다도 자기 개를 귀여워하지. 오늘 아침에는 온 집 안에 개 타르 냄새가 진동을 했다. 그래도, 미스 킬먼보다는 불쌍한 개 그리즐이 나아. 기도서를 들고 답답한 방 안에 틀어박혀 있는 것보다야 개가 홍역에 걸렸다느니 피부병에 걸렸다며 타르를 발라 준다느니 하는 편이 차라리 낫지! 무엇이든 그보다는 나을 거라는 심정이었다. 하기야 리처드 말대로, 다 한때인지도 몰랐다. 여자 애들이 한때 겪게 마련인 사랑 같은 걸 거야. 하지만 왜 하필 미스 킬먼이람? 물론 그녀는 고생을 많이 했으니 너그럽게 봐주어야 하고, 리처드도 미스 킬먼은 아주 유능하고 진짜로 역사학에 소질이 있다고 했다. 하여간 그 두 친구는 떼어 놓을 수가 없었다. 엘리자베스, 그녀의 딸은, 성찬식에까지 갔다지 않나. 무슨 옷을 입든지 점심 식사 때 오는 손님들에게 무슨 음식을 내든지 안중에 없었다. 사실 종교적 열광이(대의라는 것도 마찬가지지만) 사람들을 그처럼 무디고 무감각하게 만든다는 것은 익히 보아 온 터였다. 미스 킬먼은 러시아 사람들을 위해서라면 무슨 일이든 할 테고, 오스트리아 사람들을 위해서라면 단식이라도 할 기세였다. 그러나 자기 자신에 대한 태도는 어찌나 무심했던지 거의 자학에 가까워서, 노상 초록색 방수 코트를 입고 있었다. 사시사철 그 코트만 입고 다니며 땀을 흘렸다. 5분만 한방에 같이 있게 되면 자기는 아주 우월하고 이쪽은 열등하다는 느낌이 들게끔 만들었다. 자기는 찢어지게 가난한데 이쪽은 부자라는 것, 자기는 침대니 쿠션이니 양탄자니 하는 것이라고는 없는 빈민가에서 산다는 것, 그녀의 영혼 전체는 거기에 들러붙은 불만으로 녹슬어 있는 듯했다. 전쟁 때는 퇴학을 당하기도 했다지 ― 딱하게도 한이 많은 불우한 사람이야! 사실 따지고 보면 싫은 것은 미스 킬먼이라는 사람이 아니라 그녀 이외에 많은 것을 포함하고 있는 어떤 관념이었다. 그런 관념은 한밤중에 나타나 싸움을 거는 유령들, 사람을 깔아뭉개고 생피를 빨아먹는 유령들, 지배자와 폭군들 중 하나가 되었다. 만일 주사위를 다시 던져 흰색보다 검정색이 우세하다면 미스 킬먼을 사랑할 수도 있겠지! 하지만, 현세에서는 결코 있을 수 없다. 있을 수 없고말고.

그렇다고는 해도, 자기 안에 이런 감정이, 이처럼 거친 괴물이 들어 있다는 것은 성가신 일이었다. 영혼이라는, 저 나뭇잎이 우거진 숲 속 깊은 곳에서 섬세한 가지들이 마구 꺾이고 말발굽들이 내리 찍히는 느낌이었다. 증오심이라는 이 괴물이 언제 들고 일어날지 모르니 한시도 편안하지가 않았다. 특히 앓고 난 후로 그것은 등줄기를 할퀴는 듯한 실제적인 고통을 주었으며, 아름다움이나 우정이나 쾌적함, 사랑을 받고 자기 집을 명랑한 안식처로 만드는 데서 느끼는 기쁨마저 들쑤시고 뒤흔들어 꺾어 버렸다. 정말이지 괴물이라도 한 마리 들어앉아 뿌리를 파헤치고 있는 것만 같아. 일체의 만족감이 결국은 자기애일 뿐이라는 듯이! 이 증오심이라니!

말도 안 돼, 말도 안 되는 일이야! 그녀는 내심 외치면서 멀버리 꽃집의 회전문을 밀고 들어갔다.

그녀가 큰 키에 허리를 곧게 펴고 경쾌하게 다가가자, 동글납작한 얼굴을 한 미스 핌이 인사를 했다. 그녀의 손은 마치 찬물 속에 꽃과 같이 꽂혀 있었던 듯 항상 불그레한 빛깔이었다.

꽃들이 있었다. 델피니움, 스위트피, 라일락 다발, 카네이션, 아주 많은 카네이션. 장미도 있고 붓꽃도 있었다. 아 그래 — 그녀는 미스 핌에게 이야기를 하면서 정원의 흙냄새 섞인 달콤한 향기를 들이마셨다. 미스 핌은 그녀에게 신세를 진 적이 있어 그녀를 친절한 분이라고 생각했다. 여러 해 전 일이지만, 매우 친절한 분이었다. 하지만 올해는 좀 늙어 보였다. 붓꽃과 장미, 하늘대는 라일락 다발 사이에서 눈을 지그시 감은 채 고개를 갸웃거리며, 시끄러운 거리를 지나온 뒤의 달콤한 향기, 상쾌한 서늘함을 들이마시는 모습이. 그리고 눈을 뜨자, 장미는 어찌나 싱싱한지 마치 세탁소에서 갓 가져다 버들고리에 담아 놓은 깨끗한 리넨 같은 느낌이었다. 붉은 카네이션은 진홍빛으로 얌전하게 고개를 쳐들고 있었으며, 여러 개의 항아리에 담긴 스위트피는 보라색, 순백색, 연한 빛깔 들로 흐드러지게 피어 있었다. 마치 저녁에 모슬린 옷을 입은 소녀들이 스위트피며 장미를 꺾으러 나갔을 때, 화려한 여름날이 그 아청빛 하늘과 델피니움, 카네이션,

칼라 꽃과 함께 저물어 가던 때와도 같았다. 여섯시와 일곱시 사이에는 장미와 카네이션, 붓꽃, 라일락, 그 모든 꽃이 타오르듯 빛나는 순간이 있었다. 흰색, 보라색, 빨간색, 진한 오렌지색으로, 모든 꽃이 그 어스름한 들판에서 순수하고 부드럽게, 저절로 타오르는 것처럼 보인다. 그 사이로 날아들던, 헬리오트로프와 앵초 위를 이리저리 날던 희부연 나방들을 얼마나 좋아했던지!

미스 핌과 함께 이 항아리 저 항아리의 꽃을 들여다보면서도 그녀는 줄곧 말도 안 돼, 말도 안 돼, 하고 속으로 되뇌었지만, 그 음성은 차츰 잦아들었다. 마치 아름다움과 향기와 빛깔과 미스 핌의 호의와 신뢰 같은 것들이 물결을 이루어 그녀를 휩쓸고 가면서 증오심을, 괴물을, 그 모든 것을 쓸어가 버리는 듯했다. 그 물결에 실려 점점 더 높이 떠오르는데, 아! 바깥 길거리에서 총성이 울렸다!

〈자동차들은 참!〉 하면서 미스 핌은 창가로 다가가 내다보더니, 스위트피를 한 아름 들고서 변명하듯 웃으며 되돌아왔다. 마치 그 자동차와 자동차 타이어 같은 것들이 모두 자기 잘못이기나 하다는 듯이.


댈러웨이 부인을 깜짝 놀라게 하고 미스 핌을 창가로 보내 변명하며 돌아오게 한 그 격렬한 폭음은 멀버리 꽃집 진열창의 바로 맞은편 보도 쪽에 대어져 있던 자동차에서 난 것이었다. 행인들은 물론 걸음을 멈추고 지켜보았으나, 비둘기색 등받이에 기댄 매우 중요한 인물인 듯한 사람의 얼굴이 잠깐 비치는가 싶더니만 한 남자의 손이 블라인드를 쳤고 비둘기색으로 가려진 네모난 차창밖에는 보이지 않게 되었다.

하지만 소문은 삽시간에 퍼졌다. 본드 스트리트 중간으로부터 한편으로는 옥스퍼드 스트리트까지, 다른 한편으로는 앳킨슨의 향수 가게까지, 보이지도 않고 들리지도 않게, 마치 구름이 순식간에 언덕들을 뒤덮듯이 퍼져 나갔으니, 조금 전까지만 해도 제각각이던 얼굴들 위에 구름의 갑작스런 엄숙함과 정적과도 같은 것이 내려앉았다. 신비의 날개가 그 얼굴들을 스치고 지나갔고, 권위의 음성이 들려온 터였다. 숙연한 분위기가 퍼져 나갔으나, 눈은 단단히 가리고 입만 크게 벌린 형국이었다. 잠깐 내비친 것이 누구 얼굴인지 아무도 알지 못했다. 왕세자였던가? 왕비? 수상? 누구의 얼굴이었던가? 아무도 알지 못했다.

에드거 J. 워트키스는 둘둘 말아 감은 납 관을 팔에 걸친 채, 분명히 들리는 목소리로, 물론 익살맞게 이렇게 말했다. 「슈상님의 쟈동챠였다우.」

셉티머스 워렌 스미스는 길이 막혀 가지 못하고 있다가 그 말을 들었다.

셉티머스 워렌 스미스는 서른 살가량 되었으며, 날카로운 콧날에 창백한 얼굴을 하고, 갈색 신발과 허름한 외투를 걸치고 있었다. 엷은 갈색 눈은 불안한 눈초리를 하고 있어 생판 모르는 사람마저도 불안해질 정도였다. 세상은 채찍을 쳐들었으니, 어디에 내리칠 것인가?

모든 것이 일시에 정지했다. 자동차 엔진들의 진동이 온몸으로 퍼져 나가는 불규칙한 맥박 소리처럼 울렸다. 차가 멀버리 꽃집 진열창 바깥에 서버렸으므로, 햇빛은 극도로 뜨거워졌다. 버스 2층 칸에 타고 있던 노부인들은 검은 양산을 펼쳐 들었다. 그러자 여기서는 녹색, 저기서는 붉은색 양산들이 연이어 팔락대며 펴졌다. 댈러웨이 부인은 스위트피를 한 아름 안은 채 창가로 다가가 궁금한 듯 그 분홍빛 작은 얼굴에 이맛살을 모으며 내다보았다. 모두들 자동차를 바라보고 있었다. 셉티머스도 바라보았다. 자전거를 타고 가던 소년들은 뛰어내렸다. 교통은 점점 더 정체되었다. 문제의 자동차는 블라인드를 닫은 채 그대로 서 있었고, 블라인드에는 나무 같은 기묘한 문양이 그려져 있다고 셉티머스는 생각했다. 모든 것이 그가 보는 앞에서 하나의 중심으로 몰려드는 것이, 마치 그 어떤 무시무시한 일이 표면으로 떠오르며 불길이 치솟을 것만 같아 두려웠다. 세상이 요동하고 흔들리다가 일시에 불길이 치솟을 것만 같았다. 내가 길을 막고 있는 거야, 그는 생각했다. 사람들이 그를 쳐다보며 손가락질하지 않는가? 그가 거기 꼼짝할 수 없이 인도에 뿌리를 내린 듯 서 있는 것은 무슨 목적이 있어서가 아니었던가? 하지만 무슨 목적이었나?

「가요, 셉티머스.」 그의 아내가 말했다. 자그마한 몸집에 눈만 커다란, 뾰족한 얼굴에 안색이 파리한 여인. 이탈리아 여자였다.

그러나 루크레치아 자신도 자꾸만 자동차와 그 블라인드에 그려진 나무 문양에 눈이 갔다. 저 안에 왕비님이 계실까? 왕비님이 쇼핑이라도 가시는 걸까?

운전기사는 무엇인가를 열고 돌리고 닫고 하더니 운전석으로 돌아갔다.

「자, 어서요.」 루크레치아가 말했다.

그러나 그녀의 남편은 — 두 사람이 결혼한 지도 이제 4, 5년은 되었다 — 놀라 움찔하며 말했다. 「알았어!」 마치 그녀가 그를 방해하기라도 한 듯 성난 말투였다.

사람들이 눈치 챌 것이다. 사람들이 볼 것이다. 사람들이, 하고 그녀는 자동차에 정신이 팔려 있는 군중을 바라보며 생각했다. 영국 사람들, 그들의 자식과 말〔馬〕과 의복은 나름대로 훌륭하지만, 셉티머스가 〈죽어 버리겠어〉라고 한 마당에, 그들은 그저 〈사람들〉일 뿐이었다. 죽어 버리겠다니, 끔찍한 말이 아닌가. 사람들이 들었으면 어쩌나? 그녀는 군중을 둘러보았다. 사람 살려요, 살려 주세요! 그녀는 푸줏간 총각들과 여자들에게 외치고 싶었다. 사람 살려요! 지난 가을만 해도 그녀와 셉티머스는 같은 외투를 둘러쓰고 둑에 서서, 셉티머스는 말하는 대신 신문을 읽었고 그녀는 그것을 빼앗으며 자신들을 쳐다보고 있는 노인 앞에서 소리 높이 웃었었다. 그러나 실패는 숨겨야 하는 법이다. 그녀는 그를 데리고 어디 공원 같은 데로 가야만 했다.

「이제 길을 건널 거예요.」 그녀는 말했다.

그녀는 그의 팔짱을 낄 권리가 있었다. 비록 아무런 느낌도 전해지지 않는 팔이었지만. 그는 그녀에게, 그처럼 단순하고 충동적이고 겨우 스물네 살에 영국에 친구라고는 없이 오로지 그만 바라고 이탈리아를 떠나온 그녀에게, 뼈마디 하나쯤은 내주어도 될 터였다.

블라인드를 내린 자동차는 이유를 알 수 없이 엄숙한 분위기를 풍기며 피카딜리를 향해 움직이기 시작했다. 여전히 시선을 모으며, 여전히 길 양쪽에 늘어선 얼굴들 위에 왕비인지 왕세자인지 수상인지에 대해 웅숭깊은 경외감을 불러일으키며 지나갔다. 잠깐이라도 차 안의 얼굴을 본 것은 단 세 사람뿐이었다. 그 사람이 남자였는지 여자였는지도 이제 논란거리가 되었다. 그러나 누구든 지체 높은 이가 앉아 있었다는 데는 의심할 여지가 없었다. 높으신 분은 여전히 창을 가린 채, 보통 사람들과 손 뻗치면 닿을 만한 거리를 사이에 둔 채, 본드 스트리트를 지나가고 있었다. 영국 왕비와, 국가의 영속적인 상징과, 말을 건넬 만한 거리에 있어 보는 것은 이들에게는 처음이자 마지막이 될지도 모르는 일이었다. 그 정체는 시간의 잔재를 파헤치는 호기심 많은 골동품상들에게나 알려질 것이다. 런던이 잡초 무성한 오솔길이 되고 이 수요일 아침 길가에서 북적이는 모든 사람이 한낱 뼛조각이 되어 그저 몇 개의 결혼반지와 무수히 썩은 이빨에 채워 넣은 금과 함께 먼지로 뒤덮이게 되는 그때에나. 그때는 자동차 안의 얼굴도 알려질 것이다.

아마 왕비님이었을 거야, 댈러웨이 부인은 멀버리 꽃집에서 꽃을 가지고 나오며 생각했다. 왕비님이시다. 자동차가 블라인드를 내린 채 걸어가듯 느린 속도로 바로 곁을 스쳐가는 순간 그녀는 꽃집 곁에서 햇살을 받으며 서서 잠시 위엄 있는 표정을 지었다. 왕비님께서 병원에 가시나 보다. 아니면 어디 바자 개회식에라도 가시는 모양이지, 클라리사는 생각했다.

아직 시간이 이른데도 혼잡이 대단했다. 로즈, 애스콧, 헐링엄, 어디서 경기라도 열리는 것일까? 길이 막혔으므로, 그녀는 생각했다. 영국 중산층은 장 보따리와 양산을 들고서 버스 2층에 비스듬히 앉아 있었다. 이런 날씨에 모피까지 걸치다니, 그녀는 생각했다. 저렇게 우스운 일을 또 생각해 낼 수 있을까. 그런데 왕비님도 길이 막혔구나. 지나가지 못하는구나. 클라리사는 브루크 스트리트 한쪽에서, 나이 든 판사 존 벅허스트 경은 다른 쪽에서, 중간에 가로막힌 자동차 때문에(존 경은 여러 해째 엄격한 판결을 내려 왔고, 잘 차려입은 여자를 좋아했다) 오도 가도 못하는 형편이었다. 그러자 운전수가 몸을 약간 내밀고 경찰관에게 뭔가를 말했는지 아니면 보여 주었는지, 경찰관은 경례를 붙이고 팔을 쳐들면서 고갯짓을 하여 버스를 길 한쪽으로 움직이게 했다. 자동차가 지나갔다. 천천히, 아주 조용히, 차가 지나갔다.

클라리사는 짐작했다. 그녀는 물론 알고 있었다. 운전수의 손에 무엇인가 희고 둥근 부적 같은 것이, 아마도 왕비나 왕세자,

수상의 이름이 적혀 있을 원반 같은 것이 들려 있는 것을 보았다. 그것은 그 자체의 빛만으로도 길을 뚫고 지나갈 만했다(클라리사는 차가 멀어져 사라지는 것을 보았다). 늘어선 샹들리에들, 번쩍이는 훈장들 사이를 뚫고 지나가, 로열 오크 잎으로 가슴팍을 뻣뻣하게 장식한 휴 휘트브레드와 그의 모든 동료들, 영국의 신사들 사이에서, 그날 밤 버킹엄 궁전에서 빛날 것이었다. 그리고 클라리사 자신도 파티를 열기로 되어 있다. 그녀는 몸을 다소 곧추세웠다. 그러니까 그녀도 자기 계단 꼭대기에 서는 것이다.

차는 가버렸지만, 그 뒤에는 잔잔한 파문이 남아 본드 스트리트 양쪽의 장갑 가게와 모자 가게와 양복점 사이로 퍼져 나갔다. 30초쯤, 모든 얼굴이 같은 방향으로 — 차창 쪽으로 여전히 쏠려 있었다. 장갑 한 켤레를 고르다 말고 — 팔꿈치까지 오는 걸로 할까 아니면 그 위까지 오는 걸로 할까? 레몬 빛깔 아니면 연한 회색? — 여자들은 멈칫했는데, 말을 마치는 사이에 무엇인가가 일어나 있었다. 개별적으로는 너무 하찮은 것이라 어떤 수학적 도구로도 — 중국에서 일어나는 지진까지 전달할 수 있는 기계라도 — 그 진동을 측정할 수 없을 터이지만, 그래도 전체로 보면 상당히 막강하고 광범한 감정적 호소력을 갖는 것이었다. 그 모든 모자 가게와 양복점에서, 낯모르는 이들이 서로 마주보며 망자들을 생각하고 제국과 그 국기를 생각했으니 말이다. 뒷골목의 선술집에서는 한 식민지 출신이 윈저 왕가를 모욕하여 말다툼이 벌어지고 맥주잔이 깨지고 일대 혼란이 일어났으며, 그 반향은 묘하게도 길 건너편에서 결혼식에 쓸 새하얀 리본이 달린 속옷을 사고 있던 처녀들의 귀에까지 들어갔다. 지나가는 자동차가 일으킨 표면적인 동요는 차츰 가라앉으면서 무엇인가 매우 깊은 것을 건드렸던 것이다.

피카딜리를 가로질러 미끄러지듯 나아간 자동차는 세인트제임스 스트리트로 접어들었다. 무슨 이유로인가 화이트 클럽[16]의 전망 창가에서 연미복 뒤에 뒷짐을 진 채 내다보고 있던 키 큰 남자들, 체격이 다부진 남자들, 연미복에 흰 셔츠를 차려입고 머리를 말쑥하게 빗어 넘긴 남자들도 지체 높은 이가 지나간다는 것을 본능적으로 알아차렸으니, 불멸의 존재가 발하는 희미한 빛이 클라리사 댈러웨이에게 퍼졌듯 그들에게도 퍼진 것이었다. 즉시 그들은 한층 더 뻣뻣한 기립 자세를 취했고, 뒷짐 졌던 손을 풀어 군주를 섬길 자세를 갖추었다. 선조들이 그랬듯이, 필요하다면 대포 앞에라도 달려 나갈 태세였다. 그 뒤편에는 하얀 흉상들과 『태틀러』[17]며 탄산수 병들로 뒤덮인 작은 탁자들도 찬동하는 듯, 물결치는 밀밭과 영국의 장원 저택들을 상기시키는 듯했으며, 자동차 바퀴들이 구르는 희미한 소리를 반사하는 것이 마치 속삭임의 회랑[18] 벽들이 한 사람의 목소리를 반사하여 성당 전체의 울림으로 낭랑하게 확대된 반향을 일으키는 것과도 같았다. 숄을 두르고 길가에서 꽃을 팔던 몰 프랫은 소년의 건강을 기원했으며(그녀는 차에 탄 이가 분명 왕세자일 것이라고 생각했다) 이까짓 가난이야 무시해 버리고 들뜬 마음으로 맥주 한 잔 값쯤 되는 장미 다발을 세인트제임스 스트리트에 내던질 용의도 있었다 — 자기를 지켜보는 순경의 눈초리와 마주쳐 그 아일랜드 노파의 충성심이 꺾이지만 않았더라면.[19] 세인트제임스 궁[20]

16 세인트제임스 스트리트 37~38번지에 있는 화이트 클럽은 영국에서 가장 오래되고 규모가 큰 신사 전용 클럽이며, 활 모양으로 내어 단 전망 창은 빅토리아 건축의 아름다운 예로 유명하다.

17 주로 사교계 사건들을 다루는 잡지.

18 *whispering gallery*. 작은 소리도 멀리까지 들리게 만든 회랑으로, 런던 세인트폴 대성당의 원형 천장 기단 안쪽의 회랑이 그 좋은 예이다.

의 보초들이 경례를 붙였고, 알렉산드라 대비[21]의 경관이 답례를
했다.

그러는 사이 버킹엄 궁의 정문 앞에는 작은 무리가 모여들었
다. 하나같이 가난한 사람들인 그들은 활기 없이, 하지만 확신을
가지고서 기다렸다. 깃발이 날리는 궁전을 바라보는가 하면, 기
단 위에 거대하게 자리한 빅토리아상[22]과 그 아래 층층이 흘러내
리는 분수와 제라늄 화단 같은 것들을 둘러보기도 하고, 맬[23]을
지나는 자동차들을 이번에는 이것, 그다음에는 이것, 하는 식으
로 골라내어 눈길로 좇으면서 그저 드라이브를 나왔을 뿐인 평
민들에게 헛되이 감정을 쏟고는, 흠모의 감정을 새로이 하여 지
나가는 이 차, 저 차에 쏟지 않고 간직하려 애썼다. 그러는 동안
에도 그들의 혈관에는 소문이 축적되었고 왕족이 자신들을 보고
있다는 생각 — 왕비님께서 고개 숙여 인사하신다, 왕세자께서
경례를 하신다 — 만으로도 다리의 신경에 전율이 일었다. 하늘
이 왕들에게 부여한 신성한 생명이라든가, 시종 무관이니 궁중
식 절이니 하는 것들, 왕비님의 옛 인형의 집,[24] 메리 공주[25]가 영

19 아일랜드 독립 전쟁(1919~1921) 이후 아일랜드는 아일랜드 자유국과
영국령 북아일랜드로 나뉘었고, 영국과 아일랜드의 관계는 일종의 소강 상태
에 있었다. 영국 왕가에 꽃을 바치려는 몰 프랫을 움츠러들게 만든 순경은 아
마도 아일랜드 독립을 지지하는 편이었던 듯.

20 왕의 모후가 사는 궁전.

21 덴마크 왕 크리스티안 4세의 딸로, 에드워드 7세의 과부요, 당시 왕이던
조지 5세의 모후.

22 버킹엄 궁전 앞 퀸스 가든 중앙에 있는 조각 작품. 1911년 조각가 토머
스 브로크 경이 조성한 것으로, 그 기단은 건축가 애스턴 웨브 경이 2,300톤에
달하는 순백색 대리석으로 지었다. 빅토리아 여왕의 거대한 석상을 중심으로
알레고리적인 조각상들이 자리하고 있다.

23 세인트제임스 파크의 나무 그늘 우거진 길.

24 *Queen's old doll's house*. 메리 왕비는 1923년 에드윈 러티엔스 경이

국인과 결혼을 했다는 얘기, 그리고 왕자님, 오 왕자님은 에드워드 노왕(老王)을 꼭 닮으셨다지만, 그보다야 훨씬 더 날씬하시지. 왕자님께서는 세인트제임스 궁에 사시지만, 아침에는 모후를 뵈러 나오실지도 몰라.

그렇게 말한 세러 블레츨리는 아기를 품에 안고서 마치 핌리코의 자기 집 난롯가에서 하듯 발을 들었다 놓았다 하면서도 여전히 눈길은 맬을 향하고 있었다. 그런가 하면 에밀리 코츠는 궁전 창문들을 훑어보면서 하녀들, 이루 다 셀 수 없을 하녀들과, 침실들, 이루 다 셀 수 없을 침실들을 생각했다. 애버딘 테리어[26]를 데리고 온 나이 지긋한 신사에 무직자들까지 더하여 무리는 더 늘어났다. 올버니[27]에 방을 가지고 있는 작달막한 보울리 씨는 삶의 깊은 샘을 밀랍으로 봉해 버린 듯했으나, 이런 종류의 일 덕분에 갑자기 어울리지 않게 감상적이 되어 그 봉해진 것이 열리곤 했다. 왕비님께서 지나가시는 것을 보려고 기다리고 있는 가난한 여인들, 불쌍한 여인들과 귀여운 어린것들, 고아와 과부들, 다 전쟁 때문이야, 쯧쯧, 그의 눈에는 눈물까지 고였다. 맬의 드문드문한 나무들 사이로 훈풍이 불어와 청동 영웅들[28]을 지나고 보울리 씨의 애국적인 가슴에 날리는 깃발을 들어 올렸다. 차가 맬로 들어서자 그는 모자를 약간 치켜세우더니, 차가 다가오

디자인한, 영국의 산물들로 꼼꼼하게 장식된 커다란 인형 집을 선물로 받았다. 작중의 인형 집은 그러므로 최신의 구경거리인 셈이다.
25 조지 5세의 딸 메리 공주는 1922년 라셀 자작과 결혼했다.
26 스코틀랜드 북동부 애버딘산(産)의 작고 민첩한 사냥개.
27 피카딜리에 있는 올버니 호텔은 1802년 아파트로 개조되어, 독신 남성들의 전용 주거로 쓰였다.
28 왕실 포병 기념비의 일부인 조각상. 남아프리카 및 중국 전쟁(1889~1902)의 전사자들을 기념하여 만들어졌다.

자 높이 쳐들었다. 핌리코의 가련한 어머니들이 그에게 바짝 다가서거나 말거나, 그는 팔을 높이 쳐들고 서 있었다. 차는 계속 다가왔다.

갑자기 코츠 부인이 하늘을 쳐다보았다. 비행기 지나가는 소리가 불길하게 군중의 귀를 파고들었다. 비행기는 나무들 위로 다가오며 하얀 연기를 뒤에 끌고 있었고, 그 연기는 꼬이고 말리면서 무언가를 쓰고 있었다! 하늘에 글씨를 쓰고 있었다! 모두 고개를 들었다.[29]

곤두박질쳤던 비행기는 똑바로 솟구쳐 오르면서 곡선을 그려 동그라미를 만들고 돌진하다가 내려오고 다시 올라가고 했다. 무엇을 하든, 어디를 가든, 그 뒤에는 하얀 연기의 굵고 구불구불한 띠가 남아 꼬이고 말리면서 글자를 이루었다. 하지만 대체 무슨 글씨를 쓰려는 걸까? 저건 $C$인가? $E$? 그다음엔 $L$? 잠시 그것들은 가만히 있는가 싶더니 움직이며 풀려 허공에서 사라져 버렸다. 비행기는 좀 더 멀리 날아갔다가 다시 깨끗해진 하늘에 새로 글씨를 쓰기 시작했다. 아마도 $K$, $E$, $Y$인가?

〈글락소Glaxo〉[30]로군. 코츠 부인은 경외감에 찬, 긴장된 음성으로 여전히 똑바로 위를 쳐다보며 말했다. 품 안에 창백하고 뻣뻣하게 늘어져 있던 아기도 똑바로 위를 쳐다보았다.

〈크리모Kreemo〉야. 블레츨리 부인은 몽유병자처럼 중얼거렸다. 벗어 든 모자를 여전히 치켜든 채, 보울리 씨도 똑바로 위를 쳐다보았다. 몰 곳곳에서 사람들은 선 채로 하늘을 쳐다보았다.

29 비행기에서 분사되는 연기로 글자를 쓰는 것은 영국 항공사 잭 새비지 소령에 의해 발명되어 1922년 8월 처음으로 런던에 선보였으며, 1923년에는 중요한 광고 수단으로 자리 잡았다.

30 유아용 분유의 상표 이름. 오늘날은 국제적인 제약 회사로 발전했다.

그렇게 보고 있는 동안, 세상은 완전히 고요해지고, 갈매기 떼가 하늘을 가로질렀다. 맨 앞에 한 마리, 뒤이어 또 한 마리, 그리고 이 놀라운 정적과 평화와 창백함과 순결함 가운데서, 종이 열한 번 울렸다. 그 소리는 거기 갈매기들 사이로 사라져 갔다.

비행기는 방향을 바꾸어 돌진하다가 저 좋을 곳에서 정확히 급강하하며, 날렵하고 자유롭게 움직이는 품이 마치 스케이터와도 같았다.

「저건 *E*야.」블레츨리 부인이 말했다 — 아니 무용수 같았다.

「토피Toffee로군.」보울리 씨가 중얼거렸다(차가 정문을 지나는데 아무도 쳐다보지 않았다). 이제 더는 연기를 뿜어 내지 않고, 비행기는 멀리멀리 날아가 버렸다. 연기는 차츰 사라지면서 크고 흰 구름송이들 주변으로 모여들었다.

비행기는 가버렸다. 구름 뒤로 사라져 버렸다. 아무 소리도 들리지 않았다. *E*, *G*, *L* 같은 글자들을 이루었던 구름들은 제멋대로 움직였다. 마치 대단한 임무라도 띠고 서쪽에서 동쪽으로 하늘을 질러가는 듯이, 결코 알려지지는 않겠지만 분명 대단히 중요한 임무를 띠고서. 그러더니 갑자기, 마치 기차가 굴에서 나오듯이, 비행기가 다시 구름 밖으로 돌진해 나왔고, 맬과 그린 파크, 피카딜리, 리전트 스트리트, 리전트 파크에 있는 모든 사람들 귀에 그 소리가 파고들었다. 연기의 띠를 길게 끌고서 곤두박질치고 솟구쳐 오르면서, 또 한 글자씩 쓰기 시작했다. 대체 무슨 말을 쓰고 있는 것일까?

리전트 파크의 산책로 곁 벤치에 남편과 나란히 앉아 있던 루크레치아 워렌 스미스도 고개를 들었다.

「어머나, 저것 좀 봐요, 셉티머스!」그녀는 외쳤다. 닥터 홈스는 그녀에게 남편이 자기 바깥의 사물들에 관심을 갖도록 해주라고(그는 특별히 병이 있다기보다는 그저 좀 활기가 없는 것뿐이니까) 조언했던 것이다.

그렇군, 하고 셉티머스는 고개를 들어 하늘을 보며 생각했다. 나에게 신호를 보내고 있어. 실제의 말은 아니고, 아직 그 언어를 읽을 수는 없지만, 이 아름다움, 이 절묘한 아름다움의 의미는 충분히 명백하다. 연기로 된 말들이 힘을 잃고 허공에 스러져 가는 것을 지켜보는 그의 눈에는 눈물이 고였다. 그것들은 그 무한한 자비와 명랑한 선의 가운데서 상상도 할 수 없는 아름다움의 형상을 하나씩 그에게 펼쳐 보이면서, 그저 바라보기만 해도, 영원히, 무상으로, 아름다움을, 더 많은 아름다움을 제공하겠다는 의도를 알리고 있었다. 눈물이 볼을 타고 흘러내렸다.

토피야, 토피를 선전하고 있는 거야, 한 애 보는 여자가 레치아에게 말했다. *t*…… *o*…… *f*……, 글자를 합치면 그렇게 돼요.

〈케이*K*…… 알*R*……〉 하고 애 보는 여자가 말하는 것을, 셉티머스는 그녀가 〈케이아〉라고 귓전에서 말하는 소리로 들었다. 마치 부드러운 풍금처럼 깊고 나직한 소리지만, 그녀의 음성에는 메뚜기처럼 거친 데가 있어 그의 등줄기를 상쾌하게 긁으면서 부딪혀 부서지는 소리의 파도를 그의 뇌로 쳐올리고 있었다. 정말이지 놀라운 발견이었다 — 인간의 음성이 특정한 기압 조건에서는(무엇보다도 과학적이어야 해) 나무를 소생시킬 수도 있다는 것은! 레치아는 행복한 듯 그의 무릎에 얹은 손에 엄청난 무게를 실었고, 그래서 그는 그 무게에 눌려 꼼짝도 할 수가 없었다. 그렇지 않았더라면 그는 올라갔다 내려갔다 하는, 그 모든 빛나는 잎을 싣고 올라갔다 내려갔다 하는, 푸른 물빛에서 속 빈 파도의 녹색에 이르기까지 옅어졌다가 진해졌다가 하는 빛깔을 싣고 말머리의 깃털이나 숙녀용 모자의 깃털과도 같이 자랑스럽고 당당하게 올라갔다 내려가는, 느릅나무들의 흥분이 그를 미치게 만들었을 것이다. 그러나 그는 미치지 않으리라. 눈을 감고, 더는 보지 않으리라.

그러나 그들 편에서 손짓을 했다. 잎사귀들은 살아 있었고, 나무들도 살아 있었다. 잎사귀들은 거기 벤치에 앉아 있는 그 자신의 몸과 수백만 가닥의 섬유로 이어져 있어 위아래로 부채질을 해댔다. 가지가 쭉 뻗칠 때면 그도 그렇게 했다. 참새들이 파닥거리며 날아올랐다가 들쭉날쭉 날아내리는 것도 패턴의 일부였다. 흰색과 푸른색 사이에 검은 가지들이 줄무늬를 이루고 있었다. 소리들은 예정된 조화를 이루었다. 소리들 사이의 공백이 소리들만큼이나 의미심장했다. 한 아이가 울었다. 때마침 먼 곳에서 경적 소리가 들려왔다. 이 모든 것은 한데 합쳐져 새로운 종교의 탄생을 의미했다 —

「셉티머스!」 레치아가 말했다. 그는 소스라쳐 깨어났다. 사람들은 알아야만 해.

「나 저 분수까지 걸어갔다 올게요.」 그녀는 말했다.

더는 참을 수가 없었기 때문이다. 닥터 홈스는 심각한 병이 아니라고 할지도 모르지만. 차라리 그가 죽어 버렸으면 싶었다! 그녀는 그가 그런 식으로 골똘한 시선을 하고서 자기는 보이지도 않는 듯 모든 것을 끔찍하게 만들 때면 도저히 그 곁에 앉아 있을 수가 없었다. 하늘과 나무, 노는 아이들, 수레를 끌고, 휘파람을 불고, 넘어지는 아이들, 그 모든 것이 끔찍했다. 설마 정말로 자살하지는 않겠지. 하지만 아무에게도 말할 수 없었다. 어머니에게도 〈셉티머스는 일을 너무 많이 했어요〉라는 말밖에 할 수가 없었다. 사랑은 사람을 외롭게 만들어, 그녀는 생각했다. 아무에게도, 이제는 셉티머스에게도 말할 수 없었다. 뒤돌아보니 허름한 외투 차림의 그가 혼자 벤치에 쭈그리고 앉아 골똘히 앞만 내다보고 있는 것이 보였다. 남자가 자살을 하겠다니 비겁한 말이야. 하지만 셉티머스는 전쟁에 나가 싸웠지. 용감한 사람인데. 하지만 이제는 셉티머스가 아닌 것만 같다. 레이스 칼라를 달아도 보고 새 모자를 써보기도 했지만, 그는 전혀 알아채지 못한다. 그녀가 없어도 행복하겠지. 그녀는 그 없이는 도저히 행복해질 수 없을 텐데! 도저히! 그는 이기적이다. 남자들은 다 이기적이지. 그는 아픈 게 아냐. 닥터 홈스 말로는 아무 문제도 없다지 않나. 그녀는 손바닥을 펴서 들여다보았다. 이것 봐! 결혼반지가 헐렁거리네. 너무 말랐어. 힘든 건 그녀였지만, 아무에게도 말할 수가 없었다.

이탈리아는 너무 멀었다. 새하얀 집들, 자매들이 함께 모자를 만들던 방, 저녁마다 산책하는 사람들로 붐비던 길거리들, 떠들썩한 웃음소리, 그에 비하면 여기 사람들은 반쯤만 살아 있는 것 같아. 바퀴 달린 의자에 웅크리고 앉아 시들어 빠진 꽃병의 꽃이나 바라보면서!

「밀라노의 정원들을 봐야 해!」 그녀는 소리 내어 말했다. 하지만 누구에게?

아무도 없었다. 그녀의 말은 시들어 떨어졌다. 로켓이 떨어지듯이. 그 불꽃은 어둠 속으로 사라져 가면서 어둠에 굴복하고, 어둠이 내려 집과 탑의 윤곽 위에 쏟아진다. 황량한 언덕들의 윤곽이 부드러워지다가 어둠 속에 묻힌다. 그러나 비록 눈에 보이지는 않는다 해도, 밤은 그 모든 것으로 충만하다. 빛깔도 없고, 불켜진 창문 하나 보이지 않지만, 사물은 좀 더 육중하게 존재하며, 밝은 대낮에는 드러나지 않는 것을 암암리에 내비친다. 새벽이 가져다주는 안도를 빼앗긴 채 어둠 속에 함께 웅크리고 있는, 거기 어둠 속에 뒤엉켜 있는 사물들의 혼란과 불안을. 새벽이 벽들을 흰색과 회색으로 씻어 내고 유리창 하나하나를 비추며 들판에서부터 안개를 걷어 버리고 평화로이 풀을 뜯는 적갈색 암소들을 보여 줄 때면, 모든 것이 다시금 눈앞에 차려지고, 다시 존재하는 것이다. 나는 혼자다, 나는 혼자야! 그녀는 리전트 파크의 분수 곁에서 울었다(인도인과 그의 십자가[31]를 바라보면서). 아마도 한밤중에, 모든 경계선들이 사라져 버리고 세상이 태초의 모습으로 돌아가는 때가 그러할 것이었다. 로마인들이 처음 상륙해서 보았던 것처럼 산들은 이름이 없고 강물들은 알 수 없는 곳으로 굽이쳐 흘러가던 시절의 흐릿한 모습으로 돌아가는 때 — 그녀의 어둠이 그와 같았다. 그때 갑자기, 마치 발밑에 선반이 돌출하여 그 위에 서듯이, 그녀는 자기가 그의 아내이며 1년 전 밀라노에서 결혼했다는 사실을 상기했다. 그의 아내로서, 그가 미쳤다고는 결코, 결코 말하지 않으리라! 돌아서자 선반이 무너졌다. 아래로, 아래로, 그녀는 떨어져 내렸다. 그는 가버렸다, 그녀는 생각했다. 노상 말하던 것처럼 자살을 하러, 마차에 몸을 던져 죽으러 간 것이다! 그러나 아니, 그는 저기 있다. 여전히 벤치에 혼자 앉아, 허름한 외투를 입고, 다리를 포갠 채, 골똘하게 앞을 응시하며 중얼대고 있다.

인간들은 나무를 베면 안 된다. 신은 존재한다. (그는 봉투 뒷면에 그런 계시들을 적었다.) 세상을 변화시켜라. 아무도 증오심에서 죽이지는 않는다. 알려라. (그는 받아 적었다.) 그는 기다렸다. 귀를 기울였다. 참새 한 마리가 맞은편 난간에 앉아서 셉티머스, 셉티머스, 하고 네댓 번 이상을 짹짹대더니, 목청을 길게 빼

---

31 인도인과 십자가는 리전트 파크에 있는 청동상 중 하나이다.

면서 이번에는 그리스말로 생생하고도 날카롭게 어떻게 범죄가 없는지를 노래하기 시작했다. 그러자 또 한 마리 참새가 합세하여, 새들은 길고 날카로운 음성으로 그리스말로 노래했다. 망자들이 돌아다니는 강 건너 생명의 들판에 있는 나무들로부터, 어떻게 죽음이 없는가를.

그의 손이 있었다. 망자들이 있었다. 새하얀 것들이 맞은편 난간 뒤에 모이고 있었다. 그는 감히 쳐다볼 수가 없었다. 에번스가 난간 뒤에 있었다!

「무슨 말을 하는 거예요?」 레치아가 곁에 와서 앉으며 불쑥 물었다.

또 방해구나! 그녀는 항상 방해를 했다.

사람들로부터 멀리 ─ 사람들로부터 떠나야 해, 그는 (벌떡 일어나며) 말했다. 저기로 가야 해. 나무 아래 의자들이 있고 공원의 완만한 경사면이 기다란 녹색 피륙처럼 펼쳐지며 내려가는 곳, 그 위에는 푸른 하늘이 천장을 이루고 분홍색 연기가 높이 올라가는 곳으로. 거기에는 불규칙한 집들이 연기에 흐릿하게 감싸여 성벽을 이루고 있었고, 차량의 소음은 원을 그리며 나직이 윙윙거렸다. 오른쪽에는 암갈색 동물들이 동물원 우리 너머로 길게 목을 빼고 우짖고 있었다. 거기서 그들은 나무 아래 앉았다.

「보세요.」 그녀는 크리켓용 말뚝을 들고 가는 소년들을 가리키며 애원하듯 말했다. 그중 한 소년은 마치 뮤직홀의 어릿광대 흉내라도 내는 듯 발을 끌며 춤추다가 발뒤꿈치로 빙그르르 돌며 또다시 춤추었다.

「보세요.」 그녀는 애원했다. 닥터 홈스는 그녀에게 그가 현실적인 사물들에 관심을 갖게 해주라고, 뮤직홀에 데려가고 크리켓을 치게 하라고 말했었다. 크리켓이야말로 좋은 옥외 경기지

요, 하고 닥터 홈스는 말했었다. 그녀의 남편에게 딱 알맞은 경기
라고.

「보세요.」 그녀는 거듭 말했다.

보라, 하고 보이지 않는 존재가 그에게 명령했다. 이제 그 음성
은 인류 중 가장 위대한 자인 셉티머스에게 말하고 있었다. 죽음
에서 생명으로 최근에 옮겨진 자, 사회를 개혁하기 위해 나타난
구세주, 침대보처럼, 오직 태양만이 녹일 수 있는 눈의 담요처럼
누워서, 영원히 고통당하는 속죄양, 영원한 고통의 구세주, 그러
나 그는 그 역할을 원치 않았으므로, 그 영원한 고통, 영원한 고
독을 밀어내며 신음했다.

「보세요.」 그녀는 거듭 말했다. 그는 집 밖에서는 그렇게 소리
내어 혼잣말을 하면 안 된다.

「제발 좀 보세요.」 그녀는 애원했다. 하지만 뭐 볼 게 있단 말
인가? 몇 마리 양. 그게 전부였다.

리전트 파크 지하철역으로 가는 길 — 리전트 파크 지하철역
으로 가는 길을 좀 가르쳐 주시겠어요 — 을 메이지 존슨이 물었
다. 그녀는 겨우 이틀 전에 에든버러에서 올라온 터였다.

「이쪽이 아니라 — 저기 저쪽이에요!」 레치아는 그녀가 셉티
머스를 볼까 봐 그녀를 한옆으로 밀어내면서 소리쳤다.

둘 다 이상하네, 메이지 존슨은 생각했다. 모든 것이 아주 이상
해 보인다. 레든홀 스트리트에 사는 숙부 집에 일자리를 얻으려
고 난생 처음 런던에 와서, 이제 아침 일찍 리전트 파크를 지나가
는데, 의자에 앉아 있는 그들 남녀는 그녀를 무척 놀라게 했다.
젊은 여자는 외국인인 것 같은데, 남자는 좀 기묘해 보였다. 그래
서 아주 늙은 다음에라도 50년 전 어느 여름날 아침 리전트 파크
를 지나가던 일을 기억 속에 생생하게 떠올릴 수 있을 것만 같았

다. 그녀는 이제 겨우 열아홉 살이었고, 마침내 자기 뜻대로 런던에 올 수 있었던 것이다. 그런데 길을 물었던 그 커플은 얼마나 이상한지, 여자는 깜짝 놀라며 손을 내저었고 남자는 정말이지 괴상했다. 아마 다투고 있었는지도 모르지. 어쩌면 아주 헤어진 것인지도 몰라. 필시 무슨 일이 있는 거라고 그녀는 생각했다. 그런데 이 모든 사람들(그녀는 다시 공원 중앙 산책로로 돌아와 있었다), 돌로 된 수반이며 예쁜 꽃들, 남녀 노인들 — 대개는 바퀴 달린 의자 신세지만 — 그 모두가, 에든버러에서 갓 도착한 그녀의 눈에는 이상해 보이기만 했다. 메이지 존슨은 산들바람에 스치며 막연한 눈길을 하고 조용히 걸어가는 무리에 섞여 들면서 — 다람쥐들은 나뭇가지에 앉아 몸단장을 하고, 참새들은 빵 부스러기를 쪼아 먹느라 이리저리 날아내리고, 개들은 서로 울타리를 차지하느라 바쁜데, 부드러운 바람이 그 위를 불어가며 날 때부터 변함없는 그들의 무표정한 시선에 무엇인가 변덕스럽고 부드러운 것을 실어 주었다 — 메이지 존슨은 정말이지 울고만 싶었다! (벤치에 앉아 있던 그 젊은이가 그녀에게 상당히 충격을 주었던 것이다. 무슨 일이 있기는 있다는 것을 그녀는 알 수 있었다.)

끔찍해! 끔찍해! 그녀는 울고 싶었다. (가족을 두고 떠나왔건만. 그들은 무슨 일이 일어날지 이미 경고했건만.)

왜 그냥 집에 있지 않았을까? 그녀는 철제 난간의 손잡이를 비틀면서 울었다.

저 애는, 하고 뎀스터 부인은 생각했다(그녀는 다람쥐들에게 주려고 빵 부스러기를 모아 두었다가 가끔 리전트 파크에 나와서 점심을 먹곤 했다). 저 애는 아직 아무것도 모르는군. 사실은 좀 더 뚱뚱해지고 살도 늘어지고 기대치도 적당해지는 편이 낫다고 생각되었다. 퍼시는 술을 마시지. 그래도 아들 하나는 있는 편이 나아, 뎀스터 부인은 생각했다. 사실 힘겨운 시절을 보내기는 했지만, 저런 풋내기 아가씨를 보면 미소가 떠오르는 것을 어쩔 수 없었다. 너도 결혼을 하겠지. 꽤 예쁘니 말이야. 뎀스터 부인은 생각했다. 결혼을 해봐, 그녀는 생각했다. 그럼 알게 될 거야. 요리사며 하인을 다루는 일도. 남자들은 제각기 자기 방식이 있지. 하지만 내가 미리 알았더라도 이런 인생을 선택했을까, 뎀스터 부인은 생각이 거기에 미치자 메이지 존슨에게 한마디 속삭여 주고 싶은 심정이 드는 것을 어쩔 수 없었다. 쭈글쭈글하게 늙고 늘어진 얼굴에 동정의 키스를 느끼고 싶었다. 사실 힘겨운 인생이었으니 말이야, 하고 뎀스터 부인은 생각했다. 그야말로 남김없이 바치지 않았던가? 장밋빛 볼에 날씬한 몸매, 발까지도. (그녀는 울퉁불퉁하게 마디진 발을 치맛자락 아래로 끌어당겼다.)

장밋빛 볼이라니, 그녀는 냉소했다. 다 쓸데없는 거란다, 애야. 정말이지, 먹고 마시고 짝 짓고 좋은 날 궂은 날 겪다 보면, 인생이라는 게 그저 장밋빛만은 아니야. 게다가, 내 장담하지만, 캐리 뎀스터는 자기 인생을 켄티시 타운[32]의 어떤 여자와도 바꿀 마음이 없거든! 하지만, 하고 그녀는 애원하는 심정이 되었다. 서글픈 일이야. 그 장밋빛이 사라지고 없다는 것은. 그녀는 히아신스 화단 곁에 서 있는 메이지 존슨이 그런 마음을 알아주었으면 했다.

아, 그런데 저 비행기! 뎀스터 부인은 항상 외국에 가보고 싶어 하지 않았던가? 조카 하나는 선교사였다. 비행기는 높이 치솟더니 곧장 날아갔다. 마게이트[33]에서는 항상 바다에 나가곤 했

32 리전트 파크 북쪽의 서민 동네.
33 템스 강 하구 남서쪽, 도버 북쪽에 있는 해변 휴양지.

다. 비록 물이 안 보이는 데까지는 아니지만, 그녀는 물을 겁내는
여자들을 참을 수가 없었다. 비행기가 또 내려오네. 그녀는 속이
울렁거렸다. 또 올라간다. 아마도 잘생긴 젊은이가 타고 있을 거
야, 뎀스터 부인은 장담했다. 멀리멀리, 순식간에 작아지면서, 비
행기는 멀리멀리 가버렸다. 그리니치[34]와 그 모든 돛대들 위쪽을
돌아, 세인트폴 성당이며 그 밖에 잿빛 교회들이 모여 있는 작은
섬 위를 지나, 런던 양쪽으로 들판이 펼쳐지고 어두운 갈색 숲이
나타나기까지. 그 숲에는 모험심 많은 지빠귀 새들이 대담하게
팔짝거리고 뛰어다니면서 잽싸게 달팽이를 낚아채어 돌에다 한
번, 두 번, 세 번, 내리치고 있었다.

비행기는 멀리멀리 날아가 밝게 빛나는 점으로밖에 보이지 않
게 되었다. 동경, 집중, 상징(그리니치에서 자기 집 잔디밭을 기
운차게 깎고 있던 벤틀리 씨에게는 그렇게 보였다), 인간 영혼의
상징이라고 벤틀리 씨는 삼나무 둘레를 돌면서 생각했다. 인간
이 자기 육체를, 자기 집을 넘어서려는 집념의 상징이지. 사고의
힘으로, 아인슈타인과 철학적 사색과 수학, 멘델 이론, 그 모든
것을 통해서 말이야 — 비행기는 멀리 날아가 버렸다.

그때, 초라하고 별 특징 없는 한 남자가 가죽 가방을 들고서 세
인트폴 대성당의 계단 위에 서서 망설이고 있었다. 저 안은 얼마
나 향내로 그윽한가, 얼마나 따뜻이 환영하는 분위기인가, 무덤
들[35] 위에는 얼마나 많은 깃발이 휘날리고 있는가. 군대에 거둔
승리가 아니라 진리 탐구라는 골치 아픈 병에 거둔 승리의 깃발
이니, 나 또한 그로 인해 이렇게 일자리 없는 신세가 된 것이다.
하여간 성당은 너에게 친구가 되어 주며 너를 한 사회의 구성원

34 런던의 외항. 큰 배는 여기서 더 내륙으로 들어가지 못한다.
35 세인트폴 대성당 지하에는 국가적 영웅과 유명 화가들의 묘소가 있다.

으로 부르고 있다. 위대한 사람들이 여기 속했으며, 순교자들은
교회를 위해 죽었다. 왜 들어가지 않는가. 그는 생각했다. 각종
안내서들로 가득한 이 가죽 가방을 제단 앞에, 십자가 앞에 내려
놓지 않는가. 십자가는 그런 탐구와 질문과 언어의 논박 그 너머
에 있는 것, 육신을 벗어나 온전히 정신이 되어 버린 신령한 것의
상징이다. 왜 들어가지 않는가? 그는 생각했고, 그가 망설이는
동안 비행기는 러드게이트 서커스[36] 너머로 쏜살같이 날아갔다.

  이상했다. 너무 조용했다. 교통 혼잡 너머로 아무 소리도 들려
오지 않았다. 조종사 없이, 자유 의지로 움직이는 것만 같았다. 이
제 그것은 위로 더 위로 굴곡을 그리며 오르다가 똑바로 치솟았
다. 마치 황홀경 가운데, 순수한 희열 속에 솟구치는 무엇처럼. 그
뒤쪽에서는 하얀 연기가 분사되어 $T, O, F$ 같은 글자들을 썼다.


  「다들 뭘 그렇게 보는 거지?」 클라리사 댈러웨이는 문을 열어
준 하녀에게 물었다.

  현관 방은 지하 납골당처럼 써늘했다. 댈러웨이 부인은 손을
눈가로 가져갔다. 하녀가 문을 닫자, 루시의 치맛단이 스치는 소
리를 들으면서, 그녀는 마치 속세를 떠나 친숙한 베일들과 옛 기
도의 화답송에 둘러싸이는 수녀와도 같은 느낌이 들었다. 요리
사가 부엌에서 휘파람을 불고 있었다. 타이프라이터가 딸각거리
는 소리도 들렸다. 이것이 그녀의 삶이었다. 현관 테이블 위로 몸
을 굽히며 그녀는 마치 그 삶의 영향 아래 절하는 듯 축복받고 정
화된 느낌이 든 나머지, 전화 메시지가 적힌 수첩을 집으면서 이
런 순간은 마치 생명나무의 꽃봉오리 같아, 하고 중얼거렸다. 어

36 세인트폴 대성당 아래쪽, 러드게이트 힐과 플리트 스트리트가 만나는 곳.

둠 속에 피어나는 꽃이지, 그녀는 생각했다(마치 탐스러운 장미가 그녀만을 위해 피어난 듯했다). 한 번도 신을 믿어 본 적은 없었다. 그러나 그럴수록, 하고 그녀는 수첩을 집어 들며 생각했다. 평소의 삶에서 하인들에게 보답을 해야 해. 개와 카나리아들에게, 그리고 무엇보다도 남편인 리처드에게 ― 모든 것이 그의 덕분이니 말이다. 명랑한 소리들과 녹색 불빛, 심지어 휘파람 부는 요리사까지도. 워커 부인은 아일랜드 출신으로 온종일 휘파람을 불었다. 이렇게 복된 순간들을 고이 간직해 두었다가 보답을 해야지, 하고 그녀는 수첩을 눈앞에 가져가며 생각했다. 루시가 곁에 서서 무엇인가 설명하려 했다.

「저, 바깥어른께서요⋯⋯.」

클라리사는 전화 메모를 읽었다. 〈레이디 브루턴께서 댈러웨이 씨와 오늘 점심을 함께 하실 수 있는지 문의하심.〉

「바깥어른께서 마님께 전하라고 하셨어요. 점심을 들고 오시겠다고.」

「아, 그래!」 클라리사는 말했고, 마치 그녀의 기대에 답하기라도 하듯 루시도 덩달아 실망감을(아픈 마음까지는 아니지만) 나타냈다. 부인과의 일치감을 느끼고, 그 가벼운 기미에서 부인의 심정을 읽으며, 상류 계급 사람들은 어떻게 사랑하는지 생각하고, 자신의 미래를 차분히 그려도 보았다. 댈러웨이 부인의 양산을 받아, 여신이 전쟁터에서의 임무를 명예롭게 마치고 내려놓은 신성한 무기라도 다루는 듯한 태도로, 우산꽂이에 갖다 꽂았다.

「더는 두려워 말라,」[37] 클라리사는 읊조렸다. 더는 두려워 말라, 태양의 열기를. 레이디 브루턴이 자기를 빼고 리처드를 점심

---

37 주 15 참조.

에 초대했다는 충격이 방금 그녀가 서 있던 순간을 전율케 했다. 마치 강바닥의 식물이 지나가는 노의 충격을 받고 떨리는 것처럼, 그녀는 그렇게 동요했고, 그렇게 전율했다.

밀리선트 브루턴의 오찬 파티는 각별히 유쾌하다고 하던데, 그녀는 초대받지 못한 것이다. 아무리 저열한 시기심도 그녀를 리처드에게서 떼어 놓지는 못하리라. 그러나 그녀가 두려운 것은 시간 그 자체였다. 레이디 브루턴의 얼굴이 마치 무감각한 돌에 새겨진 해시계나 되는 듯이, 그녀는 거기서 자기 삶의 시간이 기우는 것을 읽었다. 해마다 그녀의 몫은 베어져 나가 이제 남은 귀퉁이는 얼마 되지 않으며, 더 이상 잡아 늘일 수도 없고 젊었을 때처럼 삶의 다채로운 빛깔과 맛과 분위기를 받아들일 수도 없었다. 젊었을 때는 그 모든 것으로 얼마나 충만했던지, 방 안에 들어설 때면 그녀의 존재로 온 방이 가득 차는 듯했다. 가끔 자기 응접실 문간에 서서 지체할 때면, 마치 물속에 뛰어들기 직전의 잠수부와도 같이 미묘한 긴박감을 맛보곤 했다. 발밑의 바다는 어두워졌다 밝아졌다 하고, 파도는 막 부서질 듯하지만 이내 부드럽게 퍼져 나가면서, 수초를 휘말고 숨기고 뒤집으면서 진주빛 포말이 엉겨붙게 한다.

그녀는 수첩을 현관 테이블에 내려놓았다. 난간을 손으로 짚으면서 천천히 계단을 올라가기 시작했다. 마치 이 친구 저 친구가 그녀의 얼굴에, 그녀의 목소리에 화답해 주던, 파티를 떠나온 듯했다. 문을 닫고 밖에 나가 홀로 선 모습, 무시무시한 밤에 맞서 홀로 선, 아니 좀 더 정확히 말하자면 유월 아침의 무미건조한 시선과 정면으로 마주한 모습이었다. 이 아침이 어떤 이들에게는 장미꽃잎의 부드러운 광채를 띨 것이고, 계단의 열린 창가에서서 블라인드가 펄럭이는 소리, 개 짖는 소리를 듣고 있노라면 그녀 자신도 그런 기분을 느낄 수 있었다. 그렇지만 열린 창을 통해 들려오는 저 소리는, 하고 그녀는 문득 자신이 갑자기 움츠러들고 늙고 가슴도 밋밋해진 것처럼 느끼면서 생각했다. 낮의 갈아 대는, 불어 대는, 피어나는 소리는 문밖에, 창밖에, 그녀의 몸밖에, 머리 밖에 있을 뿐, 머리는 아득해졌다. 단지 레이디 브루턴이 그 각별히 유쾌하다는 오찬에 그녀를 초대하지 않았다는 이유로.

속세를 떠나는 수녀처럼, 또는 탑을 탐험하는 아이처럼, 그녀는 계단을 올라가 창가에 서 있다가 욕실로 들어갔다. 바닥에는 녹색 리놀륨이 깔려 있고 수돗물이 똑똑 떨어졌다. 삶의 한복판에 공허함이, 텅 빈 다락방이 있었다. 여자들은 화려한 의상을 벗어야 한다. 대낮에도 옷을 벗어야 한다. 그녀는 모자의 핀을 뽑아 핀쿠션에 꽂아 놓고 깃털 달린 노란 모자를 침대 위에 놓았다. 시트는 이쪽에서 저쪽으로 희고 널따란 띠를 이루며 깨끗하고 팽팽하게 당겨져 있었다. 그녀의 침대는 점점 더 좁아질 것이다. 양초는 반쯤 타다 남았고, 마르보 남작[38]의 『회고록』은 꽤 많이 나가 있었다. 간밤에는 늦도록 모스크바 퇴각 대목을 읽었다. 하원의 회의가 늦어질 때가 많다면서, 리처드는 그녀가 앓고 난 후이니 방해받지 않고 푹 잘 수 있어야 한다고 주장했다. 사실 그녀도 모스크바 퇴각 대목을 읽는 편이 더 좋았다. 그렇다는 것을 그도 알고 있었다. 그래서 다락방이 그녀의 침실이 되었다. 침대는 좁았고, 거기 누워 책을 읽노라면 — 그녀는 잠이 잘 오지 않는다 — 아이를 낳았는데도 여전한 처녀성이 새하얀 시트처럼 자신을 감

38 장 바티스트 앙투안 마르슬랭Jean-Baptiste-Antoine-marcelin, Baron de Marbot(1782~1854). 나폴레옹 휘하의 프랑스 장군으로, 그의 회고록은 19세기 말 영국 독자들에게 널리 읽혔다.

싸는 것을 어쩔 수 없었다. 젊었을 때는 매력적이었건만, 갑자기 — 예를 들면 클리브덴 숲[39] 가의 강에서처럼 — 마음이 차갑게 수축하기라도 하는 듯 그를 실망시키는 순간이 닥쳐 왔다. 그 후에는 콘스탄티노플에서도 그랬고, 그런 일이 거듭되었다. 무엇이 결여된 것인지는 스스로도 알 수 있었다. 아름다움도 아니고 마음도 아니었다. 무엇인가 중심에서부터 번져 나가는 것, 표면을 깨뜨리고 남녀의 차가운 접촉에 설렘을 일으키는 따뜻한 무엇이 그녀에게는 없었다. 혹은 여자들끼리의 접촉에서도. 하지만 그 점에 관해서는 막연히 짐작할 뿐이었다. 그녀는 그런 것을 혐오했고, 어디서 왔는지 알 수 없는 혹은 자연이 보내주었을 (자연은 변함 없이 현명하다) 경계심을 갖고 있었다. 하지만 때로는 여성, 소녀가 아닌 여성의 매력에, 자신에게 어떤 곤경이나 어리석음을 고백하는 — 그녀에게는 자주 그러는 여성들이 있었다 — 여성의 매력에 끌리는 것을 억제할 수 없었다. 연민 때문이든 그녀들의 아름다움 때문이든 또는 자신이 좀 더 나이가 많다거나 다른 어떤 우연 때문이든 — 희미한 향기나 이웃집 바이올린 소리 같은 것들(어떤 상황에서는 소리가 참으로 기이한 힘을 발휘한다) — 그녀도 분명 남자들이 느끼는 것을 느낄 수 있었다. 순간적인 느낌일 뿐이지만, 그것으로 족했다. 그것은 갑작스러운 계시, 갑자기 뺨이 달아오르는 것과도 같은 일이었다. 억제하려 하지만 일단 홍조가 퍼지기 시작하면 그 확산에 굴복하게 되고, 그 극한까지 몰려가서는 떨면서 세상이 가까이 다가오는 것을 느끼게 된다. 세상은 그 어떤 놀라운 의미로, 터질 듯한 황홀함으로 부풀어 오르며, 그 의미가, 그 황홀함이, 마침내

39 런던 북쪽 템스 강변의 아름다운 숲.

얇은 거죽을 찢고 터진 틈과 상처 위에 엄청난 치유의 힘으로 콸콸 쏟아지는 것이었다! 그럴 때, 바로 그 순간, 그녀는 하나의 광명을, 크로커스 꽃 속에서 피어나는 불씨를,[40] 내적인 의미가 거의 표출된 것을 보았다. 그러나 가까운 것은 멀어지고 단단한 것은 부드러워졌다. 그런 순간은 지나가 버렸다. 그런 순간들(여자들과의 순간도 포함하여)에 비하면 침대(그녀는 모자를 내려놓았다)와 마르보 남작, 반쯤 타들어 간 양초는 얼마나 대조적인가. 뜬눈으로 누워 있노라면 마루가 삐걱대는 소리가 들려오고, 불 켜진 집이 갑자기 어두워졌다. 고개를 들어 보면 리처드가 가능한 한 조용히 문 손잡이를 돌리는 소리가 들려왔다. 그는 양말만 신은 채 살금살금 2층으로 올라왔다가 종종 뜨거운 물이 든 병을 떨어뜨리고 투덜거리곤 했다. 그녀는 얼마나 웃었는지!

그러나 이 사랑이라는 문제는(하고 그녀는 코트를 벗어 걸면서 생각했다), 여자들과 사랑에 빠진다는 것은. 샐리 시튼은 어떤가. 그 옛날 샐리 시튼과의 관계는. 그것은 굳이 말하자면 사랑이 아니었던가?

그녀는 바닥에 앉았다 — 샐리에 대한 처음 느낌은 그랬다 — 그녀는 바닥에 앉아 무릎을 감싸 안고서 담배를 피웠다. 어디서였더라? 매닝네였던가? 킨로크-존스네였던가? 어느 집의 파티에서였다(어디였는지는 확실치 않지만). 왜냐하면 함께 있던 남자에게 〈저게 대체 누구예요?〉 하고 물었던 것이 분명히 생각나기 때문이다. 그래서 그가 말해 주었는데, 샐리의 부모는 사이가

40 원문대로는 〈크로커스 꽃 속에서 타는 성냥*a match burning in a crocus*〉인데, 우리말로는 〈성냥〉이라는 단어가 너무 이물감을 주므로 〈피어나는 불씨〉 정도로 옮겼다. 실제로 성냥개비처럼 생긴 크로커스 꽃술이 타는 모양을 생각하면 될 것이다.

좋지 않다(그녀에게는 얼마나 놀라운 얘기였던가 — 부모님께
서 다툴 수도 있다니!)는 것이었다. 하지만 그날 저녁 내내 샐리
에게서 눈을 뗄 수가 없었다. 그녀가 가장 찬탄해 마지않는 타입
의 미인이었다. 검은 머리칼에 커다란 눈, 그리고 그녀 자신이 갖
고 있지 못했기 때문에 항상 선망했던 것 — 일종의 자유분방함
을 지니고 있었다. 무슨 말이든 무슨 일이든 할 수 있다는 듯한.
그것은 영국 여자보다는 외국인들에게서 더 흔한 특징이라고 생
각되었는데. 샐리는 항상 말하기를 자기한테는 프랑스인의 피가
섞여 있다고 했다. 조상 중에 누가 마리 앙투아네트의 측근이었
는데 참수형을 당하면서 루비 반지를 남겼다던가. 그녀는 그해
여름에 부어턴에 살러 왔던 것 같다. 호주머니에는 동전 한 닢 지
니지 않고서, 어느 날 저녁 식사 후에 갑자기 나타나서는 불쌍한
헬레나 고모를 얼마나 화나게 했던지 고모는 샐리를 결코 용서
하지 않았지. 집에서 싸움이 벌어졌다고 했던 것 같다. 그날 밤
집에 올 때도 정말로 한푼도 없어서 브로치를 저당 잡혔다고 했
있다. 그렇게 댓바람에 뛰쳐나왔던 것이다. 그녀들은 밤새도록
이야기를 했다. 샐리는 그녀가 부어턴에서 얼마나 온실의 화초
처럼 살아왔던가를 난생 처음으로 깨닫게 해주었다. 그녀는 성
(性)에 대해 아무것도 몰랐고, 사회 문제에 대해서도 아는 것이
없었다. 언젠가 한 노인이 들판에 쓰러져 죽는 것을 보았고, 송아
지를 낳은 직후의 암소들도 본 적이 있었다. 그러나 헬레나 고모
는 그런 일을 가지고 이야기하는 것을 질색했다(샐리가 그녀에게
윌리엄 모리스[41]의 책을 주었을 때, 표지를 갈색 종이로 싸야만
했다). 그들은 집의 맨 위층에 있는 그녀의 침실에서 그렇게 끝

41 William Morris(1834~1896). 라파엘 전파(前派)의 화가로, 영국에서
사회주의 사상을 전파하는 데도 일역을 했다.

없이 이야기를 하곤 했다. 인생에 대해, 세상을 어떻게 개혁할지에 대해. 그들은 사유 재산제를 폐지하기 위해 협회를 설립할 작정이었고, 실제로 편지를 쓰기도 했다. 비록 보내지는 않았지만. 물론 그런 발상들은 샐리의 것이었지만 — 얼마 안 가 그녀도 그 못지않게 열이 올라서 — 아침 식사 전에 침대에서 플라톤을 읽었고, 모리스를 읽었으며, 몇 시간이고 셸리[42]를 읽었다.

샐리의 능력은 놀라웠다. 그녀의 재능, 그녀의 개성은. 예컨대 꽃을 꽂는 방식만 해도 그랬다. 부어턴에서는 식탁에 뻣뻣한 작은 꽃병들을 쭉 늘어놓곤 했는데, 샐리는 밖에 나가 접시꽃이며 달리아를 — 한 번도 함께 꽂아 본 적이 없는 온갖 종류의 꽃들을 — 꺾어 가지고, 꽃송이만을 따서 수반의 물에 띄워 놓았다. 해질 무렵 식사를 하러 들어갔을 때, 그 효과는 기가 막혔다. (물론 헬레나 고모는 꽃 모가지를 그렇게 자르다니 못돼 먹은 일이라고 생각했지만.) 그런가 하면 또 한번은 스펀지를 잊어버렸다며 알몸으로 복도를 뛰어간 적도 있다. 늙고 엄격한 하녀 엘렌 앳킨스는 〈신사분들 중에 누가 보기라도 하면 어쩌려고?〉 하면서 구시렁거렸지. 정말이지 샐리는 사람들을 놀라게 했다. 단정치가 못해, 라는 것이 아빠의 평이었다.

돌이켜 보면 신기한 것은 샐리에 대한 감정의 순수함, 그 완전함이었다. 그것은 이성에 대한 감정과는 달랐다. 전혀 사심이 없고, 여자들, 막 사춘기를 지난 여자들 사이에나 존재할 수 있는 그 무엇을 지니고 있었다. 그녀 편에서는 다분히 보호자 같은 감정이기도 했다. 둘만의 연맹이라도 맺은 듯한 느낌, 자신들을 갈라 놓을 무엇인가에 대한 예감(그들은 결혼을 항상 파탄으로 이

---

42 Percy Bysshe Shelley (1792~1822). 영국 낭만주의 시인.

야기했다)에서 생겨난 이 기사도적인 감정은 샐리보다는 주로 그녀 편에서 느끼는 것이었지만. 그 시절 샐리는 정말이지 겁이 없어서, 허세를 부리느라 어리석기 짝이 없는 짓들을 감행하곤 했다. 자전거를 타고 테라스 난간 위를 달린다든가, 여송연을 피운다든가. 묘한, 아주 기묘한 애였어. 하지만 그 매력은 대단했지. 적어도 그녀에게는 그랬다. 어느 정도였는가 하면, 밤에 자기 침실에서 더운물이 든 병을 손에 든 채로 우두커니 서서 〈그녀가 이 지붕 아래 있어……. 그녀가 이 지붕 아래 있는 거야!〉 하고 소리 내어 말하던 것이 아직도 기억에 선했다.

아니, 그런 말들은 이제 아무 뜻도 없었다. 그 옛날 감정의 희미한 메아리조차 느껴지지 않았다. 하지만 너무나 흥분하여 몸이 떨리는 기분, 반쯤 취한 기분으로 머리를 빗던 것은 기억할 수 있었다(머리핀을 빼어 화장대 위에 놓고 머리를 빗기 시작하니 그때의 느낌이 되살아나기 시작했다). 창밖의 분홍빛 저녁노을 속에서 갈까마귀들이 퍼덕이며 날던 것도. 옷을 입고 아래층으로 내려가 홀을 가로지르면시 〈만일 지금 죽어야 한다면 지금이야말로 가장 행복한 때이리〉[43] 하는 심정이 들었었다. 그것이 그녀의 느낌 — 오셀로의 느낌이었고, 그녀는 세익스피어가 오셀로에게 불어넣었던 만큼이나 강렬하게 그런 심정을 느끼고 있다고 확신했다. 오로지 새하얀 드레스를 입고 샐리 시튼을 만나러 저녁 식탁에 가고 있다는 이유만으로도!

샐리는 분홍 박사(薄紗)를 입고 있었다 — 정말 그럴 수가 있었을까? 하여간 그녀는 아주 가볍고 빛나는 것이 마치 무슨 새나 풍선 같은 것이 날아들어 들장미 덤불쯤에 잠시 걸려 있는 듯이

---

43 「오셀로」 2막 1장. 오셀로가 자신의 행복과 데스데모나에 대한 사랑을 표현한 말.

보였다. 하지만 사랑(그것이 사랑이 아니라면 무엇이겠는가?)에 빠진 사람에게는 더없이 기이하게도, 다른 사람들은 전혀 무관심했다. 헬레나 고모는 저녁 식사가 끝나자 그냥 어디론가 사라져 버렸고, 아빠는 신문을 읽었다. 어쩌면 피터 월시도 거기 있었을 테고, 노처녀 미스 커밍스도 있었을 것이다. 조지프 브라이트코프는 확실히 있었다. 그는 매년 여름이면 와서, 불쌍한 노인 같으니, 여러 주씩 묵으면서 그녀에게 독일어를 가르쳐 주는 척했지만, 실제로는 피아노를 치면서 영 아닌 목청으로 브람스 가곡을 노래하곤 했다.

그 모든 것이 샐리를 위한 배경일 뿐이었다. 샐리는 벽난로 곁에 서서 이야기를 하고 있었는데, 그 아름다운 음성은 그녀가 말하는 모든 것이 다정한 애무처럼 들리게 했다. 이야기를 듣던 아빠도(그는 그녀에게 빌려 준 책이 테라스에서 푹 젖어 있는 것을 발견한 후로 쉬이 노여움을 풀지 못하고 있었는데도) 어쩔 수 없이 그녀에게 끌리기 시작했다. 갑자기 그녀가 말했다. 「이런 날 집 안에 틀어박혀 있다니!」 그래서 그들은 모두 테라스로 나가 이리저리 걸었다. 피터 월시와 조지프 브라이트코프는 줄곧 바그너에 대해 떠들고 있었다. 그녀와 샐리는 조금 뒤에 처졌다. 그러고는 그녀의 평생 가장 황홀한 순간이 다가왔다. 꽃이 담긴 돌 항아리 곁을 지날 때였다. 샐리는 문득 걸음을 멈추고 꽃을 한 송이 꺾어 들더니 그녀의 입술에 키스했다. 온 세상이 거꾸로 도는 듯했다! 다른 사람들은 까마득히 멀어졌다. 그녀는 샐리와 단둘이 있었다. 선물을 받았는데, 꽁꽁 포장한 선물을 들여다보지 말고 그냥 가지고 있어, 하는 듯한 느낌이었다. 다이아몬드나 뭔가 무한히 소중한 것이 겹겹이 싸여 있었고, 이리저리 걸어 다니는 동안 그녀는 살짝 그것을 열어 보았던가, 아니면 그 타는 듯한 광채가, 계시가, 종교적인 감정이, 뚫고 나왔던가! — 그때 조지프 노인과 피터가 그들을 돌아보았다.

「별을 보는 거야?」 피터가 말했다.

마치 어둠 속에서 화강암 벽에 얼굴을 찧은 것만 같았다! 난데 없고, 끔찍했다!

자기 자신 때문이 아니었다. 그녀는 단지 샐리가 어떻게 푸대 접을 받아 왔던가를, 그의 적의와 질투를, 그들의 우정에 끼어들 려는 그의 결심을 느꼈을 뿐이었다. 마치 번갯불이 번쩍 하는 순 간 풍경이 한눈에 들어오듯이 그 모든 것이 시야에 들어왔다 — 그렇지만 샐리는(그녀가 그때만큼 존경스러웠던 적은 없어) 전 혀 기가 꺾이지 않고 의연하게 사태를 받아들였다. 소리 내어 웃 고는 조지프에게 별들의 이름을 가르쳐 달라고 말했으며, 노인 은 신이 나서 가르쳐 주었다. 그녀는 우두커니 서서 귀를 기울였 다. 별 이름들이 귀에 들어왔다.

〈오, 너무해!〉 그녀는 생각했다. 무엇인가가 그 행복의 순간을 중단시키고 망쳐 놓으리라는 것을 처음부터 알고 있었던 것만 같았다.

하지만 돌이켜 보면 그녀는 그에게 빚진 것이 많았다. 그를 생 각할 때면 왠지 항상 다툰 것만 떠올랐다 — 아마도 그만큼 그에 게 좋게 보이고 싶었기 때문일까. 〈감상적〉이라느니 〈문화적〉이 라느니 하는 말도 그가 늘 쓰던 것인데, 그런 말들은 나날의 삶 속에 때 없이 되살아나곤 하는 것이 마치 그가 줄곧 그녀를 지켜 보기라도 하는 듯했다. 어떤 책이 감상적인가 하면, 어떤 인생관 도 감상적이었다. 아마도 이렇게 지난날을 생각하는 것도 〈감상 적〉이라 할 것이다. 그가 돌아오면, 하고 그녀는 그려 보았다. 그 는 어떻게 생각하려나?

그녀가 늙었다고 생각할까? 그가 그렇게 입 밖에 내어 말할까? 아니면 그렇게 생각하는 것을 이쪽에서 눈치 채게 될까? 그가 돌아와 보니 그녀가 늙어 있더라고? 사실 그랬다. 앓고 난 후로 그녀는 머리가 거의 새하얗게 세었다.

브로치를 탁자 위에 놓다가, 그녀는 갑작스런 경련을 느꼈다. 잠시 그런 의문들을 떠올리는 사이를 틈타, 얼음처럼 차디찬 새 발톱이 가슴속을 파고들기라도 한 것 같았다. 아직 그렇게 늙은 것은 아니다. 이제 겨우 쉰두 번째 해로 접어들었을 뿐인데. 아직도 여러 달이 고스란히 남아 있었다. 유월, 칠월, 팔월! 한 달 한 달이 여전히 옹글게 남아 있었다. 마치 그 떨어지는 방울을 붙잡기라도 하려는 듯, 클라리사는 (화장대 쪽으로 다가가며) 바로 그 순간의 핵심 속으로 뛰어들어, 그것을 거기에 고정시켰다 ─ 이 유월 아침의 순간을, 다른 모든 아침들의 무게가 실려 있는 이 아침의 한순간을 고정시키듯, 그녀는 거울과 화장대와 늘어선 병들을 새삼스럽게 둘러보면서, 자신의 전부를 한 점에 모아 (거울 속을 들여다보면서), 섬세한 분홍빛 얼굴을 마주 보았다. 오늘 저녁 파티를 열려는 여인, 클라리사 댈러웨이, 그녀 자신의 얼굴이었다.

얼마나 수없이 그녀는 자신의 얼굴을 바라보았던가! 그럴 때마다 얼굴은 눈에 띄지 않을 만큼 미세하게 긴장되곤 했다. 거울을 보면서 그녀는 입술을 꼭 오므렸다. 그러자 얼굴에 구심점이 살아났다. 예리하고, 화살 같고, 분명한, 그것이 그녀 자신이었다. 본연의 자기 자신이 되고자 하는 어떤 부름, 어떤 노력이 부분들을 ─ 그것들이 얼마나 다양하고 양립할 수 없는 것들인지는 그녀만이 알고 있었다 ─ 한데 끌어 모을 때의 그녀 자신이었다. 그렇게 해서 세상 사람들에게 하나의 중심, 하나의 다이아몬드, 응접실에 앉아 사교의 중심이 되는 한 여인의 얼굴을 내보이는 것이다. 따분한 생활에 분명 생기를 돌게 하고, 외로운 이들에게는 아마도 피난처가 될 수도 있을 터이다. 그녀는 젊은 사람들을 도와주었으며 그들은 그녀에게 감사하고 있다. 그녀는 언제나 한결같은 모습을 보이려 노력해 왔고, 그녀의 다른 면들 — 결점이나 시기심, 허영, 의심 같은 것들을 결코 드러내지 않았다. 가령 레이디 브루턴이 그녀를 점심 식사에 초대하지 않은 데 대해 느끼는 감정도. 그것은 정말이지 (그녀는 마침내 머리에 빗질을 하면서 생각했다) 옹졸하다! 그런데, 드레스를 어디 두었더라?

이브닝드레스는 벽장에 걸려 있었다. 클라리사는 부드러운 옷자락들 사이로 손을 집어넣어 녹색 드레스를 조심스레 꺼내 들고 창가로 가져갔다. 일전에 뜯어진 옷이었다. 누군가가 치맛단을 밟았던 것이다. 대사관 파티에서, 주름의 맨 위쪽이 뜯어지는 것이 느껴졌었다. 인공적인 불빛에서는 빛나 보이던 녹색이, 이제 햇빛 속에서는 그 빛깔이 나지 않았다. 그녀가 직접 고칠 것이다. 하녀들은 할 일이 너무 많다. 오늘 밤에 이 옷을 입기로 하자. 비단실과 가위, 그리고 — 또 뭐더라? — 그래, 골무를 가지고 아래층에 내려가야겠다. 써야 할 편지도 있고, 준비가 제대로 되어 가는지도 봐야 하니까.

이상한 일이야, 하고 그녀는 층계참에 멈춰 서서, 그 다이아몬드 같은 중심, 그 하나뿐인 여인의 모습을 가다듬으면서 생각했다. 안주인은 자기 집이 바로 이 순간 어떤 상태인지, 어떤 기분인지, 이렇게 환히 알 수 있다니 이상하기도 하지! 희미한 소리들이 나선 계단을 타고 올라왔다. 자루걸레가 쓱쓱 움직여 가는 소리, 뭔가 탁탁 치는 소리, 두드리는 소리, 현관문이 요란하게 열리는 소리, 지하실에서 뭔가 말을 전하는 목소리, 쟁반 위의 은그릇들이 잘그랑대는 소리. 파티에 쓸 깨끗한 은그릇들이었다. 모두 파티를 위한 것이었다.

(루시는 두 팔 가득히 쟁반을 받쳐 들고 거실로 들어와 벽난로 선반 위에 커다란 촛대를 올려놓고, 은제 함은 한가운데 오게 하고 수정 돌고래는 벽시계 쪽을 향하도록 돌려놓았다. 손님들이 올 것이고 여기 이렇게 서서 그 점잔 빼는 말투로 — 그녀도 그런 말투를 흉내 낼 줄은 알았다 — 이야기를 할 것이다. 신사 숙녀들. 그중에서도 가장 아름다운 이는 우리 마님, 이 모든 은 식기와 식탁보, 냅킨, 도자기 들의 주인이신 우리 마님이시다. 날씨는 화창하고 은 식기는 반짝거리고 문짝을 떼어 낸 방은 환히 넓어지고 럼플메이어에서 온 사람들은 바삐 오가는 광경 앞에서, 그녀는 상감 장식을 한 탁자 위에 종이 자르는 칼을 올려놓으면서 무엇인가를 성취한 듯한 느낌이 들었다. 여기 좀 봐! 여기! 하고 거울 속을 흘긋 들여다보면서 그녀는 자신이 케이터햄[44]에서 처음으로 근무했던 빵집의 옛 동료들을 향해 외치고 싶었다. 마치 메리 공주의 시중을 드는 레이디 앤젤라라도 된 기분이었다. 그때 댈러웨이 부인이 들어왔다.)

「오, 루시.」 그녀는 말했다. 「은그릇들이 정말 멋져 보이는데!」

〈그런데〉 하고 그녀는 수정 돌고래를 똑바로 고쳐 놓으면서 말했다. 「간밤에 연극은 재미있었니?」 「아, 네, 그런데 끝나기 전에 돌아와야 했어요!」 그녀는 말했다. 「열시까지 돌아와야 했구나!」 그녀는 말했다. 「그래서 끝이 어떻게 되었는지 모르겠어요.」 그녀는 말했다. 「그것 참 안됐구나.」 그녀는 말했다(하인들이 청하

44 런던 남쪽, 서리 주의 소도시.

기만 했더라면 더 늦어도 괜찮았는데). 「정말 딱하게 됐어.」 그녀는 소파 한복판에 놓여 있던 헌 쿠션을 집어 루시의 팔에 안겨 주고는 가볍게 떠밀듯 하며 큰 소리로 말했다.

「이건 가져가! 워커 부인한테 내가 주더라고 해! 가지고 가!」 그녀는 말했다.

루시는 쿠션을 안고 거실을 나가다가 문간에서 걸음을 멈추고는 얼굴을 약간 붉히며 수줍게 물었다. 드레스 고치는 것을 도와드려도 되겠느냐고.

하지만, 하고 댈러웨이 부인은 말했다. 안 그래도 할 일이 많을 텐데, 이런 일까지 도와주지 않아도 괜찮다고.

「하지만 고마워, 루시. 정말 고마워.」 댈러웨이 부인은 말했다. 고마워, 고마워, 그녀는 되뇌면서 소파에 앉아 드레스를 무릎에 펼쳐 놓고 가위와 비단실을 찾아 들었다. 고마워, 고마워, 그녀는 연신 되뇌었다. 이처럼 자신을 도와주는 하인들, 자신의 원대로 온화하고 너그러울 수 있게끔 도와주는 그들 모두에게 감사한 마음이 들었다. 하인들은 그녀를 좋아했다. 자, 그런데 이 드레스는 — 어디가 뜯어졌더라? 이제 바늘에 실을 꿸 차례였나. 이것은 그녀가 좋아하는 드레스, 샐리 파커가 거의 마지막에 만든 드레스였다. 샐리는 이제 은퇴하여 일링[45]에 살고 있다는데, 틈을 낼 수만 있다면(하지만 더는 그럴 틈이 나지 않을 거야) 일링에 가서 그녀를 만나 볼 텐데, 하고 클라리사는 생각했다. 그녀는 정말이지 괴짜였어, 클라리사는 생각했다. 진짜 예술가였지. 생각하는 것은 항상 좀 별났지만, 그래도 그녀가 만드는 드레스는 전혀 별나지 않았다. 해트필드[46]에도 버킹엄 궁전에도 입고 갈 만

---

45 런던 서쪽의 우아한 교외 주택지.
46 솔즈베리 후작 세실 가문의 저택.

한 옷들이었고, 실제로 그녀는 그것들을 입고 해트필드에도 버킹엄 궁전에도 갔었다.

평온함이 밀려왔고, 차분하고 고즈넉한 기분으로 그녀는 바늘을 놀렸다. 비단실을 잡아당겨 살짝 멈추고는 녹색 주름을 한데 모아 허릿단에 가볍게 갖다 붙였다. 여름날 파도들이 층층이 쌓였다가 균형을 잃고 무너지는 것과도 같다. 한데 모였다가 무너지고, 그럴 때마다 온 세상이 점점 더 육중하게 〈그게 전부야〉 하고 말하는 성싶다. 마침내 해변의 뙤약볕 속에 누워 있는 몸속의 마음도 그게 전부야, 라고 말할 때까지. 더는 두려워하지 말라, 고 마음은 말한다. 더는 두려워하지 말라, 고 마음은 말하면서 그 짐을 어느 바다엔가 내맡겨 버린다. 바다는 그 모든 슬픔을 대신해 한꺼번에 한숨지으며 다시 처음으로 돌아가 층층이 쌓이고 무너져 내린다. 육체만이 남아 벌이 윙윙대며 지나가는 소리에 귀 기울인다. 파도는 부서지고, 개는 짖어 댄다. 멀리서 짖고 또 짖는다.

「어머나, 초인종 소리야!」 클라리사는 바늘을 멈칫했다. 누군가 하고 귀를 기울였다.

「댈러웨이 부인은 날 만나 주실 거요.」 현관에서 나이 든 남자의 말소리가 들려왔다. 「그럼, 나라면 만나 주시고말고.」 그는 되풀이하며, 루시를 상냥하게 살짝 밀어내고는 계단을 성큼성큼 뛰어올라 왔다. 「그럼, 그럼, 그럼.」 그는 계단을 올라오면서 중얼거렸다. 「날 만나 줄 거야. 5년이나 인도에 있다 왔는데, 클라리사는 날 만나 주고말고.」

〈누구지 ─ 대체 누가〉 하고 댈러웨이 부인은 (파티를 여는 날 아침 열한시에 이런 식으로 방해를 받다니 말도 안 되지) 계단을 올라오는 발걸음 소리를 들으며 의아해했다. 문에 손 닿는 소리가 들렸다. 그녀는 드레스를 감추려 했다. 처녀가 순결을 지키듯이, 은밀한 속내를 드러내지 않듯이. 그런데 그때 놋쇠 손잡이가 내려가더니, 문이 열리고, 들어온 사람 ─ 한순간 그녀는 그의 이름조차 떠오르지 않았다! 그를 보자 그녀는 그렇게도 놀라고, 기쁘고, 수줍고, 어리둥절했다. 피터 월시가 이렇게 아침 일찍 예고도 없이 찾아오다니! (그녀는 그의 편지를 아직 읽지 못했다.)

「그동안 잘 지냈어요?」 피터 월시는 확연히 떨리는 음성으로 말하며, 그녀의 양손을 잡고, 양손에 키스를 했다. 그녀는 늙었군, 하고 그는 자리에 앉으며 생각했다. 그런 말은 하지 말아야지, 그는 생각했다. 그녀는 정말로 늙었으니 말이야. 나를 쳐다보는군, 그는 생각했다. 벌써 양손에 키스까지 했는데, 새삼스레 쑥스러운 기분이 들었다. 손을 호주머니에 넣더니 그는 커다란 주머니칼을 꺼내 날을 반쯤 폈다.

여전해, 하고 클라리사는 생각했다. 묘한 표정도, 체크무늬 양복도 그대로야. 얼굴이 조금 비뚤어졌고, 어쩌면 좀 마르고 무뚝뚝해진 것도 같지만, 아주 근사해 보여. 전혀 변하지 않았어.

「당신을 다시 보다니 꿈만 같아요!」 그녀는 탄성을 올렸다. 여전히 칼을 가지고 다니는구나. 정말 저 사람답다니까, 그녀는 생각했다.

그는 바로 엊저녁에 도착했다고 말했다. 곧 시골에 내려가 봐야 한다고. 별고 없는지? 다들 잘 지내는지? ─ 리처드는? 엘리자베스는?

「이건 다 뭐지요?」 그는 주머니칼로 그녀의 녹색 드레스를 가리키며 물었다.

이이는 옷을 아주 잘 입었네, 클라리사는 생각했다. 하지만 여전히 나에 대해서는 비판적이야.

여기서 그녀는 드레스를 고치고 있다. 늘 그랬듯이 드레스를 고치고 있어, 그는 생각했다. 내가 인도에 가 있는 동안, 그녀는 내내 여기 앉아 있었겠지. 드레스를 고치고, 놀러도 다니고, 파티에 가고, 하원에 오가고, 뭐 그러면서 지냈겠지. 그렇게 생각하자 그는 점점 더 초조하고 불안해졌다. 어떤 여자들에게는 결혼만큼 나쁜 게 없다니까, 그는 생각했다. 정치도 그렇지. 보수당 남편, 저 훌륭한 리처드 같은 남편을 갖는 거야말로 최악이야. 그렇고말고, 그는 생각하며 주머니칼을 딱 소리가 나게 닫았다.

「리처드는 아주 잘 지내요. 리처드는 위원회에 갔어요.」클라리사가 말했다.

그녀는 가위를 들면서 말했다. 드레스 고치던 것을 마저 끝내도 될지? 오늘 밤에는 파티가 있어서.

「당신은 초대하지 않을 파티지만요.」그녀는 말했다.「친애하는 피터!」

하지만 그녀가 그렇게 — 친애하는 피터! 라고 — 불러 주는 것은 듣기 좋았다. 정말이지 다 너무 좋았다 — 은그릇들, 의자들, 모든 것이 너무나도!

왜 그는 초대하지 않겠다는 것인지? 그는 물었다.

그야 물론, 하고 클라리사는 생각했다. 그는 매력적이야! 더없이 매력적이지! 이제 생각이 난다. 얼마나 마음을 정하기가 어려웠는지 — 그런데 왜 결국 그렇게 결심했던 걸까? 그와 결혼하지 않기로, 그 지독한 여름에.

「하지만 오늘 아침 당신이 오다니 정말이지 멋져요!」그녀는 드레스 위에 양손을 포개 놓으며 다시금 감탄했다.

「생각나요?」그녀는 말했다.「부어턴에서 블라인드가 어떻게 펄럭이곤 했는지?」

「그랬지요.」그는 말했다. 그녀의 아버지와 단둘이서 아주 어색하게 아침 식사를 하던 것도 생각이 났다. 그 노인은 벌써 세상을 떠났는데, 그때 클라리사에게 문상 편지도 쓰지 않았다. 하지만 패리 노인, 그 성마르고 결단성 없는 노인, 클라리사의 아버지 저스틴 패리와는 도무지 잘 지내질 못했었다.

「난 가끔 당신 아버지와 좀 더 잘 지냈더라면 하는 생각이 들어요.」그는 말했다.

「하지만 아버진 아무도 나에게 — 아니, 내 친구들은 아무도 좋아하시질 않았어요.」클라리사는 말했다. 피터가 자기와 결혼하고 싶어 했던 것을 생각나게 하다니, 혀를 깨물고 싶은 지경이었다.

물론 그녀와 결혼하고 싶었다, 하고 피터는 생각했다. 그 일로 가슴이 찢어지는 것만 같았지. 생각하니 새삼 슬픔에 압도되는 느낌이었다. 슬픔은 테라스에서 바라보이던 달처럼, 저문 날의 희미한 빛을 받아 해쓱하니 아름답던 달처럼 떠올라 왔다. 평생 그렇게 불행했던 적은 없을 거야, 그는 생각했다. 그리고 마치 정말로 그 테라스에 앉아 있기라도 한 것처럼, 그는 클라리사 쪽으로 약간 다가앉아 손을 내밀려다 말고, 들었던 손을 그냥 떨구었다. 거기 그들의 머리 위에 그 달이 걸려 있었다. 그녀도 그와 함께 달빛을 받으며 테라스에 앉아 있는 듯했다.

「이제 부어턴은 허버트 거예요.」그녀는 말했다. 「난 그 집에 통 가질 않아요.」그녀는 말했다.

그러자, 달빛 비치는 테라스에서 그러는 것처럼, 한 사람은 벌써 진력이 나서 거북한 느낌이 들기 시작하는데, 다른 한 사람은 조용히, 아주 조용히 앉아서 서글프게 달만 쳐다보고 있어, 말을 꺼내기도 뭣해서 그저 발을 움직여도 보고 목을 가다듬어도 보고, 테이블 다리에 붙어 있는 쇠로 된 소용돌이 장식도 들여다보고 나뭇잎을 흔들어도 보고, 그러면서 아무 말도 하지 않는 것처럼 — 피터 월시는 꼭 그런 느낌이었다. 이렇게 옛날로 돌아가면 뭐해? 그는 생각했다. 왜 그때 일을 다시 기억나게 하는 거지? 그렇게 혹독한 고통을 겪게 하고서, 왜 또다시 괴롭게 해? 대체 왜?

「생각나요, 그 호수?」그녀는 불쑥 물었다. 북받치는 감정으로 가슴이 조여들고 목의 근육이 뻣뻣해져서 〈호수〉라고 말할 때는 입술이 경련하듯 오그라들었다. 그녀는 부모님 사이에 서서 오리들에게 빵조각을 던지는 어린아이인 동시에 호숫가에 서 있는 부모님을 향해 다가가는 성숙한 여인이기도 했다. 양팔에 자기 인생을 안고서, 그들에게 다가갈수록 인생은 그녀의 품 안에서 점점 커져서, 마침내 하나의 생애가, 온전한 삶이 되었다. 그녀는 그것을 그들 곁에 내려놓고서 〈이것이 제가 인생을 가지고 만들어 낸 거예요! 이것이!〉라고 말한다. 그런데 그녀는 대체 무엇을 만들어 냈던가? 정말이지 무엇을? 오늘 아침 여기 피터와 함께 앉아 바느질을 하면서.

그녀는 피터 월시를 바라보았다. 그녀의 눈길은 그 모든 시간과 그 모든 감정을 뚫고 지나 머뭇거리듯 그에게 이르렀고 눈물에 젖어 잠시 그에게 머물렀으나, 일어나 날아가 버렸다. 마치 새가 나뭇가지를 건드리고는 다시금 일어나 날아가 버리듯이. 그녀는 스스럼없이 그냥 눈물을 닦았다.

「그래요.」피터는 말했다.「그래, 그래, 그래요.」그는 말했다. 그녀는 무엇인가를, 떠오르면 어쩔 수 없이 그에게 상처를 입히고야 말 것을, 기어이 표면으로 끌어올리는 것만 같았다. 그만! 그만해! 그는 외치고 싶었다. 그는 늙지 않았다. 그의 인생은 아직 끝나지 않았다. 천만에! 그는 이제 겨우 오십을 지났을 뿐인

데. 말해 버릴까? 말까? 그는 생각했다. 모두 다 속 시원히 말해 버리고도 싶었다. 하지만 그녀는 너무 냉정하다, 그는 생각했다. 가위를 가지고 바느질을 하고 있어. 클라리사에 비하면 데이지는 평범해 보이겠지. 그녀는 나를 낙오자라고 생각할 거야. 사실 이 사람들 기준으로는 그렇기도 하겠지. 그는 생각했다. 댈러웨이식 기준으로는! 그렇고말고. 그 점에 대해서는 의심의 여지가 없었다. 그는 낙오자였다. 이 모든 것에 비하면 — 상감 장식 탁자, 보석 박은 페이퍼 나이프, 수정 돌고래며 거대한 촛대, 의자 커버에 값진 옛 판화들 — 그는 낙오자였다! 이 모든 것들의 자족한 느낌이 싫다고 그는 생각했다. 그야 리처드 탓일 뿐 클라리사 탓은 아니지만, 그녀가 그와 결혼한 것만 빼고는. (그때 루시가 은그릇을, 더 많은 은그릇을 가지고 방에 들어왔다. 그릇을 내려놓으려고 몸을 굽히는 품이 날씬하고 우아하여 매력적이라고 그는 생각했다.) 그리고 내내 이렇게 살아왔다는 말이지! 그는 생각했다. 이런 것이 클라리사의 인생이다. 그런데 나는 — 하고 그는 생각했다. 문득 자신에게서 온갖 것이 빛처럼 뿜어져 나오는 듯이 느껴졌다. 여행, 승마, 분쟁, 모험, 브리지 파티, 연애 사건들, 일, 일, 일! 그는 드러내 놓고 칼을 꺼내어 — 그 오래된 뿔 손잡이를 보고 클라리사는 그것이 그가 30년째 지녀온 것임을 장담할 수 있었다 — 주먹으로 꽉 움켜잡았다.

　참 이상한 버릇이야, 클라리사는 생각했다. 항상 저렇게 칼을 가지고 놀다니. 사람을 너무 경박하게 보이게 하잖아. 머리가 텅 빈 것 같기도 하고, 늘 그랬듯이 말만 앞서는 허풍선이라니까. 하기야 나도 마찬가지지만, 하고 그녀는 생각하며 바늘을 집어 들고는 마치 호위병들이 잠들어 버려 무방비하게 남겨진 여왕처럼 (사실 이 방문 때문에 그녀는 무척 놀랐고 — 마음이 온통 뒤흔

들렸다), 들장미 덤불에 뒤덮여 누워 있는 모습을 지나가던 아무나에게 들켜 버린 여왕처럼, 구원을 요청하고픈 심정이 되었다. 그녀는 자기가 하고 있는 일들에게, 자기가 좋아하는 모든 것에게 도움을 청했다. 남편, 엘리자베스, 그녀 자신, 요컨대 피터가 알지 못하는 모든 것에게, 그녀 곁에 와서 적을 물리쳐 달라고.

「그래, 당신은 어떻게 지냈어요?」 그녀는 말했다. 전투가 시작되기 전, 말들은 앞발로 땅을 차고 머리를 뒤로 젖히며 옆구리는 햇빛을 받아 반짝이고 목덜미는 휘어진다. 그렇듯 피터 월시와 클라리사는 푸른 소파에 나란히 앉아서 서로에게 도전했다. 그의 내부에서는 힘들이 끓어올라 아우성쳤다. 그는 사방에서 온갖 것들을 불러 모았다. 찬사, 옥스퍼드에서의 경력, 그녀가 알리 없는 자기의 결혼, 어떻게 사랑했던가, 어떻게 맡은 바 소임을 다해 냈던가를.

「별의별 일이 다 있었지요!」 그는 큰 소리로 말했다. 이쪽저쪽으로 돌진하는 힘들이 한꺼번에 그를 자극했고, 그에게 두려운 느낌과 동시에 더는 볼 수 없는 사람들의 어깨 위로 공기를 가르며 질주하는 더없이 상쾌한 기분을 주었다. 그는 손을 이마로 가져갔다.

클라리사는 꼿꼿이 앉은 채, 숨을 죽였다.

「난 사랑에 빠졌어요.」 그는 말했다. 그러나 그것은 그녀에게 하는 말이 아니라 어둠 속에 일으켜 세운 누군가에게 하는 말이었다. 손이 닿지 않는 대상, 그 발치의 어둠 속 풀밭 위에 화환을 내려놓아야 하는 대상이었다.

「사랑에 빠졌어요.」 이제는 클라리사 댈러웨이를 향해 다소 무미건조한 어조로 말했다. 「인도에 있는 한 여자와.」 그는 이미 화환을 내려놓았다. 클라리사는 마음대로 생각하라지.

「사랑이라고요!」 그녀는 말했다. 저 나이에, 저 조그만 나비넥타이를 매고도 그 괴물에게 당하다니! 목은 살이 빠져 주글주글하고, 손은 불그레하고, 나보다 여섯 달이나 먼저 났는데! 그녀의 눈은 언뜻 자신을 돌아보았다. 그러나 마음속으로는 분명히 느꼈다. 뭐라 해도 그는 사랑에 빠진 거야. 그는 진심이야, 그녀는 느꼈다. 사랑하고 있어.

그러나 불굴의 자존심이, 대항하는 적들을 언제까지나 짓밟고 나아가는 자존심이 고개를 쳐들었다. 도대체 아무 목적이 없는 것을 인정하면서도 전진, 전진, 하고 외치는 강물과도 같은 불굴의 자존심이 그녀의 볼을 상기시켰고, 그녀를 매우 젊어 보이게 했다. 발그레한 얼굴에 눈을 빛내며, 무릎에 드레스를 얹고 녹색 비단실을 바늘에 꿰어 든 채, 파르르 떠는 모습이. 그가 사랑에 빠졌다고! 그녀가 아니라, 다른 여자, 물론 더 젊은 여자와.

「어떤 여자인데요?」 그녀는 물었다.

이제 그 미지의 입상은 끌어내려져 그들 사이에 내려놓여야 한다.

「결혼한 여자지요, 불행하게도.」 그는 말했다. 「인도 주둔군 소령의 아내예요.」

그는 그녀를 클라리사 앞에 이런 우스꽝스러운 방식으로 내려놓으며 묘하게 자조적이면서도 감미로운 미소를 지었다.

(뭐라 해도 그는 사랑에 빠진 거야, 클라리사는 생각했다.)

〈그녀는〉 하고 그는 아주 조리 있게 말을 이었다. 「아이가 둘 있지요. 아들 하나 딸 하나. 난 이혼 문제로 내 변호사들을 만나러 왔어요.」

자, 말해 버렸다! 그는 생각했다. 맘대로 생각하라고, 클라리사! 내 할 말은 다 했으니! 그러고 나자 그에게는 인도 주둔군 소령의 아내(그의 데이지)와 그녀의 두 어린 자식이, 클라리사가 그들을 바라볼수록 점점 더 사랑스럽게 생각되었다. 마치 접시 위의 잿빛 탄알에 불을 붙이자 아름다운 나무가 피어나는 것만 같았다. 소금내 나는 상쾌한 바닷바람 같은 그들의 친밀함(어떤 의미에서는 아무도 클라리사만큼 그를 이해하고 공감해 주지 못했다) ── 그들의 더없이 절묘한 친밀함 가운데서.

그 여자가 그의 기분을 맞추어 환심을 샀겠지. 클라리사는 생각했다. 인도 주둔군 소령의 아내라는 여자의 모습을 조각칼로 쓱쓱 새기듯 떠올려 보았다. 무슨 낭비람! 무슨 객기람! 피터라는 사람은 평생 이런 식으로 실수 연발이다. 옥스퍼드에서 퇴학당한 것을 시작으로, 그다음엔 인도로 가는 배에서 만난 여자와 결혼하더니, 이제는 인도 주둔군 소령의 아내라고! 그와 결혼하지 않은 게 천만다행이지! 하지만, 그는 정말로 사랑에 빠져 있었다. 그녀의 옛 친구, 친애하는 피터가, 사랑하고 있었다.

「하지만 어쩌려고요?」 그녀는 물었다. 오, 그야 변호사며 법무관들, 링컨스 인[47]의 후퍼니 그레이틀리니 하는 양반들이 알아서 하겠지요, 그는 말했다. 그러면서 예의 주머니칼로 손톱을 깎아 대고 있었다.

제발 그 칼 좀 가만히 둬요! 그녀는 참을 수 없이 화가 나서 속으로 외쳤다. 그녀를 화나게 하는 것, 항상 화나게 했던 것은 그런 어리석은 파격, 그의 나약함, 다른 사람들이 어떻게 느끼는지에 대한 철저한 무신경이었다. 더구나 이제 그 나이에! 어리석어도 분수가 있지!

47 Lincoln's Inn. 13세기에 설립된 네 개의 법학원*Inns of Court* 중 하나. 다른 세 군데는 그레이스 인Gray's Inn, 이너 템플The Inner Temple, 미들 템플The Middle Temple이다.

나도 알아, 하고 피터는 생각했다. 나도 내가 뭘 상대하려는 건지는 안다고. 주머니칼의 칼날을 손가락으로 훑어 내리며 그는 생각했다. 클라리사와 댈러웨이와 그 모든 사람들이지. 하지만 난 클라리사에게 보여 주겠어 — 그런데 그 순간, 정말이지 자기도 모르게, 억누를 수 없이 솟구치는 힘에 북받쳐서, 그는 울음이 터지고 말았다. 울고 또 울었다. 아무 부끄러움 없이, 소파에 앉은 채로, 눈물이 볼을 타고 흘러내렸다.

어느새 클라리사는 몸을 앞으로 내밀어 그의 손을 잡고 그를 끌어당겨 키스하고 있었다 — 휘둘리는 은빛 섬광을 가라앉힐 수 있었을 때는 이미 그의 얼굴이 자기 얼굴 위에 있었다. 가슴속 열대의 광풍에 휩쓸리는 초원의 잡풀과도 같은 은빛 깃털들이 차츰 가라앉자 그의 손을 잡고 그의 무릎을 토닥이면서 물러나 앉아 그와 함께 있는 것이 놀라울 만큼 편안하게 느껴졌고 더없이 가벼운 심정이 되었다. 순간 그런 생각이 들었다. 만일 내가 이 사람과 결혼했더라면 이 명랑함이 온종일 내 것이 되었을 텐데!

그녀에게는 이미 끝난 일이었다. 시트는 팽팽히 당겨졌고 침대는 좁다랬다. 그녀는 혼자 탑으로 올라가 그들이 햇볕 속에서 나무딸기를 따도록 내버려 두었었다. 문은 닫혔고, 거기 부스러진 벽토의 먼지와 새둥지의 잔재 사이에서 그 광경은 얼마나 아득하게 보이고 소리는 가늘고 싸늘하게 들리던지(리스 힐[48]에서의 일을 그녀는 기억했다), 리처드, 리처드! 그녀는 잠든 이가 밤에 소스라쳐 깨어나며 어둠 속에서 도움을 찾아 손을 뻗치듯이 소리쳤다. 그는 레이디 브루턴과 오찬을 하고 있다는 사실이 떠올랐다. 그는 나를 떠났고 나는 영영 혼자다, 그녀는 무릎에 손을

48 영국 동남부에서 가장 높은 산지. 런던 남쪽, 서리 주에 있으며, 전망과 아름다운 숲길로 유명하다. 부어턴에서 가깝다.

포개 놓으며 생각했다.

　피터 월시는 일어나 창문 쪽으로 다가가서 그녀에게 등을 보이며 선 채로, 커다란 손수건으로 눈물을 닦는 것을 이쪽저쪽으로 내보였다. 가느다란 어깨선을 따라 웃옷 한쪽이 번갈아 치켜올라가는 것이, 당당하고도 냉정하고 황량한 모습이었다. 그는 코를 세게 풀었다. 나를 데려가 줘요, 클라리사는 충동적으로 생각했다. 마치 그가 곧장 머나먼 여행을 떠나기라도 하는 것처럼. 그러나 다음 순간, 마치 흥미진진하고 감동적인 5막극이 막 끝난 듯한, 자신은 그 속에서 피터와 함께 달아나 한평생을 이미 다 살아 버렸으며 이제는 다 지나간 일인 듯한 기분이 들었다.

　이제 움직일 시간이었다. 외투와 장갑과 오페라글라스 따위를 주섬주섬 챙겨 들고 극장을 떠나 거리로 나서는 여인과도 같이, 그녀는 소파에서 일어나 피터에게 다가갔다.

　너무나 이상한 일이야, 그는 생각했다. 그녀는 어떻게 아직까지도 이런 힘을 가지고 있는 것일까. 패물이 잘랑거리고 옷자락이 사락대는 소리와 함께 방을 건너 다가오는 그녀가 아직까지도 그 여름날 부어턴의 테라스에서 달이 뜨게 하던 — 생각하기도 싫은 일이지만 — 힘을 그대로 가지고 있다니.

　「말해 봐요.」 그는 그녀의 어깨를 감싸 쥐며 말했다. 「당신은 행복해요, 클라리사? 리처드는 —」

　문이 열렸다.

　「내 딸 엘리자베스예요.」 클라리사는 감정을 넣어 다소 연극적으로 말했다.

　「안녕하세요?」 엘리자베스가 다가오며 말했다.

　빅벤이 30분을 알리는 소리가 그들 사이에서 놀라울 만큼 힘차게 울려 퍼졌다. 마치 건장하고 무심하고 생각 없는 젊은이가 이리저리 아령을 휘두르는 것만 같았다.

「여어, 엘리자베스!」 피터는 손수건을 호주머니에 쑤셔 넣으며 소리치더니, 그녀 쪽으로 급히 다가가면서 〈잘 있어요, 클라리사〉 하고 돌아보지도 않고 외치고는, 급히 방에서 나가 계단을 달려 내려가서 현관문을 열었다.

「피터! 피터!」 클라리사가 층계참까지 그를 따라 나오며 소리쳤다.「오늘 밤의 제 파티! 오늘 밤 파티를 잊지 마세요!」 문이 열리자 쏟아져 들어오는 소음 때문에 그녀는 소리 높여 외쳐야만 했다. 하지만 차량의 혼잡과 일제히 울려 퍼지는 시종 소리에 파묻혀 〈오늘 밤 제 파티를 잊지 마세요!〉 하는 그녀의 음성은 희미하고 약해서, 피터 월시가 문을 닫자 아득히 멀어졌다.


파티를 잊지 마, 파티를 잊지 마, 하고 피터 월시는 거리로 나서면서 중얼거렸다. 30분을 알리는 빅벤의 단순 명쾌한 소리, 그 소리의 흐름에 박자를 맞추듯이. (시계 소리가 겹겹이 육중한 원을 그리며 공중에 빈져 갔다.) 아, 그놈의 파티들, 그는 생각했다. 클라리사의 파티들. 그녀는 왜 그런 파티들을 여는 걸까, 그는 생각했다. 뭐 비난할 뜻은 없었다. 그녀이든 연미복 단춧구멍에 카네이션을 꽂고 다가오는 저 등신 같은 사내이든 간에. 세상에서 자기 자신과 같은 사람, 이렇게 사랑에 빠진 이는 하나밖에 없었다. 이 행운아가 바로 빅토리아 스트리트에 있는 자동차 회사 진열창에 모습이 비친 자기 자신인 것이다. 인도 전체가 그의 등 뒤에 펼쳐져 있었다. 들판과 산, 콜레라, 아일랜드의 두 배는 되는 관할 구역, 혼자서 결정을 내렸던 일들 ─ 피터 월시, 그 혼자서 말이다. 이제 그가 정말이지 평생 처음으로 사랑을 하고 있다. 클라리사는 좀 완고해졌어. 게다가 약간 감상적이 된 것도

같고. 대형 자동차들을 들여다보며 그는 생각했다 — 그런데 이
차들은 몇 갤런으로 몇 마일이나 갈까? 그는 기계를 다루는 데
소질이 있었다. 자기 관할 구역에서 신형 쟁기를 발명하기도 했
고, 영국에서 손수레를 들여온 적도 있었다. 쿨리[49]들은 그걸 쓰
려 하지 않았지만. 이 모든 것은 클라리사가 전혀 모르는 일들이
었다.

　그녀가 〈내 딸 엘리자베스예요!〉라고 말하던 것도 거슬렸다.
왜 그냥 〈엘리자베스예요〉라고 하지 않을까? 꾸민 듯한 말투가
아닌가. 엘리자베스도 그런 말투를 좋아하지 않을 것이다. (육중
한 시계 소리의 마지막 여운이 아직도 그 주위의 공기를 흔들고
있었다. 30분, 아직 이른 시간이다. 이제 겨우 열한시 반밖에 되
지 않았어.) 그는 젊은 사람들 기분을 이해할 수 있었고 그들을
좋아했다. 클라리사에게는 전부터 어딘가 냉정한 데가 있었지,
하고 그는 생각했다. 처녀 적부터 뭐랄까 소심한 데가 있었는데,
그게 중년이 되자 인습적인 태도로 변해 버렸어. 그러면 끝장이
지, 끝장이야, 그는 다소 울적하게 유리창 안쪽을 들여다보며 생
각했다. 그런 시간에 방문하여 폐가 된 것은 아닐까. 못나게 눈물
을 흘리고 감정을 드러낸 것이 문득 창피해졌다. 그녀에게는 뭐
든 다 말해 버리게 되거든. 항상 그랬어, 항상.

　구름이 해를 가리며 지나갈 때면, 침묵이 런던을 내리덮는다.
사람들의 마음도 내리덮는다. 수고가 그치고, 시간은 돛대 위에
펄럭인다. 우리는 가던 걸음을 멈추고, 우리는 서 있다. 뻣뻣하
게, 습관의 형해(形骸)만이 인간의 형체를 버티고 있다. 그 속에
는 아무것도 없지, 하고 피터 월시는 자신을 향해 말했다. 느낌은

49 인도나 중국의 비숙련 현지 노동자.

비워져 나가고, 속은 완전히 텅 비었어. 클라리사는 나를 거절했다, 하고 그는 생각했다. 우두커니 선 채로 그는 생각했다. 클라리사는 나를 거절했어.

아, 세인트 마거릿[50]의 종이 울린다. 막 시종이 칠 때 응접실로 들어오는 안주인처럼, 손님들이 이미 와 있는 것을 보고, 늦진 않았어요, 아니 정확히 열한시 반인걸요, 하는 것처럼. 하지만, 자신의 말이 틀림없긴 하지만, 그녀의 음성은 안주인의 그것답게 자기주장하기를 망설이는 듯하다. 과거에 대한 미련이 그 소리를 붙들어맨다. 현재에 대한 염려도. 열한시 반이에요, 하고 말하는 세인트 마거릿의 종소리는 뎅 뎅 울릴 때마다 마음속 깊은 곳까지 파고든다. 마치 살아 있는 무엇처럼, 자신의 속내를 터놓고 퍼져 나가 기쁨에 떨며 안식을 구하는 그 무엇 — 마치 클라리사처럼, 하고 피터 월시는 생각했다. 시종이 칠 때, 흰옷을 입고 계단을 내려오는 클라리사처럼. 맞아, 클라리사 바로 그녀야, 하고 그는 뭉클한 심정으로 생각했다. 그러자 놀랍도록 선명한, 그러면서도 이해할 수 없는, 그녀의 추억이 떠올라 왔다. 마치 그 종소리가 수년 전 아주 친밀했던 어느 순간 함께 앉아 있던 방에까지 퍼져 간 것처럼, 한 사람에게서 다른 사람에게로 갔다가, 벌이 꿀을 싣듯 그 순간을 싣고서 떠나갔던 것처럼. 하지만 어느 방이었던가? 어떤 순간이었던가? 종소리가 울릴 때 그는 왜 그처럼 깊은 행복감을 느꼈던 것일까? 세인트 마거릿의 종소리가 잦아들자 그는 생각했다. 그녀는 아팠다지. 종소리에는 그 나른함과 고통이 실려 있는 듯했다. 심장이라고 했어, 그는 기억했다. 돌연 마지막 한 번의 종소리가 삶의 한복판을 덮치는 조종처럼 울렸

50 웨스트민스터 교구의 교회.

고, 클라리사가 서 있던 곳에서, 응접실에서 쓰러지는 것이 보였다. 아니! 아니! 그는 외쳤다. 그녀는 죽지 않았어! 나는 늙지 않았어. 그는 내심 외치며 화이트홀[51]을 행진해 갔다. 마치 활기차고 창창한 미래가 자신을 향해 굴러 내려오는 것처럼.

그는 늙지도 굳지도 말라붙지도 않았다. 사람들이 뭐라 말하건 상관하지 않는다 — 댈러웨이니 휘트브레드니 하는 작자들쯤은(물론 언젠가는 직장을 구하는 데 리처드가 도움을 줄 수 있을지도 모르지만). 활기차게 주위를 둘러보며 걷다가, 케임브리지 공작[52]의 동상에도 눈길을 주었다. 옥스퍼드에서 퇴학을 당하기는 했다 — 사실이었다. 그는 사회주의자였고, 어떤 의미에서는 낙오자였다 — 사실이었다. 그러나 문명의 미래는, 하고 그는 생각했다. 그런 젊은이들의 손에 달려 있는 것이다. 30년 전의 그와 같은 젊은이들 손에. 추상적인 원리에 대한 사랑을 지니고. 런던에서 히말라야 산봉우리까지 책을 보내게 하여, 과학을 읽고 철학을 읽는 젊은이들. 미래는 그런 젊은이들의 손에 달려 있다, 고 그는 생각했다.

숲 속의 나뭇잎들이 후드득거리는 듯한 소리가 등 뒤에서 나더니, 이내 옷깃 스치는 소리, 규칙적으로 저벅대는 발걸음 소리가 따라와 그의 생각을 쿵쿵 때리면서 화이트홀을 올라가는 그의 걸음에 저도 모르게 박자가 붙게 했다. 제복을 입고 총을 든 청년들이 시선을 곧장 앞쪽으로 향한 채 행진하고 있었다. 팔은 뻣뻣하고, 얼굴에는 동상의 기단 둘레에 새긴, 의무, 감사, 충성,

---

51 웨스트민스터에서 채링크로스에 이르는 800미터가량의 길. 본래 화이트홀 궁이 있던 곳으로, 17세기 이래로 행정부가 위치해 있다.
52 빅토리아 여왕의 사촌이자 영국군 최고 사령관이었던 제2대 케임브리지 공작 조지(1819~1904). 에이드리언 존스가 그의 기마상(1907)을 제작했다.

애국심을 칭송하는 비문의 글자들과도 같은 표정을 띠고서.

아주 멋진 훈련이군그래, 피터 월시는 그들과 보조를 같이하며 생각했다. 하지만 썩 튼튼해 보이지는 않는걸. 그들은 대부분이 홀쭉한 열여섯 살 소년들로, 내일이면 판매대에서 쌀이나 비누를 팔게 될 신세인지도 몰랐다. 하지만 지금 그들은 관능적 쾌락이나 일상의 염려가 섞이지 않은 엄숙한 표정으로 핀스베리 페이브먼트[53]에서 빈 무덤[54]을 향해 화환을 나르고 있었다. 그들은 서약을 했고, 군중도 그것을 존중하는 듯, 차량들이 멈추어 섰다.

더는 못 따라가겠어, 피터 월시는 생각했고, 그들은 그를 지나, 모든 사람을 지나, 한결같은 보조로, 화이트홀 쪽으로 행진해 올라갔다. 마치 동일한 의지가 그 모든 팔다리를 일사불란하게 움직이는 듯, 다양하고 사연 많은 삶은 기념비와 화환의 포장 밑에 깔려 훈련에 의해 눈을 커다랗게 뜬 뻣뻣한 시체로 변해 가는 듯했다. 존중해야 해, 웃을지는 모르지만, 그래도 존중해야 해, 그는 생각했다. 아, 저기 가는구나, 피터 월시는 보도 가장자리에 멈춰 서서 생각했다. 모든 숭고한 동상들, 넬슨, 고든, 해블록,[55] 위대한 군인들의 검고 위풍당당한 조각상들이 똑바로 앞만 바라보며 서 있었다. 마치 그들 또한 같은 체념을 했고(피터 월시는 자기도 그러한 체념을 했다고 믿었다) 같은 시험 아래 짓밟혀 본

---

53 핀스베리 페이브먼트란 세인트폴 성당 인근의 역사적 길로, 제2차 세계 대전 동안 파괴된 지역 안에 있다. 오늘날의 바비칸 구역.

54 제1차 세계 대전(1914~1918)의 전사자들을 기념하여 1919년에 세운 기념비. 화이트홀에 있다.

55 호레이쇼 넬슨(1758~1805)은 트라팔가 해전을 승리로 이끈 제독이고, 조지 고든(1833~1885)은 크리미아 전쟁 때 세바스토폴 전투를 비롯하여 중국, 수단 등지에서 활약한 대단히 인기 있었던 장군이며, 헨리 해블록(1795~1857)은 아프가니스탄과 인도에서 무공을 세운 장군이다.

끝에 마침내 대리석의 시선을 성취했다는 듯이. 그러나 피터 월시 자신은 결코 그런 시선을 갖고 싶지 않았다. 비록 다른 사람들에게서는 그런 시선을 존중할 수 있었지만, 행진해 가는 청년들에게서도 존중할 수 있었지만. 그들은 육체의 혼란을 아직 알지 못한다, 그는 청년들이 스트랜드[56] 방향으로 사라져 가는 것을 지켜보며 생각했다. 내가 겪은 그 모든 것을 알 리가 없지, 그는 길을 건너 고든의 동상 아래 서면서 생각했다. 소년 시절에는 그도 고든을 숭배했었다. 한쪽 다리를 든 채 서서 팔짱을 끼고 있는 고든 — 불쌍한 고든, 그는 생각했다.

클라리사 말고는 아무도 그가 런던에 있다는 사실을 모르기 때문에, 그리고 항해 후의 땅은 여전히 섬처럼 느껴지기 때문에, 오전 열한시 반 트라팔가 광장에 혼자서, 살아서, 아무도 모르는 존재로 서 있다는 사실의 낯설음이 그를 사로잡았다. 이게 다 뭐지? 난 어디 있는 거야? 그리고 대체 왜 이런 일을 하려는 건가? 그는 생각했다. 이혼이라니 말짱 헛소리 같았다. 마음속은 늪지처럼 평평해지고, 세 가지 커다란 감정이 물밀 듯 밀려왔다. 이해와, 광대한 인간애와, 그리고 끝으로는, 마치 다른 두 가지 감정의 결과물인 양, 억누를 수 없는 절묘한 기쁨이. 마치 그의 뇌 속에는 또 다른 손에 의해 줄들이 당겨지고 덧문들이 열리고, 그 자신은 까딱도 하지 않았는데, 원하기만 한다면 그 너머로 얼마든지 거닐어도 좋은 끝없는 길들의 초입에 서 있는 듯한 느낌이었다. 이렇게 젊은 기분이 들기는 몇 년 만에 처음이었다.

그는 탈출했다! 완전히 자유였다 — 습관의 방벽이 무너지고 마음이 마치 바람결에 노출된 불꽃처럼 이리저리 팔락이다가 심

[56] 트라팔가 광장에서 동쪽으로 〈더 시티〉를 향해 가는 길. 극장, 상점, 호텔 등이 모여 있는 번화한 거리.

지에서부터 휙 날아가 버리려 할 때면 그런 것처럼. 이렇게 젊은 기분이 들기는 몇 년 만에 처음이야! 피터는 생각했다. 실제 자기 처지에서 벗어나(물론 겨우 한두 시간 동안이지만), 문밖으로 달려 나가는 아이, 달려가면서 옛날 자신의 보모가 엉뚱한 창문에서 손짓하는 것을 보는 아이 같은 기분으로. 그런데 저 여자 아주 매력적인걸, 하고 그는 트라팔가 광장을 건너 헤이마켓[57] 쪽으로 가다가 한 젊은 여자가 다가오는 것을 보고 생각했다. 그녀는 고든의 동상 아래를 지나면서 (피터 월시의 들뜬 생각에는) 베일을 하나씩 벗어 버리고 마침내 그가 항상 꿈꾸었던 바로 그 여자로 나타날 것만 같았다. 젊지만 당당하고, 명랑하지만 신중하고, 검지만 매혹적인.

등을 활짝 펴고 남몰래 주머니칼을 만지작거리면서, 그는 그 여자를 따라가기 시작했다. 그 매혹적인 대상은 등을 돌리고 있으면서도 그에게 빛을 던져 그들을 이어 주고 그만을 골라내는 듯했다. 마치 뿔뿔이 오가는 차량의 소음이 동그랗게 모은 손나팔 사이로 _그_의 이름을, 피터가 아니라, 그가 혼자만의 생각 속에서 자신을 부르는 은밀한 이름을 속삭이는 것과노 같았디. 〈당신〉이라고, 오직 〈당신〉이라고 그녀는 말했다. 하얀 장갑과 어깨로 그렇게 말했다. 이윽고 얇고 긴 외투 자락이, 그녀가 콕스퍼 스트리트에서 덴트 상점 앞을 지나갈 때 바람이 휘날린 외투 자락이 마치 팔 벌려 지친 자들을 안아 들이듯 서글픈 다정함으로, 감싸듯 상냥하게 부풀어 올랐다.

결혼하지 않았을 거야. 아직 젊은걸. 상당히 젊어. 피터는 생각했다. 그녀가 트라팔가 광장을 지날 때 달고 있던 붉은 카네이션

<hr>

57 16세기에 건초 시장*haymarket*이 있던 자리에, 코벤트리 스트리트에서 팰맬로 이어지는 거리. 웨스트엔드의 번화가이다.

이 다시금 떠오르면서 그녀의 입술은 한층 붉게 생각되었다. 그러나 그녀는 인도 가장자리에서 멈추어 섰따. 어딘가 위엄이 있었다. 클라리사처럼 세속적이지 않아. 클라리사처럼 부자도 아니지만. 양갓집 여자일까? 그는 그녀가 다시 움직이는 것을 보며 생각했다. 재치가 있을 거야. 혀도 꽤 날카롭겠는걸, 그는 생각했다(멋대로 상상해 보기도 해야지. 약간의 기분전환은 누려야지). 새침하게 기다리는 재치, 소란스럽지 않고 날렵한 재치.

그녀가 움직였다. 길을 건넜다. 그는 그녀를 따라갔다. 그녀를 성가시게 할 마음은 추호도 없었다. 그래도 혹시 그녀가 걸음을 멈춘다면 〈아이스크림이나 같이 드실까요〉 하고 말해 봐야지. 말해 보겠어. 그러면 그녀는 극히 자연스럽게 〈아, 그러지요〉 하고 대답할 것이다.

그러나 길에서 다른 사람들이 그들 사이에 끼어들어 그의 앞을 가로막고 그녀의 모습을 지워 버렸다. 그는 끈질기게 쫓아갔다. 여자의 표정이 변했다. 볼은 상기되고 눈에는 조롱하는 빛이 떠올랐다. 자신은 모험가, 겁 없는 모험가라고 그는 생각했다. 날래고 대담하고, 정말이지 (바로 지난 밤 인도에서 돌아오지 않았나) 낭만적인 해적이다. 이 모든 쓸데없는 예의범절이며, 노란 화장복, 담뱃대, 낚싯대 따위, 가게 진열창에 놓인 잡동사니에는 아랑곳하지 않는다. 체면이니 야회니 조끼 아래 흰 셔츠를 받쳐 입은 말쑥한 노신사들 따위. 그는 해적이 아닌가. 계속, 계속 그녀는 걸어갔다. 피카딜리를 지나, 리전트 스트리트를 따라, 그의 앞에서, 그녀의 외투와 그녀의 장갑과 그녀의 어깨가 진열창의 술장식과 레이스와 깃털 목도리와 어우러져 화려하고 변덕스러운 분위기가 가게에서 거리로 슬몃슬몃 번져 나왔다. 마치 밤의 불빛이 어둠 속의 산울타리 너머로 언뜻언뜻 비치듯이.

소리 내어 웃으며 명랑하게, 그녀는 옥스퍼드 스트리트와 그레이트 포틀랜드 스트리트를 건너 작은 골목 중 하나로 접어들었다. 자, 이제야말로 절호의 기회가 다가왔다. 그녀는 걸음을 늦추고 핸드백을 열어 그가 있는 쪽을, 그가 아니라 단지 그쪽을 흘긋 돌아보았다. 작별을 고하는 눈빛, 그 모든 상황을 의기양양하게 일축하는 눈빛이었다. 그러고는 열쇠를 꺼내 문을 열고는 들어가 버렸다! 파티를 잊지 마, 파티를 잊지 마, 하는 클라리사의 음성이 그의 귓전에 노래하듯 했다. 그 집은 어쭙잖은 꽃바구니들을 매달아 놓은 평범한 붉은 집 중 하나였다. 상황 종료.

뭐, 그런대로 재미있었어, 이만하면 됐지, 그는 빛깔이 희미한 제라늄 바구니들을 쳐다보며 생각했다. 공중분해가 되어 버리긴 했지만 — 그의 재미라는 것도 반은 지어낸 것임을 그 자신도 잘 알고 있었다. 젊은 여자의 뒤를 밟은 것도 잠시 지어낸 장난일 뿐이지. 인생의 대부분을 만들어 내듯이 말이야, 그는 생각했다. 자기 자신을 만들어 내고, 여자를 만들어 내고, 짜릿한 재미도, 그보다 더한 것도 만들어 내는 거지. 이상한 일이지만, 사실이 그런걸. 이 모든 건 아무와도 나눌 수가 없어 — 공중분해가 되어 버리지.

그는 발길을 돌렸다. 거리를 걸어가면서, 링컨스 인 — 후퍼 앤 그레이틀리 사무소와 약속 시간이 되기까지 어딘가 앉아 있을 곳을 찾아볼 생각이었다. 어디로 간다지? 어디면 어때. 그럼 리전트 파크 쪽으로 좀 올라가 볼까. 보도를 밟는 그의 장화가 〈어디면 어때〉 하는 듯 힘찬 소리를 냈다. 아직 일러, 아주 이른 아침인걸.

찬란한 아침이기도 했다. 완벽한 심장의 고동과도 같이, 생동감이 길거리를 뚫고 지나갔다. 어설프게 우물거리는 것이라고는 없었다. 정확하게, 틀림없이, 소리 없이, 바로 제시간에, 매끈하고 커다란 원을 그리며, 자동차는 문 앞에 정거했다. 실크 스타킹을 신고 깃털 목도리를 두른, 덧없이 젊은 여자가 — 하지만 그에게는 그다지 매력적이지 않았다. 이미 재미를 본 터였으니까 — 차에서 내렸다. 멋진 집사들, 황갈색 중국 개들, 흑백의 마름모무늬 바닥이 깔리고 하얀 블라인드가 날리는 현관 복도, 그런 것들을 피터는 열린 문을 통해 들여다보면서 그만하면 괜찮은데 하고 생각했다. 런던이란, 또 이 계절도, 문명도, 나름대로 근사한 작품인 것이다. 적어도 삼대에 걸쳐 한 대륙의 행정을 관장해 온 점잖은 인도통 영국 가문 출신이었던 만큼(인도니 대영제국이니 군대니 하는 것을 싫어하는데도 이런 기분이 들다니 스스로 생각해도 신기한 일이었다) 그에게는 문명이라는 것이, 심지어 이런 종류의 문명조차도, 마치 자기 개인의 소유물이기나 한 듯 소중하게 여겨지는 순간들이 있었다. 영국, 집사들, 중국 개들, 곱게 자란 처녀들, 그런 것이 자랑스럽게 생각되는 순간들이. 우스운 일이지만, 그래도 그런걸, 그는 생각했다. 의사들, 사업가들, 유능한 여인들, 정확하고 기민하고 활기차게 제각기 자기 일에 열심인 모든 이가 그에게는 전적으로 칭찬할 만하고 선량한 사람들로 보였다. 인생을 내맡겨도 좋을 만큼 믿음직하고, 세상살이를 함께할 만한 동지들이며, 자신을 속속들이 이해해 줄 이들이었다. 그래저래 정말이지 아주 괜찮은 광경이었다. 어디 그늘에 앉아서 담배라도 피워 볼까.

리전트 파크가 나왔다. 그래, 맞아. 어렸을 때는 곧잘 리전트 파크를 거닐곤 했었다 — 이상한 일이야. 어린 시절 생각이 자꾸만 나다니. 아마 클라리사를 만났기 때문이겠지. 여자들은 우리보다 훨씬 더 과거에 살거든, 하고 그는 생각했다. 여자들은 특정한 장소에 대한 애착을 갖지. 아버지들에 대해서도 그렇고 — 여자들은 항상 자기 아버지를 자랑스럽게 생각한다니까. 부어턴은 멋진, 아주 멋진 곳이었어. 하지만 그 노인네와는 도무지 친해질 수가 없었어. 어느 날 밤엔가는 언쟁을 벌이기도 했는데 — 무슨 문제였는지는 생각나지 않는군. 아마 정치 얘기였겠지.

그래, 리전트 파크는 환히 기억하고 있었다. 곧장 가는 긴 산책로, 왼쪽에는 풍선을 사던 작은 집, 어딘가 명문이 새겨져 있던 기묘한 조각상. 그는 빈자리가 있나 둘러보았다. 시간을 묻거나 하는 사람들에게 방해받고 싶지가 않았다(사실 좀 졸렸다). 회색 옷을 입은 나이 지긋한 유모가, 유모차에 잠든 아기를 데리고 앉아 있는 벤치가 눈에 띄었다 — 유모가 앉은 반대편 끝에 앉는 것이 제일 좋겠군.

그애는 좀 특이하더군, 그는 문득 엘리자베스가 방에 들어와 자기 어머니 곁에 서던 것을 떠올리며 생각했다. 많이 자랐지. 어른이 다 되었던데. 딱히 예쁘진 않지만, 그래도 잘생긴 얼굴이야. 아직 열여덟도 안 되었을걸. 아마 클라리사와는 잘 맞지 않는 모양이야. 〈내 딸 엘리자베스예요〉 같은 말투도 — 왜 그냥 〈엘리자베스예요〉 하지 않는담? — 많은 어머니들이 그러듯이 실제보다 정답게 보이려는 거지. 클라리사는 자기 매력을 너무 믿는 것 같아. 과신하고 있어.

풍부하고 부드러운 엽궐련의 연기가 시원하게 목을 타고 내려갔다. 그는 그 연기를 동그라미들로 만들어 내뱉었고, 연푸른 원들은 잠시 용감하게 바람결에 맞서다가 — 오늘 밤 엘리자베스와 둘이서 얘길 좀 해봐야겠어 — 모래시계 모양으로 우그러지면서 사라져 버렸다. 참 괴상한 모양들이로군, 그는 생각했다. 갑자기 그는 눈을 감고 손을 힘껏 들어올려 묵직한 꽁초를 던져 버렸다. 거대한 솔이 그의 정신을 부드럽게 쓸고 지나가면서, 나뭇가지들과 아이들의 음성, 발자국 소리, 지나가는 사람들, 차량의 소음, 가까워졌다 멀어졌다 하는 차량의 소음을 아득히 쓸어가 버렸다. 아래로, 아래로, 그는 새털같이 부드러운 잠 속으로 가라앉아, 깊이 잠겨 들었다.

회색 옷의 유모는 뜨개질감을 다시 붙들었고, 피터 월시는 그녀 옆의 따끈따끈한 벤치에 앉아 코를 골기 시작했다. 지칠 줄 모르고 조용히 뜨개바늘을 움직이는 유모는 잠든 이들의 권리를 수호하는 이, 하늘과 나뭇가지로 이루어진 숲 속 어스름 가운데 나타나는 유령 같은 존재 중 하나처럼 보였다. 외로운 나그네는, 오솔길을 쏘다니며 고사리들을 헤치고 무성한 독당근 풀을 짓밟는 이는, 문득 고개를 들어 길 끝에 서 있는 거대한 형체를 본다.[58]
아마도 확고한 무신론자이지만, 그는 가끔 놀랍게 고양되는 순간들을 겪곤 한다. 우리 바깥에 존재하는 것은 마음의 상태일 뿐이라고 그는 생각한다. 위로에 대한, 안심에 대한 욕망, 이 가련한 난쟁이들의, 이 나약하고 추하고 비겁한 남자들과 여자들의 바깥에 있는 무엇인가에 대한 욕망이다. 하지만 그가 그녀를 생각할 수 있다면, 그렇다면 그녀도 어떤 의미로는 존재하는 거지, 그는 생각한다. 눈은 하늘과 나뭇가지들을 향한 채 길을 따라가면서 그는 곧 나뭇가지들에 여성성을 부여하고는 그것들이 얼마나 위엄 있게 보이는지 경탄하며 바라본다. 미풍에 흔들릴 때면 가지들은 어둑한 나뭇잎들을 흔들어 엄숙하게 자비와 이해와 용서를 베풀고는, 다음 순간 갑자기 몸을 곧추세우고 그 경건한

58 여기서부터 꿈의 시제는 현재형이다.

모습은 간 데 없이 사납게 흥청거린다.

이런 몽환들이 외로운 나그네에게 과일로 그득한 풍요의 뿔들을 제공하고, 녹색 바다 물결을 타고 가는 세이렌처럼 그의 귓전에 속삭이는가 하면, 장미 다발과도 같이 그의 얼굴에 쏟아지기도 하고, 어부들이 파도 속에서 건져 내려고 허우적대는 창백한 얼굴들처럼 표면으로 떠올라 온다.

이런 몽환들이 끊임없이 떠오르고 실제의 사물과 나란히 나아가며 그 앞을 가린다. 때로는 외로운 나그네를 압도하여 그에게서 지상의 감각을, 귀환에 대한 소망을 앗아 가며, 그 대신 죽음이라는 평화를 준다. 마치(그는 숲 속을 계속 걸어가며 생각한다) 삶이라는 열병이 단순성 그 자체인 것처럼, 무수한 사물들이 단 하나의 사물로 합쳐지는 것처럼. 하늘과 나뭇가지들로 만들어진 이 모습이 험한 바다로부터 일어난 것처럼(그는 이제 오십이 넘었으니 나이가 지긋하다), 하나의 형상이 파도로부터 빨려 나와 그 위엄 있는 손으로부터 연민과 이해와 용서를 뿌려 주는 것처럼. 그러므로, 하고 그는 생각한다. 나는 결코 불 켜진 방으로 돌아가지 않을 것이다. 읽던 책을 마저 읽거나 담뱃대를 털지도 않을 것이다. 터너 부인에게 방을 치우라고 벨을 울리지도 않을 것이며, 그보다는 저 거대한 형상을 향해 똑바로 걸어가겠다. 그러면 그 형상은 고갯짓 하나로 나를 자신의 흐름에 태우고 다른 모든 것과 함께 나를 허무 속으로 사라지게 할 것이다.

이런 몽환들이다. 외로운 나그네는 곧 숲 밖에 있다. 거기서, 손 그늘로 눈을 가리고 문간에 나오는 이는, 아마도 그가 돌아오는 것을 찾기 위해 손을 들고 하얀 앞치마를 바람에 날리는 한 나이 든 여인이다. 그녀는 사막에서 잃어버린 아들을 찾는 듯, 쓰러진 기수를 찾는 듯, 세상의 전쟁에서 아들을 잃은 어머니의 모습을 하고 있다. 그러므로 외로운 나그네가 여자들은 뜨개질을 하고 남자들은 정원에서 삽질을 하는 마을의 길을 따라 나아갈 때면, 저녁은 불길해 보이고, 형체들은 움직이지 않는다. 마치 어떤 준엄한 운명이, 그들은 이미 알고 있으며 두려움 없이 기다리고 있는 듯한 운명이 그들을 완전한 무로 쓸어 넣을 것만 같다.

집 안에서는 찬장이니 식탁이니 제라늄 꽃이 핀 창문턱이니 하는 일상적인 것들 가운데서, 갑자기 안주인의 윤곽이 나타나, 식탁보를 걸으려고 몸을 숙이는 모습이 빛을 받아 부드러워진다. 차가운 인간적 접촉에 대한 기억만이 그것을 선뜻 끌어안지 못하게 하는 다정한 표상이다. 그녀는 마멀레이드를 집어, 찬장에 넣는다.

「오늘 밤 더 할 일은 없습니까?」

그러나 외로운 여행자는 누구에게 대답을 하나?


그렇게 나이 든 유모는 리전트 파크에서 잠든 아기를 보며 뜨개질을 했고, 그렇게 피터 월시는 코를 골았다.

그는 갑자기 후다닥 깨어나면서 〈영혼의 죽음〉이라 혼잣말을 했다.

「오, 맙소사!」 그는 기지개를 켜고 눈을 뜨면서 소리 내어 중얼거렸다. 「영혼의 죽음이라니.」 그 말은 그가 꿈속에서 본 어떤 장면, 어떤 방, 어떤 시간과 관련이 있을 터였다. 차츰 선명해졌다. 그가 꿈속에서 본 장면과 방과 시간이.

그해 여름 부어턴에서였다. 1890년대 초, 그가 클라리사를 열렬히 사랑하던 무렵이었다. 아주 많은 사람들이 차를 마신 후에 테이블에 둘러앉아 웃으며 떠들고 있었다. 방은 노란빛으로 가득했고 담배 연기가 자욱했다. 그들은 자기 하녀와 결혼한 한 남자에 대해 이야기하고 있었다. 이웃의 한 향사(鄕士)였는데, 그의 이름은 잊어버렸다. 하여간 그는 자기 하녀와 결혼했고, 그녀를 데리고 인사차 부어턴을 방문했는데 — 참 대단한 행차였다는 얘기였다. 그녀는 우스꽝스러울 정도로 차려입은 것이 〈마치 앵무새 같았다〉고, 클라리사는 그녀를 흉내 내며 말했다. 게다가 그 여자는 도무지 말을 그치지 않았다. 계속, 계속, 끝없이 조잘 대더라는 것이었다. 클라리사는 또 그녀를 흉내 냈다. 그러자 누군가가 말했다 — 샐리 시튼이었을 것이다 — 그들이 결혼하기 전에 그녀가 아기를 가졌다는 걸 안다고 해서 사실 뭐 그리 달라질 게 있겠어? (당시 남녀가 함께 있는 자리에서 그런 말을 한다는 것은 아주 대담한 일이었다.) 그는 클라리사의 얼굴이 새빨갛게 달아오르면서 일그러지는 것을 보았다. 「오, 난 그 여자랑 다시는 말도 하지 않을 거야!」 그 말에 티 테이블 주위에 앉아 있던 모든 사람이 움찔했다. 아주 거북한 분위기였다.

그는 그녀가 그 사실을 꺼린다고 해서 비난하지는 않았다. 그 시절에 그녀처럼 곱게 자란 아가씨는 아무것도 모르게 마련이었으니까. 하지만 그에게 거슬리는 것은 그녀의 태도였다. 소심하고, 경직되고, 오만하고, 새침을 떠는 태도. 「영혼의 죽음이로군.」 그는 본능적으로 그렇게 말했다. 평소에 하듯이 그 순간을 규정하는 표현을 찾아냈던 것이다 — 그녀 영혼의 죽음이라고.

모두 움찔했다. 그녀가 말할 때는 모두 고개를 숙이는 듯하더니, 제각기 표정이 달라졌다. 그는 샐리 시튼이 장난을 하다가 들킨 아이처럼 몸을 약간 앞으로 숙이고 얼굴을 붉힌 채 뭔가 말을 하고 싶지만 두려워하는 것을 보았다. 클라리사는 가끔 정말로 사람들을 겁나게 했다. (샐리는 클라리사의 가장 좋은 친구였고, 언제나 그 집에 와 있었는데, 클라리사와는 딴판으로 머리칼이 검은 미인으로, 아주 과감하다는 평이 나 있는 매력적인 아가씨였다. 그는 가끔 그녀에게 엽궐련을 주었고, 그녀는 침실에서 그걸 피운다고 했다. 그녀는 누군가와 약혼을 했거나 아니면 가족과 싸우거나 한 터였는데, 패리 노인은 피터와 샐리를 모두 싫어했기 때문에, 두 사람은 오히려 친해졌다.) 그러자 클라리사가, 여전히 좌중 모두에게 기분이 상했다는 듯이, 자리에서 일어나 미안하다 말하고는 혼자 가버렸다. 그녀가 문을 열자, 크고 털북숭이인 양치기 개가 들어왔다. 그녀는 개를 끌어안고는 애정을 퍼부었다. 마치 피터에게 말하는 듯했다 ― 그것이 다 자기에게 보이려는 것임을 그는 알고 있었다 ― 「내가 방금 그 여자에 대해 지나치게 행동했다고 생각하는 거 다 알아요. 하지만 봐요. 내가 얼마나 다정다감한지. 내가 우리 로브를 얼마나 사랑하는지 보라고요!」

그들은 말을 하지 않고도 항상 이런 식으로 미묘하게 소통할 수 있었다. 그녀는 그가 자기를 비난하는 것을 곧바로 알아차렸고, 그렇게 개를 가지고 법석을 떨듯이 자기 방어를 위한 명백한 뭔가를 하곤 했다. 하지만 그래도 그를 속일 수는 없었고, 그는 항상 클라리사의 속마음을 읽을 수 있었다. 물론 그는 아무 말도 하지 않았고, 그저 뚱한 얼굴로 앉아 있었지만. 그들의 싸움은 대개 그런 식으로 시작되었다.

그녀는 문을 닫았다. 그러자 그는 기분이 몹시 나빠졌다. 모두 부질없어 보였다 ― 계속 사랑에 빠져 있는 것도, 계속 말다툼을 하고 화해를 하는 것도. 그래서 그는 혼자 밖으로 나가 헛간이며 마구간을 어슬렁거리면서 말들을 들여다보았다. (부어턴은 수수한 곳이었고, 패리 집안은 결코 대단한 부자는 아니었지만, 항상 마부며 마구간 심부름꾼들은 두고 있었다 ― 클라리사는 승마를 아주 좋아했다 — 그리고 마차 모는 노인도 있었는데, 이름이 뭐였던가? — 늙은 유모는 무디인지 구디인지, 뭐 그런 이름으로 불렀었는데. 그녀의 작은 방에 놀러가 보면 사진이며 새장 같은 것이 잔뜩 있었다.)

끔찍한 저녁이었다! 그는 점점 더 시무룩해졌고, 꼭 그 일 때문만은 아니었다. 모든 것이 다 그랬다. 그녀를 만날 수도 없었고, 그녀에게 설명할 수도 없었고, 그 얘기를 꺼낼 수도 없었다. 항상 주위에 사람들이 있었고 — 그녀는 아무 일 없었다는 듯이 행동했다. 그것이 그녀의 무서운 점이었다 — 그 냉정함, 그 고집, 그녀의 아주 깊은 속에 있는 어떤 것. 바로 오늘 아침에도 그녀와 이야기하면서 새삼 그런 점을 느꼈던 것이다. 꿰뚫어 볼 수 없는 어떤 것을. 하지만 그래도 그는 그녀를 사랑했다. 그녀는 사람의 신경을 건드리는 묘한 재주가 있었다. 신경을 마치 바이올린 줄처럼 예민하게 만들어 버리는 것이었다.

그는 그날 저녁 식사에 다소 늦게 갔다. 그렇게 해서라도 자신의 빈자리를 느끼게 하겠다는 어리석은 생각에서였다. 그는 패리 노인의 누이동생인 미스 패리 — 헬레나 고모 — 옆에 앉게 되었는데, 그녀가 식탁을 주재하기로 되어 있었다. 그녀는 머리를 창문에 기댄 채 하얀 캐시미어 숄을 두르고 앉아 있었다 — 아주 엄격한 노처녀였지만, 그에게는 친절했다. 그가 그녀에게 희귀한 꽃을 찾아다 준 적이 있었기 때문이다. 그녀는 식물학에 조예가 깊었고, 두꺼운 장화를 신고 어깨에는 검은 수집 상자를 둘러멘 채 멀리까지 돌아다니곤 했다. 그는 그녀 곁에 앉았고, 말을 할 수가 없었다. 모든 것이 그를 지나쳐 가버리는 것만 같았다. 그는 그냥 거기 앉아서 먹기만 했다. 그렇게 식사가 반쯤 진행되었을 때에야 그는 처음으로 클라리사 쪽을 건너다보았다.

그녀는 자기 오른쪽에 앉은 청년과 이야기하고 있었다. 그때 퍼뜩 계시와도 같은 생각이 떠올랐다. 〈그녀는 저 남자와 결혼하겠구나.〉 그는 생각했다. 아직 그의 이름조차 몰랐는데도.

물론 댈러웨이가 찾아온 것은 그날 오후, 바로 그날 오후였고, 클라리사는 그를 〈위컴〉[59]이라 불렀다. 그것이 모든 일의 발단이었다. 누군가가 그를 데려왔는데, 클라리사는 그의 이름을 잘못 들었다. 그러고는 모든 사람에게 그를 위컴이라고 소개했던 것이다. 마침내 그는 〈제 이름은 댈러웨이입니다!〉 하고 말했다 — 그것이 리처드에 대한 그의 첫인상이었다 — 간이용 접의자에 다소 거북한 듯이 앉아, 〈제 이름은 댈러웨이입니다!〉 하고 불쑥 말을 꺼내는 잘생긴 청년. 샐리도 그것이 재미있었던지, 그 후로는 항상 그를 〈제 이름은 댈러웨이입니다!〉라고 부르곤 했다.

당시 그는 갖가지 계시에 사로잡히곤 했다. 이번 계시 — 그녀가 댈러웨이와 결혼하리라는 것 — 는 눈앞이 캄캄해지도록 그를 압도했다. 그녀가 그를 대하는 태도에는 일종의 — 글쎄, 뭐라고 해야 할까? — 일종의 편안함이 있었다. 모성적인 무엇, 부드러운 무엇이 있었다. 그들은 정치 얘기를 했다. 저녁 식사 내내 그는 그들이 무슨 말을 하는지 들으려 애썼다.

식사 후에 그는 응접실에서 미스 패리의 의자 곁에 서 있었던 것을 기억할 수 있었다. 클라리사는 진짜 안주인처럼 나무랄 데 없는 범절을 갖추며 다가와 그를 누군가에게 소개하고 싶다고 말했다 — 마치 전혀 모르는 사람을 대하듯 깍듯한 말투가 또다시 그를 화나게 했다. 하지만 그러면서도 그녀의 그런 면에 감탄하지 않을 수 없었다. 그녀의 용기, 그녀의 사교적 본능에 감탄했

59 제인 오스틴의 『오만과 편견』에서 리디아 베넷과 야반도주를 하는, 사기꾼 기질이 농후한 인물.

고, 그녀가 일을 처리하는 능력에 감탄했다. 〈완벽한 안주인이로 군〉 하고 그는 대꾸했고, 그 말에 그녀는 파랗게 질리는 듯했다. 그러나 그러라고 일부러 한 말이었다. 그녀가 댈러웨이와 함께 있는 것을 본 후로 어떻게든 그녀의 마음을 아프게 해주고 싶었던 것이다. 그녀는 아무 말 없이 나갔다. 그러자 그는 사람들이 모두 한통속이 되어 자기만을 따돌려 놓고 등 뒤에서 조롱하고 떠드는 것처럼 느껴졌다. 그는 마치 나무토막처럼 미스 패리의 의자 곁에 서서, 야생화에 대해 얘기하고 있었다. 평생 그렇게 지옥 같은 심정은 처음이었다! 미스 패리의 말을 듣고 있는 척 꾸미는 것조차 잊어버리고 있다가, 번쩍 정신이 들었다. 미스 패리가 다소 불쾌한 듯, 분개한 듯, 튀어나온 눈으로 자신을 노려보고 있었다. 그는 마음속이 생지옥이라 아무 말도 들리지 않았노라고 외칠 뻔했다! 사람들이 방에서 나가기 시작했다. 코트를 가지러 간다느니, 호수는 추울 거라느니, 하고 떠드는 소리가 들렸다. 그들은 달밤에 호수에서 뱃놀이를 하러 가는 것이었다 — 역시 샐리의 기발한 아이디어였다. 달이 어떻다느니 하는 샐리의 말소리도 들려왔다. 그들은 모두 나가 버렸다. 그만이 남았나.

「자네도 같이 가지 않고?」 헬레나 고모 — 미스 패리! — 가 물었다. 그녀도 눈치를 챈 것이었다. 돌아보니 클라리사가 와 있었다. 그를 부르러 온 것이었다. 그는 그녀의 관대함에 — 그녀의 선량함에 감복했다.

「어서 와요.」 그녀는 말했다. 「다들 기다리고 있어요.」 그는 평생 그렇게 행복해 본 적이 없었다! 말 한마디 없이 화해가 되었다. 그들은 호숫가로 걸어 내려갔다. 그 20분 동안은 완벽하게 행복했다. 그녀의 음성, 그녀의 웃음, 그녀의 옷(무엇인가 하얗게 나부끼는, 그러면서 진홍빛이 섞인 것이었다), 그녀의 재치,

그녀의 모험심. 그녀는 그들 모두 배에서 내려 섬을 탐험하게 했고, 암탉을 놀래켜 주었고, 깔깔대며 웃었고, 노래를 했다. 그러는 동안 내내, 그는 확실히 알 수 있었다. 댈러웨이가 그녀를 사랑하게 된 것을, 그녀 또한 댈러웨이를 사랑하게 된 것을. 하지만 그런 것은 문제 되지 않았다. 아무것도 문제 되지 않았다. 그들은 땅바닥에 앉아 이야기했다 ― 그와 클라리사 둘이서. 그들은 힘들이지 않고도 서로의 마음속을 환히 알 수 있었다. 그러나 그것은 잠깐이었다. 그는 다시 배에 오르면서 생각했다. 〈그녀는 저 남자와 결혼하겠구나.〉 무감각하게, 아무 원한 없이, 하지만 확실히 알 수 있었다. 댈러웨이가 클라리사와 결혼할 것이었다.

돌아오는 길에는 댈러웨이가 노를 저었다. 그는 아무 말도 하지 않았다. 하지만 모두들 그가 떠나는 것을 배웅할 때, 그가 20마일[60]이나 되는 숲길을 달려가기 위해 자전거에 뛰어올라 기우뚱거리면서 현관 앞길을 지나 손을 흔들고 사라져 가는 것을 지켜보면서, 그는 본능적으로, 무시무시하게, 강렬하게, 그 모든 것을 느낄 수 있었다. 그 밤의 정취를, 로맨스를, 클라리사를. 댈러웨이는 분명 그녀를 차지할 자격이 있었다.

그 자신으로 말할 것 같으면, 어리석기 짝이 없었다. 클라리사에 대한 그의 요구는 (이제 와서야 깨닫는 것이지만) 어리석었다. 그는 불가능한 것들을 요구했다. 말도 안 되게 화를 냈다. 어쩌면 그가 조금만 덜 어리석었더라도 클라리사는 그를 받아 주었을지도 몰랐다. 적어도 샐리는 그렇게 생각했다. 그해 여름 내내 그녀는 그에게 긴 편지를 써보냈다. 자기들이 그에 대해 무슨 말을 했으며, 자기가 그를 칭찬하자 클라리사가 어떻게 울음을

---

60 약 32킬로미터.

터뜨렸던가 하는 따위의 얘기였다. 굉장한 여름이었다 — 그 모든 편지와 말다툼과 전보들 — 아침 일찍 부어턴에 가서 하인들이 나타날 때까지 서성대다가 패리 노인과 단둘이 어색하게 마주 앉아 아침 식사를 했던 것, 엄하기는 해도 친절했던 헬레나 고모, 샐리가 이야기를 하자면서 그를 채마밭으로 끌고 나갔던 것, 클라리사는 두통이 난다며 일어나지 않았었다.

마지막 말다툼, 그가 평생 어떤 것보다도 중요했다고 생각하는(과장일지는 모르지만 여전히 그렇게 생각되었다) 끔찍한 말다툼은 무더운 어느 날 오후 세시에 일어났다. 발단은 아주 사소한 것이었다 — 점심 때 샐리가 댈러웨이에 대해 뭔가 말하면서 그를 또 〈제 이름은 댈러웨이입니다〉라고 부르자, 클라리사가 갑자기 성이 나서 얼굴을 붉히면서 날카롭게 쏘아붙였던 것이다. 〈그 따위 시시한 농담은 집어치워〉라고. 그게 전부였다. 하지만 그에게는 그녀가 마치 〈너희와는 그저 노는 거지만, 리처드 댈러웨이와는 마음이 통해〉라고 말한 것이나 다름없이 들렸다. 적어도 그는 그렇게 받아들였다. 그 일로 여러 날 잠을 설쳤다. 〈어떻게든 끝장을 내야겠어.〉 그렇게 생각하고는 샐리를 통해 그녀에게 쪽지를 보내 세시에 분수에서 만나자고 했다. 그 끝에는 〈아주 중요한 일이 일어났다〉고 휘갈겨 썼다.

분수는 집에서 멀리 떨어진 작은 관목 숲 가운데 있었고, 그 주위에는 수풀과 나무들이 무성했다. 그녀는 채 시간이 되기도 전에 나타났고, 그들은 분수를 사이에 두고 마주 섰다. 분수 구멍이 부서져 있어 끊임없이 물이 흘러내렸다. 이런 장면들은 얼마나 생생하게 기억에 남는지! 심지어 파랗게 끼어 있던 이끼까지도.

그녀는 꼼짝도 하지 않았다. 〈사실대로 말해, 말해 보라니까〉하고 그는 계속 추궁했다. 머리가 터져 나갈 것만 같았다. 그녀는 움츠러들어 돌덩이라도 되어 버린 듯 꼼짝하지 않았다.「사실대로 말해.」그런데 그때 브라이트코프 노인이 고개를 불쑥 내밀었다.「더 타임스」를 들고서, 그들을 번갈아 바라보더니 어이가 없다는 듯 입을 딱 벌리고는 가버렸다. 두 사람 다 꼼짝하지 않았다.「사실대로 말해 보라니까.」그가 또 다그쳤다. 뭔가 딱딱한 것에 대고 갈아 대는 듯한 느낌이었다. 그녀는 완강했다. 쇳덩이처럼, 차돌멩이처럼, 뼛속까지 단단했다. 그러더니 마침내 입을 열었다.「소용없어. 이제 다 끝났어.」— 그는 몇 시간씩이나 눈물을 흘려 가며 말한 것 같은데 — 마치 그의 얼굴을 후려치는 것처럼 그렇게 말했다. 그러고는 돌아서서 가버렸다. 그를 남겨 두고.

「클라리사!」그는 외쳤다.「클라리사!」하지만 그녀는 돌아오지 않았다. 그걸로 끝이었다. 그는 그날 밤 떠났다. 다시는 그녀를 만나지 않았다.

끔찍했어, 그는 외쳤다. 끔찍, 끔찍했어!

그래도 해는 여전히 따사롭다. 그래도 결국은 다 이겨내는 법이다. 그래도 하루 또 하루 살아지는 법이다. 그래도, 하고 그는 생각하며 하품을 하다가 주위를 둘러보기 시작했다. 리전트 파크는 그가 어린 소년이었을 때 이후로 — 다람쥐들 말고는 — 별로 변한 것이 없었다. 그래도, 아마 뭔가 달라진 게 있겠지. 마침 어린 엘리즈 미첼이 남동생과 함께 아이들 방 벽난로 위에 진열해 둔 자갈 수집에 보탤 자갈을 주워 한 움큼을 유모의 무릎에 쏟아 놓고는 다시 뛰어가다가 한 여자의 다리에 걸려 넘어지고 말았다. 피터 월시는 웃음을 터뜨렸다.

루크레치아 워런 스미스는 생각에 잠겨 있었다. 너무해. 왜 내가 고통을 당해야 하지? 그녀는 넓은 길을 걸어가면서 자문했다. 아니, 더는 참을 수 없어. 그녀는 셉티머스를 혼자 두고 오면서 생각했다. 그는 더 이상 셉티머스가 아니야. 거기 앉아 있는 사람은. 사납고 잔인하고 못된 말을 하고, 혼잣말을 중얼대고, 죽은 사람에게 말을 하고. 그런데 그때 웬 아이가 전속력으로 그녀에게 달려들어 엎어지더니 울음을 터뜨렸다.

차라리 위안이 되는 일이었다. 그녀는 아이를 일으켜서 옷을 털고 키스해 주었다.

하지만 그녀의 잘못이라고는 없었다. 그녀는 셉티머스를 사랑했던 것뿐이었다. 행복하게 살고 있었는데, 아름다운 집도 있었고, 거기서는 언니가 여전히 모자를 만들며 살고 있었다. 왜 그녀가 고통을 당해야 하는가?

아이는 곧장 유모에게로 달려 돌아갔고, 레치아는 유모가 뜨개질감을 내려놓고 아이를 꾸짖은 다음 달래고 안아 드는 것을 보았다. 친절해 보이는 남자가 아이를 달래 주려고 시계 뚜껑을 찔끽 열어 보였다 — 왜 이렇게 비바람을 맞아야 하나? 왜 밀라노에 그대로 두지 않았을까? 왜 이렇게 고문을 당해야 하나? 도대체 왜?

눈물이 앞을 가려 넓은 길과 유모와 회색 옷 입은 남자와 유모차가 눈앞에서 오르락내리락했다. 이렇게 악의적인 고문관에게 시달리는 것이 그녀의 운명이었다. 그러나 도대체 왜? 그녀는 얄팍한 나뭇잎 그늘에 숨어 있는 새와도 같았다. 나뭇잎이 조금만 움직이면 햇빛에 눈을 깜빡이고, 마른 잔가지가 부러지기만 해도 소스라쳤다. 그녀는 비바람을 맞으며, 이 무심한 세상의 거대한 나무들과 광막한 구름들에 둘러싸여 있었다. 비바람을 맞으며, 고문당하고 있었다. 왜 그녀가 고통을 당해야 하나? 도대체 왜?

그녀는 얼굴을 찡그리며 발을 굴렀다. 셉티머스에게 돌아가야 했다. 윌리엄 브래드쇼 경을 만나러 가야 할 시간이었다. 돌아가서 그에게 말해야 했다. 그는 저기 나무 아래 녹색 의자에 앉아서 혼잣말을 하고 있다. 아니 어쩌면 죽은 친구 에번스에게 말하는 것일지도. 그녀도 전에 가게에서 그를 잠깐 본 적이 있었다. 점잖고 좋은 사람 같았고, 셉티머스와는 절친한 친구였는데, 전사하고 말았다. 하지만 그런 일은 누구에게나 일어난다. 누구나 전쟁에서 죽은 친구들이 있다. 누구나 결혼을 하면 뭔가를 포기해야 한다. 그녀만 하더라도 고향을 포기하지 않았나. 그러고는 여기 이 끔찍한 도시로 살러 왔던 것이다. 그러나 셉티머스는 무시무시한 일들에 대해 생각하기 시작했다. 그야 그녀도 하려고만 하면 못할 것 없지만. 그는 점점 더 이상해졌다. 사람들이 침실 벽 뒤에서 말한다고도 했다. 필머 부인도 이상한 눈치를 챘다. 그는 또 뭐가 보인다고도 했다 — 고사리 덤불 속에서 노파의 얼굴을 보았다던가. 하지만 그도 마음만 먹으면 행복할 수 있는데. 한번은 2층 버스를 타고 햄튼 코트에 갔는데, 정말 즐거웠다. 풀밭에는 빨갛고 노란 작은 꽃들이 가득 피어 있었고, 그는 그걸 보고 등불들이 떠 있는 것 같다고 했다. 그러고는 끝없이 떠들고 웃고 이야기들을 지어냈다. 그러다 갑자기 〈자 이제 우리 죽자〉고 말했다. 강가에 서 있을 때였는데, 그는 기차나 버스가 지나갈 때 띠었던 것 같은 표정으로 강물을 내려다보고 있었다. 그녀는 그가 그대로 가버릴 것만 같아서 그의 팔을 꼭 붙들었다. 그러나 집에 가는 동안 그는 내내 조용했고 — 지극히 제정신이었다. 그는 자살에 대해 그녀와 논쟁을 벌이려 했고, 사람들이 얼마나 사악한지 설명하려 했고, 사람들이 길거리를 가면서도 거짓말을 지어내는 것이 다 보인다고 말했다. 그들의 모든 생각을 알 수 있다는 것이었다. 그는 모든 것을 안다고 했다. 이 세상의 의미를 안다고 말했다.

그러나 집에 도착했을 때 그는 지쳐서 더 걷지도 못했다. 그는 소파에 드러누워 그녀에게 손을 잡아 달라고 했다. 아래로, 아래로, 불길 속으로 떨어지지 않게 해달라고 했다! 벽에서 자기를 비웃는 얼굴들이 보인다고, 역겹고 혐오스러운 이름으로 자기를 부르며 휘장 주위에서는 손가락질하는 손들이 보인다는 것이었다. 방에는 자기들 두 사람뿐이었다. 하지만 그는 소리 내어 사람들에게 대답을 하고 논쟁을 벌이고 웃고 울고 점점 더 흥분해서 그녀에게 자기가 하는 말을 받아 적게 만들었다. 죽음이 어떻고 미스 이사벨 포울이 어떻고 하는 완전 헛소리였다. 그녀는 도저히 더는 참을 수 없었다. 고향으로 돌아가리라 마음먹었다.

이제 그가 있는 곳에 가까워져서, 그가 하늘을 바라보며 중얼거리고 양손을 맞잡고 하는 것을 볼 수 있었다. 그런데도 닥터 홈스는 그에게 아무 문제가 없다고 말했다. 그렇다면 대체 무슨 일이 일이났단 말인가? — 어째서 이렇게 변해 버렸을까? 그녀가 곁에 가서 앉자 그는 움찔 놀라며 인상을 쓰고는 비켜 앉아서 그녀의 손을 가리켰다. 왜 손을 가져다가 겁에 질린 얼굴로 들여다보는 거지?

결혼반지를 빼버렸기 때문일까? 「손가락이 너무 가늘어져서요.」 그녀는 말했다. 「반지를 빼서 가방에 넣어두었어요.」

그는 그녀의 손을 떨구었다. 결혼은 끝났다, 하고 그는 고뇌와 안도를 동시에 느끼며 생각했다. 밧줄이 잘려 나갔다. 그는 몸이 둥실 떠오르는 것을 느꼈다. 자유였다. 그, 셉티머스, 인류의 주인은 자유로워야 한다고 정해진 대로였다. (아내가 결혼반지를 빼버렸으니, 그녀가 그를 떠나 버렸으니) 그, 셉티머스는 혼자였다. 혼자만이 전 인류에 앞서서 부름을 받고 진리를 듣고 그 의미를 터득했다. 그것은 이제야 마침내, 문명의 모든 노력 끝에 — 그리스인들, 로마인들, 세익스피어, 다윈, 그리고 그 자신을 포함하여 — 온전히 주어지려는 것이다……「누구에게?」그는 소리 내어 물었다. 〈수상에게〉라고 그의 머리 위에 웅성대는 음성들이 대답했다. 지고의 비밀은 내각에 보고되어야만 한다. 우선은 나무들이 살아 있다는 것, 다음으로 범죄는 없다는 것, 다음으로는 사랑, 우주적인 사랑, 하고 그는 중얼거리면서 숨을 헐떡이고 몸을 떨었다. 이런 깊은 진리들은 너무나 심오하고 너무나 난해해서 입 밖에 내어 말하려면 엄청난 노력이 필요했다. 그러나 세상은 그런 진리들에 의해 완전히, 영원히, 변화될 것이었다.

범죄란 없다, 사랑이다, 하고 그는 되뇌면서 연필과 메모지를 더듬어 찾았다. 그때 스카이 테리어 한 마리가 다가와 그의 바지 자락을 킁킁대자 그는 놀라 기겁을 했다. 개가 사람이 되려 하는구나! 그런 일이 일어나는 것은 차마 볼 수가 없었다. 개가 사람이 되는 것을 보게 되다니, 끔찍하고 무시무시한 일이다! 개는 곧 달아나 버렸다.

하늘은 자비롭고 무한히 인자하시다. 그의 약함을 용서하사 그런 일만은 면케 하셨다. 그러나 과학적으로는 어떻게 설명되는가? (왜냐하면 무엇보다도 과학적이라야 하니까.) 어떻게 그는 몸들을 꿰뚫어 보고 개가 사람이 될 미래를 예견할 수 있는 것일까? 아마도 억겁의 진화로 예민해진 두뇌에 열파가 작용했기 때문일 것이다. 과학적으로 말하자면, 살은 세상에서 녹아 없어졌다. 그의 몸은 분해되고 마침내 신경 섬유만이 남았다. 그것은 바위 위에 베일처럼 펼쳐져 있었다.

그는 의자 등에 기대앉았다. 기진맥진했지만 늘어지지는 않았다. 인류를 위해 다시금 애써 힘겹게 해석하기에 앞서 그는 그렇게 몸을 기댄 채로 쉬며 기다렸다. 그는 세상의 등에 타고 아주 높이 누워 있었다. 땅이 그의 발밑에서 동요했다. 붉은 꽃들이 그의 살을 뚫고 자라났다. 그 뻣뻣한 잎사귀들이 그의 머리 곁에서 서걱거렸다. 음악 소리가 여기 바위 위까지 쩌렁대기 시작했다. 이건 저 아래 길에서 나는 자동차 경적 소리야, 하고 그는 중얼거렸다. 하지만 이 위에서 그 소리는 바위에서 바위로 대포처럼 울려 퍼지고 나뉘었다가 다시 부딪히며 합쳐져서 매끈한 기둥들을 이루며(음악이 눈에 보인다는 것은 발견이었다), 찬송가가 되고 그 찬송가에는 목동의 뿔피리 소리가 감겨 드는데(이건 한 노인이 선술집 앞에서 생철 피리를 부는 소리야) 가만히 서 있는 소년의 뿔피리에서 거품처럼 흘러나오는 소리는 그가 높이 올라갈수록 그 절묘한 탄식을 계속했다. 저 아래서는 차들이 지나가는데도. 소년의 비가는 교통 혼잡 속에서 연주된다, 하고 셉티머스는 생각했다. 이윽고 그는 눈[雪] 속으로 올라가는데, 사방에 장미가 넝쿨져 있다. 내 방 벽에 자라는 커다란 붉은 장미들이야, 하고 그는 상기했다. 음악이 그쳤다. 노인이 한푼 받았군, 그는 결론지었다. 그리고 다음 선술집으로 갔군.

그러나 그 자신은 물에 빠진 뱃사람이 바위에 남겨진 것처럼, 자기 바위 위에 높직이 남겨져 있었다. 난 뱃전에 몸을 기울이다가 그만 바다로 떨어졌지, 하고 그는 생각했다. 난 바다 밑으로 갔어. 죽었었는데, 하지만 지금은 살아 있지. 하여간 날 좀 가만히 놔둬. 그는 애원했다(그는 또다시 혼잣말을 하고 있었다 ─ 끔찍, 끔찍해!) 깨어나기에 앞서 새소리와 차바퀴 소리가 묘한 조화를 이루어 째각거리는 소리가 점점 커지면서 잠든 이가 삶의 물가로 끌려 나가는 듯 느끼듯이, 그 역시 삶 쪽으로 끌려가는 것을 느꼈다. 해는 점점 더 뜨거워지고, 소리는 점점 더 커지고, 무엇인가 엄청난 일이 일어나려 하고 있었다.

그는 눈을 뜨기만 하면 되었으나, 눈 위에 묵직한 것을 얹어놓은 듯했다. 두려웠다. 그는 있는 힘을 다해 눈까풀을 들어 올리고 앞을 보았다. 리전트 파크가 눈앞에 있었다. 긴 햇살들이 그의 발치를 간질이고 있었다. 나무들은 물결치듯 흔들렸다. 환영하오, 세계는 그렇게 말하는 성싶었다. 우리는 받아들이고, 우리는 창조하오. 아름다움을, 이라고 세계는 말하는 성싶었다. 그리고 그 점을 (과학적으로) 입증하려는 듯 집, 난간, 울타리 너머로 목을 뻗치고 있는 영양(羚羊)들, 무엇을 보든 아름다움이 즉각 배어 나왔다. 나뭇잎 한 장이 바람결에 떨리는 광경을 보는 것은 절묘한 기쁨이다. 하늘 저 위에서는 제비들이 날아내리다 선회하며 안쪽으로 바깥쪽으로 빙글빙글 마구 날아다녔지만, 그러면서도 마치 고무줄로라도 붙들어 놓은 것처럼 완벽한 균형을 이루고 있었다. 파리들도 날아오르고 내리고 했다. 해는 그저 기분이 좋아서 그 부드러운 금빛으로 이번에는 이 잎사귀, 다음에는 저 잎사귀를 희롱하듯 비추었다. 이따금 종소리(자동차 경적 소리인지도 몰랐다)가 풀줄기 위에서 황홀하게 잘랑거렸다 — 이 모든 것은 있는 그대로 차분하고 이성적이며 있는 그대로 평범한 사물들로 이루어져 있었지만, 진실 그 자체였다. 아름다움이란 이제 진실이었다. 아름다움은 어디에나 있었다.

「시간이 됐어요.」레치아가 말했다.

〈시간〉이라는 말이 껍질을 쪼개고 나와 그 풍부한 내용물을 그에게 퍼부었다. 그의 입술에서는 마치 조개껍데기와도 같이, 밀려나오는 대팻밥과도 같이, 전혀 의도하지 않았는데도, 단단하고 희고 썩지 않을 말들이 쏟아져 나와 자기들끼리 제자리를 찾아가 시간에 대한 송가가 되었다. 시간에 대한 불멸의 송가가. 그는 노래했다. 에번스가 나무 뒤에서 화답했다. 죽은 자들은 테살리아에 있다네, 하고 에번스는 난초 화단에서 노래했다. 거기서 그들은 전쟁이 끝나기를 기다리고 있다네, 이제 죽은 자들은, 이제 에번스 자신은 ─

「제발 다가오지 마!」셉티머스는 고함을 질렀다. 그는 죽은 자를 마주 볼 수 없었기 때문이다.

그러나 나뭇가지들을 헤치며, 회색 옷을 입은 한 남자가 정말로 그들을 향해 걸어오고 있었다. 에번스였다! 그런데 흙도 묻지 않고 상처도 없고 전혀 변하지 않았다. 온 세상에 말해야 해, 하고 셉티머스는 손을 쳐들며 외쳤다(회색 양복을 입은 죽은 자는 점점 더 가까이 다가왔다). 그가 손을 치켜든 모습은 마치 긴 세월 동안 사막에서 홀로 인간의 운명을 탄식해 온 그 어떤 거인과도 같았다. 양손에 이마를 파묻고, 볼에는 절망의 고랑이 파여 있던 거인은 이제 사막 가장자리에서 빛이 확산되어 강철같이 검은 형상에 닿는 것을 본다(셉티머스는 의자에서 반쯤 일어났다). 그리고 수많은 사람들이 그 뒤에 엎드려 있는데, 거대한 조문객은 잠시 그의 얼굴에 그 모든 ─

「난 정말 불행해요, 셉티머스.」레치아가 그를 붙들어 앉히려 애쓰며 말했다.

수백만의 사람들이 탄식한다. 오랜 세월 동안 그들은 애도했다. 잠시 후면, 잠깐만 더 지나면, 그는 돌아서서 그들에게 이 안도와 이 기쁨과 이 놀라운 계시에 대해 말할 것이다.

「시간이요, 셉티머스.」레치아는 말했다. 「몇 시지요?」

이이는 혼자 떠들다 말고 깜짝 놀라네. 저 남자가 눈치 챘을 거야. 우리를 바라보고 있어.

「내가 시간에 대해 말해 주지.」 셉티머스는 아주 느릿느릿하게, 졸린 목소리로, 알 수 없는 미소를 띠며 대답했다. 그가 그렇게 앉아서 회색 옷을 입은 죽은 자에게 미소 지을 때, 열두시 사십오분 종이 쳤다.

저게 젊다는 것이지, 하고 피터 월시는 그들 앞을 지나가면서 생각했다. 아침부터 저렇게 말다툼을 벌인다는 것 — 불쌍하게도 여자는 완전히 지친 모양이다. 그런데 대체 무슨 일일까, 대체 오버코트를 입은 저 젊은 남자가 무슨 말을 했기에 여자는 저런 표정일까. 이렇게 화창한 여름 아침에 두 사람 다 저렇게 절망적인 얼굴을 하고 있다니 대체 얼마나 궁지에 몰린 것일까. 오랜만의 귀국이 재미난 점은, 적어도 처음 며칠 동안은, 평범한 일들도 처음 보는 것처럼 새삼스럽게 눈에 띈다는 것이다. 나무 아래서 다투는 연인이라든가, 공원에서 한때를 보내는 가족이라든가. 런던이 이렇게 매혹적으로 보이기는 처음이었다. 부드러운 원경, 풍요로움, 녹음. 요컨대 인도 생활 끝의 문명이라는 거지, 하고 그는 잔디밭을 거닐며 생각했다.

이렇게 인상들에 민감하다는 것이야말로 분명 그가 낭패를 당한 원인이었다. 이 나이에도 아직 그는 소년 소녀처럼 기분이 변하곤 했다. 딱히 이렇다 할 이유도 없이 그저 좋은 날, 나쁜 날이 있었다. 예쁜 얼굴만 보아도 행복해졌고, 추레한 여자를 보면 기분을 잡쳤다. 물론 인도 생활 끝에는 만나는 모든 여자와 사랑에 빠지게 된다. 그녀들에게는 신선한 데가 있었다. 가장 초라하게 입은 여자도 5년 전보다는 분명 더 나았다. 그리고 그가 보기에 그렇게 멋들어진 패션은 일찍이 없었다. 긴 검정 외투, 날씬함과 우아함, 그리고 아마도 일반화되어 버린 듯한 멋진 화장. 이제는 점잖은 여자들까지도 온실의 장미처럼 화사하다. 칼로 그은 듯 분명하게 그린 입술, 먹빛 컬, 어디에나 디자인과 예술이 있었다. 분명 모종의 변화가 일어났던 것이다. 젊은 사람들은 이런 사태에 대해 어떻게 생각하나? 피터 월시는 자문했다.

그 다섯 해 — 1918년부터 1923년까지 — 는 어쩐지 아주 중요한 시기였던 것 같다고 그는 생각했다. 사람들이 달라 보였다. 신문도 달라 보였다. 예를 들어, 한 점잖은 주간지에 어떤 이가 화장실에 대해 공개적으로 글을 썼다. 10년 전에는 있을 수 없는 일이었다 — 점잖은 주간지에 공개적으로 화장실에 대해 글을 쓰다니. 또, 공공장소에서 립스틱이나 분첩을 꺼내 화장을 고치는 것도 그랬다. 귀국 길에 탄 배에는 사뭇 공개적으로 함께 다니는 젊은 남녀가 상당히 많았는데 — 그중에서도 베티와 버티가 특히 인상에 남았다 — 나이 든 어머니는 침착하게 앉아서 뜨개질을 하며 그들을 지켜보았다. 베티는 아무 앞에서나 멈춰 서서 콧등에 분을 바르곤 했다. 그들은 약혼도 하지 않은 사이였다. 그저 즐겁게 지내자는 것이었고, 피차 감정을 상할 것도 없었다. 베니 뭐라든가 하는 아가씨는 차돌처럼 야무졌지만, 아주 좋은 여자였다. 서른 살쯤 되면 아주 훌륭한 아내가 될 것이었다 — 때가 되면 결혼할 것이고, 어느 돈 많은 남자와 결혼해 맨체스터 근처의 대저택에 살게 되겠지.

실제로 그렇게 된 여자가 누구였더라? 피터 월시는 브로드 워크로 접어들면서 생각을 더듬었다 — 돈 많은 남자와 결혼해 맨체스터 근처의 대저택에 사는 이가? 누군가 최근에 그에게 〈푸른 수국〉에 대해 길고 절절한 편지를 써보낸 사람이었는데? 푸른 수국을 보니 그와 옛 시절 생각이 난다고 했던 — 아, 그래, 샐리 시튼이었다! 물론이지! 돈 많은 남자와 결혼해 맨체스터 근처의 대저택에 살게 되리라고는 아무도 꿈에도 생각할 수 없었던, 그 야성적이고 대담하고 낭만적인 샐리!

그 옛날 클라리사 주위의 친구들 — 휘트브레드, 킨덜리, 커닝햄, 킨로크-존스 등 — 중에서는 아마 샐리가 제일 나았을 것이다. 그녀는 어떻게든 사물을 올바로 파악하려 했다. 휴 휘트브레드 — 존경스런 휴 — 에 대해서도, 클라리사와 다른 친구들이 모두 그를 떠받들 때에도 샐리는 그를 훤히 꿰뚫어 보았다.

「휘트브레드 집안?」 그녀가 말하던 것이 기억에 생생했다.「휘트브레드가 대체 어떤 집안인데? 석탄 장수들이잖아. 훌륭한 장사꾼들이지.」

무슨 이유에서인지 그녀는 휴를 지독히 싫어했다. 겉치레밖에 생각지 않는다는 것이었다. 공작이라도 되셨어야지. 분명 어느 공주하고나 결혼할걸. 물론 휴는 영국 귀족 제도에 대해 더없이 특출하고 더없이 자연스럽고 더없이 숭고한 존경심을 품고 있었다. 그런 사람은 평생 만나 본 적이 없었다. 클라리사조차도 그 점은 인정했다. 오, 하지만 그는 이기심이라고는 없는 사람이야. 어머니를 기쁘게 해드리려고 사냥도 포기하고, 집안 어른들의 생신을 다 챙기고 등등.

사실대로 말해, 샐리는 그 모든 점을 꿰뚫어 보았다. 뚜렷이 기억나는 일 한 가지는 어느 일요일 아침 부어턴에서 여성의 권리에 대해(그 케케묵은 주제라니!) 벌인 논쟁이었다. 샐리가 갑자기 흥분하여 화를 내면서 휴에게 그야말로 영국 중산층의 가장 혐오스러운 모든 것을 대변한다고 말했던 것이다. 그녀는 그가 〈피카딜리의 그 불쌍한 여자들〉[61]이 처한 상태에 책임이 있다고도 말했다. 완벽한 신사인 휴! 불쌍한 휴! 남자가 그렇게 당황한

61 창녀들을 가리킨다.

모습은 본 적이 없었다. 그녀는 일부러 그렇게 몰아세웠노라고 나중에 말했다(그들은 종종 채마밭에서 만나 의견을 교환하곤 했다). 「읽은 거라고는 없고, 생각하는 것도 느끼는 것도 없다니 까요!」 그녀가 자신이 생각하는 것보다 훨씬 더 멀리까지 들리 는 그 흥분한 목소리로 그렇게 말하던 소리가 귓가에 쟁쟁했다. 마구간에서 심부름하는 애들도 휴보다는 나아요, 하고 그녀는 말했다. 그 사람은 퍼블릭 스쿨[62] 출신의 완벽한 표본이라니까 요. 영국 아닌 어떤 나라도 그런 인간은 배출할 수 없을 거예요. 그녀는 무슨 이유에서인지 휴에게 정말로 적의를 품고 있었다. 뭔가 원한이 있었다. 뭔가 일이 있었는데 — 정확한 내용은 잊 어버렸다 — 흡연실에서였던가. 휴가 그녀에게 무례한 짓을 했 던 것 같다 — 키스를 했다던가? 말도 안 되지! 물론 아무도 휴 를 비난하는 말은 한마디도 믿지 않았다. 누가 믿겠는가? 흡연실 에서 샐리에게 키스를 하다니! 혹 상대가 귀족 영양인 에디스나 바이올렛쯤 된다면 모를까. 자기 명의로는 한푼도 없고, 아버지 인지 어머니인지는 몬테카를로에서 도박을 하고 있다는 빈털터 리 샐리는 아니다. 이제껏 만난 모든 사람을 통틀어 휴야말로 최 대의 속물이자 아첨꾼이었다 — 아니, 딱히 굽실거린다고는 할 수 없지만. 그러기에는 그는 너무 젠체하거든. 일급 시종이라는 말이 딱 들어맞는 비유일 것이다 — 슈트케이스를 들고 뒤에서 따라가는 역할, 전보 심부름을 믿고 맡길 하인. 안주인들에게는 없어서는 안 될 존재이고말고. 결국 그는 제자리를 찾아, 귀족 영 양 이블린과 결혼하고 궁정에 작은 일자리를 하나 얻었다지. 왕 실의 술 창고를 돌보고 폐하의 구두 장식에 광을 내고, 레이스가

62 상류층 자제들이 다니는 기숙제 사립학교.

너덜거리고 무릎까지 오는 바지를 입고 돌아다니고. 인생이란 참 무자비하기도 하지! 궁정의 말단직이라니!

그는 그 귀족 영양 이블린과 결혼해서 이 근처 어디서 살았지, 하고 그는 공원 주위의 호화로운 저택들을 바라보며 생각했다. 언젠가 그 집에서 점심 식사를 한 적이 있었다. 그 집에는 휴의 모든 재산이 그렇듯이 다른 어떤 집에서도 볼 수 없는 것들이 있었다. 가령 리넨을 넣어두는 장롱이라든가. 가서 구경을 해야 했고, 그게 뭐든 간에 — 리넨 장롱, 베갯잇, 오래된 참나무 가구, 그림 등등, 휴가 헐값에 주워 모은 것들 — 한참씩 감탄을 해주어야 했다. 그러나 휴 부인이 때로 실수를 해서 내막을 드러내곤 했다. 그녀는 몸집이 큰 남자면 덮어놓고 숭배하는, 저 생쥐처럼 작고 눈에 띄지 않는 여자 중 하나였다. 거의 무시해도 그만인 존재였다. 그러다 갑자기 전혀 예기치 않았던 말을, 신랄한 말을 내뱉곤 했다. 아마도 사교계에서 배운 버릇이 남아 있는 거겠지만. 보일러용 석탄은 자기한테 너무 독하다든가, 공기를 탁하게 한다든가 하는 말도 했다. 그들은 그렇게 리넨 장롱이며 옛 거장의 그림들, 진짜 레이스가 달린 베갯잇 같은 것들을 지니고 산다. 아마도 연 5천에서 1만 파운드는 들겠지. 휴보다 두 살 더 많은 그 자신은 일자리를 구걸하고 다니는 중인데.

쉰세 살의 나이에 그는 사람들을 찾아가 어디 서기 자리라든가 어린 소년들에게 라틴어를 가르치는 보조 교사 자리, 아니면 관청에서 고관 나리에게 부려 먹히는 연수 500짜리 일자리라도 얻어 달라고 청해야 할 판이었다. 왜냐하면, 데이지와 결혼할 경우, 연금을 보태더라도, 그보다 적은 돈으로는 지낼 수 없을 터이기 때문이었다. 휘트브레드는 아마 구해 줄 수 있겠지. 아니면 댈러웨이가. 댈러웨이에게 부탁해도 상관없었다. 댈러웨이는 아주 좋은 사람이었다. 좀 답답하고 머리가 둔하긴 했지만, 사람은 아주 그만이었다. 무슨 일을 하든, 항상 실제적이고 합리적인 방식으로 처리했다. 상상력이라고는 없고, 번득이는 재치도 없었지만, 꼭 집어 말하기는 어려워도 그 나름대로 좋은 데가 있었다. 그야말로 시골 신사가 제격인데, 정치를 한답시고 허송세월이었다. 그는 야외에서 말이며 개들을 다룰 때 제일 빛이 났다 — 가령, 클라리사의 그 커다란 털북숭이 개가 덫에 치어 앞발이 반쯤 잘려 나갔을 때, 그래서 클라리사가 기절했을 때도, 댈러웨이가 일을 다 처리했다. 부목을 대고, 붕대를 감고, 클라리사에게 바보처럼 굴지 말라고 해가면서. 아마 그녀도 그래서 그를 좋아한 거겠지 — 그녀에게는 바로 그런 것이 필요했던 것이다. 「자, 바보처럼 굴지 말아요. 이걸 잡고 — 저걸 가져오고.」 그러면서 내내 사람에게 하듯 개에게도 말을 하고 있었다.

그렇다 해도 그녀는 시에 대한 그 모든 헛소리를 어떻게 받아들였던 걸까? 어떻게 그가 셰익스피어에 대해 떠들어 대도록 내버려 둘 수 있었을까? 리처드 댈러웨이는 자리에서 일어서더니 진지하고도 엄숙하게, 점잖은 사람이라면 결코 셰익스피어의 소네트를 읽어서는 안 된다, 왜냐하면 그건 남의 사생활을 엿보는 것과도 같기 때문이다(게다가 소네트에 표출되는 애정 관계도 자기로서는 용인할 수 없는 것이다), 하고 열변을 토했다. 점잖은 남자라면 자기 아내가 죽은 아내의 언니를 방문하도록 내버려 두어서는 안 된다는 것이었다. 말도 안 되지! 그럴 때는 그저 설탕 묻힌 아몬드나 던져 주는 수밖에 없었다 — 마침 저녁 식사 자리에서였으니까. 하지만 클라리사는 그 모든 것을 곧이곧대로 받아들였고, 그가 너무나 솔직하고 주관이 서 있다고 생각했다. 그야말로 자기가 만나 본 가장 독창적인 인물이라고 생각했는지도 모르지!

그 일도 샐리와 그가 가까워진 계기 중 하나였다. 그들이 함께 거닐던 정원이 하나 있었는데, 담장으로 둘러싸인 그곳에는 장미 덤불과 커다란 꽃양배추가 심어져 있었다. 그는 샐리가 장미꽃을 꺾기도 하고, 발길을 멈추고 서서 달빛에 비친 꽃양배추 잎의 아름다움에 감탄하던 것이 생각났다(그 모든 것이 어찌나 생생히 떠오르는지 신기한 일이었다. 여러 해 동안 한 번도 생각해 본 적이 없는데도). 그러면서 그녀는 그에게, 물론 반쯤은 농담으로, 클라리사를 데리고 도망가라고, 휴니 댈러웨이니 하는 자들, 〈그녀의 영혼을 질식시키고〉(당시 샐리는 시를 많이 썼다) 그녀의 세속적인 면을 부추겨 한갓 안주인으로 만들어 버릴 〈완벽한 신사들〉로부터 그녀를 구해 내라고 간청했었다. 그러나 클라리사를 제대로 평가해야 한다. 어쨌든 그녀는 휴와는 결혼하지 않을 것이었다. 그녀는 자기가 원하는 것을 아주 명확히 알고 있었다. 그녀의 감정은 모두 표면적인 것일 뿐, 사실은 아주 영리했다. 가령, 사람 보는 눈도 샐리보다 더 나으며, 이 모든 것에 더해 아주 여성적이었다. 여성만의 특출한 재능, 어떤 곳에 처하게 되든 자기만의 세상을 만드는 능력을 갖고 있었다. 그녀가 방에 들어설 때면, 그가 흔히 보았던 것처럼, 많은 사람들에게 둘러싸인 채 문간에 서 있지만, 그래도 나중까지 기억나는 것은 클라리사였다. 특별히 눈길을 끌지도 않았고 전혀 미인도 아니었다. 두드러진 데라고는 없었고, 특별히 재치 있는 말을 하지도 않았다. 그러나 그녀는 거기 있었다. 거기 있는 것으로 충분했다.

아니, 아니, 아니! 그는 더 이상 그녀를 사랑하지 않았다. 단지, 아침에 그녀를 만났기 때문에, 가위며 비단옷 따위를 늘어놓고 파티 준비를 하는 것을 보았기 때문에, 그녀에 대한 생각이 떠나지 않는 것뿐이었다. 그녀는 기차간에서 조는 사람이 자꾸만 몸을 부딪혀 오듯이, 자꾸만 기억 속에 되돌아왔다. 하지만 사랑에 빠진 것이 아니라 그저 생각하는 것뿐이었다. 그녀를 비판하고, 30년이나 지나 다시금 그녀를 설명하려 하는 것이었다. 그녀에 대해 말할 수 있는 명백한 사실은 그녀가 세속적이라는 것이었다. 그녀는 지위니 사교계니 출세니 하는 것을 지나치게 중요하게 여겼다 — 어떤 의미로는 사실이야, 하고 그녀도 시인했었다(그럴 작정만 한다면, 그녀에게는 언제나 사실대로 말하게 할 수 있었다. 그녀는 정직했다). 그녀는 노상 말하곤 했다. 지저분한 여자, 시대에 뒤떨어진 사람, 낙오자 — 아마도 나 같은 놈이겠지 — 들이 싫다고, 손을 호주머니에 집어넣고 어슬렁거릴 권리는 아무에게도 없다고, 무엇인가를 해야 한다고, 무엇인가가 되어야 한다고. 그녀의 거실에서 만나게 되는 그 대단한 거물들, 공작부인이니 머리가 허연 백작부인이니 하는 이들이 그에게는 하도 동떨어져서 지푸라기만큼도 중요하지 않았지만, 그녀에게는 아주 현실적인 무엇을 나타내는 듯했다. 언젠가 레이디 벡스버러는 항상 자세가 곧다고 말한 적도 있었다(사실 클라리사 자신도 그랬다. 그녀는 어떤 의미로든 늘어져 있는 적이 없었다. 화살처럼 곧았고, 사실 좀 지나치게 뻣뻣했다). 그녀는 그런 귀부인들이 모종의 용기를 지니고 있으며, 그래서 나이가 들수록 점점 더 존경하게 된다고 말했다. 그 모든 것에는 물론 댈러웨이의 영향이 컸다. 공민 정신이니 대영제국이니 관세 개혁이니 지도층의 정신 자세니 하는 그 모든 것이 흔히 그렇듯이 그녀에게도 배어들었던 것이다. 댈러웨이보다 두 배는 똑똑하면서도 그의 눈을 통해 세상을 본다는 것 — 그것도 결혼 생활의 비극 중 하나일 터였다. 자기 생각을 가지고 있으면서도, 항상 리처드의 말을 인

용해야 하다니 ─ 「모닝 포스트」[63] 신문을 읽기만 해도 리처드가
하는 생각쯤은 속속들이 다 알 수 있을 텐데 말이다! 가령 그 파
티라는 것도 모두 그를 위한 것 내지는 그녀가 생각하는 그를 위
한 것이었다(공정히 말해 리처드는 노퍽에서 농사를 짓는 편이
더 행복했을 터이다). 그녀는 자기 응접실을 일종의 집회 장소로
만들었고, 그런 일에 재능이 있었다. 그녀가 젊은 풋내기를 데려
다가 비틀고 돌리고 흔들어 깨워서 입신시키는 것을 얼마나 여러
번 보았던가! 당연히 그녀 주위에는 아둔한 사람들이 수도 없이
몰려들었다. 하지만 가끔은 기대 밖으로 기묘한 사람들도 나타났
다. 어떤 때는 화가, 어떤 때는 작가 등, 그런 분위기에서는 보기
드문 인물들이었다. 그 모든 것의 배후에는 누구를 찾아간다, 명
함을 두고 온다, 사람들에게 친절히 대한다, 꽃다발이나 작은 선
물을 들고 돌아다닌다 하는 사소한 수고들이 이리저리 얽혀 있었
다. 모모(某某) 씨가 프랑스에 간다고 하면 ─ 공기베개가 있어
야 해! 하는 식이었다. 그녀 같은 부류의 여자들이 이어 가는 이
끝없는 왕래는 정말로 기운을 소모하는 일이었다. 그러나 그녀
는 그 일을 타고난 본능으로, 진심에서 우러나 하고 있었다.

　신기한 것은, 그녀가 그가 일찍이 만나 본 가장 철저한 회의주
의자 중 한 사람이라는 사실이었다. 아마도(이것은 그가 그녀를,
어떤 면에서는 그토록 투명하면서 또 다른 면에서는 속을 알 수
없는 그녀를 설명하기 위해 보완한 이론이지만) 그녀는 자신에
게 이렇게 말할 것이다. 우리는 침몰하는 배에 묶인 저주받은 족
속이다(그녀는 처녀 시절에 헉슬리와 틴덜[64]을 즐겨 읽었는데,

---

63 피터 자신은 「더 타임스」를 읽지만, 리처드는 보수 신문인 「모닝 포스트」
를 읽으리라 상상한다.
64 Thomas Henry Huxley(1825~1895). 생물학자로 다윈의 진화론을 전

그들은 이런 식의 항해에 관한 은유를 좋아했다), 이 모든 것은 시시한 농담이니, 어쨌든 우리는 우리 몫을 하기로 하자. 동료 죄수들(이것도 헉슬리 식이다)의 고통을 덜어 주고, 지하 감방을 꽃과 공기베개로 장식하자. 그리고 가능한 한 의젓하게 굴자. 신이라는 저 악당들이 마음대로 하지 못하게 하자 ─ 그녀는 신이란 인간의 삶을 상처 내고 방해하고 망칠 기회를 결코 놓치지 않지만, 그래도 만일 숙녀답게 행동하면 진정 물리칠 수 있다는 식의 사고를 가지고 있었다. 이런 식으로 생각하게 된 것은 실비아가 죽은 직후부터였다. 무서운 일이었다. 자기 언니가 쓰러지는 나무에 깔려 죽는 광경을 바로 눈앞에서 본다는 것은(모두 저스틴 패리의 과실이었다. 그가 부주의했기 때문이었다) 사람을 신랄하게 만들기에 족했다. 더구나 그녀는 이제 막 인생의 문턱에 서 있던 처녀였고, 형제 중에 가장 재능이 뛰어났다고 클라리사는 늘상 말했었다. 아마도 나중에는 그렇게까지 확고한 태도는 아니었을 것이다. 다만 신이란 없으며 따라서 비난할 대상도 없다고 생각했다. 그래서 그녀는 선을 위해 선을 행한다는, 이 무신론자의 종교로 돌아서게 되었던 것이다.

물론 그녀는 삶을 최대한 즐겼다. 즐기는 것은 그녀의 천성이었다(물론 그녀도 속내를 다 드러내는 것은 아니니, 이렇게 긴 세월이 흐른 후에 그가 클라리사에 대해 알 수 있는 것도 그저 스케치에 불과하다는 느낌이 들기는 하지만). 하여간 그녀에게 냉소적인 데는 없었다. 선량한 여인들에게서 흔히 보이는 역겨운 도덕심 같은 것도 전혀 없었다. 그녀는 사실상 모든 것을 즐겼다.

파하는 데 기여했다. 버지니아 울프의 아버지 스티븐과 친구 사이였고, 두 사람 다 불가지론자였다. John Tyndall(1820~1893). 물리학자로 복사열에 관한 과학적 발견을 전파하는 데 기여했다.

만일 그녀와 함께 하이드 파크를 걷는다 치면, 어떤 때는 튤립 꽃밭이, 어떤 때는 유모차를 탄 어린아이가, 어떤 때는 자기가 즉석에서 만들어 낸 우스운 촌극이 그녀를 즐겁게 할 것이었다. (저 연인들에게도, 만일 그들이 불행하다고 생각되면, 분명히 말을 걸겠지.) 그녀에게는 그야말로 절묘한 유머 감각이 있었다. 하지만 그것을 끌어내기 위해서는 사람들이, 언제나 사람들이 필요했고, 그러다 보면 어쩔 수 없이 시간을 낭비하게 마련이었다. 오찬에 만찬, 그리고 저 끊임없는 파티들, 쓸데없는 얘기들, 마음에도 없는 얘기들을 늘어놓으면서 정신의 예리함을 무뎌지게 하고 판단력도 잃고 마는 것이다. 식탁 상석에 앉아서 댈러웨이에게 도움이 될지도 모르는 어느 늙은이를 상대하느라 생고생을 할 것이고 — 그들은 유럽을 통틀어 가장 따분한 이들과 알고 지냈다 — 그러다 엘리자베스가 들어오면 모든 관심이 그애에게 쏠리겠지. 지난번에 들렀을 때 그애는 아직 중학생이라 수줍어서 말도 잘 안 하는 시기였어. 커다란 눈망울에 새하얀 얼굴이 제 엄마는 전혀 닮지 않았지. 조용하고 무표정한 아이, 무슨 일이든 당연히 그러려니 하고 받아들이는 태도였어. 제 엄마가 자기를 가지고 부산을 떨도록 내버려 두었다가 마치 네 살배기 아이처럼 〈이제 가도 돼요?〉 하는. 그러자 클라리사가 설명했지. 댈러웨이가 그녀에게서 불러일으켰을 성싶은 자랑과 흥미가 섞인 어조로, 저 애는 하키를 하러 가는 것이라고. 이제 엘리자베스도 사교계에 나갔을 터였다. 그에 대해서는 이미 구세대라 생각하고 제 엄마의 친구들을 비웃을지도 몰랐다. 그래, 그래도 할 수 없지. 늙는다는 것의 보상은, 하고 피터 월시는 모자를 손에 들고 리전트 파크를 나오며 생각했다. 그건 단지 이런 거야. 정열은 이전이나 다름없이 강하지만, 그래도 — 마침내! — 삶에 최고의 맛을 더해 주는 힘을 얻게 되었다는 것이지. 지난날의 경험을 손안에 넣고 천천히 돌려가며 빛에 비추어 보는 힘을.

고백하기 싫은 일이지만(그는 모자를 다시 썼다), 이렇게 쉰세 살쯤 되고 보니, 더 이상 사람들이 필요하지는 않았다. 인생 그 자체, 그 모든 순간, 지금 바로 이 순간, 햇볕 속에서 리전트 파크에 있는 순간만으로 충분했다. 아니, 과분할 지경이었다. 전 생애도 그 맛을 온전히 끌어내기에는, 이제 그럴 힘을 얻고 보면, 마지막 한 방울의 즐거움, 마지막 한마디의 의미까지 다 끌어내기에는 너무 짧았다. 의미도 즐거움도 이전에 비하면 훨씬 더 순수하고 개인적인 데가 적었다. 다시는 클라리사 때문에 괴로워했던 만큼 괴로워할 수 있을 것 같지 않았다. 연이어 몇 시간이고 (이런 말은 아무도 엿듣지 말기를!), 몇 시간이고 며칠이고 데이지 생각은 잊고 있었다.

그녀를 사랑한다는 것이 있을 수나 있는 일일까? 그 옛날의 비참함과 고통과 특별한 열정을 잊지 못하면서도? 하기야 전혀 다른 일이기는 했다 ― 훨씬 더 즐거운 일이지 ― 물론 이번에는 여자 편에서도 그를 사랑하고 있으니까. 아마도 바로 그 때문에 배가 출항했을 때 그처럼 안도감을 느꼈을 것이었다. 그는 단지 혼자 있고 싶었고, 선실에서 그녀의 사소한 배려들 ― 엽궐련이며 노트, 여행용 담요 같은 것들 ― 을 발견하고는 짜증이 났었다. 누구라도 본심으로는 다 그렇게 말할 것이었다. 오십이 넘고 보면 더는 사람들을 원치 않게 된다, 여자에게 예쁘다는 말을 하기도 귀찮아진다, 오십대의 남자 대부분이 본심으로는 다 그렇게 말하리라고 피터 월시는 생각했다.

그렇다면 그 어이없는 감정의 발작은 ― 오늘 아침 그렇게 울음을 터뜨린 것은 ― 대체 무엇이었던가? 클라리사는 대체 그를 어떻게 생각했을까? 아마도 바보라고 생각했겠지만, 뭐 어차피 그런 생각이 처음도 아니었을 것이다. 그 밑바닥에 있었던 것은 질투심이었다 — 질투란 인간의 다른 어떤 정열보다도 오래 살아남는 법이지, 피터 월시는 주머니칼을 꺼내 들면서 생각했다. 오드 대령을 만나고 있다고, 데이지는 지난번 편지에 썼다. 일부러 그렇게 말한 것이 뻔했다. 그에게 질투심을 불러일으키려는 것이었다. 그녀가 편지를 쓰면서 어떻게 하면 그의 약을 올릴까 궁리하느라 이맛살을 찌푸리는 모습이 눈에 선했다. 하지만 그래도 역시 그는 몹시 성이 났다! 영국에 오고 변호사들을 만나고 하는 이 모든 법석은 그녀와 결혼하려는 것이 아니라 그녀가 다른 사람과 결혼하지 못하게 하려는 것이었다. 클라리사가 그처럼 평온하고 냉정하고 드레스인지 뭔지에 그처럼 열중해 있는 것을 보았을 때 그를 괴롭게 한 것, 그를 엄습했던 것은 바로 그 사실이었다. 그러면서 그는 깨달았다. 그녀만 있었더라면 이렇게 되지는 않았을 텐데, 결국 이렇게 되고 말았다는 것을 — 눈물 콧물 훌쩍이는 한심한 늙은이가. 하지만 여자들이란, 하고 그는 주머니칼을 닫으며 생각했다. 정열이라는 게 뭔지 알 리가 없지. 여자들은 남자들에게 그게 어떤 의미인지 알지 못해. 클라리사는 고드름처럼 싸늘하지. 소파에, 그의 곁에 앉아서, 그에게 자기 손을 잡게 해주고, 키스도 해주었지만 — 이제 건널목에 다다랐다.

어떤 소리가 그의 생각을 중단시켰다. 가늘게 떨리는 소리, 방향도 힘도 시작도 끝도 없이 거품 져 오르는 소리가, 약하면서도 날카롭게, 인간적인 의미는 전혀 없이.

이이 엄 파 엄 소

　　푸우 스위이 투우 이임 우우

　그저 이렇게 들렸다. 나이도 성별도 알 수 없는 소리, 대지에서
고대의 샘이 솟아나는 소리. 그것은 리전트 파크 지하철역 바로
맞은편에 마치 굴뚝처럼, 녹슨 펌프처럼, 비바람에 시달린 나무
처럼 서 있는 휘청한 물체로부터 나오는 것이었다. 영영 잎이 져
버린 나무는 바람이 그 가지들을 이리저리 드나들며

　　이이 엄 파 엄 소
　　푸우 스위이 투우 이임 우우

　이렇게 노래하게 하면서, 영원한 미풍 속에서 흔들리고 삐걱
거리고 신음했다.
　세월의 저편으로부터 — 포장도로가 풀밭이었던, 늪지였던
때로부터, 매머드와 엄니의 시대를 거쳐, 고요한 일출의 시대를
거쳐 — 이 풍상에 찌든 여인은 — 왜냐하면 치마를 입었으니
까 — 오른손을 내밀고 왼손은 옆구리에 움켜쥔 채 서서 사랑의
노래를 하고 있었다. 백만 년을 이어 온 사랑, 하고 그녀는 노래
했다. 승리하고야 마는 사랑! 백만 년 전에, 지금은 가고 없는 연
인과 오월의 들판을 거닐었다네, 하고 그녀는 읊조렸다. 여름날
처럼 길고 긴 세월이 지나 — 붉은 과꽃만이 타오르던 여름날,
하고 그녀는 추억했다 — 그는 가버리고, 죽음의 거대한 낫이 저
크고 높은 산들을 휩쓸어, 마침내 백발이 성성한 이 늙은 머리를
땅에 누일 때면, 그 머리가 차디찬 잿더미로 변할 때면, 신들이여
부디 그녀 곁에 자줏빛 히스 다발을 놓아 주시기를. 석양의 마지
막 햇살이 어루만지는, 그 높다란 무덤 위에. 그때가 되면 이 세

상의 행렬도 끝이 나리니.

리전트 파크 지하철역 맞은편에서 그 옛 노래가 흘러오는 동안에도, 대지는 여전히 푸르고 꽃이 만발한 듯했다. 하지만, 비록 그처럼 누추한 입에서, 대지의 뚫린 구멍에서, 뿌리와 잡초가 뒤엉킨 진흙투성이 구멍에서 솟아나건만, 그래도 그 오래된 노래는 졸졸거리며 흘러 무한한 세월의 옹이진 뿌리들을 적시고, 해골과 보물들을 적시면서, 작은 개울을 이루어 흘러갔다. 포장도로와 메릴리본 로드를 따라, 유스턴까지, 땅을 비옥하게 하면서, 축축한 흔적을 남기면서.

그 어느 태곳적의 오월에 연인과 함께 걸었던 일을 아직 기억하면서, 이 녹슨 펌프는, 이 풍상에 찌든 노파는 한 손을 내밀어 동전을 구걸하고 다른 손은 옆구리에 움켜쥔 채, 또다시 천만 년이 흐르도록 거기 서 있을 것이다. 이제는 바다가 흘러가는 곳을, 한때 오월에 어떻게 거닐었던가를 기억하면서. 누구와 함께였던가는 중요치 않았다 ― 물론 그는 남자였을 테고, 아 물론 그녀를 사랑한 남자였겠지만. 그러나 세월이 지나면서 그 태곳적 오월의 청명함은 흐려지고 말았다. 그 곱던 꽃잎들도 하얗게 서리가 맺혔다. 〈그 다정한 눈길로 내 눈 속을 지긋이 들여다보아 주오〉라고 간청할 때도(지금 그녀는 분명히 그렇게 노래했다) 그녀는 더 이상 보고 있지 않았다. 갈색 눈도 검은 수염도 햇볕에 그을린 얼굴도 아니고, 단지 희미한 그림자 같은 형상을 보고, 그 형상을 향해 그녀는 아주 늙은이들 특유의 새 같은 신선함으로 〈그 손길을 나에게 주오, 살며시 잡아 보게 해주오〉라고 여전히 지저귀고 있었다(피터 월시는 택시에 오르기 전에 그 가련한 노파에게 동전을 하나 던져 주지 않을 수 없었다). 〈누가 본다 한들, 그 누가 상관하리오?〉 그녀는 묻고 있었다. 그리고 옆구리에

주먹을 움켜쥔 채, 동전을 주머니에 넣으며 미소 지었다. 궁금한 듯 돌아보는 눈길들도 모두 지워져 가고, 지나가는 세대들 — 포장도로는 중산층 사람들로 북적거렸다 — 은 나뭇잎처럼 사라져 밟히고 젖고 짓이겨져서 그 영원한 봄에 의해 흙으로 돌아가는 듯했다.

이이 엄 파 엄 소
푸우 스위이 투우 이임 우우

「불쌍한 여자 같으니.」 길을 건너려고 기다리던 레치아 워렌 스미스는 말했다.

오, 불쌍한 늙은 여자! 비가 오는 밤이면 어쩌지? 아버지나, 아니면 좀 더 잘살던 시절에 알던 누군가가 지나가다가, 저기 도랑 속에 서 있는 모습을 보게 되면 어쩌지? 밤에는 어디서 자나?

명랑하게, 거의 유쾌하게, 무적의 노랫소리는 오두막의 굴뚝에서 피어오르는 연기처럼 공중으로 말려 올라가, 말쑥한 너도밤나무를 휘감으며 우듬지 사이에서 푸른 연기 다발로 피어올랐다. 〈누가 본다 한들, 그 누가 상관하리오?〉

벌써 여러 주째 너무나 불행했으므로, 레치아는 주위에서 일어나는 일들에 특별한 의미라도 있는 것처럼 생각되었고, 때로는 길거리에서 사람들을 붙들고 싶을 지경이었다. 선량하고 친절해 보이기만 한다면, 그냥 붙들고 서서 〈난 불행해요〉라고 털어놓고 싶었다. 그런데 길거리에서 〈누가 본다 한들, 그 누가 상관하리오?〉 하고 노래하는 노파를 보자, 문득 모든 일이 잘될 거라는 확신이 들었다. 그들은 윌리엄 브래드쇼 경을 만나러 갈 것이다. 그녀는 의사의 이름이 마음에 들었다. 그런 의사라면 셉티머스를 대번에 고쳐 놓을 것이다. 그런데 저기 양조장 마차가 가는군. 회색 말들의 꼬리에는 지푸라기들이 부숭부숭 삐져나와 있네. 저기 신문 벽보도 붙어 있고. 불행하다는 건 어리석은 망상일 뿐이야.

그들은, 셉티머스 워렌 스미스 부부는 길을 건넜다. 따지고 보면 그들에게 남다른 것이라고는 없었다. 지나가는 사람이 여기 세상에서 가장 위대한 메시지를 지닌 청년이 있다고, 혹은 그가 세상에서 가장 행복한 사람이라거나 가장 비참한 사람이라고 생각할 만한 것이 뭐 있겠는가? 아마 그들은 남들보다 조금 천천히 걸었고, 남자의 걸음걸이에는 무엇인가 주저하듯 질질 끄는 데가 있었지만, 몇 년째 주중 이 시간에 웨스트엔드[65]에 와본 일이 없는 사무원이 하늘을 쳐다보고 여기저기 둘러보는 것만큼 자연스러운 일이 어디 있겠는가? 마치 포틀랜드 플레이스[66]가 가족들이 떠난 후 들어와 보는 방인 양 그는 둘러본다. 샹들리에들은 삼베 주머니에 싸인 채 매달려 있고, 가정부는 긴 블라인드의 한쪽을 들추어 긴 햇살이 먼지 속을 뚫고 기묘한 모양의 버려진 팔걸이의자들을 비추게 하고는 방문객들에게 그곳이 얼마나 멋진가를 설명한다. 얼마나 멋진가, 하지만 동시에 얼마나 이상한가 하고 그는 의자와 테이블을 둘러보며 생각한다.

겉모습만 보면 그는 사무원이라 해도 좋을 터였다. 하지만 갈

65 West End. 런던 구시가 즉 〈더 시티The City of London〉의 서쪽에 위치해 있다고 해서 생긴 이름으로, 그 범위는 문맥에 따라 약간씩 달라지나 대체로 트라팔가 광장을 중심으로 하여 서쪽으로 피카딜리 서커스, 동쪽으로 코벤트 가든에 걸친 지역을 포함한다. 본문 중 리전트 파크에서 나온 셉티머스 부부는 웨스트엔드 방향으로 포틀랜드 플레이스를 지나간다.

66 Portland Place. 리전트 파크에서 남동쪽으로 내려오는 길. 폭이 넓고 차량 통행이 많지 않으며 고풍스럽고 우아한 집들이 들어서 있다.

색 장화를 신은 것으로 보아 그래도 좀 처지가 나은 사무원 같았다. 손은 배운 사람답게 고왔으며, 얼굴 윤곽도 각이 지고 코도 크고 지적이고 민감하게 생겼다. 하지만 입매는 꼭 그렇지만도 않은 것이, 허술하게 벌어져 있었고, 눈은(눈이란 워낙 그렇지만) 그저 눈일 뿐이었다. 담갈색의 커다란 눈. 그러니까 그는 전체적으로 보아 이도 저도 아닌 중간이었다. 말년에는 펄리[67]의 집과 자동차를 갖게 될지도 몰랐고, 평생 뒷골목의 셋집을 전전할 수도 있었다. 어중간한 교육을 받은, 말하자면 독학자의 인상이었다. 공립 도서관에서 책을 빌려다가 하루 일이 끝난 저녁에 읽으며 편지로 문의한 유명 저자들의 지침에 따라 얻은 지식이 전부인 독학자.

　다른 경험들, 외로운 경험들, 사람들이 침실에서, 사무실에서, 들판과 런던의 길거리를 걸으며 얻게 마련인 경험들은 그도 가지고 있었다. 어린 시절에 집에서 뛰쳐나온 것은 어머니 때문이었다. 어머니가 거짓말을 했던 것이다. 또는 수십 번째로 티타임에 손을 씻지 않은 채 내려왔기 때문이었고, 스트라우드[68]에서는 시인이 될 가망이 없다고 생각했기 때문이었다. 그래서 누이동생에게만 속내를 얘기한 뒤 바보 같은 쪽지를 남겨 놓고 런던으로 갔다. 위대한 인물들이 썼던 것 같은 쪽지, 훗날 그들이 유명해지면 온 세상이 읽게 되는 그런 쪽지를 남겨 놓고.

　런던은 스미스라는 성의 젊은이들을 수백만 명은 삼켜 버렸다. 부모들이 그래도 구별이 되라고 지어 준, 셉티머스니 뭐니 하는 특이한 이름들도 대수로울 것이 없었다. 유스턴 로드[69]에서

67 1920년대와 1930년대에 개발된, 런던 남쪽 교외의 그저 그런 주택지.
68 글로스터 인근의 소도시.
69 런던 북부 유스턴 철도역 앞의 길. 대영도서관이 가깝다.

하숙을 하면서, 그는 또 여러 가지 경험을 했다. 발그레하고 순진했던 둥근 얼굴이 비쩍 마르고 찌푸려지고 적개심에 찬 얼굴로 변할 정도의 경험이었다. 그러나 이 모든 것에 대해, 가장 주의 깊은 친구라 해도 무슨 말을 할 수 있었겠는가. 고작 정원사가 아침에 온실 문을 열고 자기 화초에 새 꽃이 핀 것을 발견할 때 하는 말, 꽃이 피었군 하는 말밖에는. 꽃이 피었다. 허영과 야심과 이상과 정열과 고독과 용기와 나태, 이 모든 흔하디흔한 씨앗에서. 이 모든 것이 뒤섞여서(유스턴 로드의 한 방에서) 그를 내성적이고 말을 더듬는 청년으로 만들었으며, 더 나은 사람이 되고자 하는 열망을 갖게 했고, 워털루 로드[70]에서 셰익스피어 강연을 하던 미스 이사벨 포울을 사랑하게 만들었다.

그는 키츠[71]를 닮지 않았는가? 그녀가 물었다. 그리고 어떻게 하면 「안토니와 클레오파트라」[72]니 하는 것들에 취미를 붙이게 할까 생각한 끝에, 그에게 책을 빌려 주었고 짤막한 편지들도 써 주었다. 그리하여 그에게 평생에 단 한 번 타오를 수 있는 그런 불을 붙여 놓았다. 미스 포울과, 「안토니와 클레오파트라」와, 워털루 로드에 대해, 열기라고는 없고 무한히 정신적이고 비현실적인 붉은 황금빛 불꽃으로 파닥이는 불을. 그는 그녀가 아름답다고, 나무랄 데 없이 현명하다고 생각했고, 그녀의 꿈을 꾸었으며, 그녀에 대한 시를 썼다. 그녀는 그 시들의 내용은 무시한 채 붉은 잉크로 고쳐 주었다. 어느 여름날 저녁에는 그녀가 녹색 드레스를 입고 광장을 거니는 것도 보았다. 〈꽃이 피었군〉 하고 정원사

70 워털루 브리지로 템스 강을 건너 램버스와 서덕 사이로 나 있는 길. 1920년대에는 이 근방이 노동자 계층이 사는 지역이었고, 워털루 브리지의 올드빅 극장에 개방대학의 야간 강의가 개설되어 있었다.
71 John Keats(1795~1821). 영국 낭만주의 시인.
72 셰익스피어의 희곡 중 하나.

는 말했을 것이다. 문을 열어 보았다면, 그 무렵 어느 밤에라도 문을 열고 들어와 그가 글을 쓰고 있는 것을 보았더라면 말이다. 그는 자기가 쓴 것을 다 찢어 버리는가 하면, 새벽 세시에 걸작을 탈고하고는 거리에 나가 이리저리 쏘다니기도 했고, 교회들을 찾아다녔고, 어느 날은 금식을 하고 어느 날은 술을 마셨으며, 셰익스피어와 다윈과 『문명의 역사』[73]와 버나드 쇼를 탐독했다.

무슨 일이 있기는 있다는 것을 브루어 씨는 눈치 챘다. 경매 및 평가, 부동산 중개를 겸한 시블리스 앤드 애로스미스 회사의 지배인 브루어 씨는 무슨 일이 있기는 있어, 하고 생각했다. 자기 밑에서 일하는 젊은이들을 아버지처럼 아끼는 그는 스미스의 능력을 아주 높이 평가했으며, 10년에서 15년 후면 그가 자기 뒤를 이어 천창이 달린 안쪽 방에서 문서함에 둘러싸여 가죽 팔걸이 의자에 앉게 되리라고 예견했다. 〈만일 건강만 괜찮다면 말이지〉하고 브루어 씨는 말했는데, 사실 그것이 문제였다. 그는 약골로 보였다. 그래서 그에게 축구를 권하기도 하고 저녁 식사에 초대하기도 하고 그의 급료 인상을 제안해 볼까 궁리하기도 했다. 그런데 그때 브루어 씨의 예상 중 많은 것을 내동댕이치고 그의 가장 유능한 젊은이들을 앗아간 사건이 일어났다. 유럽 전쟁의 마수는 너무나 깊이 음흉하게 파고들어, 케레스[74]의 석고상을 박살내 버리고 제라늄 꽃밭에 구멍을 냈으며, 머스웰 힐[75]에 있던 브루어 씨 댁 요리사의 신경을 파탄내 버렸다.

셉티머스는 가장 먼저 자원한 축에 속했다. 그에게는 거의 전

---

73 토머스 헨리 버클Thomas Henry Buckle의 두 권짜리 『문명의 역사*The History of Civilization*』(1857~1861)를 가리킨다.
74 그리스 신화에서 곡물의 여신. 로마 신화의 데메테르에 해당함.
75 런던 북부의 주택지.

적으로 셰익스피어의 연극과 녹색 드레스를 입고 광장을 거니는 미스 이사벨 포울로 이루어져 있던 영국이라는 나라를 구하기 위해 프랑스로 갔다. 브루어 씨가 축구를 권하면서 희망했던 변화가 거기 참호 속에서 대번에 일어났다. 그는 남자다워졌고 승진도 했다. 그는 에번스라는 상관의 눈에 띄었고, 그의 신임을 얻었다. 두 사람은 마치 난로 앞 양탄자에서 노는 두 마리 강아지 같았다. 한 놈이 종이 봉지를 가지고 놀며 멍멍거리고 물어뜯다가 이따금씩 나이 든 개의 귀를 무는 시늉을 한다. 그러면 졸고 있던 또 한 놈은 불빛에 눈부셔 하면서 앞발을 쳐들고 기분 좋게 뒹굴며 짖어 대는 것이다. 그들은 항상 같이 지냈고, 같이 나누고 같이 싸우고 같이 다투었다. 그러나 휴전 직전에 이탈리아에서 에번스(그를 한 번 본 적이 있는 레치아는 그를 〈조용한 분〉이라 불렀다. 건장한 빨간 머리 사내였으나, 여자들과 함께 있을 때는 별 말이 없었다)가 죽자, 셉티머스는 감정을 드러내거나 친구를 잃은 것을 인식하기는커녕 자신이 별다른 느낌이 없고 극히 이성적이라는 것을 오히려 다행으로 여겼다. 전쟁이 자신을 강하게 만들었다고 생각했다. 굉장한 일이었다. 그는 그 모든 것을, 우정과 유럽 전쟁과 죽음을 겪었고, 승진했으며, 아직 서른 살도 안 되었고, 앞으로 계속 살아갈 것이었다. 그는 거기 살아 있었다. 마지막 포탄들도 그를 피해 갔다. 그는 그것들이 폭발하는 것을 무덤덤하게 바라보았다. 평화가 왔을 때 그는 밀라노에서 한 여관집에 숙박을 배정받았다. 안뜰이 있고, 꽃 화분이 있고, 작은 식탁들을 마당에 내놓은, 딸들이 모자를 만드는 집이었다. 그리고 두 딸 중 동생인 루크레치아와 그는 약혼했다 ─ 더 이상 아무것도 느낄 수 없다는 당혹감이 엄습하던 어느 날 저녁.

이제 다 지난 일이었고 휴전은 조인되었고 전사자들은 매장되었는데도, 그는 특히 저녁이면 느닷없는 공포에 사로잡히곤 했다. 아무것도 느낄 수 없었다. 이탈리아 처녀들이 모자를 만들며 앉아 있는 방의 문을 열 때면, 그들이 일하는 모습을 보고 들을 수 있었다. 그녀들은 접시에 담긴 색색의 구슬을 철사에 꿰었고, 풀 먹인 아마포 심지를 이리저리 돌려 보았다. 테이블에는 깃털과 스팽글과 비단과 리본 따위가 잔뜩 흩어져 있었고, 가위를 테이블에 내려놓을 때마다 딸각딸각 소리가 났다. 그러나 무엇인가가 결여되어 있었다. 그는 아무런 느낌이 없었다. 그래도 가위들이 딸각거리고 처녀들이 웃어 대고 모자가 만들어지고 있다는 사실이 그를 지켜 주었다. 거기서는 안심할 수 있었고, 피신처를 얻은 듯했다. 그러나 밤새도록 거기 앉아 있을 수는 없었다. 새벽에 잠이 깨는 때가 있었다. 침대는 꺼져 들었고 그의 몸도 꺼져 들었다. 오, 가위와 등불과 풀 먹인 심지들만 있다면! 그는 루크레치아에게 청혼했다. 두 딸 중 더 어리고 명랑하고 까불대는 쪽이었다. 그녀는 예술가다운 그 작은 손가락들을 펴보이며 〈모두 여기 들어 있답니다〉라고 말하곤 했다. 비단이든 깃털이든 그 손가락에만 닿으면 생생히 살아났다.

「제일 중요한 건 모자예요.」 그녀는 함께 산책을 하며 말하곤 했다. 지나가는 모든 모자를 하나하나 눈여겨보았고, 외투와 드레스와 여자들의 몸가짐도 자세히 관찰했다. 멋없는 옷차림이나 지나치게 화려한 차림을 그녀는 모두 비난했는데, 흥을 보았다기보다는 참을 수 없다는 듯 손을 내저었다. 마치 악의는 없다 해도 너무 명백히 가짜인 그림을 밀어내는 화가와도 같이. 그러고는 너그럽게, 하지만 항상 비판적인 눈길로, 점원 아가씨가 조촐한 옷가지를 예쁘게 차려입은 것을 흡족히 여겼고, 마차에서 친칠라 코트에 드레스, 진주를 걸친 프랑스 귀부인이 내리는 것을 보고는 열정적이고 전문가다운 식견으로 칭찬했다.

「아, 아름다워!」 그녀는 나직이 중얼거리며 셉티머스에게도
보라고 꾹꾹 찔러 댔다. 그러나 아름다움은 창유리 뒤에 있을 뿐
이었다. 맛있는 음식(레치아는 아이스크림이나 초콜릿 같은 단
것을 좋아했다)도 그에게는 아무 맛이 없었다. 그는 작은 대리석
탁자 위에 컵을 내려놓았다. 창밖의 사람들을 내다보았다. 길거
리 한복판에 모여 소리치고 웃고 아무것도 아닌 일로 다투는 모
습이 행복해 보였다. 그러나 그는 아무 맛도 아무 느낌도 없었다.
찻집의 탁자들과 시끌벅적한 웨이터들 사이에서 공포가 그를 엄
습했다. 그는 아무것도 느낄 수 없었다. 이치를 따져 생각할 수도
있었고, 읽을 수도 있었다. 가령 단테라도, 어렵잖게 읽혔다.
(〈셉티머스, 제발 책 좀 내려놔요〉 하고 레치아가 「지옥편」을 가
만히 덮으며 말했다.) 그는 계산서의 셈도 할 수 있었다. 머리는
말짱했다. 그렇다면 이 세상 탓일 것이었다 — 그가 느낄 수 없
는 것은.

〈영국 사람들은 참 조용해요〉 하고 레치아가 말했다. 그래서
좋아한다고도 말했다. 그녀는 영국인들을 존경했고, 런던을, 영
국 말과 맞춤 양복을 보고 싶어 했다. 결혼해서 소호[76]에 사는 아
주머니가 영국에는 멋진 가게들이 많다고 하던 얘기도 기억하고
있었다.

기차로 뉴헤이븐[77]을 떠나며 셉티머스는 생각했다. 그럴 수도
있겠지, 하고 차창 밖의 영국 땅을 바라보며 생각했다. 세계 그

76 런던 중심부 섀프츠베리 애브뉴 북쪽의 지역. 이국적인 분위기로 유명한
유흥가.
77 영국 남부 서섹스 해안의 항구 도시. 프랑스의 디에프 항에서 영불 해협
을 건너면 뉴헤이븐 항에 도착한다. 셉티머스 부부도 뉴헤이븐을 통해 영국에
도착했을 터이다.

자체가 무의미하다는 것도 있을 수 있는 일이야.

사무실에서는 그를 상당한 책임이 따르는 자리로 승진시켜 주었다. 그들은 그가 십자 훈장을 딴 것을 자랑스럽게 생각했다. 〈자넨 임무를 다했네. 그러니 이제 우리가 ─〉 하고 브루어 씨가 입을 열었으나, 말을 맺지를 못했다. 그만큼 감격했던 것이다. 그들은 토튼햄 코트 로드[78]에 멋진 살림집을 구했다.

여기서 그는 또다시 셰익스피어를 펴들었다. 언어에 대한 ─ 「안토니와 클레오파트라」에 대한 ─ 소년 시절의 매혹은 완전히 시들어 버렸다. 셰익스피어가 얼마나 인류를 혐오했던지, 옷을 차려입는 것, 아이를 낳는 것, 입과 배의 추잡함! 언어의 아름다움 속에 숨어 있던 메시지가 이제 셉티머스에게 명백해졌다. 한 세대가 다음 세대에게 남몰래 전해 주는 은밀한 신호는 역겨움과 증오와 절망이었다. 단테도 그랬다. 아이스킬로스(물론 번역본이었지만)도 마찬가지였다. 레치아는 테이블 앞에 앉아서 모자 장식을 하고 있었다. 필머 부인의 친구들을 위해 모자를 꾸미는 것이었다. 그녀는 창백하고 신비한 것이 백합꽃 같았다. 물에 빠진 백합꽃, 하고 그는 생각했다.

〈영국 사람들은 참 진지해요〉 하고 그녀는 셉티머스에게 자기 팔을 두르고 그의 뺨에 자기 뺨을 갖다 대며 말했다.

남녀간의 사랑도 셰익스피어에게는 혐오스러운 것이었다. 짝짓기라는 일도 그에게는 더럽게만 여겨졌다. 그러나 레치아는 아이를 가져야겠다고 말했다. 결혼한 지 5년이나 되었으니.

그들은 함께 런던탑에 갔다. 빅토리아 앤드 앨버트 박물관에도 갔다. 군중 속에 서서, 왕이 의회를 개회하는 것도 보았다. 가

78 채링크로스 역에서 블룸즈버리 동네 쪽으로 나 있는 길.

게들도 있었다 — 모자 가게, 드레스 가게, 진열창에 가죽 가방
들을 늘어놓은 가게. 그녀는 열심히 구경하곤 했다. 그러나 그녀
는 아들이 하나 있어야 했다.

셉티머스 같은 아들이 있어야 했다. 그러나 아무도 셉티머스
같을 수는 없을 것이었다. 그는 그만큼 친절하고 진지하고 현명
하니까. 그녀도 셰익스피어를 읽으면 안 되는지? 셰익스피어는
어려운 작가인지? 그녀는 물었다.

이런 세상에 자식을 낳을 수는 없었다. 고통을 영속시킬 수도
없고 이 탐욕스러운 짐승들, 지속적인 감정이라고는 없고 변덕
과 허영에 이리저리 끌려 다니는 짐승들의 자손을 늘릴 수도 없
었다.

그는 그녀가 가위질을 하고 모자 모양을 다듬는 것을 바라보
았다. 마치 새가 풀밭에서 폴짝거리고 휙 날고 하는 것을 바라보
는 사람처럼, 손가락 하나 까딱할 엄두를 내지 못한 채. 사실은
(그녀가 그것을 모르도록 내버려 두자) 인간이라는 존재는 순간
의 쾌락을 증가시키는 데 필요한 것 말고는 친절도 믿음도 자비
심도 없다는 것이다. 그들은 떼 지어 사냥을 한다. 그들 떼거리는
사막을 짓밟고 비명을 지르며 황야로 사라져 간다. 넘어진 자는
버리고 간다. 그들은 악의 어린 미소로 뒤덮여 있다. 사무실의 브
루어도 마찬가지다. 왁스 칠한 콧수염에 산호 박은 타이핀, 하얀
셔츠 차림으로 유쾌한 척 떠들지만 그 속은 온통 차갑고 끈적끈
적하다. 그의 제라늄은 전쟁 통에 망가져 버리고, 요리사는 제 정
신이 아니라지. 또 아멜리아 뭐라던가 하는 여자는 다섯시면 어
김없이 찻잔을 돌리는데, 곁눈질이나 하고 남을 비웃는 음탕한
계집이다. 톰이라나 버티라나 하는 치들의 빳빳이 풀 먹인 셔츠
앞섶에서는 악덕이 뚝뚝 떨어진다. 그들은 그가 수첩에 자기들

의 벌거벗은 꼬락서니를 그리는 것도 보지 못했을 것이다. 거리에서는 짐차들이 우르릉대며 그의 곁을 지나쳐 갔다. 벽보들마다 끔찍한 제목을 외치고 있다. 광산에 갇힌 사람들, 산 채로 불에 탄 여자들, 한번은 광인들을 운동시킨답시고 줄지어 끌고 나와 군중의 구경거리로 만드는 것도 보았다. 사람들이 웃고 떠드는 가운데, 그들은 비칠거리며 끄덕거리며 히죽거리며 그의 곁을 지나갔다. 토튼햄 코트 로드에서, 반쯤은 변명하듯 하지만 의기양양하게, 그에게 가망 없는 비애를 안겨 주면서. 그 또한 미치고 말 것인가?

차를 마시는 시간에 레치아는 그에게 필머 부인의 딸이 아기를 가졌다고 말했다. 자기도 아이 없이 나이만 먹을 수는 없다고 했다. 너무나 외롭고, 너무나 불행하다고! 그녀는 그들이 결혼한 후 처음으로 소리 내어 울었다. 그에게는 그녀가 흐느끼는 소리가 아득하게 들렸다. 또렷이, 분명히, 들리기는 했지만, 마치 피스톤이 쿵쿵 하는 소리 같았다. 아무런 느낌도 들지 않았다.

아내는 울고, 그는 아무 느낌이 없었다. 그녀가 이렇게 깊이, 조용히, 가망 없이 흐느낄 때마다, 그는 구덩이 속으로 또 한 걸음 내려가는 기분이었다.

마침내, 그는 기계적으로, 진심이 아니라는 것을 완전히 의식하면서, 극적인 동작으로 양손에 얼굴을 파묻었다. 이제 항복이야. 이제 사람들이 도와주어야 해. 사람들을 불러 와야 해. 항복했다니까.

아무것도 그를 그 상태에서 벗어나게 할 수 없었다. 레치아는 그를 자리에 눕히고 의사를 부르러 보냈다. 필머 부인이 추천한 닥터 홈스를. 닥터 홈스는 그를 진찰했다. 아무 문제도 없습니다, 닥터 홈스는 말했다. 오, 다행이야! 얼마나 친절하고 좋은 분인가! 레치아는 생각했다. 자기는 그런 기분이 들 때면 뮤직홀에 간다고 닥터 홈스는 말했다. 하루쯤 일을 쉬고 아내와 함께 골프를 치러 가지요. 브로마이드 알약 두 개를 물 한 컵에 타서 자기 전에 마시는 게 좋겠군요. 이 오래된 블룸즈버리 집들은, 하고 닥터 홈스는 벽을 두드리며 말했다. 벽에 아주 좋은 판자를 붙인 게 많은데, 집주인들은 그걸 벽지로 도배해 버린다니까요. 일전에는 베드퍼드 스퀘어[79]에 사는 모모(某某) 경 댁에 왕진을 갔더니 —

그러니 변명할 여지가 없었다. 도대체 아무 문제도 없다는 것이다. 인간 본성이 그에게 사형을 선고하게 한 죄, 아무것도 느낄 수 없다는 죄 말고는. 에번스가 죽었을 때도 그는 눈썹 하나 까딱하지 않았다. 그게 최악이었다. 하지만 새벽마다 침대 난간 너머에서 다른 모든 죄악들도 고개를 들어 손가락질하고 곁눈질하고 조롱했다 — 쇠잔해 가는 것을 의식하며 널브러져 있는 몸뚱이를. 왜 아내를 사랑하지도 않으면서 결혼을 하고 동침을 했을까. 그녀를 농락했고 미스 이사벨 포울을 모독했다. 이토록 악덕으로 얽고 흉이 졌으니, 거리에서 마주치는 여자들이 몸서리치는 것이다. 이런 불한당에 대한 인간 본성의 판결은 죽음이다.

닥터 홈스가 다시 왔다. 체격이 크고 혈색이 좋고 잘생긴 그는 장화의 먼지를 탁탁 털고 거울 속의 자기 모습을 들여다보면서, 그 모든 것을 — 두통이니 불면증이니 두려움, 꿈 같은 것들을 — 간단히 정리해 버렸다. 그저 신경 과민일 뿐이라고 말했다. 닥터 홈스 자신은 체중이 160파운드[80]에서 0.5파운드라도 줄면 아침 식사 때 아내에게 죽을 한 그릇 더 달라고 한다는 것이

---

79 조지 왕조풍의 멋진 저택들이 들어서 있는, 블룸즈버리 구역의 한 동네.
80 약 73킬로그램.

었다(레치아도 죽 만드는 것을 배울 생각이었다). 하지만, 하고 그는 말을 이었다. 건강이란 대체로 우리 자신이 하기 나름이지요. 관심을 외부로 돌려 보세요. 취미 활동을 하시든가. 그는 셰익스피어 ─ 「안토니와 클레오파트라」 ─ 를 펼쳐 보더니 한옆으로 밀어 놓았다. 취미 활동 말이에요, 하고 닥터 홈스는 말했다. 자기 자신이 그처럼 건강을 유지하는 것도 (그는 런던의 그 누구보다도 열심히 일하지만) 환자 보는 일에서 고가구 수집 취미로 금방 옮겨갈 수 있기 때문이었다. 그런데 워렌 스미스 부인께서는 참 예쁜 장식 빗을 꽂고 계시군요!

그 멍청이가 또 찾아왔을 때, 셉티머스는 만나기를 거부했다. 정말 그래요? 하고 닥터 홈스는 상냥하게 웃으며 대꾸했다. 그러고는 그 매력적이고 자그마한 부인, 미세스 스미스를 사실상 약간 밀치고서야 그녀 남편의 침실로 들어갈 수 있었다.

〈그래, 겁을 먹었군요〉 하고 그는 환자 곁에 앉으며 사근사근하게 말을 걸었다. 그는 아내에게, 외국인인 데다가 나이도 어린 아내에게 정말로 자살 얘기를 했던가? 그래서야 그녀가 영국 남편들에 대해 아주 잘못 생각하게 되지 않겠는가? 적어도 아내에 대한 의무라는 것도 있지 않은가? 그저 침대에 누워 있는 것보다는 뭐라도 하는 편이 낫지 않겠는가? 자신은 자그마치 40년이나 경험을 쌓아 왔으니, 셉티머스도 자기 말을 믿는 편이 좋을 것이다 ─ 그에게는 아무 문제도 없다고 말이다. 다음번에 닥터 홈스가 방문할 때는 스미스가 자리에서 일어나 그 작고 귀여운 아내를 걱정시키지 않기를 바란다.

한마디로, 인간 본성이 그를 덮치고 있었다 ─ 콧구멍이 시뻘건 혐오스런 짐승, 홈스가 그를 깔아뭉개고 있었다. 닥터 홈스는 매일 왔다. 일단 넘어지면, 하고 셉티머스는 엽서 뒷면에 썼다.

인간 본성이 너를 덮친다. 홈스가 너를 뭉개고 있다. 그들에게 남은 유일한 기회는 홈스에게 알리지 않고 달아나는 것이었다. 이탈리아로 — 닥터 홈스가 없는 곳이라면 어디라도.

그러나 레치아는 그를 이해할 수 없었다. 닥터 홈스는 아주 친절한 분이신데. 셉티머스에게도 그토록 잘해 주시는데. 그는 단지 그들을 도우려는 것일 뿐이라고 했다. 자식이 넷이나 되고 자기를 티타임에 초대하기도 했다고 그녀는 셉티머스에게 말했다.

그러니까 그는 버림받은 것이었다. 온 세상이 그를 향해 외치고 있었다. 죽어, 죽어, 우리를 위해서. 그러나 왜 그들을 위해 죽어야 한담? 음식도 좋고 태양은 따사로운데. 그리고 죽으려면 어떻게 해야 하나? 식탁용 나이프로? 피가 흥건하게, 추하게? 아니면 가스 파이프를 입에 물고? 그는 힘이 없어서 손도 쳐들 수 없을 지경이었다. 게다가 이제 유죄 판결을 받고 곧 죽을 사람들이 홀로 있듯이 홀로 버려지고 보니, 차라리 거기에는 사치가 있었다. 세상에 미련을 가진 자들은 결코 알 수 없는 자유가 있었다. 물론 홈스가 이겼다. 콧구멍이 시뻘건 그 짐승이 이긴 것이다. 그러나 제아무리 홈스라 해도 세상의 끝을 헤매는 이 마지막 잔재는 건드리지 못할 것이다. 추방당한 자, 사람 사는 땅을 뒤돌아보는. 세상의 해안에 난파당한 뱃사람처럼 누워 있는 자는.

위대한 계시가 떠오른 것은 바로 그 순간이었다(레치아는 장보러 가고 없었다). 휘장 뒤에서 한 음성이 말을 걸었다. 에번스였다. 죽은 자들이 그와 함께 있었다.

「에번스, 에번스!」 그는 외쳤다.

스미스 씨가 혼자 큰 소리로 얘기하고 있어요, 하고 하녀인 애그니스가 부엌에 가서 필머 부인에게 말했다. 쟁반을 가지고 들어가 보니, 그가 〈에번스, 에번스〉 하고 있더라는 것이었다. 그녀는 깜짝 놀라 아래층으로 뛰어내려 왔다고 했다.

레치아가 돌아왔다. 꽃을 한 아름 안고 방을 가로질러 가 꽃병에 장미를 꽂았다. 꽃 위에 햇살이 곧장 내리비쳤다. 햇살은 온 방을 웃으며 뛰어다녔다.

안 살 수가 없었어요, 하고 레치아는 말했다. 길에서 불쌍한 남자가 꽃을 팔고 있었어요. 하지만 벌써 다 죽었네, 하고 그녀는 장미꽃을 꽂으며 말했다.

그러니까 저 밖에 한 남자가 있는 것이다. 아마도 에번스가. 그리고 장미는, 레치아가 반쯤 죽었다고 하는 장미는 그리스의 들판에서 꺾어 온 것일 터이다. 대화가 건강이요, 대화가 행복이요, 대화가, 하고 그는 웅얼거렸다.

「뭐라고 했어요, 셉티머스?」 레치아가 겁에 질려 물었다. 그는 또 혼잣말을 하고 있는 것이다.

그녀는 애그니스에게 닥터 홈스를 불러오라고 시켰다. 남편이 정신이 이상해졌다고 그녀는 말했다. 자기를 알아보지도 못한다고.

〈짐승 같은 놈! 짐승 같은 놈!〉 하고 셉티머스는 닥터 홈스라는 인간 본성이 방에 들어오는 것을 보고 외쳤다.

「이게 대체 무슨 일입니까?」 닥터 홈스는 세상에서 가장 상냥한 어조로 물었다. 「허튼소리로 부인을 놀래키다니?」 그러나 그는 셉티머스에게 뭔가 잠들게 해줄 약을 주겠다고 말했다. 만일 그들이 형편만 넉넉하다면, 하고 닥터 홈스는 얕보듯 방 안을 둘러보며 말했다. 어떻게든 할리 스트리트[81]로 보낼 텐데요. 만일 저를 믿지 않으신다면 말입니다, 하고 닥터 홈스는 그리 친절하

81 리전트 파크 남쪽 길. 런던의 가장 유명한 의사들이 이 길에서 개업하고 있었다.

지 않은 얼굴로 말했다.

열두시 정각이었다. 빅벤이 열두 번을 쳤다. 그 종소리는 런던 북부로 퍼져 나가 다른 시계의 종소리와 섞이고 구름이며 가느다란 연기들과 엷고 희미하게 섞여서 저 멀리 바다 갈매기들 사이에서 사라졌다. 열두시를 칠 때, 클라리사 댈러웨이는 녹색 드레스를 침대 위에 내려놓았고, 워렌 스미스 부부는 할리 스트리트를 걸어가고 있었다. 열두시가 약속 시간이었다. 아마도, 하고 레치아는 생각했다. 저기 회색 자동차가 집 앞에 서 있는, 저기가 윌리엄 브래드쇼 경 댁인가 봐. 묵직한 종소리의 파문이 공중에 녹아들어 갔다.

실제로 그랬다. 그것은 윌리엄 브래드쇼의 자동차였다. 차 주인이 영혼의 조력자요 과학의 사제인 만큼 화려한 문장(紋章)은 어울리지 않는다는 듯이, 차체가 낮고 막강해 보이는 회색 자동차의 번호판에는 단순한 모양의 머리글자가 얽혀 있었다. 그리고 자동차가 회색이므로, 그 수수한 부드러움과 어울리려는 듯, 차 안에는 회색 모피와 은회색 담요가 쌓여 있었다. 영부인께서 기다리시는 동안 따뜻하게 덮을 것들이었다. 왜냐하면 윌리엄 경은 시골에 사는 부유한 환자들, 경이 자신의 조언에 대해 당연한 듯 청구하는 상당한 거금을 낼 수 있을 환자들을 왕진하기 위해 60마일[82] 혹은 그 이상 떨어진 곳까지도 왕진하곤 했기 때문이다. 그럴 때면 영부인께서는 무릎에 담요를 덮고 한 시간 남짓 기다리곤 했다. 등을 뒤로 기댄 채, 종종 환자에 대해 생각하면서, 흔히는 자신이 기다리고 있는 매분 매초 쌓여 가는 황금 벽에

82 약 100킬로미터.

126

대해 생각하면서. 그 황금 벽은 그들과 온갖 변화며 근심(그들도 나름대로 시련이 있었고 그녀는 그것들을 용감하게 견뎌 냈다) 사이에 쌓여 올라가, 마침내 그녀는 향긋한 미풍만이 부는 잔잔한 바다에 이르렀다고 느끼게 되었다. 존경과 찬탄과 선망의 대상이 되고, 더 이상 바랄 것이 별로 없었다. 물론 몸이 뚱뚱해진 것은 한스러웠지만. 매주 목요일 밤에는 동료 의사들끼리의 대대적인 만찬이 있었고, 가끔씩 자선 바자도 열렸다. 왕족을 알현했고, 남편과는 유감스럽게도 함께 지낼 시간이 별로 없었다. 그는 점점 더 일이 많아졌고, 아들은 이튼 학교에서 잘 지내고 있었다. 딸도 하나 있었으면 했지만. 그러나 그녀에게는 관심사가 많았다. 아동 복지, 간질 환자들의 요양 관리, 사진. 그래서 만일 개축 중인 교회나 퇴락해 가는 교회가 있으면 그녀는 관리인을 매수하여 열쇠를 얻어다가, 기다리는 동안, 사진을 찍었다. 전문가들의 작품과 거의 구별되지 않는 사진들이지, 하고 그녀는 생각했다.

윌리엄 경 자신은 더 이상 젊지 않았다. 그는 평생을 매우 열심히 일했다. 지금의 지위는(그는 소매상의 아들이었다) 순전히 자기 힘으로 얻은 것이었다. 그는 자기 직업을 사랑했고, 예식 때는 멋진 우두머리가 되었으며 언변도 좋았다. 이 모든 것 덕분에, 작위를 얻을 무렵에는 중후하고 피곤한 기색을 띠게 되었는데(환자들이 너무나 많이 쇄도했고, 그의 직업에 따르는 책임과 특권도 부담스러웠다), 그 피곤함은 희끗희끗한 머리칼과 더불어 그의 풍채에 특별한 위엄을 더해 주었고 명의로서의 명성을 한층 높여 주었다(신경증을 다루는 데 있어서는 명성이 가장 중요하다). 그는 단지 훌륭한 기술과 틀림없는 진단뿐 아니라 동정심이 있는 의사, 인간의 영혼을 이해하는 의사로도 평판이 났다. 그는

사람들이 방 안에 척 들어서는 순간 그들의 문제를 알아본다는
것이었다(들어선 사람들은 워렌 스미스 부부라고 했다). 그는 자
기가 남자의 문제를 꿰뚫어 보았다고 곧바로 확신했다. 대단한
중증이었다. 완전한 신경 쇠약, 육체적·정신적으로 극심한 쇠약
으로 상당히 진행된 단계의 모든 징후를 보인다는 것을, 그는 2,
3분 안에 확인했다(분홍 카드에 질문들에 대한 답을 적고, 나직
한 소리로 중얼거리면서).

닥터 홈스의 치료를 받은 지 얼마나 되었습니까?

6주입니다.

브로마이드를 처방해 주던가요? 별 일 아니라고 하던가요? 아
그래요(그 일반의들이란! 하고 윌리엄 경은 생각했다. 내 시간의
반은 그들의 실수를 덮는 데 바쳐야 한다니까. 어떤 실수는 돌이
킬 수도 없어).

「전쟁 때 수훈을 세웠다지요?」

환자는 〈전쟁〉이라는 말을 되묻듯이 반복했다.

그는 상징적인 단어들에 의미를 부여하는군. 심각한 증세야.
카드에 기록해야 해.

「전쟁이라고요?」 환자는 되물었다. 유럽 전쟁 ― 어린 남학생
들이 화약을 가지고 벌였던 장난 말인가? 복무 중에 수훈을 세웠
느냐고? 정말로 생각이 나지 않았다. 전쟁 그 자체에서 그는 실
패했다.

「그럼요, 이이는 최고 훈장을 받았어요.」 레치아가 의사에게
단언했다. 「승진도 했고요.」

「그리고 사무실에서도 아주 높이 평가하는군요?」 윌리엄 경은
브루어 씨의 호의가 가득한 편지를 흘긋 넘겨다보며 중얼거렸
다. 「그러니 당신은 별 걱정이 없겠군요? 경제적인 어려움도 없

고, 아무것도?」

그는 무시무시한 범죄를 저지르고 인간 본성에 의해 사형 선고를 받은 몸이었다.

〈저는 — 저는〉 하고 그는 말을 꺼냈다. 「죄를 지었습니다 —」

「나쁜 일이라고는 한 적이 없어요.」 레치아가 의사에게 단언했다. 스미스 씨가 잠깐 기다려 준다면, 하고 윌리엄 경이 말했다. 스미스 부인과 옆방에서 할 이야기가 있다고 했다. 댁의 남편은 병세가 위중합니다, 윌리엄 경이 말했다. 자살을 하겠다고 하지 않던가요?

오, 그랬어요, 그녀는 외쳤다. 하지만 정말로 그럴 생각은 아니었어요, 그녀는 말했다. 물론 아니지요. 문제는 안정입니다. 윌리엄 경이 말했다. 안정, 안정, 안정, 침대에 누워 오래 안정하는 것이지요. 시골에 아주 멋진 요양소가 있는데, 거기 가면 댁의 남편을 잘 돌봐 드릴 겁니다. 저와 떨어져서요? 그녀가 물었다. 안됐지만, 그래야 합니다. 아플 때는 사랑하는 사람들과 함께 있는 것이 별로 좋지 않아요. 하지만 저이는 미친 건 아니지요? 윌리엄 경은 자신은 결코 〈미쳤다〉는 말을 쓰지 않는다고 말했다. 그는 그것을 단지 균형 감각이 없다고 부른다고. 그러나 그녀의 남편은 의사를 좋아하지 않았다. 그는 그곳에 가기를 거부할 것이었다. 윌리엄 경은 짤막하게, 친절하게, 사태를 설명해 주었다. 그는 자살을 하겠다고 위협했다. 선택의 여지가 없다. 이건 법의 문제다.[83] 그는 시골의 아름다운 집에서 침대에 누워 있게 될 것이다. 간호원들도 모두 친절하다. 윌리엄 경은 1주일에 한 번 그를 방문할 것이다.

83 1961년 이전 영국에서는 자살이 불법 행위였다.

만일 워렌 스미스 부인이 더 물을 게 없다면 — 그는 결코 환자들을 재촉하지 않는다 — 이제 남편에게 가보아야 할 것이다. 그녀는 더 물을 게 없었다 — 윌리엄 경에게는.

그래서 그들은 인류 중 가장 고매한 자에게로 돌아갔다. 재판관들을 마주한 범인, 산꼭대기에 노출된 희생양, 도망자, 난파자, 불멸의 송가를 짓는 시인, 삶에서 죽음으로 넘어간 구세주, 셉티머스 워렌 스미스에게로. 그는 천창(天窓) 아래 팔걸이의자에 앉아, 궁정복을 입은 레이디 브래드쇼의 사진을 응시하며 아름다움에 관한 메시지를 웅얼거리고 있었다.

「부인과 잠깐 이야기해 보았습니다.」 윌리엄 경이 말했다.

「선생님 말씀이 당신 상태가 아주 심각하대요.」 레치아가 울부짖었다.

「당신이 요양소에 가야 한다는 데 합의했습니다.」 윌리엄 경이 말했다.

「홈스의 요양소에 말입니까?」 셉티머스가 물었다.

저 친구는 볼썽사납군. 아버지가 장사꾼이었던 윌리엄 경은 예의범절과 의관에 대한 타고난 존경심을 갖고 있었으므로, 허름한 옷차림을 보면 짜증이 났다. 또한, 윌리엄 경은 독서를 할 시간이라고는 가져 본 적이 없었으므로, 자기 방에 들어오는 교양 있는 사람들, 의사란 모든 고상한 기능을 끊임없이 긴장시키는 직업을 갖고 있는 만큼 교양인이 못 된다고 암시하는 사람들에 대해 깊은 앙심을 품고 있었다.

「내 요양소 중 한 곳입니다, 워렌 스미스 씨.」 그는 말했다. 「거기서 당신이 안정하는 법을 가르쳐 드리지요.」

한 가지 문제가 더 남았다.

그는 워렌 스미스 씨가 건강이 좋았을 때는 자기 아내를 놀라게 할 사람이 아니었으리라고 확신했다. 그러나 그는 자살 이야기를 했다고 한다.

「우리는 누구나 울적할 때가 있지요.」 윌리엄 경이 말했다.

일단 넘어지면, 하고 셉티머스는 거듭 생각했다. 인간 본성이 너를 덮친다. 홈스와 브래드쇼가 널 덮쳤어. 그들은 사막을 누비고 다닌다. 비명을 지르며 황야로 날아가지. 그들은 형틀이며 손가락 죄는 나사를 쓴다. 인간 본성은 가차 없는 것이니.

「가끔 충동이 찾아오는지?」 윌리엄 경은 분홍색 카드에 연필을 대고 물었다.

그야 자기 문제라고 셉티머스는 대답했다.

「아무도 자기 한 사람만을 위해 살지는 않아요.」 윌리엄 경이 궁정복을 입은 아내의 사진을 흘긋 바라보며 말했다.

「당신은 전도유망한 청년이에요.」 윌리엄 경은 말했다. 브루어 씨의 편지가 책상 위에 놓여 있었다. 「보기 드물게 전도유망하지요.」

하지만 _그_가 고백한다면? 대화가 된다면? 그렇다면 이 고문자들이 그를 놓아 주려는지? 홈스와 브래드쇼가?

「전 ― 저는 ―」 그는 말을 더듬었다.

그러나 그가 지은 죄가 무엇이었던가? 그는 생각나지 않았다.

「예?」 윌리엄 경이 그를 격려했다. (하지만 시간이 늦어지고 있어.)

사랑, 나무들, 범죄란 없다 ― 그의 메시지가 뭐였더라?

그는 기억할 수 없었다.

「전 ― 저는 ―」 그는 말을 더듬었다.

「자기 자신에 대해서는 가능하면 생각하지 마세요.」 윌리엄 경이 친절하게 말했다. 정말이지 그는 돌아다니도록 내버려 두어서는 안 되었다.

그들이 그에게 더 묻고 싶은 것이 있는지? 윌리엄 경이 모든 준비를 하겠으며(그는 레치아에게 수군수군 말했다) 그날 저녁 다섯시에서 여섯시 사이에 알려 주겠다고 수군거렸다.

「다 저를 믿고 맡기십시오.」그는 그들을 내보내며 말했다.

레치아는 평생 그렇게 괴로워 보기는 처음이었다. 그녀는 도움을 청하러 갔는데 버림받고 말았다! 그는 자기들을 저버렸다! 윌리엄 브래드쇼 경은 좋은 사람이 아니었다.

저 자동차를 유지하는 데만도 돈이 상당히 들겠는걸, 셉티머스는 거리로 나오자 말했다.

그녀는 그의 팔에 매달렸다. 그들은 버림받았다.

그러나 더 무엇을 원하는가?

환자들에게 그는 45분을 할애했다. 만일 이 까다로운 학문, 따지고 보면 우리가 전혀 알지 못하는 것 — 신경 체계라든가 인간의 뇌 같은 — 을 다루는 학문에서 의사가 자신의 균형 감각을 잃어버린다면 의사로서 그는 실패이다. 우리는 건강을 유지해야 하는데, 건강이란 곧 균형이다. 그러므로 어떤 사람이 진료실에 들어와 자기가 그리스도라고(흔한 망상이었다), 전할 말이 있다고(물론 대개는 전할 말이 있다) 하면서 죽어 버리겠다고 위협한다면(대개들 그런다), 균형 감각을 일깨워야 한다. 침대에서 안정할 것을, 고독한 가운데 안정할 것을 명해야 한다. 침묵과 안정, 친구들도 책도 메시지도 없이, 여섯 달쯤 안정하면, 100파운드 정도 나가던 사람이 170파운드가량은 나가게 된다.[84]

균형, 윌리엄 경이 신처럼 떠받드는 균형 감각은 그가 회진을

84 100파운드는 약 45킬로그램이고 170파운드는 약 77킬로그램.

하고 연어를 잡고 결혼을 하여 할리 스트리트에서 아들을 낳으면서 터득한 것이었다. 이제는 레이디 브래드쇼도 직접 연어를 잡고 전문가나 진배없는 사진을 찍는다. 균형을 숭상함으로써, 윌리엄 경은 자신이 번영했을 뿐 아니라 영국 전체를 번영하게 만들었다. 영국의 광인들을 격리시키고 출산을 금지하고 절망을 처벌하고 부적응자들이 자신들의 견해를 퍼뜨리지 못하게 했다. 그들도 그의 균형 감각을 공유할 때까지. 그들이 남자라면 그의, 여자라면 레이디 브래드쇼의 균형 감각을. (그녀는 자수와 뜨개질을 하고 1주일에 나흘 밤은 아들과 함께 집에서 보냈다.) 그래서 그의 동료들이 그를 존경할 뿐 아니라 그의 부하들은 그를 두려워했다. 그러나 환자들의 친지와 친척들은 그에게 무한히 감사했다. 세상의 종말이나 신의 도래를 예언하는 자칭 그리스도 및 여자 그리스도들이 경의 명령에 따라 침대에 누워 우유를 마셔야 한다고 단호히 주장해 준 데 대해. 윌리엄 경은 이런 종류의 사례들에 대한 30년 경력과 틀림없는 본능으로 이것은 광증이고 이것은 정상이라고 딱 부러진 진단을 내려 주었다. 사실상 그가 말하는 정상이란 그 자신의 균형 감각에 맞는다는 것이었지만.

그러나 균형의 여신에게는 자매가 있었으니, 이 여신은 훨씬 덜 상냥하고 더 가혹했다. 바로 지금도 그녀는 분주하다 — 인도의 열기와 모래 속에서, 아프리카의 진흙과 늪지에서, 런던의 지저분한 변두리에서, 요컨대 기후 혹은 악마가 인간을 유혹하여 그녀 자신의 것인 진정한 믿음을 저버리게 하는 어디에서나 — 우상들을 부수고 그 자리에 자신의 준엄한 형상을 올려놓는 데 몰두해 있다. 그녀의 이름은 전향(轉向)이라고 하며, 그녀는 약자들의 의지를 먹고 산다. 사람들을 감동시키고 강요하기를 좋아하며 인류의 얼굴 위에 자기 얼굴이 찍히는 것을 좋아한다. 하이드 파크의 모퉁이에서 통(桶)을 연단 삼아 설교를 하고, 흰 수의 차림으로 형제애로 가장을 하고서 참회하듯 공장과 의회들을 돌아다니며 도움을 제공하지만 권력을 원한다. 자신이 지나는 길에서 모든 반대와 불만을 일소해 버리고, 자기를 우러러보며 자기 눈길에서 광명을 구하는 자들에게는 축복을 내린다. 이 여신 또한(레치아 워렌 스미스는 그 점을 간파했다) 윌리엄 경의 마음속에 거처를 지니고 있었다. 흔히 그렇듯이 그럴싸한 변장을 하고, 사랑이니 의무니 자기희생이니 하는 존경할 만한 이름으로 숨어 있기는 했지만. 그는 얼마나 열심히 일하는가. 기금을 모으고 개혁을 추진하고 제도를 시행하기 위해 얼마나 노력하는가! 그러나 전향이라는 거만한 여신은 벽돌보다는 피를 좋아하고 인간의 의지를 더없이 교묘하게 포식한다. 가령, 레이디 브래드쇼만 하더라도 그랬다. 15년 전에 그녀는 굴복하고 말았다. 딱히 이렇다 할 일은 없었지만, 말다툼도 핀잔도 없이, 그냥 그녀의 의지가 그의 의지 속으로 천천히 가라앉아 빠져들어 갔다. 그녀의 미소는 달콤했고, 굴종도 달콤했다. 할리 스트리트의 만찬은 여덟 내지 아홉 가지 코스로 열 내지 열다섯 명의 다양한 전문직 계층에 속하는 손님들을 대접하는 것으로, 우아하고 세련되었다. 다만 시간이 갈수록 아주 가벼운 권태가, 혹은 어쩌면 불편함이, 신경질적인 경련이, 어색함과 실수와 동요가, 정말이지 믿기 괴로운 일이지만 그 가련한 안주인이 거짓으로 꾸미고 있음이 드러났다. 언젠가 아주 오래전에는 그녀도 자유로이 연어를 잡았었건만, 이제는 남편의 눈에 그토록 번질대며 타오르는 욕망, 지배와 권력에 대한 욕망의 불을 다스리기에 바빠, 그녀 자신은 졸아들고 지워지고 닳아지고 다듬어진 채 뒷전에 물러서서 눈치를 보았다. 결국 그 만찬은 왜 그렇게 거북한지, 왜 그렇게 머리

꼭대기에 중압감이 느껴지는지 정확히 알지 못한 채(직업적 대화 탓일 수도 있었고, 레이디 브래드쇼의 표현에 따르면 〈자기 자신이 아니라 환자들을 위해 살고 있는〉 위대한 의사의 피곤 탓일 수도 있었다), 아무튼 무척 거북했다. 그래서 손님들은, 시계가 열시를 치면, 할리 스트리트의 바깥 공기를 황홀하게 들이마셨다. 그러나 그런 위안조차도 그의 환자들에게는 주어지지 않았다.

거기 회색 방에서, 벽에는 그림들이 걸리고 값비싼 가구들이 놓여 있는 방에서, 유백색 유리를 끼운 천창 아래서, 그들은 자신들의 규칙 위반의 정도를 알게 되었다. 팔걸이의자에 움츠리고 앉아서 그들은 그가 자신들을 위해 신기한 팔 운동을 하는 것을 지켜보았다. 그는 양팔을 쭉 내뻗었다가 힘차게 옆구리 쪽으로 가져감으로써, (환자가 고집스러운 경우) 윌리엄 경은 자기 행동의 주인이지만 환자들은 그렇지 않음을 입증했다. 거기서 몇몇 나약한 자들은 무너졌다. 눈물을 흘리고 굴복했다. 영문 모를 과도한 광기에 고취된 자들은 윌리엄 경을 면전에서 가짜라고 불렀고, 좀 더 불경하게는 인생 그 자체에 이의를 제기했다. 도대체 왜 살지요? 그들은 물었다. 윌리엄 경은 인생은 좋은 것이라고 대답했다. 그야 벽난로 선반 위의 사진 속에서 레이디 브래드쇼는 타조 깃털을 두르고 있고, 그 자신의 수입으로 말할 것 같으면 연봉 1만 2천은 너끈히 되었다. 그러나 우리에게는 인생이 그런 횡재를 가져다주지 않아요, 하고 그들은 항의했다. 그는 수긍했다. 그들에게는 균형 감각이 없었다. 아마도 결국 신이란 없지 않겠어요? 그런 질문에 그는 어깨를 으쓱해 보였다. 요컨대 살든 안 살든 우리 자신의 문제 아닙니까? 바로 그 점에서 그들은 잘못 생각하는 것이다. 윌리엄 경은 서리 주(州)에 친구가 있었는데, 거기서는 균형 감각이라는 것을 가르쳤다. 물론 어려운 기술임을 경 자신도 인정했다. 게다가 가족애, 명예, 용기, 화려한 경력 같은 것도 있었다. 이 모든 것을 윌리엄 경은 확고히 지지했다. 만일 그런 것들로 충분치 않다면, 그는 경찰과 사회의 이익에 호소할 수도 있으며, 하고 아주 조용히 말했다. 이것들이 서리 주에서 반사회적 충동들 — 뭐니 뭐니 해도 그것은 나쁜 혈통에서 오는 것인데 — 이 통제되도록 해줄 것이었다. 그러면 마침내 모든 반대를 물리치고 다른 신들의 성역에 자신의 형상을 확실히 각인하고자 열망하는 여신은 은신처에서 빠져나와 옥좌에 오를 것이다. 그리하여 벌거벗고 무방비하고 기진맥진한, 의지할 데 없는 자들에게는 윌리엄 경의 의지가 관철되게 마련이었다. 그는 맹금처럼 느닷없이 덮치고 집어삼켰다. 그는 사람들을 가두었다. 윌리엄 경이 환자의 친척들에게 그토록 반가운 존재인 것은 이러한 결단과 인류애의 결합 때문이었다.

그러나 레치아 워렌 스미스는 할리 스트리트를 걸으면서 외쳤다. 자기는 그 남자가 싫다고.

할리 스트리트의 시계들은 유월의 날을 찢고 썰고 나누고 또 나누어 조금씩 갉아먹으면서, 굴종을 충고하고 권위를 세우고 균형 감각의 드높은 이점을 합창하듯 지적했다. 시간의 더미는 차츰 줄어들어, 마침내 옥스퍼드 스트리트의 한 가게 위에 달려 있는 시계가 한시 반을 알렸다. 무료 정보를 제공하는 것이 릭비 앤드 라운즈 상점의 즐거움이라는 듯이, 쾌활하고 정답게.

고개를 들어 보니 그들 이름의 글자 하나하나가 시간을 나타내게 되어 있었다. 그래서 그리니치 표준 시각을 알려 주는 데 대해 무의식적으로 릭비 씨와 라운즈 씨에게 감사하게 되게 마련이었다. 이 감사는 (거기 가게 진열창 앞에서 서성거리며 휴 휘트브레드는 생각을 곱씹었다) 자연스럽게 나중에 럭비 앤드 라운즈 양말이나 신발을 산다는 형태를 취하게 될 것이었다. 그렇게 그는 생각을 곱씹었다. 그것이 그의 버릇이었다. 그는 깊이 들어가지 않았다. 그저 표면을 쓸고 지나갈 뿐이었다. 죽은 언어들과 산 언어들, 콘스탄티노플, 파리, 로마에서의 삶, 승마, 사격, 테니스, 그 모든 것이 그렇듯 일시적인 관심거리였다. 심술궂은 이들은 그가 이제 실크 스타킹과 반바지를 입고서 버킹엄 궁전의 파수를 서고 있다고들 했다. 무엇을 지키자는 것인지는 알 수 없지만 말이다. 그러나 그는 그 일을 아주 효율적으로 해냈다. 지난 55년 동안 그는 영국 사회의 최상층에서 그런대로 잘 지내 왔던 것이다. 그는 역대 수상들과도 알고 지냈다. 그는 충직한 인물로 알려져 있었다. 그가 당대의 중요한 운동 가운데 어떤 것에도 참여하지 않고 중요한 직책도 맡지 않은 것은 사실이지만, 한두 가지 조촐한 개혁들은 그의 덕분이었다. 공공 구호소의 개선이 한 가지였고, 노퍽의 부엉이들을 보호한 것이 다른 한 가지였다. 하녀들은 그에게 감사할 만했다. 「더 타임스」에 보낸 편지들, 기금을 청구하고 대중에게 촉구하는 편지들, 보호하고 보존하고 쓰레기를 치우고 매연을 줄이고 공원에서 부도덕을 몰아내라고 촉구하는 편지들의 말미에서 그의 이름은 존경심을 요구했다.

　잠시 멈추어 서서(30분을 알리는 종소리가 스러져 가는 동안) 비판적이고 권위 있는 눈초리로 양말과 신발들을 바라보는 그는 풍채가 당당했다. 마치 어디 높은 데서 세상을 내려다보기라도 하는 것처럼, 흠잡을 데 없고 건실해 보였으며 옷차림도 잘 어울렸다. 그는 몸집과 부와 건강에 따르는 의무들을 자각하고 있었고, 꼭 필요하지 않은 경우에도 사소한 예의범절이나 구태의연한 격식들을 꼼꼼히 지켰으며, 그것이 그의 행동거지에 무엇인가 모방할 만한, 그를 기억할 만한 특징을 부여했다. 가령 그는 20년 전부터 알고 지내는 레이디 브루턴 댁에 오찬을 하러 갈 때는 반드시 카네이션을 한 다발 들고 가 내밀었으며, 레이디 브루턴의 비서인 미스 브러시에게는 남아프리카에 있는 형제의 안부를 빠뜨리지 않고 물었다. 그런데 무슨 이유에서인지 미스 브러시는, 여성다운 매력이라고는 도무지 찾아볼 수 없는 여자였지만, 그런 인사를 불쾌히 여긴 나머지, 벌써 6년째 그 형제가 포츠머스에서 근근이 살고 있었는데도, 〈감사합니다. 그는 남아프리카에서 아주 잘 지내고 있습니다〉라고 대답하곤 했다.

레이디 브루턴 자신도 뒤따라 들어온 리처드 댈러웨이를 더 좋아했다. 실상 그들은 문간에서 마주쳤던 것이다.

레이디 브루턴은 물론 리처드 댈러웨이를 더 좋아했다. 그가 훨씬 더 바탕이 고상했다. 그러나 그렇다고 해서 사람들이 그녀의 친애하는 벗인 휴를 흠잡도록 내버려 두지는 않을 것이었다. 그녀는 그의 친절을 잊을 수 없었다 — 그는 정말이지 각별히 친절했었다 — 정확히 언제 어떻게 그랬는지는 잊어버렸지만. 그러나 — 각별히 친절했던 것은 사실이다. 어쨌든 이 사람과 저 사람 사이의 차이란 결국 대단치 않다. 그녀는 사람들을 재단한다는 것은 도대체 무의미하다고 생각해 왔다. 클라리사 댈러웨이식으로, 사람들을 잘랐다가 도로 붙이곤 한다는 것은. 나이가 예순두 살쯤 되고 보면 절대로 그런 짓은 하지 않는 법이다. 그녀는 딱딱하고 엄격한 미소를 띠며 휴의 카네이션을 받아 들었다. 달리 올 사람은 없어요, 하고 그녀는 말했다. 그녀는 거짓 핑계를 대어 그들을 부른 것이었다. 곤란한 일이 있어 좀 도와달라고 말이다.

「일단 식사부터 합시다.」 그녀는 말했다.

그리하여 회전문 사이로 하얀 앞치마에 머릿수건을 두른 하녀들이 소리 없이 날렵하게 드나들기 시작했다. 그저 필요에서 구한 허드레 일손들이 아니라 메이페어[85]에서 한시 반과 두시 사이에 안주인들이 행하는 불가사의한 속임수에 정통한 조수들이었다. 손짓 하나면 통행이 딱 멈추어지고, 그 대신에 일차적으로는 음식에 관한 이 심오한 환상이 피어오른다 — 어떻게 그것이 돈을 내지 않아도 되는가 하고. 그러고는 식탁 그 자체가 저절로 펼쳐져 유리잔과 은 식기와 식사용 매트, 빨간 열매가 그려진 찻종 등이 차려진다. 갈색 크림의 얇은 막이 가자미를 덮고 카스롤 냄비에서는 토막 낸 닭이 헤엄치며 난롯불은 기세 좋게 활활 타오른다. 그리고 와인과 커피(역시 돈을 내지 않아도 되는)가 나오면 몽상에 잠긴 눈앞에는 즐거운 광경들이 떠오른다. 그 눈에는 인생이 음악적이고 신비롭게 보이고, 이제 레이디 브루턴이(그녀의 동작은 언제나 딱딱했다) 자기 옆 접시에 놓아 둔 붉은 카네이션의 아름다움이 새삼스럽게 눈에 들어온다. 그리하여 휴 휘트브레드는 온 세상과 화해한 듯한 느낌으로 자기 입지에 대한 확신에 차서, 포크를 내려놓으며 이렇게 말했다.

「그 꽃들을 부인의 레이스 깃에 다시면 잘 어울리지 않을까요?」

미스 브러시는 이렇게 허물없이 구는 것을 극도로 싫어했다. 그녀는 그를 천박한 작자라고 생각했다. 그런 그녀의 표정이 레이디 브루턴을 웃게 만들었다.

레이디 브루턴은 자기 등 뒤 그림 속의 장군이 두루마리 문서를 들고 있는 것만큼이나 뻣뻣한 동작으로 카네이션을 집어 들

---

85 런던에서 가장 귀족적이고 우아한 동네. 레이디 브루턴의 집은 메이페어 한복판인 브루크 스트리트에 있다.

었다. 그러고는 멈칫하며 생각에 잠겼다. 그녀는 장군의 증손녀, 아니면 고손녀였던가? 리처드 댈러웨이는 기억을 더듬었다. 로드릭 경, 마일스 경, 톨벗 경 — 맞아, 그런 계보였다. 이 집안에서는 놀랍게도 딸들이 그렇게 선조를 닮는다고 했다. 그녀 자신도 용기병 대장쯤은 되었어야 하는 건데. 그랬더라면 리처드는 즐겁게 그 휘하에서 복무했을 것이었다. 그는 그녀를 무척 존경했다. 그는 명문가 출신의 지체 높은 노부인들에 대해 그런 낭만적인 시각을 간직하고 있었고, 특유의 호인다운 태도로 자기가 아는 열혈 청년들을 그녀의 오찬에 데려오고도 싶었다. 차나 마시는 상냥한 열광주의자들에게서도 그녀와 같은 여걸이 나올 수 있다는 듯이! 그는 그녀의 고향도 알고, 집안도 알았다. 그녀의 고향집에는 지금도 열매를 맺는 오래된 포도나무 한 그루가 있는데, 러블레이스인지 헤릭[86]인지가 — 그녀 자신은 시라고는 통 읽지 않지만, 전해지는 이야기가 그랬다 — 그 아래 앉은 적이 있다고 했다. 기다리는 편이 나아, 골치 아픈 문제를 꺼내 놓기 전에(여론에 호소해 보자는 것, 만일 그렇게 한다면 어떤 말로 하느냐 등등), 커피를 다 마실 때까지 기다리는 편이 낫겠어, 레이디 브루턴은 생각했다. 그래서 카네이션을 도로 접시 옆에 내려놓았다.

「클라리사는 잘 있습니까?」 그녀는 불쑥 물었다.

클라리사는 항상 레이디 브루턴은 자기를 좋아하지 않는다고 말했다. 사실 레이디 브루턴은 사람들보다는 정치에 더 관심이 많다는 평판이었다. 남자처럼 말하고 1880년대에는 모종의 악명 높은 음모에도 관여했다는 소문이었다. 그 사건은 요즈음 회

86 Richard Lovelace(1615~1658), Robert Herrick(1591~1674). 찰스 1세 시대의 서정 시인들이다.

고록들에서 간간이 언급되기 시작한 터였다. 분명 그녀의 응접실 한구석에는 벽감(壁龕)이 있고 그 벽감 안에는 테이블이, 테이블 위에는 작고한 장군 톨벗 무어 경의 사진이 놓여 있었다. 장군은 (1880년대의 어느 날 저녁) 그곳에서 레이디 브루턴이 보는 앞에서, 그녀의 승인 내지는 조언을 받아 가면서, 어느 역사적 사건에 영국 군대가 진격할 것을 명령하는 전보를 썼던 것이다. (그녀는 그 펜을 간직했고 그 이야기를 하곤 했다.) 그래서, 그녀가 그렇듯 지나가는 말처럼 〈클라리사는 잘 있습니까?〉 하고 물을 때면, 남편들은 아내에게 그녀가 정말로 아내에게도 관심이 있다고 설득하는 데에 애를 먹었고 때로는 자신들도 — 아무리 레이디 브루턴을 존경한다고는 해도 — 은근히 의심스러워지곤 했다. 남편들의 길을 막고, 해외 근무를 받아들이지 못하게 하고, 독감에 걸려 회기 중에라도 바닷가 휴양지에 데려가 주어야만 하는 아내들에게, 레이디 브루턴은 정말로 관심이 있는 것인지? 그렇다고는 해도 〈클라리사는 잘 있습니까?〉라는 질문은 별로 말은 오가지 않지만 호의를 가진 벗으로부터의 신호임을 여자들은 어김없이 알아들었다. 그런 인사치레는(아마도 평생에 대여섯 번이나 될까) 남성들과의 오찬 밑에 깔려 있는 여성끼리의 모종의 동지애를 인정한다는 뜻이었으며, 레이디 브루턴과 미세스 댈러웨이를, 거의 만나는 일이 없고 실제로 만날 때는 서로 무관심하고 심지어 적대적으로까지 보이는 두 여자를 결속시켜 주었다.

「오늘 아침 공원에서 클라리사를 만났지요.」 냄비 속을 헤집으며 휴 휘트브레드가 말했다. 런던에 온 지가 얼마 안 되었지만 이미 모든 사람을 만났다는, 그 오죽잖은 공치사를 하려는 듯이. 하지만 먹성도 좋지, 저런 먹보는 보기 드물다니까, 미스 브러시는 생각했다. 그녀는 가차 없이 엄정하게 남자들을 관찰했지만, 무

한한 헌신의 정도 품을 수 있었으며, 특히 여성들에게는 그러했
다. 그녀 자신은 마디가 굵고 거칠거칠하고 딱딱해서, 여성다운
매력이라고는 전혀 없는 터였다.

「누가 런던에 와 있는지 아세요?」 레이디 브루턴은 갑자기 생
각난 듯 말했다. 「우리 옛 친구, 피터 월시랍니다.」

그들은 모두 미소 지었다. 피터 월시라고! 댈러웨이 씨는 진심
으로 기쁜 모양이야, 밀리 브러시는 생각했다. 휘트브레드 씨야
닭고기만 생각하고 있지만.

피터 월시라고! 세 사람은 — 레이디 브루턴, 휴 휘트브레드,
그리고 리처드 댈러웨이는 — 모두 같은 것을 기억했다. 피터가
얼마나 열렬히 사랑했고 거절당했으며 인도로 가버렸던가를. 큰
실수를 저지르고, 인생을 망쳐 버렸던가를. 리처드 댈러웨이 역
시 그 옛 친구에 대해 매우 호감을 가지고 있었다. 그렇다는 것
을 미스 브러시도 알아보았다. 그의 갈색 눈이 깊어지는 것을 보
았고, 그가 주저하며 생각에 잠기는 것을 보았다. 그것이 그녀의
관심을 끌었다. 댈러웨이 씨는 항상 그녀의 관심을 끌었다. 저분
은 피터 월시에 대해 대체 무슨 생각을 하는 걸까? 그녀는 궁금
했다.

피터 월시가 클라리사를 사랑했었다고, 오찬이 끝나면 곧장
집에 돌아가 클라리사를 만나야겠다고, 그녀에게 솔직하고 분명
하게 말하겠다고, 그녀를 사랑한다고. 그래. 꼭 그렇게 말할 것
이다.

미스 브러시는 한때 그런 침묵을 거의 사랑할 뻔한 적도 있었
다. 게다가 댈러웨이 씨는 항상 그토록 믿음직했고, 훌륭한 신사
였다. 사심 없는 영혼에 대해, 삶이 기만할 수 없는 타락하지 않
은 영혼에 대해 그녀는 생각에 잠겼다. 하지만 그녀는 이제 마흔

살이나 되었으므로, 레이디 브루턴이 고개를 까딱하거나 머리를 살짝 돌리기만 해도, 아무리 깊은 생각에 잠겨 있었다 하더라도 금방 그 신호를 알아차렸다. 왜냐하면 삶은 그녀에게 가장 하찮은 선물조차도 주지 않았으니까. 곱슬머리도, 고운 미소도, 입술, 뺨, 코, 무엇 하나도. 레이디 브루턴이 고개를 까딱하기만 했는데도, 퍼킨스는 즉시 커피를 가져오라는 지시를 받았다.

「그래요, 피터 월시가 돌아왔어요.」 레이디 브루턴이 말했다. 그것은 그들 모두를 약간 으쓱하게 해주었다. 그는 두들겨 맞고 초라한 실패자의 모습으로 자신들의 안전한 물가로 돌아온 것이다. 그러나 그를 돕기란 불가능하다고 그들은 생각했다. 그의 성격에는 뭔가 결함이 있는 것이다. 휴 휘트브레드는 물론 그를 여기저기 추천은 해볼 수 있을 거라고 말했다. 그는 정부 관료들에게 〈소생의 옛 친구 피터 월시는〉 어쩌고 하는 편지를 써야 할 것을 생각하고는 우울하고도 거만하게 인상을 찌푸렸다. 그러나 그래 봤자 별 소용이 없을 테고, 오래가지도 못할 것이었다. 그의 성격 때문에.

「여자 문제가 있답니다.」 레이디 브루턴이 말했다. 그들 모두가 그것이야말로 문제의 핵심이리라고 짐작하고 있었다.

「하여간」 레이디 브루턴은 화제를 돌리려고 말했다. 「자세한 얘기는 본인한테서 직접 듣게 되겠지요.」

(커피 나오는 것이 몹시 더뎠다.)

「주소를 아십니까?」 휴 휘트브레드가 우물거리며 물었다. 그러자 레이디 브루턴 주위로 날이면 날마다 밀려오는, 눈에 보이지 않는 봉사의 조수(潮水)에 당장 잔물결이 일었다. 그 조수는 모아들이기도 하고 가로막기도 하면서 그녀를 고운 천에 감쌌으며, 그 고운 천은 충돌을 분쇄하고 방해를 완화하면서 브루크 스트리트의 집 주위에 섬세한 그물처럼 펼쳐져 있었다. 무슨 일이 생기면 그 그물에 걸렸고, 30년이나 레이디 브루턴의 집에서 지내는 동안 머리가 희끗희끗해진 퍼킨스가 정확히, 즉각적으로 처리했다. 그가 주소를 적어 건네자, 휘트브레드 씨는 수첩을 꺼내며 눈썹을 치켜뜨더니, 대단히 중요한 문서들 가운데 그것을 끼워 넣고는, 이블린이 그를 점심에 초대하도록 하겠다고 말했다.

(휘트브레드 씨가 그 일을 마치면 커피를 내오려고 기다리고들 있었다.)

휴는 참 굼뜨기도 하지, 레이디 브루턴은 생각했다. 살이 찌는 것도 눈에 띄었다. 리처드는 항상 보기 좋은 체격을 유지하고 있는데. 그녀는 초조해지기 시작했다. 그녀의 존재 전체는 이 모든 쓸데없는 일들(피터 월시와 그의 연애 사건)을 단호하게 한옆으로 쓸어내 버리고, 적극적으로, 부정할 수 없이, 자신의 관심을 사로잡은 문제로 쏠리고 있었다. 그녀의 관심뿐 아니라 그녀 영혼의 뼈대, 그것이 없이는 밀리선트 브루턴이 밀리선트 브루턴이 아니게 될 그녀의 근본적인 부분을 사로잡은 그 문제란, 좋은 집안 출신의 젊은 남녀를 이주시켜 캐나다에서 잘살 수 있도록 정착시켜 주려는 계획이었다. 그녀는 과장하고 있었다. 어쩌면 균형 감각을 잃어버렸는지도 몰랐다. 이주 계획은 다른 사람들이 보기에는 명백한 해결책도 숭고한 발상도 아니었다. 그것은 그들이 보기에(휴, 리처드, 심지어 헌신적인 미스 브러시가 보기에도) 그녀를 억압된 자기주장에서 벗어나게 해주는 것이 못 되었다. 군인 기질의 강인한 여성, 좋은 가문에서 태어나 좋은 교육을 받은, 즉각적인 충동들과 직설적인 감정들을 지닌, 그러나 내적인 성찰의 힘은 없는(대범하고도 단순한 — 왜 모든 사람이

대범하고 단순하지 못한 거지? 그녀는 묻곤 했다) 여성이 속에
서 끓어오르는 것을 느끼는 자기주장, 젊음이 지나가자 무엇인
가 다른 대상을 향해 분출해야 할 자기주장의 대상은 이주가 될
수도 있고 해방이 될 수도 있었다. 그러나 그것이 무엇이든 간에,
그녀 영혼의 정수가 날마다 분비되어 감싸는 그 대상은 어쩔 수
없이 무지개의 일곱 빛깔 광채를 발하면서, 반은 거울이요 반은
보석이 되어 갔다. 사람들이 조롱하지 않도록 조심스럽게 숨겨
두었다가 이제 자랑스럽게 꺼내 놓은 그것, 이주 계획은 한마디
로 곧 레이디 브루턴이었다.

그러나 그녀는 편지를 써야 했다. 그런데 「더 타임스」에 편지
를 한 통 쓴다는 것은, 그녀가 미스 브러시에게 입버릇처럼 말했
듯이, 남아프리카 원정대를 조직하는 것보다도(전쟁 때 그녀는
실제로 그런 일을 했었다) 힘든 일이었다. 아침 일찍부터 편지를
시작하여 찢고 다시 시작하는 싸움을 하다 보면, 그녀는 다른 어
떤 일에서도 느껴 보지 못했던 여성으로서의 한계를 느끼곤 했
다. 그래서 고맙게도 「더 타임스」에 편지 쓰는 기술을 지닌 ―
그 점은 아무도 의심할 수 없었다 ― 휴 휘트브레드를 떠올렸던
것이다.

그녀 자신과는 딴판으로 생겨 먹은 존재, 그처럼 탁월하게 언
어를 구사하는 존재, 사태를 편집자들의 마음에 들게끔 표현할
줄 아는 존재, 그런 존재는 단순히 탐욕이라 부를 수만은 없는 정
열을 지니고 있었다. 레이디 브루턴은 종종 남자들이 우주의 법
칙들에 대해 이룩하는 신비한 조화를 존중하여 ― 그것은 어떤
여자도 흉내 낼 수 없는 것이었다 ― 그들에 대한 판단을 유보하
곤 했다. 그들은 사태를 어떻게 표현해야 할지, 무슨 말을 해야
할지 아는 것이다. 그러므로 만일 리처드가 조언을 해주고 휴가

그녀 대신 편지를 써준다면, 그녀는 어떻게든 자기 계획이 옳게 되리라는 것을 확신했다. 그래서 그녀는 휴가 수플레를 먹도록 내버려 두고, 불쌍한 이블린의 안부를 묻고, 그들이 담배를 다 태우기를 기다린 다음, 말을 꺼냈다.

「밀리, 종이를 좀 가져다주겠어?」

그러자 미스 브러시가 나갔다 돌아와, 식탁에 종이를 올려놓았다. 휴는 만년필을 꺼내 들었다. 제 은제 만년필은 20년이나 썼지만, 하고 그는 뚜껑을 열면서 말했다. 여전히 나무랄 데가 없었다. 만년필 제조업자들에게 보여 주니, 도무지 닳아질 이유가 없다고들 하더라는 것이었다. 그런 사실은 왠지 휴를 돋보이게 했고, 그의 펜이 표현했던 감정들을 돋보이게도 했다(리처드 댈러웨이는 그런 느낌이 들었다). 휴는 가장자리를 잔뜩 굴린 대문자를 조심스레 쓰기 시작했고, 레이디 브루턴의 두서없는 계획을 이치에 닿고 문법에 맞는 이야기로 만들었다. 이쯤 되면「더 타임스」의 편집자도 존중할 수밖에 없으리라고, 레이디 브루턴은 그 놀라운 변모를 보면서 생각했다. 휴는 굼뜨고 휴는 끈질겼다. 리처드는 위험을 감수해야 한다고 말했다. 휴는 사람들의 감정을 존중하여 ─ 리처드가 웃자 그는 〈그 점도 고려되어야 한다〉고 다소 신랄하게 대꾸했다 ─ 표현을 바꿀 것을 제안했다. 그러고는 소리 내어 읽었다.「그러므로 시기가 무르익었다고 사료되는 바…… 증가하는 인구의 과잉한 청년층은…… 우리가 망자들에게 빚진 것은…….」이 모든 것이 리처드에게는 공연한 장광설로 생각되었지만, 물론 나쁜 뜻은 없을 것이었다. 휴는 조끼에서 담뱃재를 털어 내면서 최상층 귀족들의 의견을 조목조목 써나갔고, 이따금씩 쓴 것을 다시 읽어 보고 요약하기도 했다. 마침내 그는 편지 초안을 소리 내어 읽었고, 레이디 브루턴은 그거야말로 걸작이라고 확신했다. 그녀 자신의 생각이 그처럼 근사하게 들릴 수 있을까?

휴는 편집자가 그 편지를 받아 줄지는 보장할 수 없다고 말했다. 하지만 오찬에서 누군가를 만날 수도 있을 거라고.

그 말을 듣자, 좀처럼 감사의 말 같은 것은 하지 않는 레이디 브루턴도 휴의 카네이션을 봉땅 드레스 앞섶에 꽂고는 양팔을 벌리며 그를 〈우리 수상 각하!〉라고 불렀다. 이 두 사람이 없었다면 그녀가 무슨 일을 할 수 있었겠는가. 그들은 일어섰다. 리처드 댈러웨이는 여느 때처럼 한가롭게 다가가 장군의 초상화를 바라보았다. 언제고 틈이 나면 브루턴 가문의 역사를 쓸 작정이었기 때문이다.

밀리선트 브루턴은 자기 가문에 대해 대단한 긍지를 가지고 있었다. 그러나 그분들은 좀 더 기다려도 돼요, 기다려도 되지요, 하고 그녀는 그림을 바라보며 말했다. 자기 가문, 군인과 행정가와 장군의 가문은 행동하는 사람들, 자기 의무를 다한 자들의 가문이라는 뜻이었다. 리처드의 으뜸가는 의무 또한 그의 조국에 대한 것이 아니겠는가. 하지만 멋진 얼굴이지요, 그녀는 말했다. 앨드믹스턴에는 리처드를 위한 자료가 전부 준비되어 있었다. 때가 되기만 하면, 그러니까 노동당 정부가 들어서기만 하면 말이다.「아, 인도 소식!」그녀는 외쳤다.

이윽고 현관에 서서 공작석 테이블 위에 놓인 접시에서 노란 장갑을 집어 들며, 휴가 미스 브러시에게 불필요한 예의를 갖추어 남아도는 티켓 따위로 아부를 하는 동안 ― 그녀는 속이 역겨운 나머지 얼굴이 벽돌장처럼 붉어졌다 ― 리처드는 레이디 브루턴을 향해 말했다.

「오늘 밤 파티에서 뵐 수 있겠지요?」그 말에 레이디 브루턴은 편지 쓰는 일 때문에 흐트러졌던 위엄을 되찾았다. 갈 수도 있고, 가지 않을 수도 있었다. 클라리사는 참 기운도 좋지. 레이디 브루턴은 파티라면 겁이 났다. 그야 그녀는 늙었으니까. 그렇듯, 그녀는 문간에 서서 애매한 의중을 비쳤다. 여전히 보기 좋고, 아주 꼿꼿한 자세였다. 그녀의 등 뒤에서는 중국 개가 기지개를 켜고, 미스 브러시는 서류를 잔뜩 든 채 안으로 사라졌다.

레이디 브루턴은 육중한 걸음걸이로 위풍당당하게 자기 방으로 가서, 한 팔은 내뻗은 채 소파에 누웠다. 한숨을 쉬고 코를 골았다. 잠들어서가 아니라, 단지 졸리고 나른해서였다. 이 뜨거운 유월의 한낮에, 꿀벌들이 잉잉대고 노란 나비들이 날아다니는 클로버 밭에 있는 듯이 나른하고 졸렸다. 그녀는 늘 데본셔의 그 들판으로 돌아가곤 했다. 거기서 그녀는 조랑말 패티를 타고, 형제들인 모티머와 톰과 함께 시냇물을 뛰어넘었다. 개들도 있고, 쥐들도 있었다. 나무 아래 풀밭에는 아버지와 어머니가 차를 마시고 계셨다. 달리아와 접시꽃 화단, 그리고 팜파스 풀[87]도 있었고. 우리 꼬마들은 늘 뭔가 장난을 치곤 했다. 무슨 험한 장난인지 끝에 옷을 다 버리고 사람들의 눈을 피해 덤불을 뚫고 되돌아오기도 했고. 늙은 유모가 그녀의 옷을 보고 얼마나 꾸지람을 했던지!

아, 그렇지, 하고 그녀는 기억했다. 오늘은 수요일, 여기는 브루크 스트리트였다. 그 친절하고 좋은 사람들, 리처드 댈러웨이와 휴 휘트브레드는 이 뜨거운 날 길거리로 나갔다. 길거리의 소음이 소파에 누워 있는 그녀에게까지 들려왔다. 권력이, 지위와 수입도, 그녀의 것이었다. 그녀는 자기 시대의 선두에서 살아왔다. 좋은 친구들이 있었고, 당대의 가장 유능한 인물들과 알고 지

<hr>

87 pampas grass. 팜파스(남미의 대초원)에 나는 참억새 비슷한 풀.

내는 터였다. 런던의 웅얼거림이 그녀에게까지 흘러왔고, 소파 등받이에 놓인 그녀의 손은 조상들이 쥐었을 상상의 지휘봉이라도 거머쥔 듯했다. 나른하고 졸린 그녀는 그것으로 캐나다로 진격하는 대부대를 지휘하기라도 하는 듯 느꼈다. 런던을 가로질러, 그들의 영토인, 메이페어라는 양탄자의 작은 조각을 가로질러 가는 그 좋은 친구들을.

그들은 그녀에게서 점점 더 멀어져 갔다. 그들이 그녀에게(그녀와 함께 점심 식사를 한 후로) 연결되어 있는 가느다란 실은, 그들이 런던을 가로질러 가는 동안, 늘어나고 또 늘어나서 점점 더 가늘어질 것이었다. 마치 친구들과 함께 점심 식사를 하고 나면 그들이 가느다란 실로 그녀 몸에 연결되는 것처럼. 그 실은 종소리와 함께, 시간을 알리는 또는 하인을 부르는 종소리와 함께, 희미해져 갔다. 거미줄 한 가닥이 빗방울에 젖어 그 무게에 축 늘어지듯이. 그렇게 그녀는 잠이 들었다.

밀리선트 브루턴이 소파에 누워 그 실을 툭 끊어뜨리고 코를 골기 시작한 바로 그 순간, 리처드 댈러웨이와 휴 휘트브레드는 콘디트 스트리트 모퉁이에서 미적대고 있었다. 길모퉁이에서는 양쪽에서 불어온 바람들이 서로 맞부딪치며 몰아쳤다. 그들은 어느 가게의 진열창을 들여다보았다. 딱히 무엇을 사거나 이야기를 하려는 것도 아니고 그저 헤어지려는 참이었으나, 맞바람이 몰아치는 길모퉁이에서 몸속의 조수가 빠져나가는 듯한 기분을 느끼며, 오전과 오후가, 두 개의 힘이 만나 소용돌이를 일으키는 가운데, 잠시 걸음을 멈추었다. 신문 벽보가 공중으로, 처음에는 마치 연처럼 씩씩하게 날아오르더니, 주춤하고 내려앉으며 펄럭거렸다. 어느 숙녀의 베일이 들렸다. 노란 차양들이 떨렸다. 오전의 빠른 차량 속도는 느려졌고, 짐수레들이 반쯤 빈 거리를 아무렇게나 덜컹거리며 내려갔다. 노퍽에서는, 하고 리처드 댈러웨이는 막연히 떠올렸다. 거기서는 부드럽고 따뜻한 바람이 꽃잎들을 흩날리고, 물결을 일으키고, 꽃피는 풀밭을 일렁이게 하며 지나갔다. 건초 만드는 이들은 아침나절의 피곤을 낮잠으로 풀어 보려고 울타리 아래에 자리를 잡고 무성한 녹색 풀숲을 젖혔으며, 참당귀풀의 흔들리는 동그란 꽃송이들을 헤치고서 하늘을 바라보았다. 푸르고 한결같고 빛나는 여름 하늘을.

자신은 양쪽에 손잡이가 달린 제임스 1세 시대의 은배(銀杯)를 구경하고, 휴 휘트브레드는 감식가인 양 젠체하는 눈길로 스페인풍 목걸이를 들여다보면서 이블린이 마음에 들어 할지도 모르니 값을 물어볼까 생각하고 있다는 것을 알면서도 — 리처드는 여전히 무기력한 기분이었다. 생각할 수도 움직일 수도 없었다. 삶은 이 난파 잔해물들을 던져 올린 것이었다. 가게 진열창들은 색색의 인조 보석들로 가득 차 있고, 그는 노년의 무기력함으로 굳어진 채, 노년의 마비 상태로 뻣뻣해진 채 서 있었다. 이블린 휘트브레드는 이 스페인풍 목걸이를 사고 싶어 할 수도 있었다 — 아마 그렇겠지. 기지개라도 켜야겠다. 휴는 가게 안으로 들어서고 있었다.

「자네 말대로일세!」 리처드는 뒤따라가며 말했다.

휴와 함께 목걸이를 사러 갈 생각은 꿈에도 없었다. 그러나 몸속에는 조수가 있고, 오전은 오후와 만난다. 깊고 깊은 물결 위에 가냘픈 조각배처럼 실려, 레이디 브루턴의 증조부와 그의 회고록과 북아메리카 원정은 파도에 쓸려 가라앉았다. 밀리선트 브루턴 역시. 그녀도 침몰했다. 리처드는 이주 계획이야 어찌 되든 털끝만큼도 관심이 없었다. 그 편지에 대해서도, 편집자가 받아들이든 말든 상관없었다. 목걸이는 휴의 존경스런 손가락 사이에 걸려 있었다. 꼭 보석을 사야겠다면 아무 여자에게나 주어 버리라지. 길거리의 아무 여자에게라도. 인생이란 참으로 하찮다는 느낌이 절실히 밀려왔다 — 이블린을 위해 목걸이를 산다든가 하는 것. 만일 자기한테 아들이 있다면, 일해라, 일해라, 고 말했을 것이다. 그러나 그에게는 엘리자베스가 있었고, 그는 자기 딸 엘리자베스를 끔찍이 아꼈다.

「뒤보네 씨와 얘기하고 싶은데요.」 휴는 노련한 말투로 짤막하게 말했다. 이 뒤보네 씨라는 이가 휘트브레드 부인의 목둘레 치수를 아는 듯했다. 혹은, 더 이상한 일이지만, 스페인풍 장신구에 대한 그녀의 취향과 그런 종류의 패물을 얼마나 갖고 있는지까지도 말이다(휴는 그런 것은 기억하지 못했다). 그 모든 것이 리처드 댈러웨이에게는 아주 이상하게 비쳤다. 그는 클라리사에게 선물이라고는 해본 적이 없었다. 2, 3년 전에 팔찌 하나를 사준 것이 전부였는데, 그나마도 썩 탐탁한 선물은 되지 못했다. 그녀는 그것을 한 번도 차지 않았다. 그 사실을 상기하자 마음이 아팠다. 마치 거미줄 한 가닥이 이리저리 흔들리다가 나뭇잎 끝에 달라붙듯이, 리처드의 마음은 무기력 상태에서 벗어나 이제 아내 클라리사에 대해 생각하기 시작했다. 피터 월시는 그녀를 그토록 정열적으로 사랑했었다지. 아까 오찬 자리에서는 갑작스레 그녀의 모습이 떠올랐었다. 그 자신과 클라리사, 그들 두 사람의 결혼 생활이. 그래서 그는 구식 패물들이 놓여 있는 쟁반을 자기 앞으로 끌어당겨 브로치며 반지를 집어 들었다. 「이건 얼마요?」 그는 물었지만, 자기 취향에 자신이 없었다. 그는 거실 문을 열고 들어가며 무엇인가를 내밀고 싶었다. 클라리사를 위한 선물을. 하지만 대체 뭐가 좋을까? 그러나 휴는 자리에서 일어났다. 그는 말할 수 없이 거드름을 피웠다. 정말이지 이 가게와 35년째 거래

해 온 고객으로서 물정 모르는 일개 사환과는 상대하지 않겠다는 것이었다. 뒤보네 씨는 아마도 외출 중인 모양인데, 휴는 뒤보네 씨가 들어오기 전에는 아무것도 사지 않을 작정이었다. 그 말에 젊은 점원은 얼굴을 붉히며 깍듯이 고개 숙여 인사했다. 모든 것이 아주 깍듯했다. 하지만 리처드라면 목이 달아난대도 그런 말은 할 수 없었을 것이다! 이 사람들은 왜 이런 말도 안 되는 무례함을 참고 견디는 걸까. 휴는 참을 수 없는 멍청이가 되어 가고 있었다. 리처드 댈러웨이는 그와 함께 한 시간도 더 있을 수가 없었다. 그래서 중산모를 약간 들어 올려 인사하고는, 리처드는 콘디트 스트리트의 모퉁이를 돌아서 갔다. 그 자신과 클라리사 사이를 이어 주는 거미줄을 따라 어서 돌아가고 싶었다. 그녀에게로, 웨스트민스터로 곧장 돌아갈 것이었다.

하지만 그래도 뭔가를 들고 가고 싶었다. 꽃은 어떨까? 그래, 꽃이다. 왜냐하면 그는 아무래도 패물을 고를 자신은 없었기 때문이다. 꽃을 한 아름 사기로 하자. 장미든 난초든, 생각해 보면 이것도 축하할 만한 계제니까. 오찬 때 피터 월시의 이야기를 들었을 때 그녀에게 느꼈던 기분은. 그들은 여러 해째 그런 기분에 대해서는 얘기해 본 적이 없었다. 그건, 하고 그는 흰 장미와 붉은 장미를(종이로 싸니 커다란 꽃다발이 되었다) 받아 안으며 생각했다. 그건 세상에서 가장 큰 실수지. 더는 말할 수 없는 때가 올 거야. 쑥스러워서 말을 못하는 건데, 하고 생각하며 그는 거스름돈 6페니를 주머니에 넣고는 커다란 꽃다발을 가슴에 안은 채 웨스트민스터를 향해 걷기 시작했다. 가서, 꽃을 내밀며, 솔직하고 분명하게(그녀가 뭐라 생각하건) 〈사랑하오〉라고 말할 것이다. 안 될 게 뭐람? 정말이지 기적이었다. 전쟁이며 수천 명의 불쌍한 청년들, 앞날이 창창했건만 땅에 묻혀 벌써 기억에서 사라져 가는 청년들을 생각하면, 기적 같은 일이었다. 그는 이제 런던을 가로질러 가서 클라리사에게 솔직하고 분명하게 사랑한다고 말할 참이었다. 그런 말은 잘 하게 되지가 않아, 하고 그는 생각했다. 게을러서이기도 하고, 쑥스러워서이기도 하고. 그런데 클라리사는 ── 그녀에 대해 생각하기는 어려웠다. 오찬 때처럼 문득 놀라면서, 그녀를, 그들의 삶 전체를 선명하게 떠올려 보게 될 때 말고는. 그는 건널목에서 잠깐 걸음을 멈추었고, 생각도 제자리에서 맴돌았다 ── 그는 천성이 단순한 사람이었다. 산으로 들로 쏘다니며 사냥이나 했지 세간에 물들지 않았으며, 끈기가 있고 고집이 세어 짓밟힌 자들을 옹호했으며 하원에서도 천성을 따랐고, 여전히 단순했지만 그러면서도 말이 없고 무뚝뚝해졌다 ── 자기가 클라리사와 결혼한 것은 기적이었다고. 자기 인생 자체가 기적이었다고, 그는 거듭 생각했다. 그러나 길을 건널까 말까 주저하던 순간, 대여섯 살 된 꼬마들이 자기들끼리 피카딜리를 건너는 것을 보고는 피가 끓었다. 경찰은 즉시 차들을 정지시켰어야 하는 게 아닌가. 그는 런던 경찰에 대해 아무런 환상도 갖고 있지 않았다. 실제로 그는 그들의 직무 태만에 대한 단서를 수집하고 있었다. 저 노점상들은 길거리에 수레를 세울 권리가 없는데. 게다가 창녀들은, 오 맙소사, 사실 잘못은 그녀들이나 젊은이들에게 있는 게 아니야, 우리 한심한 사회 제도 탓이지. 그 모든 것을 그는 생각했다. 반백의 머리에 고집스럽고 단정하고 깔끔한 모습으로, 공원을 가로질러 아내에게 사랑한다는 말을 하러 가면서.

그는 방에 들어서면 솔직하고 분명하게 그렇게 말할 작정이었다. 자기가 느끼는 것을 말하지 않고 묻어 둔다는 것은 서글픈 일이니 말이야. 그는 그린 파크를 건너면서 흐뭇한 기분으로 둘러보았다. 여기저기 나무 그늘 아래서 온 가족이, 가난한 가족들이,

쉬고 있었다. 아이들은 다리를 차올리고, 젖을 빨고, 종이 봉지들이 사방에 널려 있고, 저런 건(사람들이 항의만 하면) 저 제복 입은 뚱보들 중에 누구라도 주울 수 있을 텐데. 그는 모든 공원과 광장이 여름 동안 아이들에게 개방되어야 한다고 생각했다(공원의 풀밭은 마치 그 아래서 노란 등불이 움직이기라도 하듯이 밝아졌다 그늘이 졌다 하면서 웨스트민스터의 가난한 어머니들과 기어 다니는 아기들을 명랑하게 해주었다). 그러나 저기 팔꿈치를 괴고 있는 불쌍한 여자(마치 땅바닥에 몸을 내던진 것처럼, 모든 인연을 벗어 버리고, 뻔뻔하게 입을 헤벌리고 익살스러운 얼굴로, 호기심에 차서 관찰하고 대담하게 따져 보고 세상사의 이치라도 생각하는 걸까) 같은 부랑자들은 어떻게 해야 할지 알 수 없었다. 꽃을 무기처럼 든 채 리처드 댈러웨이는 그녀 쪽으로 다가갔다. 생각에 잠겨 그 곁을 지나쳤지만, 그래도 눈길이 마주칠 겨를은 있었다. 그녀는 그를 보고 소리 내어 웃었고 그도 여자 부랑자의 문제를 생각하는 한편 선량하게 미소를 지었다. 그렇다고 피차 말 한마디 건넬 것은 아니었지만. 하여간 그는 클라리사에게 사랑한다고 솔직하고 분명하게 말할 작정이었다. 그도 한때는 피터 월시를, 그와 클라리사를 질투했었다. 그러나 그녀는 종종 자기가 피터 월시와 결혼하지 않은 것이 옳았다고 말하곤 했다. 클라리사를 알고 보면 그 말은 사실이었다. 그녀는 의지할 데가 필요했다. 그녀가 약하다는 것은 아니지만, 그래도 그녀는 의지할 데가 필요했다.

버킹엄 궁전으로 말할 것 같으면(온통 새하얗게 차려입고 청중 앞에 서는 늙은 프리마돈나처럼) 분명 위풍당당하기는 해, 하고 그는 생각했다. 수백만 사람들에게(국왕 폐하가 차를 타고 나가는 것을 보기 위해 정문 앞에 작은 무리가 모여 있었다) 상징이 되고 있는 것을, 아무리 어리석은 일이라 해도 경멸할 수는 없지. 아이들이 집짓기 블록으로 짓는다 해도 저보다는 더 잘 지었을 거야. 그는 빅토리아 여왕의 기념상(像)과(그는 여왕이 뿔테 안경을 쓰고 마차로 켄싱턴을 지나가던 것을 기억할 수 있었다). 그 하얀 기단, 그 자애롭게 넘실대는 조각상을 바라보며 생각했다. 그러나 그는 호사[88]의 후예에 의해 다스려지는 것이 좋았다. 그는 지속성을, 과거의 전통들을 물려받는다는 느낌을 좋아했다. 그가 살아온 시대는 위대한 시대였다. 정말이지 그 자신의 삶이 기적이었다. 그 점을 잊지 말기로 하자. 그는 이제 삶의 정상에서, 클라리사에게 사랑한다는 말을 하려고, 웨스트민스터에 있는 자기 집으로 돌아가고 있는 것이다. 행복이란 이런 거지, 그는 생각했다.

이런 거야, 하고 그는 딘스 야드에 들어서면서 중얼거렸다. 빅벤이 울리기 시작했다. 처음에는 경고하듯이 음악적인 예종이 울리고, 그다음에는 돌이킬 수 없는 시종이 울린다. 오찬 모임을 하고 나면 한나절이 다 가버린다니까, 그는 자기 집 현관으로 다가가며 생각했다.

빅벤의 종소리는 클라리사의 응접실에도 흘러 넘쳤다. 그녀는 거기 책상 앞에 여전히 불편한 기분으로 앉아 있었다. 마음이 편치 않고 걱정스러웠다. 그녀가 엘리 헨더슨을 자기 파티에 청하지 않은 것은 분명한 사실이지만, 일부러 그렇게 한 것이었다. 그런데 마섬 부인이 〈엘리 헨더슨에게 자기가 클라리사에게 청해보겠노라고 말했다 — 엘리가 너무나 가고 싶어 한다〉는 편지를

88 Horsa(?~455). 주트족의 족장. 형제인 헹기스트Hengist와 함께 켄트 지방에 게르만 왕국을 세웠다. 빅토리아 여왕은 켄트 공 에드워드의 딸이므로, 〈호사의 후예〉인 셈이다.

보내 왔다.

대체 왜 런던 시내의 재미없는 여자들을 죄다 파티에 초대해야 한담? 왜 마셤 부인이 나서는 거지? 게다가 엘리자베스는 줄곧 도리스 킬먼과 자기 방에 처박혀 있다. 이렇게 기분 나쁜 일이 또 있을까. 이 시간에 그 여자와 함께 기도를 하고 있다니. 종소리가 그 우울한 파도로 방 안에 흘러 넘쳤다가 물러나고 또다시 덮쳐 왔다. 그때 그녀는 무엇인가가 버석거리며 문을 긁는 소리를 들었다. 이 시간에 누가 왔담? 어머나, 벌써 세시야! 세시나 되었어! 힘차고 위엄 있게, 시계가 세시를 알렸다. 다른 소리는 들리지도 않았다. 그런데 문 손잡이가 돌아가더니 리처드가 들어섰다! 어머나, 웬일이지! 리처드가 꽃을 들고 들어섰다. 한번은 콘스탄티노플에서 그를 실망시킨 적이 있었다. 그리고 오찬회가 특별히 재미있다고 하는 레이디 브루턴은 그녀를 초대하지 않았다. 그는 꽃을 내밀었다 — 흰 장미와 붉은 장미. (그러나 그는 사랑한다는 말은 도저히 입 밖에 낼 수가 없었다.)

어머나 예뻐요, 하고 그녀는 그의 꽃을 받아 들며 말했다. 그녀는 알아주는 것이다. 굳이 말하지 않아도, 클라리사는 그의 마음을 알아주었다. 그녀는 꽃을 벽난로 선반 위의 꽃병들에 꽂았다. 참 예쁘기도 하지! 그녀는 말했다. 그런데 재미있었는지? 그녀는 물었다. 레이디 브루턴이 그녀의 안부도 물었는지? 피터 월시가 돌아왔다. 마셤 부인이 편지를 보내 왔다. 엘리 헨더슨을 청해야 할지? 그 킬먼이라는 여자가 위층에 와 있었다.

「하여간 잠시 앉읍시다.」 리처드가 말했다.

방 안이 텅 빈 것 같았다. 의자들이 전부 벽에 붙여져 있었다. 무슨 일이 있었지? 아참, 파티 때문이지. 아니, 잊어버린 건 아니었다. 피터 월시가 돌아왔다고. 아, 오늘 아침에 다녀갔다. 그는 이혼을 할 것이었다. 인도에 있는 어떤 여자와 사랑에 빠졌다고. 그는 하나도 변하지 않았다. 그녀는 드레스를 수선했고…….

「브루턴 생각을 했어요.」그녀는 말했다.

「오찬에는 휴도 왔었소.」리처드가 말했다. 그녀도 그를 만났다고! 글쎄, 그 친구는 갈수록 참을 수가 없어. 이블린의 목걸이를 산다던가, 전보다 더 살이 찌고, 참을 수 없는 멍청이라니까.

「문득 그와 결혼했을 수도 있다는 생각이 들었어요.」그녀는 피터가 작은 나비넥타이를 매고 거기 앉아서 주머니칼을 열었다 닫았다 하던 것을 생각하며 말했다. 「그는 전혀 변하지 않았더군요.」

자기들도 오찬 때 그에 대해 이야기했다고 리처드가 말했다. (그러나 그는 그녀를 사랑한다고는 말하지 못했다. 그는 그녀의 손을 잡았다. 이런 게 행복이지, 그는 생각했다.) 그들은 밀리선트 브루턴을 위해 「더 타임스」에 보낼 편지를 썼다. 휴가 도대체 할 줄 아는 일이라고는 그것뿐이니까.

「미스 길번은?」그가 물었다. 클라리사는 장미가 더없이 예쁘다고 생각했다. 처음에는 한 다발로 뭉쳐져 있더니, 이제 저절로 벌어지기 시작했다.

「미스 킬먼은 우리가 점심 식사를 마친 다음에 왔어요.」그녀는 말했다. 「엘리자베스는 신이 났지요. 방에 틀어박혔어요. 아마 기도하고 있을 거예요.」

맙소사! 그도 그건 정말 싫었다. 그러나 이런 일들은 내버려두면 지나갈 것이었다.

「여전히 방수 코트에 우산을 들고 있더군요.」클라리사가 말했다.

그는 결국 〈사랑하오〉라고 말하지 못했지만, 그녀의 손을 잡기는 했다. 행복이란 이런 거지, 이런 거야, 그는 생각했다.

「하지만 왜 런던 시내의 재미없는 여자들을 죄다 파티에 불러야 하지요?」 클라리사가 말했다. 마섬 부인이 자기 파티를 열 때, 그녀가 그녀 손님들을 초대해 달라고 한 적이 있었던가?

「불쌍한 엘리 헨더슨.」 리처드가 말했다. 클라리사가 파티에 이렇게까지 신경을 쓰는 건 정말 이상한 일이야, 그는 생각했다.

리처드는 방이 어떻게 달라졌는지 전혀 모르는 모양이었다. 그런데 그는 무슨 말을 하려는 걸까?

만일 그녀가 파티 때문에 그렇게 걱정을 한다면, 열지 못하게 할 것이었다. 피터와 결혼했더라면 하고 바라는 것일까? 하지만 그는 가야 했다.

가봐야 한다고 그는 일어서면서 말했다. 그러나 그는 마치 뭔가를 말하려는 듯이 잠시 머뭇거렸다. 그녀는 대체 뭘까 궁금했다. 왜 그러지? 장미까지 사오고.

「위원회가 있나요?」 그가 문을 열자 그녀가 물었다.

「아르메니아 사람들 일이오.」 그가 말했다. 아니 어쩌면 〈알바니아 사람들〉이라고 했나.

사람들에게는 위신이라는 것이 있는 법이다. 고독이라고 해야 할까. 심지어 남편과 아내 사이에도 틈새가 있고, 그것은 존중해야 한다, 클라리사는 그가 문을 여는 것을 지켜보며 생각했다. 그런 것은 스스로 버려서도 안 되고 설령 남편이라 해도 그의 뜻을 거역하여 빼앗아서도 안 될 것이다. 만일 그랬다가는 독립성을, 자존심을 — 하여간 뭔가 값을 매길 수 없을 만큼 소중한 것을 잃어버리게 된다.

그는 베개와 담요를 가지고 돌아왔다.

「점심 식사 후에는 한 시간 정도 푹 쉬어야지.」 그가 말했다.

그러고는 가버렸다.

　얼마나 그다운지! 그는 언제까지나 〈점심 식사 후에는 한 시간 정도 푹 쉬라〉고 말할 것이었다. 왜냐하면 의사가 언젠가 그렇게 시켰으니까. 의사들이 하는 말을 곧이곧대로 받아들이다니 그다운 일이었다. 그의 더할 나위 없는 단순성의 일부였다. 아무도 그렇게 단순하지는 않았다. 그러기에 그녀와 피터가 입씨름이나 하며 시간을 보내는 동안에도 그는 제 할 일을 했다. 그는 아르메니아인인지 알바니아인인지 때문에 이미 하원까지 반은 갔을 것이다. 그녀는 소파에 누워 장미꽃이나 바라보게 해놓고는. 그러면 사람들은 〈클라리사 댈러웨이는 복에 겨웠다〉고 말하겠지. 그녀는 사실 아르메니아인보다는 장미꽃이 더 좋았다. 생존의 터전에서 쫓겨나 불구가 되고 추위에 떠는, 잔인함과 불의의 희생자들(그녀는 리처드가 거듭거듭 말하는 것을 들었다) — 아니, 그녀는 알바니아인인지 아르메니아인인지에 대해서는 아무 느낌이 없었다. 그러나 그녀는 장미꽃을 사랑했다(아르메니아인에게도 장미꽃은 위안이 되지 않을까?) — 잘라서 병에 꽂아도 좋을 꽃은 장미뿐이었다. 하지만 리처드는 이미 하원에, 그의 위원회에 도착했을 것이다. 그녀의 모든 어려움을 해결해 주고서. 하지만 아니야, 유감스럽게도, 그건 사실이 아니었다. 그는 엘리 헨더슨을 초대하는 것을 반대할 이유가 없다고 했다. 물론 그녀는 그가 원하는 대로 할 것이다. 그가 베개를 가져다주었으니, 눕기도 할 것이고⋯⋯. 그러나 — 그러나 — 왜 갑자기, 이유도 알 수 없이, 이토록 불행한 기분이 드는 것일까? 진주나 다이아몬드를 풀밭에 떨어뜨리고서 풀숲을 이리저리 샅샅이 뒤지며 헛되이 찾아 헤매는 사람처럼, 그러다가 풀뿌리 근처에서 겨우 그것을 찾아내는 사람처럼, 그녀는 하나하나씩 되짚어 보았다. 아니, 그건 샐리 시튼이 리처드는 머리가 이류밖에 못 되므로 결코 내각에는 못 들어갈 거라고 말했기 때문은 아니었다(문득 그 생각이 났다). 아니, 그런 것은 상관할 바 아니었다. 그렇다고 엘리자베스나 도리스 킬먼 때문도 아니었다. 그런 것들은 기정사실이었다. 문제는 어떤 느낌, 무엇인가 불유쾌한, 아마도 오전 중에 들었던 어떤 느낌이었다. 뭔가 피터가 한 말이 그녀가 침실에서 모자를 벗으며 느꼈던 그녀 자신의 울적함과 연관되었던 걸까. 그리고 또 뭔가 리처드가 한 말이 더해졌던 걸까. 그는 대체 무슨 말을 했었지? 리처드가 가져온 장미꽃이 있었다. 그녀의 파티! 아, 바로 그거였다! 그녀의 파티! 피터와 리처드, 두 사람 모두가 그녀를 부당하게 비판하고 부당하게 비웃는 것이다. 파티 때문에. 바로 그거였다! 파티 때문이었다!

글쎄, 그렇다면 그녀는 어떻게 변명할 것인가? 일단 이유를 알고 나니 기분은 아주 개운해졌다. 그들은, 적어도 피터는 그녀가 자신을 내세우기를 즐긴다고 생각할 것이었다. 유명한 사람들을 주위에 불러 모으기를 좋아한다고. 명사들을. 한마디로 속물이라고. 뭐, 피터는 그렇게 생각하라지. 리처드는 그녀가 흥분하는 것이 심장에 좋지 않은데 파티를 연다고 해서 걱정하는 것뿐이다. 어린애 같은 짓이라고 생각하겠지. 하지만 두 사람 모두 틀렸다. 그녀는 단지 삶을 사랑할 뿐이었다.

「난 바로 그 때문에 파티를 여는 거야.」 그녀는 삶을 향해 소리 내어 말했다.

방 안에 갇혀 소파에 가만히 누워 있자니, 그처럼 명백하게 느꼈던 삶이라는 것이 물리적으로 존재하는 듯 느껴졌다. 그것은 길거리에서 들려오는 소음을 옷자락처럼 휘감고, 화창한 모습으로, 뜨거운 숨결로, 속삭이면서, 커튼을 휘날리게 했다. 그러나 만일 피터가 그녀에게 〈좋아, 좋아, 하지만 당신의 파티들은, 대체 그 파티들은 무슨 의미가 있지?〉 하고 묻는다면, 그녀는 (아무도 이해하리라고는 기대하지 않지만) 그건 하나의 봉헌이라는 대답밖에 할 수 없을 것이고, 그 말은 한심할 만큼 막연하게 들릴 것이었다. 하지만 피터가 무슨 자격으로 인생이란 그저 단조로운 항해라고 주장할 것인가? 그 자신은 언제나 엉뚱한 여자와 사랑에 빠져 있지 않은가? 당신 사랑은 어떻고요? 하고 반박할 수도 있을 것이었다. 그러면 그의 대답은 뻔했다. 그거야말로 세상에서 가장 중요한 일이며 여자들은 도저히 이해 못한다고. 뭐 그렇다고 해두자. 하지만 그렇다면 그녀가 인생에 대해 생각하는 것은 어떤 남자가 이해할 수 있겠는가? 그녀는 피터나 리처드가 아무 이유도 없이 파티를 여는 수고를 하리라고는 상상할 수 없었다.

그러나 사람들이야 뭐라고 하든(그런 판단은 얼마나 피상적이고 단편적인가!) 좀 더 깊이 자신의 마음속으로 들어가 보면, 그녀가 삶이라고 부르는 그것은 그녀에게 대체 어떤 의미였던가? 오, 그건 아주 기묘했다. 여기 사우스 켄싱턴에 어떤 사람이 있고 저기 베이스워터에는 다른 어떤 사람이 있으며, 메이페어에도 또 다른 어떤 사람이 있다. 그녀는 항상 그들의 존재를 의식하게 되며, 그렇게 다들 흩어져 있다니 얼마나 낭비인가, 얼마나 유감스러운가 하는 느낌이 든다. 그래서 모두 함께 모일 수 있었으면 하고 생각한다. 그래서 파티를 여는 것이다. 파티는 하나의 봉헌이었다. 조합하고 창조하는 것. 하지만 누구를 위해?

봉헌을 위한 봉헌이지, 아마도. 하여간 그것이 그녀의 재능이었다. 그녀에게는 달리 이렇다 할 만한 것이 없었다. 생각할 줄도 글을 쓸 줄도 심지어 피아노를 칠 줄도 몰랐다. 그녀는 아르메니아인과 터키인을 혼동했으며, 성공을 좋아하고 불편함을 싫어했다.

사람들의 호감을 얻어야만 했고, 실없는 수다를 떨곤 했다. 그리고 오늘날까지도 적도가 뭐냐고 물으면 그녀는 알지 못했다. 그래도, 하루가 지나면 또 하루가 올 것이다. 수요일, 목요일, 금요일, 토요일. 아침에 일어나 하늘을 보고 공원을 산책하고 휴 휘트브레드를 만나고, 그러다 난데없이 피터가 찾아오고, 장미꽃을 받고, 그것으로 족하다. 그 후에는, 죽음이란 얼마나 믿어지지 않는지! 죽음이 끝이라는 것은. 이 세상 그 누구도 알지 못할 것이다, 그녀가 그 모든 것을, 모든 순간을 얼마나 사랑했는지…….

문이 열렸다. 엘리자베스는 어머니가 쉬고 계신 것을 알고 있었다. 그녀는 아주 조용히 들어왔다. 아주 가만히 서 있었다. 어느 몽골 사람이 노퍽 해안에서 난파를 당해(힐버리 부인이 얘기하듯이) 한 백 년쯤 전에 댈러웨이 집안 여자들과 섞였다던가? 왜냐하면 댈러웨이 집안 사람들은 대개 금발에 푸른 눈이었는데, 엘리자베스는 검은 머리였고 창백한 얼굴에 중국 사람 같은 눈매였다. 동양풍의 신비한 분위기에, 온순하고 사려 깊고 조용했다. 어렸을 때는 완벽한 유머 감각을 가지고 있었으나, 열일곱 살이 되더니 클라리사로서는 도무지 이해할 수 없는 일이지만 아주 진지해졌다. 히아신스, 매끈한 녹색 잎사귀에 싸여 봉오리들이 막 물들기 시작한, 아직 해를 보지 못한 히아신스 같았다.

그녀는 가만히 선 채 어머니를 내려다보았다. 하지만 문이 약간 열려 있었고, 문밖에는 미스 킬먼이 서 있다는 것을 클라리사도 알고 있었다. 방수 코트 차림의 미스 킬먼은 모녀가 하는 말에 귀 기울이고 있었다.

그랬다, 미스 킬먼은 층계참에 서 있었고, 방수 코트를 입고 있었다. 그러나 그녀에게도 그럴 만한 이유는 있었다. 첫째, 그것은 값이 쌌고, 둘째, 그녀는 마흔 살이 넘었으며, 끝으로, 남에게 잘

보이려고 옷을 입지 않았다. 게다가 그녀는 가난했다. 수치스러울
만큼 가난했다. 그렇지 않았다면 그녀는 댈러웨이 집안 같은 데서
일자리를 얻지는 않았을 것이다. 친절 베풀기를 좋아하는 부자들
한테서. 댈러웨이 씨는 공정하게 말해 친절했다. 그러나 댈러웨이
부인은 그렇지 않았다. 그녀는 친절한 척 남을 굽어보는 것이다.
그녀는 가장 무가치한 계층, 어설픈 교양을 지닌 부유층 출신이었
다. 그들은 어디에나 값비싼 물건들을 늘어놓고 있었다. 그림에
양탄자에 수많은 하인들. 그녀는 자기에게 댈러웨이 부부가 해주
는 모든 것을 당연히 받을 만한 권리가 있다고 생각했다.

그녀는 기만당했다. 그래, 그 말은 과장이 아니었다. 왜냐하면
여자라면 약간의 행복은 누릴 권리가 있지 않은가? 그런데 그녀
는 한 번도 행복해 본 적이 없었다. 그렇게 못생기고 그렇게 가난
했으니까. 그러다가, 미스 돌비의 학교에서 모처럼 기회를 잡았
을 때, 전쟁이 났고, 그녀는 거짓말이라고는 해본 적이 없었다.
미스 돌비는 그녀가 독일인에 대해 같은 견해를 가진 사람들과
함께 지내는 편이 더 행복할 거라고 생각했다. 그녀는 사표를 내
야 했다. 그녀 집안이 독일 혈통인 것은 사실이었다. 18세기에는
킬먼을 독일식으로 키일만이라고 쓰기도 했지만, 그녀 오빠도
전사한 터였다. 그들은 그녀를 쫓아냈다. 그녀가 독일인들은 모
두 악당이라고 믿는 척하지 않았다고 해서 말이다 — 그녀는 독
일인 친구들도 있고, 평생 유일하게 행복했던 시절은 독일에서
보낸 때였는데도! 하지만 어쨌든 그녀는 역사를 가르칠 수 있었
다. 그녀는 닥치는 대로 무슨 일이든 해야 했다. 그래서 퀘이커
교파 사람들을 위해 일하다가 댈러웨이 씨를 만났다. 그는 자기
딸에게 역사를 가르치도록 해주었다(그것은 정말 너그러운 처사
였다). 또한 그녀는 잠깐 교양 강좌 같은 것도 했다. 그때 우리

주님께서 그녀를 찾아오셨다(이 대목에서 항상 그녀는 고개 숙여 절했다). 그녀는 2년 3개월 전에 빛을 보았다. 이제 그녀는 클라리사 댈러웨이 같은 고상한 숙녀들을 부러워하기는커녕 오히려 동정했다.

푹신한 양탄자 위에 서서, 토시를 낀 어린 소녀를 새긴 옛 동판화를 들여다보면서, 그녀는 그런 여자들을 마음 밑바닥에서부터 동정하고 경멸했다. 이 모든 사치품에 둘러싸여서야, 어떻게 사태가 나아질 희망이 있겠는가? 소파 위에 길게 누워 있는 대신 ― 〈어머니는 쉬고 계셔요〉라고 엘리자베스는 말했다 ― 공장에라도 가서 일해야 할 것이었다. 계산대 뒤에서든지. 댈러웨이 부인이든 다른 어떤 귀부인이든!

타는 듯한 괴로움을 안고서, 미스 킬먼은 2년 3개월 전에 교회로 돌아섰다. 그녀는 에드워드 위터커 목사가 설교하는 것을 들었다. 소년 성가대가 노래 불렀고, 장엄한 빛이 내려오는 것을 보았다. 음악 때문인지 찬송가 때문인지(그녀는 저녁에 혼자 있을 때면 바이올린에서 위안을 찾았지만, 그 소리는 고문이었다. 그녀는 전혀 음감이 없었다) 마음속에서 끓어 넘치는 뜨겁고 혼란스러운 감정은 그렇게 앉아 있노라니 가라앉았다. 그녀는 흠씬 울고 난 후, 켄싱턴에 있는 자택으로 위터커 씨를 방문했다. 그것은 신의 손길입니다, 하고 그는 말했다. 주님께서 그녀에게 길을 보여 주신 것이었다. 그래서 이제는, 뜨겁고 고통스러운 감정이 속에서 끓어오를 때면, 댈러웨이 부인에 대한 이 증오심이, 세상에 대한 이 원망이 끓어오를 때면, 그녀는 신을 생각했다. 위터커 씨를 생각했다. 그러면 분노 대신 평온함이 왔다. 달콤함이 혈관을 채우고, 입술은 벌어졌다. 그리하여 방수 코트를 입은 채 층계참에 무지막지하게 서서, 그녀는 댈러웨이 부인이 딸과 함께 나오는 것을 음울하게 가라앉은 눈길로 바라보았다.

엘리자베스는 장갑을 빠뜨렸노라고 말했다. 그것은 미스 킬먼과 그녀의 어머니가 서로 싫어하기 때문이었다. 그녀는 그들이 함께 있는 것을 참고 볼 수가 없었다. 그녀는 장갑을 찾는다며 2층으로 달려 올라갔다.

그러나 미스 킬먼은 댈러웨이 부인을 증오하지 않았다. 그녀의 커다란 구스베리 빛깔 눈을 클라리사에게 돌려 그녀의 발그레한 작은 얼굴과 섬세한 몸매, 신선하고 세련된 분위기를 관찰하면서, 미스 킬먼은 이런 멍청이! 바보! 하고 생각했다. 슬픔도 기쁨도 모르는 여자! 평생을 헛되이 흘려보내는 여자! 그러자 그녀를 이기고 싶다, 가면을 벗겨 버리고 싶다는 엄청난 욕망이 일어났다. 그녀를 넘어뜨릴 수만 있다면 속이 시원해질 것 같았다. 그러나 그녀가 짓밟고 싶은 것은 몸이 아니라 영혼이고, 그 영혼의 비웃음이었다. 자기의 우월함을 느끼게 하고 싶었다. 만일 그녀를 울릴 수만 있다면, 그녀를 파멸시키고 모욕하여 당신이 옳아요! 하고 울면서 무릎을 꿇게 할 수만 있다면. 하지만 그것은 미스 킬먼의 의지가 아니라 신의 뜻이었다. 그것은 종교적인 승리가 될 것이었다. 그래서 그녀는 눈알을 부라리며 노려보았다.

클라리사는 정말로 충격을 받았다. 그리스도교도라고 — 이 여자가! 이런 여자가 그녀에게서 딸을 빼앗아 갔다고! 이런 여자가 눈에 보이지 않는 존재들과 교통한다고! 뚱뚱하고 추하고 진부하고 친절함이나 우아함이라고는 없는 여자, 이 여자가 인생의 의미를 안다고!

「엘리자베스를 데리고 백화점[89]에 간다고요?」 댈러웨이 부인

---

89 육해군 백화점Army & Navy Store. 빅토리아 스트리트에 있는 백화점으로, 본래는 영국 군인 및 그 가족 전용이다가, 일반 백화점이 되었다.

이 말했다.

미스 킬먼은 그렇다고 대답했다. 그들은 그렇게 서 있었다. 미스 킬먼은 부인에게 잘 보일 뜻이 전혀 없었다. 평생 자기 밥벌이는 해오지 않았나. 근대사에 대한 지식은 극히 완벽했다. 얼마 안 되는 수입에서나마 얼마간을 떼어 자기가 옳다고 믿는 일들을 위해 쓰고 있었다. 반면 이 여자는 아무것도 한 일이 없고 아무것도 믿지 않으며 자기 딸을 키웠을 뿐이다 — 하지만 엘리자베스가 왔다. 약간 숨차 하면서. 어여쁜 엘리자베스.

그들은 백화점에 갈 참이었다. 이상한 일이지만, 미스 킬먼이 그렇게 서 있는 동안(그녀는 원시적인 무장을 한 선사 시대의 괴물처럼 막강하고 음울하게 서 있었다), 차츰 그녀에 대해 갖고 있던 관념은 줄어들었다. 증오심(이란 사람이 아니라 관념에 대한 것이다)은 부스러지고, 그녀의 악의, 그녀의 몸집도 차츰 줄어들어 결국 그저 방수 코트를 입은 미스 킬먼이 되었다. 그런 그녀를 클라리사는 단지 돕고 싶을 뿐이었다.

괴물이 그렇게 줄어드는 것을 보고 클라리사는 웃었다. 잘 다녀오라고 인사를 하며 웃었다.

그들은 갔다. 미스 킬먼과 엘리자베스는, 아래층으로.

문득 그 여자가 자기 딸을 데려간다는 생각에 격심한 고뇌를 느끼며, 클라리사는 난간 너머로 몸을 기울여 외쳤다. 「파티를 잊지 마! 오늘 밤 우리 파티를!」

그러나 엘리자베스는 이미 현관문을 열었고, 트럭이 지나가고 있었으므로, 대답은 들려오지 않았다.

사랑과 종교라고! 클라리사는 응접실로 돌아가며 생각했다. 온몸이 욱신거리는 느낌이었다. 얼마나, 얼마나 가증스러운가! 이제 미스 킬먼의 몸이 눈앞에 있지 않으니, 다시금 관념이 그녀를 압도했다. 세상에서 가장 잔인한 것은, 하고 그녀는 생각했다. 방수 코트를 입고 층계참에 우중충한 모습으로 서서 씨근거리며 남을 지배하려 하는, 위선적이고 남의 말이나 엿들으며 질투하는, 더없이 잔인하고 몰염치한 주제에, 사랑이니 종교니 하는 것이었다. 자기가 한 번이라도 남을 전향시키려 해본 적이 있었던가? 자기는 그저 각 사람이 자기 자신이기만을 바라지 않았던가? 그녀는 창밖 맞은편 집에 사는 노부인이 계단을 올라가는 것을 바라보았다. 올라가고 싶으면 올라가고, 멈춰서고 싶으면 멈춰서면 될 것이었다. 아니면 클라리사가 종종 보았던 것처럼, 침실로 가서 커튼을 열고 그 뒤편으로 다시 사라지든지. 지켜보는 눈이 있다는 것은 꿈에도 모르는 채 창밖을 내다보는 그 노부인에게는 왠지 존경심이 들었다. 그 광경에는 어딘가 엄숙한 데가 있었다 — 그러나 사랑과 종교는 저것도 — 저것을 뭐라 하든 간에, 영혼의 비밀이라고나 할까 — 파괴해 버리고 말 것이었다. 저 꼴사나운 킬먼이 파괴해 버릴 것이었다. 그러나 그것은 그녀를 울고 싶게 만드는 광경이었다.

사랑도 파괴적이었다. 아름다운 모든 것, 진실한 모든 것이 사라져 버렸다. 피터 월시만 해도 그랬다. 한때는 매력적이고 총명하고 모든 일에 주관이 뚜렷한 사람이었다. 포프나 애디슨[90]에 대해 알고 싶다거나, 아니면 그저 사람들이 어떻다느니 세상사가 어떻다느니 하는 실없는 얘기를 하고 싶다면, 누구보다도 피터에게 물어보면 되었다. 그녀를 도와준 이도, 책을 빌려 준 이도 피터였다. 그러나 그가 사랑한다는 여자들을 보라지. 저속하고 시시하고 평범한 여자들. 사랑에 빠진 피터는 또 어떤가. 그렇게

90 Alexander Pope(1688~1744). 영국 신고전주의 시인. Joseph Addision(1672~1719). 유명한 수필가.

오랜만에 찾아와서는 기껏 무슨 얘기를 했던가? 자기 자신에 대해서! 끔찍한 정열이야! 그녀는 생각했다. 사람의 격을 떨어뜨리는 정열이지! 그녀는 킬먼과 자기 딸 엘리자베스가 육해군 백화점으로 걸어가는 모습을 떠올리며 생각했다.

빅벤이 30분을 알렸다.

참 신기하지. 이상하고도 감동적이야. 저 노부인은 마치 저 소리와, 저 끈과 연결되어 있는 듯이 창문 곁을 떠나가거든. 종소리는 엄청나지만, 어떻게든 그녀와 관련이 있었다. 아래로, 아래로, 평범한 사물들 가운데로, 시계 바늘은 떨어져 내리며 그 순간을 엄숙하게 만들었다. 저 소리가 나면 노부인은 움직여 가야만 하는 것이라고 클라리사는 상상해 보았다. 하지만 어디로? 클라리사는 그녀가 몸을 돌려 사라지는 것을 눈으로 뒤쫓았고, 그녀의 흰 두건이 침실 뒤쪽에서 움직이는 것을 아직 볼 수 있었다. 그녀는 여전히 방의 저쪽 끝에서 움직이고 있었다. 대체 왜 사도신경이니 기도니, 방수 코트 따위가 필요하담? 저게 바로 기적이고 저게 바로 신비인데. 클라리사는 생각했다. 저 노부인이 서랍장에서 화장대로 가는 것이? 그녀는 여전히 보이는 곳에 있었다. 킬먼은 짐짓 그 신비를 풀었다고 할 것이고, 피터도 풀었다고 하겠지만, 클라리사는 그 두 사람이 해답 근처에는 가지도 못한 그 신비란 바로 이런 거라고 생각했다. 여기 방 하나가 있다. 저기 또 하나가 있다. 종교가 그 문제를 풀었는가? 아니면 사랑이?

사랑은 — 하지만 또 다른 시계, 빅벤보다 언제나 2분 늦게 치는 시계 종소리가 들려왔다. 발을 질질 끌며 들어와 무릎에 가득 담아 가지고 온 잡동사니들을 쏟아 놓는 듯한 소리였다. 마치 빅벤은 워낙 위엄이 있으니까 엄숙하고 정의롭게 법을 제정하는 것이 극히 지당하지만, 자기는 자질구레한 것들을 — 마샴 부인

이니 엘리 헨더슨이니 아이스크림 담을 유리잔들이니 ― 기억
해야만 한다는 듯이. 온갖 자질구레한 것들이 밀려들어와, 바다
위에 금괴처럼 납작하게 떠 있는 빅벤의 엄숙한 종소리가 일으
킨 항적을 따라 철썩이며 춤추었다. 마섬 부인, 엘리 헨더슨, 아
이스크림 담을 유리잔. 그녀는 지금 당장 전화해야 했다.

빅벤이 지나간 자국을 따라, 수다스럽게, 소란스럽게, 늦은 시
계가 하찮은 것들을 잔뜩 데리고 들이닥쳤다. 마차들의 공격과
짐차들의 난폭함, 우락부락한 남자들과 모양 낸 여자들의 끝없
는 전진, 사무실과 병원들의 돔과 첨탑들에 부딪히고 으스러져,
잡동사니가 수북한 그 무릎의 마지막 유물들은 마치 지친 파도
의 물보라처럼 부서져 내리는 듯했다. 길거리에서 잠시 걸음을
멈추고서 〈육신 때문이야〉라고 중얼거리는 미스 킬먼의 몸 위에.

그녀가 다스려야 할 것은 육신이었다. 클라리사 댈러웨이는
자기를 모욕했다. 그건 예상하고 있었다. 그러나 이기지 못했으
니, 육신을 통제하지 못했기 때문이다. 못생기고 뒤퉁스럽다고
해서, 클라리사 댈러웨이는 자기를 비웃었다. 클라리사 앞에서
자기 외모를 의식한 나머지 육신의 정욕이 되살아났던 것이다.
게다가 그녀는 클라리사처럼 말할 줄도 몰랐다. 하지만 왜 그 여
자를 닮고 싶어 하지? 왜? 그녀는 마음속에서부터 댈러웨이 부
인을 경멸하는데. 그 여자는 진지하지도 않고 선하지도 않은데.
사실을 말하자면, 클라리사 댈러웨이가 자기를 보고 웃었을 때,
그녀는 하마터면 울음을 터뜨릴 뻔했다. 「육신이야. 다 육신의
정욕 때문이야.」 그녀는 빅토리아 스트리트를 따라 걸어가면서
혼란스럽고 고통스러운 감정을 가라앉히려 애쓰며 중얼거렸다
(그녀는 소리 내어 말하는 버릇이 있었다). 그녀는 신께 기도했
다. 못생긴 것은 어쩔 수 없었다. 예쁜 옷을 살 여유도 없었다. 클

라리사 댈러웨이가 웃었다 ── 그러나 저 우체통까지 가는 동안 마음을 다른 것에 집중시켜 보기로 하자. 어쨌든 그녀에게는 엘리자베스가 있었다. 하지만 다른 것을 생각하자. 러시아 생각을 해보자. 저기 우체통까지 가는 동안만이라도.

시골은 얼마나 좋을까, 하고 그녀는 위터커 씨가 권해 주었던 대로 자신의 감정을 다스리려 애쓰며 중얼거렸다. 그녀를 조롱하고 조소하고 박대한 세상에 대한 격렬한 원망의 감정을, 무엇보다도 사람들이 눈길을 돌려 버리는 이 볼썽사나운 육신의 시련, 이 모욕감을 극복해야만 했다. 하지만, 아무리 머리 모양을 바꿔 보아도 그녀의 이마는 변함 없이 희멀겋고 민둥민둥한 달 걀처럼 드러났다. 도무지 어울리는 옷도 없었다. 어떤 옷을 사보아도 매한가지였다. 그리고 물론 여자로서 그렇다는 것은 이성을 사귈 가망이 없다는 뜻이었다. 최근 들어서는, 엘리자베스를 제외하고는, 오로지 먹기 위해 사는 듯한 기분이 들었다. 약간의 안락함, 저녁 식사, 차, 밤에 침대를 데워 주는 뜨거운 물병. 하지만 싸워 이겨야 했다. 신에 대한 믿음을 가져야 했다. 위터커 씨는 그녀의 삶에도 목적이 있다고 말씀해 주셨다. 그러나 아무도 이런 고통은 알 리가 없지요! 그는 십자가를 가리키면서 신께서는 다 아신다고 하셨다. 그러나 왜 다른 여자들, 클라리사 댈러웨이 같은 여자들은 당하지 않는 고통을, 그녀만 당해야 하는지? 깨달음은 고통을 통해서 옵니다, 위터커 씨는 말했다.

그녀는 우체통을 지났고, 엘리자베스가 육해군 백화점의 서늘하고 어둑한 담배 매장을 돌아가는 동안에도, 고통을 통해 오는 깨달음에 대해 위터커 씨가 한 말과 육신에 대해 여전히 중얼거리고 있었다. 「육신이야.」 그녀는 중얼거렸다.

어느 매장에 가려 하는지? 엘리자베스가 그녀의 생각을 중단

시켰다.

「페티코트.」 그녀는 불쑥 내뱉고는 엘리베이터 쪽으로 곧장 나아갔다.

그들은 올라갔다. 엘리자베스가 이리저리 길을 안내했다. 골똘히 생각에 잠겨 있는 그녀를, 마치 커다란 어린아이처럼, 다루기 힘든 전함처럼 이끌고 갔다. 페티코트들이 있었다. 갈색, 점잖은 것, 줄무늬, 경박한 것, 두툼한 것, 얇은 것. 그녀는 멍하니 생각에 잠긴 채 하도 엄숙한 얼굴로 물건을 골라 들었으므로, 점원은 그녀가 미쳤다고 생각했다.

점원들이 포장을 하는 동안, 엘리자베스는 미스 킬먼이 대체 무슨 생각을 저렇게 하나 하고 의아한 느낌이 들었다. 차를 마셔야 한다고, 미스 킬먼이 정신을 차리고 마음을 가다듬으며 말했다. 그래서 차를 마셨다.

엘리자베스는 미스 킬먼이 시장한 것이 아닐까 생각했다. 그렇게 열심히 먹었고, 그러면서 옆 탁자에 높인 설탕 발린 케이크 접시를 줄곧 바라보았다. 그런데 한 부인과 아이가 자리에 앉아 아이가 케이크를 집어 들었을 때, 미스 킬먼은 정말로 서운한 걸까? 그랬다, 미스 킬먼은 서운했다. 그녀는 그 케이크를 — 분홍 케이크를 원했다. 먹는 즐거움이야말로 그녀에게 남아 있는 유일하게 순수한 즐거움이었다. 그런데 그마저도 뜻대로 되지 않다니!

사람들이 행복할 때는 밑천이 두둑하지만, 하고 그녀는 엘리자베스에게 말한 적이 있었다. 자기는 타이어 없는 바퀴 같아서 (그녀는 그런 은유를 즐겼다) 돌멩이에 걸릴 때마다 덜커덩거린다고. 화요일 오전이면 그녀는 수업을 마친 후에도 책이 든 가방을, 그녀 자신의 표현을 빌리자면 〈학생 가방〉을 든 채 난롯가에

서서 그런 얘기를 하곤 했다. 전쟁 얘기도 했다. 요컨대 영국 사람들이 항상 옳다고 생각지 않는 사람들도 있다는 것이었다. 책들도 있고, 모임들도 있었다. 다른 시각들이 있었다. 엘리자베스는 자기와 함께 모모 씨(아주 특이하게 생긴 노인이지만)의 강연을 들으러 가지 않겠는지? 그래서 미스 킬먼은 그녀를 켄싱턴에 있는 어느 교회로 데려갔고, 그들은 목사와 함께 차를 마셨다. 그녀는 자기 책들도 빌려 주었다. 법학, 의학, 정치, 당신 세대 여성들에게는 어떤 직업이든 열려 있어요, 미스 킬먼은 말했다. 하지만 그녀 자신의 인생은 완전히 망쳐 버렸으니, 그게 그녀의 잘못이었겠는가? 그럴 리가요, 엘리자베스가 말했다. 그렇지 않아요.

어머니께서는 가끔 오셔서 부어턴에서 큰 바구니가 왔다며 미스 킬먼에게도 꽃을 좀 드릴까 물으시기도 했다. 미스 킬먼에게 어머니는 항상 아주, 아주 친절하신데, 미스 킬먼은 받은 꽃을 모두 한 다발로 뭉뚱그려 버렸다. 어머니와는 짧은 대화조차 나누려 하지 않았고, 또 사실 미스 킬먼의 관심사들은 어머니에게는 재미가 없었다. 미스 킬먼과 어머니가 함께 있는 것은 끔찍했다. 미스 킬먼은 거만한 데다가 외모도 참 수수하다. 하지만 미스 킬먼은 무섭게 똑똑했다. 엘리자베스는 가난한 사람들에 대해 한 번도 생각해 본 적이 없었다. 자기들은 원하는 것은 무엇이나 누리면서 살고 있는데 말이다 — 어머니는 날마다 침대에서 아침 식사를 하신다. 루시가 갖다 드리는 것이다. 그리고 또 어머니는 노부인들을 공작부인이라느니 모모 경의 후손이라느니 하면서 좋아하시지. 하지만 미스 킬먼은 (화요일 오전 수업을 마친 어느 날) 말했다. 「우리 할아버지는 켄싱턴에서 유화 물감 가게를 하셨지요.」 미스 킬먼 앞에 있으면 자신이 아주 못나게 느껴졌다.

미스 킬먼은 차를 또 한 잔 마셨다. 엘리자베스는 특유의 동양풍 몸가짐에 알 수 없는 신비함을 지닌 모습으로 반듯하게 앉아 있었다. 아니, 더는 생각이 없어요. 그녀는 장갑을 찾아 두리번거렸다 — 하얀 장갑을. 그것은 탁자 아래 있었다. 아, 하지만 가면 안 돼! 미스 킬먼은 그녀를 보내고 싶지 않았다! 이 소녀를, 너무나도 아름다운 소녀, 진심으로 사랑하는 소녀를! 그녀는 탁자 위에 놓은 커다란 손을 쥐었다 폈다 했다.

하지만 엘리자베스는 왠지 좀 지루하다는 느낌이 들었다. 정말로 가고 싶었다.

그러나 미스 킬먼은 말했다. 「난 아직 다 먹지 않았어요.」

그렇다면 물론 기다려야 했다. 하지만 공기가 좀 답답하게 느껴졌다.

「오늘 밤 파티에 갈 거예요?」 미스 킬먼이 말했다. 엘리자베스는 갈 생각이었다. 어머니께서 참석하기를 원하시니까. 파티 따위에 정신을 팔아서는 안 된다고, 미스 킬먼은 초콜릿 에클레어의 마지막 남은 동강이를 집어 들며 말했다.

파티를 별로 좋아하지는 않는다고 엘리자베스가 말했다. 미스 킬먼은 입을 열고 턱을 약간 내밀고는 초콜릿 에클레어의 상당히 큰 동강이를 한입에 넣었다. 그러고는 손가락을 닦고 나서, 남은 차로 잔을 헹구듯 빙빙 돌렸다.

온몸이 산산조각이 날 것만 같다는 느낌이었다. 너무나 고통스러웠다. 만일 이 소녀를 붙들 수만 있다면, 꼭 안을 수만 있다면, 영원히 절대적으로 자기 것으로 만들고 죽을 수만 있다면, 여한이 없을 것 같았다. 그러나 여기 이렇게 앉아서, 달리 할 말도 생각해 내지 못한 채, 엘리자베스가 자기에게 등을 돌리고 가는 것을 보아야 하다니, 엘리자베스한테조차 혐오스러운 존재가 되다니 — 너무한 일이었다. 도저히 견딜 수 없었다. 굵은 손가락이 꽉 움켜쥐어졌다.

「난 절대로 파티에 가지 않아요.」 미스 킬먼은 말했다. 엘리자베스를 못 가게 하려는 것뿐이었다. 「사람들이 나를 파티에 초대하지도 않지만요.」 — 말을 하면서도 이런 아집이야말로 자기를 망하게 하는 것이라는 사실을 상기했다. 위터커 목사도 경고한 적이 있었지만, 달리 어쩔 수가 없었다. 그녀는 너무나 심한 고통을 겪었던 것이다. 「나를 왜 초대하겠어요?」 그녀는 말했다. 「나처럼 못생기고 불행한 사람을.」 어리석은 말이라는 것을 알고 있었다. 그러나 지나가는 사람들, 쇼핑백을 들고 가며 그녀를 경멸하는 사람들이 그런 말을 하게 만들었다. 그러나, 그녀는 도리스 킬먼이었다. 학위도 있었다. 이제껏 자기 힘으로 살아온 여자였다. 근대사에 대한 지식은 대접받을 만했다.

「그렇다고 나 자신을 불쌍히 여기진 않아요.」 그녀는 말했다. 「내가 불쌍히 여기는 건」 — 그녀는 〈당신 어머니예요〉라고 말할 작정이었지만, 차마 엘리자베스에게는 그렇게 말할 수 없었다. 「다른 사람들이에요.」 그녀는 말했다. 「그들이 더 불쌍해요.」

까닭도 모르고 성문으로 끌려나온 말 못하는 짐승이 어서 달아날 기회만 엿보는 것처럼, 엘리자베스는 묵묵히 앉아 있었다. 미스 킬먼은 아직 더 할 얘기가 있는 걸까?

「날 아주 잊어버리지는 말아요.」 도리스 킬먼은 말했다. 그녀의 음성이 떨렸다. 말 못하는 짐승은 겁에 질려 곧장 벌판 끝으로 달아났다.

커다란 손이 펼쳐졌다 다시 쥐어졌다.

엘리자베스는 고개를 돌렸다. 여종업원이 왔다. 돈은 계산대에서 낸다는군요, 엘리자베스는 그렇게 말하더니 자리에서 일어섰다. 미스 킬먼에게는 마치 몸속의 내장이 다 쏟아져 나와, 실내

를 가로질러 가는 소녀의 등 뒤로 끌려가는 듯이 느껴졌다. 엘리
자베스는 마지막으로 몸을 돌려 예의 바르게 고개를 숙이고는,
나갔다.

가버렸다. 미스 킬먼은 대리석 탁자 앞에, 사방에 에클레어가
널린 가운데 앉아서, 한 번, 두 번, 세 번, 고통이 가슴을 치는 것
을 느꼈다. 그애는 가버렸어. 댈러웨이 부인이 이겼다. 엘리자베
스는 가버렸어. 아름다움도 가고, 젊음도 가버렸다.

그렇게 그녀는 앉아 있었다. 자리에서 일어나, 약간 비틀거리
면서 작은 탁자들 사이를 이리저리 부딪히며 걸어 나왔다. 누군
가가 그녀의 페티코트를 들고 뒤쫓아 나왔다. 방향 감각을 잃어
버려서, 인도 여행을 위해 특별히 제작된 트렁크들 사이에 갇히
는가 하면, 그다음에는 출산 준비물이며 배내옷들이 있는 데로
들어섰다. 세상의 모든 상품들, 썩는 것과 썩지 않는 것, 햄, 약,
꽃, 문구류, 어떤 때는 달콤하고 어떤 때는 시큼한 갖가지 냄새가
나는 물건들 사이를 그녀는 비틀거리며 걸어갔다. 모자를 삐뚜
름히 쓰고 얼굴은 뻘게진 채 비틀거리는 자신의 모습이 전신 거
울에 비친 것도 보았다. 그러고는 마침내 길거리로 나왔다.

웨스트민스터 성당의 탑이 눈앞에 나타났다. 신의 거처였다.
이 교통 혼잡 가운데, 신의 거처가 저기 있었다. 그녀는 꾸러미를
든 채 또 다른 성소(聖所)인 사원 쪽으로 고집스럽게 걸음을 옮
겼다.[91] 거기서, 양손을 얼굴 앞에 장막처럼 맞잡고서, 그녀는 자
기처럼 피난처를 찾아온 사람들 곁에 앉았다. 잡다하게 모여든

91 빅토리아 스트리트의 남서쪽에는 로마 가톨릭 교회인 웨스트민스터 성
당Westminster Cathedral이, 북동쪽에는 영국 국교회인 웨스트민스터 사원
Westminster Abbey이 있다. 웨스트민스터 사원은 영국 왕들의 대관식 장소
이자 묘소이다. 특히 지하 예배당에는 역대 군주와 명사들의 밀랍, 목재, 석고
등으로 된 흉상들이 있다.

예배자들은 얼굴 앞에 손을 맞잡은 채 사회 계층이나 성별까지도 떨쳐버린 듯했다. 그러나 손을 치우자, 즉시 경건한 중산층 영국 남자와 여자들이 나타났고, 그중 몇몇은 밀랍 상(像)들을 보러 온 이들이었다.

그러나 미스 킬먼은 여전히 얼굴 앞에 손을 맞잡고 있었다. 사람들이 가고 혼자 남게 되었다가, 또 다른 사람들이 들어오곤 했다. 길거리에서 새로 들어온 예배자들도 앞사람들에 이어 밀랍 상 앞을 거닐었다. 사람들이 한 바퀴 둘러본 다음 무명용사의 무덤[92] 앞을 지척거리며 지나갈 때도, 그녀는 여전히 손가락으로 눈을 가린 채 그 두 겹의 어둠 속에서 — 사원 안의 빛은 실체가 없었으므로 — 허영과 욕망과 지상의 재화들 너머를 동경하고자, 자신에게서 증오도 사랑도 떨쳐 버리고자 노력했다. 맞잡은 손이 뒤틀렸다. 마치 싸우는 듯했다. 하지만 다른 사람들에게는 신도 가까이 계시고 그분께 이르는 길은 평탄하기만 했다. 재무성에서 은퇴한 플레처 씨나 유명한 왕실 고문 변호사의 미망인인 고럼 부인은 그저 신에게 나아가기만 하면 되었고, 기도를 마친 후에는 기도석 등받이에 기대앉아서 음악을 즐기며(오르간 소리가 감미롭게 울리고 있었다) 줄 끝에 앉은 미스 킬먼이 기도하고 또 기도하며 여전히 하계(下界)의 문턱에 있는 것을 보고, 자신들은 아직 그런 괴로움을 모르는 터라, 같은 영역을 드나드는 영혼인 그녀에게 동정심을 품었다. 비물질적인 것으로 이루어진 영혼인 그녀에게. 여자가 아니라 영혼에게.

그러나 플레처 씨는 가야 했다. 그는 그녀 앞을 지나가야 했고, 자신은 새신랑처럼 말쑥한 터라, 불쌍한 여인의 지저분한 모양

92 1920년 제1차 세계 대전의 알려지지 않은 전사자들을 기리기 위해 웨스트민스터 사원 서쪽 입구의 바닥에 〈무명용사의 무덤〉이 만들어졌다.

새에 다소 눈살을 찌푸리지 않을 수 없었다. 머리칼은 흐트러져 내려오고 꾸러미는 바닥에 떨어져 있었다. 그녀는 그가 지나가 도록 금방 비켜 주지 않았다. 그러나 그렇게 서서 주위를 둘러보 며 새하얀 대리석과 잿빛 창유리와 온갖 보물들을 감상하노라니 (그는 사원을 무척 자랑스럽게 여겼다), 이따금씩 무릎을 바꿔 가며 앉아 있는 그녀의 덩치와 뼈대와 힘이(그녀가 신에게 다가 가는 길은 얼마나 험한가 — 그녀의 욕망들은 얼마나 드센가) 그에게 깊은 인상을 주었다. 댈러웨이 부인(그날 오후 그녀는 킬 먼에 대한 생각을 떨쳐 버릴 수가 없었다)과 에드워드 위터커 목 사와 엘리자베스가 받은 것과도 같은 인상이었다.

엘리자베스는 빅토리아 스트리트에서 버스를 기다렸다. 문밖 으로 나서니 상쾌했다. 아마 곧장 집으로 가지 않아도 될 성싶었 다. 이렇게 바깥바람을 쐬는 것은 참 좋아. 그러니 버스를 타기로 하자. 그런데, 그녀가 그 멋진 차림으로 정거장에 가서 서기도 전 에, 벌써 시작이었다……. 사람들은 그녀를 포플러 나무에 비기 고, 이른 새벽에, 히아신스에, 아기 사슴에, 흐르는 물에, 정원의 백합에 비기기 시작했다. 그것은 그녀의 삶을 짐스럽게 만들었 다. 그녀는 사람들이 자기를 그냥 시골에서 좋아하는 일이나 하 도록 내버려 두었으면 싶었다. 하지만 그들은 그녀를 백합에 비 기려 했고, 그녀는 파티에 가야 했다. 개들을 데리고 아버지와 둘 이서 시골에서 지내던 것에 비하면 런던은 너무나 따분한 곳인 데도.

버스들이 전속력으로 달려와 정거했다가 또다시 출발했다 — 빨갛고 노란 칠로 번쩍거리는 화려한 대상(隊商)들. 하지만 어느 버스를 타야 하지? 딱히 정한 곳은 없었다. 물론 사람들을 밀쳐 가며 타고 싶지는 않았다. 그녀는 수동적인 성격이었다. 표정은 다소 부족했지만, 눈은 동양적으로 섬세하여 아름다웠고, 그녀 어머니의 말대로, 어깨선이 곱고 자세가 곧아서 언제 보아도 맵시가 났다. 최근 들어 특히 저녁 모임 같은 데서는, 결코 흥분한 듯이 보이지는 않았지만 그래도 뭔가에 흥미가 동할 때면 그야말로 미인이라 할 만했고 아주 기품이 있고 침착해 보였다. 대체 그녀는 무슨 생각을 하는 걸까? 남자들마다 그녀에게 반해 버리기 때문에, 그녀는 정말이지 너무나 귀찮았다. 또 시작이군. 그녀의 어머니는 또 사방에서 찬탄의 소리가 시작되는 것을 알 수 있었다. 그녀가 좀 더 그런 데에 ─ 가령 옷 같은 것에 ─ 신경을 쓰지 않는 것이 가끔 염려가 되기는 했다. 하지만 어쩌면 강아지니 기니피그니 하는 것들이 병이 났다며 신경을 쓰는 편이 오히려 나았고, 그것이 그녀의 매력인지도 몰랐다. 미스 킬먼과의 저 이상한 교제는 골칫거리였지만. 글쎄, 그것은, 하고 새벽 세시까지 잠이 안 와서 마르보 남작의 회고록을 읽다 말고 클라리사는 생각하곤 했다. 그건 그애가 인정이 있다는 증거겠지.

엘리자베스는 대뜸 앞으로 걸어 나가서, 사람들이 보는 앞에서 아주 날렵하게 버스에 올라탔다. 위층 좌석으로 올라가 앉았다. 버스는 해적선처럼 기세 좋게 출발하여 쏜살같이 달려갔다. 그녀는 흔들리지 않으려고 난간을 잡아야 했다. 정말이지 버스는 해적선 같았다. 앞뒤를 가리지 않고, 조심성 없이, 가차 없이 공격하고, 아슬아슬하게 앞지르면서, 대담하게 승객을 낚아채기도 하고 아니면 무시하기도 하면서, 뱀장어처럼 유연하게 비집고 들어가 다른 차들 사이에서 거만하게, 모든 돛을 펼친 채 방자하게 화이트홀을 향해 돌진했다. 그러는 동안 엘리자베스는 자기를 그토록 사심 없이 사랑하는, 자기를 들판의 아기 사슴이요 숲 속 빈터를 비추는 달로 여기는 불쌍한 미스 킬먼을 단 한 번이라도 생각했던가? 그녀는 자유로워진 것이 기쁠 따름이었다. 신선한 공기는 정말이지 상쾌했다. 육해군 백화점 안은 답답해서 숨이 막혔었다. 그런데 이제 버스를 타고 화이트홀을 향해 달려가고 있노라니, 버스가 움직일 때마다 연한 갈색 코트에 싸인 아름다운 몸은 마치 기수와도 같이, 뱃머리에 새긴 여신과도 같이 자유롭게 반응했다. 바람이 그녀의 머리칼을 흩날렸고, 열기는 그녀의 뺨을 희게 칠한 나무처럼 창백하게 보이게 했다. 그녀의 고운 눈은 다른 누구의 눈과도 마주치지 않았고, 무표정하게 빛나는 눈은 믿을 수 없을 만큼 순수한 조각상의 시선으로, 똑바로 앞만 내다보았다.

미스 킬먼이 그렇게 대하기 힘든 것은 늘 자신의 고통에 대해 이야기하기 때문이었다. 그녀의 말이 옳은 걸까? 만일 가난한 이들을 돕는 것이 날마다 위원회에 참석하고 시간을 온통 바치는 것이라면(런던에서는 아버지를 보기도 힘들었다), 아버지야말로 그런 일을 하고 계셨다 — 만일 그것이 미스 킬먼이 말하는 그리스도교도의 도리라면. 하지만 그건 말하기 어려운 문제였다. 아, 좀 더 멀리 가고 싶었다. 스트랜드까지 가려면 1페니를 더 내야 한다고? 자, 여기 1페니 있어요. 그녀는 스트랜드까지 가볼 작정이었다.

그녀는 아픈 사람들을 좋아했다. 당신 세대의 여성들에게는 모든 직업이 열려 있어요, 미스 킬먼은 말했다. 그러니 의사가 될 수도 있을 것이었다. 농부도 될 수 있고. 동물들도 가끔 병이 나니까. 1,000에이커[93]쯤 되는 농장을 가지고 사람들을 부릴 수도 있었다. 그들이 사는 오막살이에도 찾아가 볼 것이었다. 이것이

93 약 400헥타르.

서머싯 하우스구나. 아주 훌륭한 농부가 되어야지 — 이런 생각이 든 것은 미스 킬먼 때문이기도 했지만, 이상하게도 거의 전적으로 서머싯 하우스 때문이었다. 그 회색 건물은 너무나 훌륭하고 진지해 보였다. 그녀는 사람들이 일을 한다는 그 느낌을 좋아했다. 스트랜드 거리의 인파에 맞서고 있는, 회색 종이로 오린 듯한 교회들도 좋았다. 웨스트민스터와는 사뭇 달라, 그녀는 챈서리 레인에서 버스를 내리며 생각했다. 아주 진지하고, 아주 바쁜 동네 같아. 한마디로, 그녀는 직업을 가지고 싶었다. 의사나 농부가 되어 가능하면 의회에도 들어가고 싶었다. 모두 스트랜드 거리 때문이었다.

일 때문에 비삐 돌아다니는 사람들의 발길, 돌 위에 돌을 올려놓는 손들, 사소한 잡담(여자를 포플러에 비기거나 하는. 물론 나름대로 재미는 있지만 어리석기 짝이 없는 얘기들)이 아니라 선박이니 사업이니 법이니 행정이니 하는 것들을 노상 생각하는 정신들, 그토록 당당하고(그녀는 템플 구역에 있었다) 명랑하고(강이 있었다) 경건한(교회도 있었다) 정신들이 그녀의 결심을 확고하게 만들었다. 어머니가 뭐라 하시든 간에, 농부나 의사가 되겠다는. 물론 그녀는 좀 게으른 편이기는 했지만.

그런 문제에 대해서는 차라리 아무 말도 하지 않는 편이 나았다. 너무 어리석어 보였다. 혼자 있을 때면 가끔 떠오르곤 하는 종류의 일이었다 — 건축가의 이름도 없는 건물들과 시티[94]에서 돌아오는 사람들의 무리가 켄싱턴의 독신 목사들이나 미스 킬먼이 빌려 주었던 책 중 어떤 것보다도 훨씬 더 많은 힘을 가지고서 마음의 모래밭에 졸린 듯 어렴풋하고 수줍게 자리하고 있던 것

94 the City of London. 런던 구시가로 금융 및 상업의 중심 지역.

을 자극하여, 아이가 갑자기 팔을 뻗치듯 표면을 깨고 나오게 했다. 아마도 그런 한숨, 기지개, 충동이나 계시가 영원한 효과를 남기는 것일 터이다. 그러고 나면 그것은 다시 모래밭으로 돌아가 버린다. 집에 가야 했다. 만찬을 위해 옷을 갈아입어야 했다. 그런데 몇 시나 되었지? — 시계가 어디 있을까?

그녀는 플리트 스트리트를 내다보았다. 세인트폴 성당 쪽으로 수줍은 듯 조금 걸어가 보았다. 마치 발끝으로 살금살금 걸으며 밤에 촛불을 들고 낯선 집을 탐험하는 사람처럼, 집주인이 갑자기 침실 문을 활짝 열어젖히고 왜 왔느냐고 물을까봐 겁내기라도 하듯이. 또 낯선 집에서는 침실 문인지 거실 문인지 곧장 식량 저장실로 통하는 문인지 몰라서 열어 볼 수 없는 것처럼, 기묘한 샛길들이며 호기심을 일으키는 골목들로는 감히 들어갈 엄두가 나지 않았다. 댈러웨이 집안 사람들은 날마다 스트랜드에 오지는 않는 것이다. 그녀는 말하자면 개척자요 방랑자였다. 용감하고, 남을 의심할 줄 모르는.

여러 가지 면에서 그녀는 여전히 아이처럼 미숙하다는 것을 그녀의 어머니는 느끼고 있었다. 여전히 인형이니 낡은 신발 따위에 애착을 갖는 영락없는 어린아이였고, 그것이 또 사랑스러웠다. 그러나 물론, 댈러웨이 집안에는 사회에 봉사한다는 전통이 있었다. 여성들도 수녀원장, 학장, 교장, 여성계의 고위 인사들이 되었다 — 그중 아무도 특별히 뛰어나지는 않았지만 어쨌든 그런 인물들이었다. 그녀는 세인트폴 쪽으로 조금 더 가보았다.

그녀는 이런 소란함이 주는 친밀함, 자매 같고 어머니 같고 형제 같은 친밀함을 좋아했다. 엄청나게 시끄러웠다. 갑자기 실업자들의 트럼펫이 쩌렁 울리더니 떠들썩한 가운데 금속성의 소리가 퍼져 나갔다. 군악이었다. 사람들은 마치 행진이라도 하는 듯했다. 만일 누가 죽어 가고 있었다면 ― 어느 여자가 마지막 숨을 거두고 누구든 그녀가 방금 죽음이라는 지고의 위엄을 지닌 행동을 성취한 방의 창문을 열고 플리트 스트리트를 내려다본다면, 그 소란은, 그 군악 소리는 그에게 위로하듯 무심하게 다가갔을 것이었다.

그 소리에는 의식이 없었다. 그 안에는 어떤 행운이나 운명에 대한 인식이 없었고, 바로 그 때문에 위로가 되었다. 죽어 가는 자들의 얼굴에서 의식의 마지막 깜박임을 찾기에 지친 자들에게도. 사람들의 망각은 상처를 주고 배은망덕은 마음을 좀먹지만, 이 음성, 가고 오는 세월 속에 끝없이 쏟아지는 이 소리는 무엇이건 실어 갈 것이었다. 이 맹세, 이 짐차, 이 인생, 이 행렬, 이 모두를 싸안고 실어 갈 것이었다. 빙하의 거친 흐름 속에서 얼음이 한 조각 뼈를, 푸른 이파리를, 떡갈나무들을 휘말아 가듯이.

하지만, 생각보다 시간이 많이 지나 버렸다. 어머니께서는 그녀가 이렇게 헤매고 다니는 것을 좋아하시지 않을 것이었다. 그녀는 스트랜드 거리를 돌아 내려갔다.

한 줄기 바람이(날이 더운데도 바람은 꽤 불었다) 태양과 스트랜드 거리에 검은 휘장을 엷게 드리웠다. 얼굴들은 침침해졌고, 버스들도 더는 번쩍거리지 않았다. 구름들은 새하얀 산 같아서 도끼로 찍으면 단단한 조각이 떨어져 나올 듯하고 그 옆구리의 드넓은 금빛 비탈은 하늘 낙원의 풀밭 같은 것이, 마치 세상의 저 위쪽에서 신들의 회합을 위해 마련된 주거지처럼 보였지만, 그래도 그 가운데는 끊임없는 움직임이 있었다. 신호들이 오갔고, 마치 이미 정해진 계획을 이루려는 듯, 봉우리 하나가 무너지기 시작하면, 불변의 위치를 지키고 있던 피라미드만 한 구름 덩어리가 복판으로 진출하기도 하고 장중하게 행렬을 이끌고 새로운 기항지로 나아가기도 했다. 언뜻 보면 모두 제자리에 정지해 있기로 의논이나 한 것 같지만, 그 새하얀 혹은 금빛으로 빛나는 표면보다 더 신선하고 자유롭고 민감한 것은 없었다. 그 장엄한 구름의 산악은 언제라도 모양을 바꾸고 흘러가고 해체될 수 있었으며, 언제까지나 숙연하게 제자리를 지킬 것 같고 층층이 쌓여 견고해 보이지만 그래도 움직이면서 지상에 빛과 그늘을 번갈아 드리웠다.

차분히, 날렵하게, 엘리자베스 댈러웨이는 웨스트민스터로 가는 버스에 올랐다.

빛과 그늘이 담벼락을 잿빛으로 만들었다가 바나나를 샛노랗게 비추었다가 스트랜드 거리를 잿빛으로 만들었다가 버스들을 샛노랗게 비추었다가 하는 것이, 거실 소파 위에 누워 있던 셉티머스 워렌 스미스에게는, 가고 오고 손짓하고 신호하는 것처럼 보였다. 그는 맑은 금빛이 마치 살아 있는 생물과도 같은 놀라운 감수성으로 장미꽃과 벽지 위에 어룽거리는 것을 바라보았다. 바깥에서는 나무들이 이파리들을 대기의 심연에 던진 그물처럼 펼쳐 놓고 있었다. 물소리는 방 안까지 들렸고, 물결을 타고 새들이 노래하는 소리도 들려왔다. 모든 권능이 그의 머리 위에 그 재보들을 쏟아 놓았고, 그의 손은 거기 소파 등받이에 걸쳐져 있었다. 헤엄치며 떠다니던 때, 멀리 해안에서는 개들이 짖는 소리, 멀리서 짖는 소리가 들려오던 때, 파도 꼭대기에 있던 손처럼. 더는 두려워하지 말라, 하고 몸속의 마음이 말한다. 더는 두려워하지 말라.

그는 두렵지 않았다. 매순간 자연은 벽을 따라 돌아가는 — 저기, 저기, 저기 — 저 금빛 점처럼 무엇인가 명랑한 신호로, 보여 주려는 의사를 알려 주는 것이다. 깃털 장식을 휘두르며 머리채를 흔들며 외투 자락을 이리저리 휘날리며, 아름답게, 항상 아름답게, 가까이 닥가와 둥글게 모아 쥔 손 사이로 셰익스피어의 말을, 자신의 진의를 속삭여 주는 것이다.

레치아는 테이블 앞에 앉아 모자를 만지작거리면서 그를 지켜보았다. 그가 미소 지었다. 그러니 행복한 것이다. 그러나 그녀는 그가 미소 짓는 것을 참고 볼 수가 없었다. 이건 결혼도 아니야. 남편이라면 저럴 수가 없어. 저렇게 이상한 얼굴로, 깜짝깜짝 소스라치고, 소리 내어 웃고, 몇 시간씩 잠자코 앉아 있다가 갑자기 그녀를 붙들고는 받아 적으라 하기도 하고. 테이블 서랍에는 그렇게 해서 쓴 글이 수북했다. 전쟁에 대해, 셰익스피어에 대해, 위대한 발견들에 대해, 어떻게 죽음이란 없는가에 대해. 최근에 그는 아무 이유 없이 갑자기 흥분을 해서(닥터 홈스도 윌리엄 브래드쇼 경도 그에게는 흥분하는 것이 제일 나쁘다고 했는데) 손을 휘저으며 진실을 발견했다고 외치곤 했다! 모든 걸 알았다고! 그 남자, 전사한 친구 에번스가 나타났다고도 했다. 저 휘장 뒤에서 노래하고 있다고. 그녀는 그가 그렇게 말하는 것을 받아 적었다. 어떤 것들은 참 아름다웠지만, 어떤 것은 완전 헛소리였다. 그러다가는 노상 중간에 생각을 바꿔 그만두어 버리지. 뭔가를 덧붙이고 싶다든가, 새로운 걸 들었다든가 하면서 손을 귀에 가져다 대고 귀를 기울이는 거야.

그러나 그녀에게는 아무 소리도 들리지 않았다.

한번은 방을 청소하는 소녀가 그런 종이를 한 장 집어 들고 읽다가 웃음을 터뜨리는 것을 본 적도 있었다. 정말 안쓰러운 일이었다. 그 때문에 셉티머스는 노발대발해서 인간의 잔인성에 대해 마구 떠들었다. 서로가 서로에게 난도질을 한다느니, 낙오자들을 갈가리 찢어발긴다느니 하면서. 〈홈스가 우리를 감시하고 있다〉면서 홈스에 대한 얘기들을 지어내기도 했다. 죽을 먹는 홈스, 셰익스피어를 읽는 홈스 ― 그러면서 성을 내다 껄껄 웃다 하는데, 정말이지 닥터 홈스는 그에게 뭔가 무시무시한 것을 의미하는 듯했다. 그는 홈스를 〈인간 본성〉이라고 불렀다. 게다가 헛것을 보기도 했다. 물에 빠졌다면서, 어느 해안 절벽에 누워 있는데 머리 위로 갈매기들이 끼룩거린다는 것이었다. 그러면서 바다를 내려다보듯 소파 너머를 내다보았다. 어떤 때는 음악 소리도 들었다. 실제로는 길거리에서 나는 손풍금 소리나 아니면 누가 외치는 소리일 뿐인데도. 하지만 〈멋진데!〉 하고 소리치며 눈물을 줄줄 흘리곤 했다. 셉티머스 같은 사람이, 전쟁에 나가 용감하게 싸웠던 사람이 우는 광경을 본다는 것은 그녀에게 더없이 끔찍한 일이었다. 그렇게 누워 조용히 귀를 기울이고 있다가 갑자기 고함을 치기도 했다! 불구덩이 속으로 떨어지고 있다는 것이었다! 어찌나 절박하게 그러는지, 그녀는 정말로 어디 불이 붙었나 둘러보기까지 했다. 하지만 아무것도 없었다. 방에는 그들뿐이었다. 꿈이에요, 하고 그녀는 그를 달래어 진정시키기는 했지만, 어떤 때는 그녀도 겁이 났다. 그녀는 앉아 바느질을 하면서 한숨을 쉬었다.

그녀의 한숨 소리는 부드럽고 매혹적이었다. 저녁 숲 언저리를 감도는 바람 소리처럼. 이제 그녀는 가위를 내려놓는다. 이제 테이블에서 무엇인가 집으려고 몸을 돌린다. 조금 움직거리고 조금 달그락거리고 조금 두드리는 것만으로도 그녀가 앉아서 바느질을 하는 테이블 위에는 무엇인가가 만들어져 갔다. 반쯤 감은 눈썹 사이로 그녀의 흐릿한 윤곽이 보였다. 검은 옷을 입은 자그마한 몸집과 얼굴과 손, 테이블에서 실패를 집어 들거나 비단 조각을 찾느라(그녀는 물건들을 잘 잃어버렸다) 몸을 돌리는 동작. 그녀는 필머 부인의 시집 간 딸을 위해 모자를 만드는 것이었다. 그 딸의 이름이 뭐였더라 — 그는 그 이름을 잊어버렸다.

「필머 부인의 시집 간 딸은 이름이 뭐라고 했지?」 그가 물었다.

「피터스 부인이에요.」 레치아가 대답했다. 그녀는 모자를 들어 보며 너무 작은 것 같다고 걱정했다. 피터스 부인은 덩치가 컸고, 썩 호감이 가지 않았다. 다만 필머 부인이 그들에게 아주 친절했다. 「오늘 아침에는 포도를 주셨어요.」 그녀는 말했다. 그래서 감사의 뜻으로 뭔가 드리고 싶다는 것이었다. 며칠 전 저녁에는 방에 들어와 보니 피터스 부인이 그들이 나간 줄 알고 축음기를 틀어 놓고 있었다.

「정말이오?」 그가 물었다. 축음기를 틀어 놓고 있었다고? 그럼요. 그때도 말했었는데. 피터스 부인이 축음기를 틀어 놓고 있었다고.

그는 정말로 축음기가 거기 있는지 보려고 조심스럽게 눈을 뜨기 시작했다. 그러나 실제의 물건들을 보면 너무나 흥분이 되었으므로 조심해야 했다. 미치면 안 되니까. 우선 그는 맨 아래 선반에 있는 패션 잡지들을 보았고, 차츰 눈을 들어 녹색 트럼펫이 그려진 축음기를 바라보았다. 그보다 더 엄연한 사실은 없었다. 계속 용기를 내어 그는 찬장 쪽으로 시선을 옮겼다. 바나나가 담긴 접시, 빅토리아 여왕과 부군의 동판화, 그리고 벽난로 선반 위에는 장미꽃이 담긴 꽃병. 어떤 물건도 움직이거나 하지 않았다. 모든 것이 가만히 있었다. 모두 실제였다.

「남의 험담을 잘하는 여자예요.」 레치아가 말했다.

「피터스 씨는 무슨 일을 하는데?」 셉티머스가 물었다.

「아, 뭐라더라.」 레치아는 기억을 더듬었다. 필머 부인이 그는 무슨 회사 일로 출장 중이라고 했던 것이 생각났다. 「지금은 헐에 있대요.」 그녀는 말했다.

「지금은요!」 그녀는 이탈리아 억양으로 그 말을 했다. 그녀가 그렇게 말했다. 그는 그녀의 얼굴을 한 번에 조금씩만 보려고 눈을 가렸다. 처음에는 턱, 다음에는 코, 그러고는 이마, 하는 식으로. 행여 얼굴이 이상하게 생겼거나 무슨 보기 싫은 흉터라도 있을까봐 그러는 것이었다. 하지만 아니, 그녀는 아주 멀쩡하게 앉아서 바느질을 하고 있었다. 여자들이 바느질을 할 때 흔히 그러듯이 입술을 오므리고 다소 단호하고 우울한 표정이었다. 하지만 그는 그녀의 얼굴과 손을 두 번 세 번 다시 바라보면서, 전혀 무서울 것이 없다고 거듭 자신을 안심시켰다. 그렇게 대낮에 바느질을 하며 앉아 있는 그녀에게 무슨 소름 끼치고 혐오스러운 것이 있겠는가? 피터스 부인은 남의 험담을 잘한다고. 피터스 씨는 헐에 있다고. 그렇다면 왜 분노하며 예언하는가? 왜 채찍질을 당하고 쫓겨 다니는가? 왜 구름 때문에 떨며 흐느껴 우는가? 왜 진리를 찾아 메시지를 전하는가? 레치아는 드레스 앞섶에 핀을 잔뜩 꽂은 채 앉아 있고, 피터스 씨는 헐에 있는데? 기적도 계시도 고뇌도 고독도 바다 속으로 떨어지고 불길 속으로 빠져들어가 다 타버렸다. 레치아가 피터스 부인을 위해 밀짚모자를 꾸미는 것을 지켜보노라니, 온통 꽃핀 뚜껑 같았다.

「피터스 부인에겐 너무 작겠는데.」 셉티머스가 말했다.

그렇게 예전처럼 말하는 것은 며칠 만에 처음이었다. 물론 그렇지요 — 말도 안 되게 작아요, 그녀가 말했다. 하지만 피터스 부인이 직접 고른 거예요.

그는 그녀의 손에서 모자를 받아 들었다. 손풍금 악사가 데리고 다니는 원숭이의 모자쯤 되겠다고 말했다.

그 말에 그녀는 얼마나 기뻤는지! 몇 주일 만에 이렇게 함께 웃어 보는지! 결혼한 사람들답게 둘이서만 농담을 해보는지! 만일 필머 부인이나 피터스 부인, 아니면 다른 누가 들어오더라도 자기와 셉티머스가 왜 그렇게 웃고 있는지 도무지 이해하지 못할 것이었다.

「이건 어때요.」 그녀는 모자 한옆에 장미를 핀으로 붙이며 말했다. 이렇게 즐거워 본 적이 없었다! 평생 단 한 번도!

그러나 그건 더 우스꽝스럽다고 셉티머스는 말했다. 그래서야 그 불쌍한 부인께서 농업 경진회에 나온 돼지처럼 보이지 않겠어. (아무도 셉티머스만큼 그녀를 웃기지는 못했다.)

반짇고리에 무엇이 들었는지? 리본, 구슬, 술 장식, 조화. 그녀는 그것들을 테이블 위에 쏟아 놓았다. 그는 언뜻 어울릴 것 같지 않은 색깔들을 짜맞추기 시작했다 — 비록 손재주는 없어서 꾸러미 하나도 제대로 묶을 줄 몰랐지만, 눈썰미는 훌륭해서 대체로 그의 판단은 옳았고, 물론 가끔은 괴상할 때도 있었지만, 가끔은 아주 놀라운 배합을 이루어 냈다.

「아주 멋진 모자를 만들어 드리지!」 그는 이것저것 갖다 붙이며 중얼거렸다. 레치아는 그의 옆에 무릎을 꿇고서 어깨 너머로 구경을 했다. 이제 다 됐다 — 일단 디자인은 되었으니, 그녀가 바느질만 하면 될 것이었다. 하지만 그가 만들어 놓은 꼭 그대로, 아주 조심해서 붙여야 했다.

그래서 그녀는 바느질을 했다. 그녀는 바느질을 할 때면, 하고 그는 생각했다. 마치 난로 위에 올려놓은 주전자 같은 소리를 낸다고. 보글거리고 웅얼거리고 줄곧 바쁘게, 그녀의 탄탄하고 작고 뾰족한 손가락은 잡아당기고 찌르기를 계속했고, 바늘은 반짝이며 곧바로 들어갔다. 술 장식 위에, 벽지 위에, 햇살은 들락거려도 상관없었다. 그는 이렇게 발을 뻗고, 소파 끝에 놓인 줄무늬 양말을 바라보면서 기다릴 것이었다. 이 아늑한 곳에서, 따뜻한 공기가 고즈넉하게 모인 곳에서. 마치 저녁에 숲 가장자리에서 마주치게 되는, 땅이 우묵하게 들어가거나 아니면 나무들이 들어선 모양 때문에(무엇보다도 과학적이라야지) 온기가 남아 있어서 공기가 마치 새의 날개처럼 뺨을 스치는 그런 곳에서.

「자, 다 됐어요.」레치아는 피터스 부인의 모자를 손끝으로 빙빙 돌리며 말했다. 「지금은 이 정도로 하고, 나중에……」그녀의 말꼬리는 마치 꼭 잠그지 않은 수도꼭지에서 똑, 똑, 똑 물이 새는 것처럼 방울져 사라졌다.

멋졌다. 그렇게 자랑스러운 기분이 들 만한 것은 만들어 본 적이 없었다. 너무나 현실적이고, 너무나 실제적이었다. 피터스 부인의 모자는.

「정말 멋진데.」그가 말했다.

그랬다. 그 모자만 보면 그녀는 언제든 행복할 것이었다. 그 모자를 만들 때는 그도 제정신이었고, 함께 웃었으니까. 단둘이 함께 있었으니까. 그녀는 언제까지나 그 모자를 좋아할 것이었다.

그는 그녀에게 한번 써보라고 했다.

「하지만 이상해 보일 텐데!」그녀는 소리치며 거울 앞으로 달려가 자기 모습을 이쪽저쪽 비춰 보았다. 그러고는 얼른 다시 벗었다. 문 두드리는 소리가 났기 때문이다. 윌리엄 브래드쇼 경일까? 벌써 사람을 보냈을까?

아니! 그저 저녁 신문을 가지고 온 어린 소녀였다.

언제나 일어나는 일이 일어난 것뿐이었다 ── 그들의 삶에서 매일 저녁 일어나는 일이.

어린 소녀는 문간에서 손가락을 빨았고, 레치아는 무릎을 꿇고 아이를 쓰다듬으며 키스해 주었다. 레치아는 테이블 서랍에서 사탕 봉지를 꺼냈다. 이것도 항상 있는 일이었다. 먼저 이렇게, 다음에는 이렇게 한다는 식이었다. 그래서 그녀는 먼저 이렇게, 다음에는 이렇게 했다. 춤을 추고 깡충깡충 뛰면서 아이와 레치아는 방 안을 빙글빙글 돌았다. 그는 신문을 집어 들었다. 서리 팀 완패, 하고 그는 소리 내어 읽었다. 폭염 내습. 레치아도 복창했다. 서리 팀 완패, 폭염 내습. 그 말을 필머 부인의 손녀와 함께하는 게임의 일부로 만들어서 둘 다 깔깔대며 웃고 떠들었다. 그는 몹시 피곤했다. 그리고 무척 행복했다. 자야 했다. 그는 눈을 감았다. 그러나 곧바로 아무것도 보이지 않았고, 레치아와 아이가 노는 소리는 점점 더 희미하고 낯설어져서 마치 사람들이 찾아 헤매며 외치는 소리처럼 들렸다. 소리는 그를 찾지 못하고 점점 더 멀리 가버렸다. 그들은 그를 잃어버린 것이었다!

그는 겁에 질려 벌떡 일어났다. 뭐가 보이지? 찬장에는 바나나 접시. 아무도 없었다(레치아는 아이를 어머니에게 데려다 주러 갔다. 자야 할 시간이었다). 바로 그거였다. 영원히 홀로 남겨지는 것. 그것이 밀라노에서 그가 방 안에 들어섰을 때, 그녀들이 가위로 풀 먹인 헝겊을 오리는 것을 보았을 때 선포되었던 운명이었다. 영원히 홀로 남겨지는 것.

찬장과 바나나와 그만이 있었다. 이 삭막한 고지에 몸을 드러낸 채 홀로 있었다. 길게 뻗고 누워 — 하지만 그건 산꼭대기도 아니고 깎아지른 바위 위도 아니고, 그저 필머 부인의 거실 소파일 뿐이었다. 죽은 사람들의 얼굴과 음성, 떠돌던 환영들은 다 어디로 갔을까? 눈앞에는 휘장이, 검은 골풀과 푸른 제비가 그려진 칸막이 휘장이 있을 뿐이었다. 산이 보이던 곳에, 얼굴들이 보이던 곳에, 아름다움이 보이던 곳에, 그저 휘장뿐이었다.

「에번스!」 그는 외쳤다. 대답이 없었다. 생쥐가 찍찍거렸다. 아니면 커튼이 바스락거린 것일까. 저것들이 죽은 자들의 음성이었나. 휘장, 석탄통, 찬장……. 그때 레치아가 재잘거리며 방 안으로 뛰어들었다.

편지가 왔다는 것이었다. 그래서 다들 계획을 바꾸어야 했다. 필머 부인은 브라이턴에 가지 않아도 될 것이고, 그런데 윌리엄스 부인에게 알릴 시간이 없었다. 레치아는 모자를 보고는 아주 곤란하게 되었다고 생각했다…… 아마도…… 조금 손을 보면…… 그녀의 음성은 만족한 여운을 남기며 잦아들었다.

「아, 젠장!」 그녀는 소리쳤다(그녀가 욕을 하는 것은 둘만의 농담이었다). 바늘이 부러진 것이었다. 모자, 아이, 브라이턴, 바늘. 그녀는 한 가지씩 차근차근 정리해 갔다. 바느질을 하면서 정리해 갔다.

장미꽃을 옮겨 달면 모자가 더 나아질지, 그가 말해 주었으면 했다. 그녀는 소파 한쪽 끝에 앉아 있었다.

우린 지금 완벽하게 행복해요, 그녀가 문득 모자를 내려놓으며 말했다. 지금 같으면 그에게 무슨 얘기든 할 수 있었다. 생각나는 대로 무엇이든지. 그가 영국 친구들과 함께 카페에 왔던 그날 밤에도, 그녀가 그에게 맨 처음 느꼈던 것은 바로 그런 감정이었다. 그는 다소 수줍은 듯 들어와서 주위를 둘러보았고, 모자를 바닥에 떨어뜨렸으므로 다시 주워서 걸었다. 그때 일을 그녀는 기억하고 있었다. 그가 영국 사람이라는 것은 알고 있었다. 언니가 멋있다고 하던 몸집이 커다란 영국 남자는 아니었지만. 그는 항상 좀 마른 편이었다. 하지만 그는 혈색이 싱싱하고 아름다웠다. 코는 우뚝하고 눈은 빛나고 약간 구부정하게 앉아 있는 것이 마치 젊은 새매 같았다고, 그녀는 전에도 그에게 말한 적이 있었다. 처음 그를 만난 저녁에, 다들 도미노 게임을 하고 있었는데 그가 들어왔을 때 — 새매 같은 인상이었다. 하지만 그녀에게 그는 늘 아주 친절했다. 그가 술에 취하거나 사나워지는 것은 본 적이 없었다. 단지 그 무서운 전쟁 때문에 가끔 괴로워하기는 했지만, 그럴 때도, 그녀만 들어서면 그는 그런 근심들을 다 떨쳐 버리곤 했다. 무엇이든지, 세상에 어떤 일이든지, 그녀가 하는 일에서 아주 작은 골칫거리라도, 생각나는 것은 무엇이든지 그에게 말할 수 있었고, 그는 금방 이해해 주었다. 그녀의 가족조차도 그렇지는 않았다. 그녀보다 나이도 더 많을 뿐 아니라 워낙 머리가 좋고 — 그는 그녀가 셰익스피어를 읽게 하려고 얼마나 열심이었는지! 아직 영어로 동화도 읽기 전이었는데 — 경험도 훨씬 더 많았으므로, 그녀에게 도움이 되었다. 그녀도 그를 도울 수 있었고.

그런데 이 모자는 어쩌지. 그리고(벌써 시간이 많이 늦었네) 윌리엄 브래드쇼 경의 일은 또 어쩌나.

그녀는 양손으로 머리를 감싼 채, 모자가 그의 마음에 드는지 안 드는지 말해 주기를 기다렸다. 그녀가 그렇게 앉아서 시선을 떨어뜨리고 기다리는 것을 보면서, 그는 그녀의 마음이 작은 새처럼 가지에서 가지로 항상 용케도 균형을 잡으며 뛰어내리는 것을 느낄 수 있었다. 그녀가 자연스럽게 긴장을 풀고 느슨한 자세로 앉아 있는 것을 보면서, 그는 그녀의 마음이 움직이는 것을 그대로 따라갈 수 있었다. 그가 무슨 말을 하면 그녀는 금방 방긋 웃었다. 가지를 발톱으로 꼭 잡으며 내려앉는 새처럼.

그러나 브래드쇼가 한 말이 생각났다. 「아플 때는 사랑하는 사람들과 함께 있는 것이 별로 좋지 않습니다.」 브래드쇼가 말했었다. 그는 안정하는 법을 배워야 한다고. 브래드쇼는 그들이 헤어져 지내야 한다고 했었다.

〈그래야〉 한다고? 왜 〈그래야〉 하지? 브래드쇼가 그에게 대체 무슨 권한이 있기에? 「브래드쇼가 무슨 권리로 나에게 〈그래야〉 한다고 말하는 거지?」 그는 물었다.

「그건 당신이 자살한다고 말했기 때문이에요.」 레치아가 말했다. (고맙게도, 이제 셉티머스에게 무슨 얘기든 할 수 있었다.)

그러니까 그는 그들의 손아귀에 들어 있는 것이었다! 홈스와 브래드쇼가 그를 감시하고 있었다! 콧구멍이 시뻘건 짐승이 속속들이 냄새를 맡고 다녔다! 〈그래야〉 한다고 하겠지! 그의 종이들은 다 어디 두었지? 그가 쓴 글들은?

그녀는 그에게 종이들을, 그가 쓴 글들을, 그녀가 받아 적은 것들을 가져다주었다. 그녀는 그것들을 소파 위에 털썩 내려놓았다. 그들은 함께 그것들을 들여다보았다. 도표도 있고 도안도 있고, 작은 남자와 여자들이 몽둥이를 무기 삼아 휘두르는데, 등에는 날개가 달려 있었다 — 날개이겠지? 1실링 은전과 6펜스 동전을 대고 그린 원들은 태양과 별들이었다. 함께 몸을 묶고 산을 오르는 등반지들이 그려진 들쭉날쭉한 절벽들은 정말이지 나이프와 포크 같았다. 바다 그림에는 파도이지 싶은 것들 사이로 내다보는 작은 얼굴들이 웃고 있었다. 세계 지도를 그린 것이었다. 태워 버려! 그는 소리쳤다. 이제 글을 살펴볼 차례였다. 죽은 자들이 철쭉 덤불 뒤에서 노래했다는 것, 시간에 바치는 송가들, 셰익스피어와의 대화, 에번스, 에번스, 에번스 — 죽은 자들로부터 받은 메시지, 나무를 베지 말라, 수상에게 전하라. 우주적인 사랑, 곧 세상의 의미. 이것도 태워 버려! 그는 소리쳤다.

그러나 레치아는 종이들을 손으로 덮었다. 아주 아름다운 것들도 있어, 그녀는 생각했다. 비단 헝겊으로 묶어 둬야지(그녀는 봉투가 없었다).

그들이 그를 데려간다 해도, 하고 그녀가 말했다. 자기도 함께 가겠다고. 억지로 갈라놓을 수는 없을 거예요, 그녀는 말했다.

그녀는 가장자리를 가지런히 하여 종이들을 간추려서 잘 보지도 않고 꾸러미를 묶었다. 자기 곁에 앉아 있는 그녀가 마치 꽃잎으로 싸여 있는 것 같다고 그는 생각했다. 그녀는 꽃피는 나무였다. 가지 사이로 얼굴이 보이는 입법자는 바로 그녀였다. 그녀는 아무도 두려워하지 않을, 홈스도 브래드쇼도 두려울 것이 없는 성역에 이른 것이었다. 그것은 기적이요 승리, 최후의 가장 위대한 승리였다. 비틀거리며, 그는 그녀가 홈스와 브래드쇼라는 짐을 지고 까마득한 계단을 올라가는 것을 보았다. 체중이 160파운드 이상은 나가는 자들, 아내를 궁정에 보내는 자들, 1년에 1만 파운드를 벌고 균형 감각에 대해 이야기하는 자들, 비록 판결은 다르지만(홈스는 이렇게, 브래드쇼는 저렇게 말했다) 둘 다 판사인 자들, 환상과 찬장을 혼동하는 자들, 아무것도 분명히 알지 못하면서 남을 지배하고 벌을 내리는 자들, 〈그래야〉 한다고 말하는 자들. 그런 자들을 그녀는 이긴 것이었다.

「자, 됐어요!」 그녀는 말했다. 종이 꾸러미가 만들어졌다. 아무도 손을 대면 안 되었다. 그녀는 그것들을 치워 둘 것이었다.

그리고, 하고 그녀는 말했다. 어떤 일도 그들을 갈라놓을 수는 없다고. 그녀는 그의 곁에 앉아서 그를 새매라고, 까마귀라고 불렀다. 심술을 부리며 농작물을 망가뜨리는 것이 꼭 그와 같았다. 아무도 그들을 갈라놓을 수는 없다고 그녀는 말했다.

그러고는 일어나서 짐을 꾸려야 한다며 침실로 갔지만, 아래층에서 나는 소리를 듣고는 벌써 닥터 홈스가 왔나 하고, 그가 못 올라오게 하려고 아래층으로 달려 내려갔다.

셉티머스는 그녀가 계단에서 홈스와 이야기하는 것을 들었다.

「부인, 저는 친구로서 온 겁니다.」홈스는 말했다.

「아니요. 당신이 제 남편을 만나는 것을 허락하지 않겠어요.」
그녀는 말했다.

그는 그녀가 어린 암탉처럼 날개를 펼치고서 그가 못 지나가
게 막는 모습이 눈에 선했다. 그러나 홈스는 완강했다.

「부인, 지나가게 해주십시오……」홈스는 그녀를 밀어내며 말
했다(홈스는 체격이 건장했다).

홈스가 위층으로 올라오고 있었다. 홈스가 이제 곧 문을 열어
젖히겠지. 홈스가 묻겠지. 〈겁이 납니까?〉하고. 홈스가 그를 붙
들겠지. 하지만 아니, 홈스도 브래드쇼도 그를 잡아서는 안 되었
다. 비틀거리며 일어나 한 걸음씩 껑충거리며 그는 필머 부인의
빵 써는 칼 있는 데로 갔다. 자루에 〈빵〉이라고 씌어 있는, 그건
너무 깔끔해서 망가뜨릴 수가 없었다. 가스 불은 어떨까? 하지만
이제 너무 늦었어. 홈스가 오고 있었다. 면도날은 있을 텐데, 하
지만 레치아가 늘상 그러듯이 상자에 넣어 두었다. 남은 것은 창
문뿐이었다. 블룸즈버리 하숙집의 커다란 창문, 창문을 열고 몸
을 밖으로 던지는 것은 귀찮고 피곤하고 게다가 신파적인 일이
었다. 그건 그 사람들 식의 비극이지, 그나 레치아의(그녀는 그
의 편이니까) 방법은 아니었다. 홈스나 브래드쇼는 그런 일을 좋
아한다. (그는 창턱에 앉았다.) 하지만 마지막 순간까지 기다려
보자. 그는 죽고 싶지 않았다. 산다는 건 좋은 일이었다. 햇볕이
쨍쨍했다. 다만 인간들이 — 대체 그들은 뭘 원하나? 맞은편 계
단을 내려오다 말고 한 노인이 그를 쳐다보았다. 홈스가 문 앞에
왔다. 「옜다, 봐라!」그는 외치며 필머 부인의 울타리 철책으로
곧장 몸을 던졌다.

「겁쟁이 같으니!」닥터 홈스가 문을 열어젖히며 외쳤다. 레치

아는 창가로 달려갔고, 내다보았고, 이해했다. 닥터 홈스와 필머 부인이 맞부딪쳤다. 필머 부인은 앞치마를 휙 풀어 레치아의 눈을 가리고 침실로 데려갔다. 계단을 오르내리는 소리가 요란했다. 닥터 홈스가 들어왔다 — 백지장처럼 새하얗게 질려 가지고 덜덜 떨면서, 손에는 물 컵을 들고 있었다. 맘을 단단히 먹어야 한다고 뭘 좀 마시라고 말했다(뭐지? 뭔가 달콤한 것이었다). 남편은 심하게 다쳤으며 의식을 회복할 것 같지 않다고, 보면 안 된다고, 될 수 있으면 비켜 있으라고, 조사를 나올 거라고 말했다. 불쌍한 여자 같으니. 누가 예상이나 했겠는가? 갑작스런 충동으로 저지른 것이니 아무도 탓할 수 없는 일이었다(그는 필머 부인에게 그렇게 말했다). 도대체 왜 그런 짓을 했는지, 닥터 홈스는 이해가 안 간다고 했다.

단것을 마시니 기다란 창문들을 열고 어느 정원으로 나가는 듯한 느낌이 들었다. 어디지? 시계가 종을 치고 있었다 — 한 점, 두 점, 세 점. 저 모든 쿵쿵거리고 수군대는 소리에 비하면, 시계 소리는 얼마나 멀쩡한가. 셉티머스 그 사람 같아. 그녀는 잠이 들려 했다. 하지만 시계는 계속 종을 쳤다. 넉 점, 다섯 점, 여섯 점. 앞치마를 펄럭이는 — 아니면 깃발인가 — 필머 부인은 (시신을 이리로 들여오진 않겠지요?) 정원의 일부인 듯했다. 한 번은 아주머니와 베네치아에 갔다가 돛대에서 깃발이 천천히 물결치듯 펄럭이는 것을 본 적이 있었다. 전쟁에서 죽은 사람들에게도 저렇게 경의를 표하지. 셉티머스는 전쟁에서 무사히 돌아왔었다. 그녀의 추억은 대체로 행복했다.

그녀는 모자를 쓰고 옥수수밭 사이를 달려갔다 — 대체 여기가 어디지? — 어느 언덕이었다, 바다가 가까운지, 배들이 있었고, 갈매기, 나비들도 보였다. 그들은 절벽 위에 앉아 있었다. 런던에서도, 그들은 그렇게 앉아 있었고, 반쯤 꿈꾸는 듯한 그녀에게 침실 문을 통해서 비 떨어지는 소리, 수군거리는 소리, 마른 옥수수 사이로 버석이는 소리, 바다의 물결치는 소리가 밀려들어와, 그들을 활 모양의 고둥 껍데기 속에 품어 안는 듯, 해안에 누운 그녀에게 속삭이는 듯했다. 어느 무덤에 뿌려지는 꽃처럼 흩날리는 그녀에게.

「그는 죽었어요.」 그녀는 자기를 지키고 있는 나이 든 여자에게 미소 지으며 말했다. 정직한 연푸른 눈으로 문을 응시하며(그를 여기로 데려오지는 않겠지, 설마?) 필머 부인은 고개를 내저었다. 오, 세상에, 그러면 안 되지! 그들은 지금 그를 데려가는 중이었다. 그녀에게 알려야 하지 않을까? 결혼한 사람들은 어떻든 함께 있어야 한다는 것이 필머 부인의 생각이었다. 하지만 의사가 시키는 대로 해야지.

「자게 놔두세요.」 닥터 홈스가 그녀의 맥박을 짚으며 말했다. 그녀는 창을 등지고 서 있는 검은 형체의 커다란 윤곽을 보았다. 닥터 홈스구나.

문명이 거둔 승리 중 하나로군, 하고 피터 월시는 구급차의 가볍고 높은 경적 소리를 들으며 생각했다. 이것도 문명이 거둔 승리이고말고. 신속하고 말끔하게, 구급차는 병원을 향해 속도를 냈다. 어느 가련한 인간을 즉각적으로, 인도적으로, 실어다 태웠겠지. 머리를 다쳤거나, 병 때문에 쓰러졌거나, 아니면 방금 저 건널목에서 차에 치인 사람인지도 몰라. 누가 언제 당할지 모르는 일이지. 하여간 이런 게 다 문명이야. 동양에서 돌아온 지 얼마 안 되는 그에게는 런던의 능률과 조직과 공공 정신이 놀랍게 비쳤다. 모든 짐수레와 차량들이 자발적으로 비켜서서 구급차가

지나갈 길을 내주었다. 희생자를 태우고 가는 구급차에 저들이 보여 주는 경의는 좀 병적인가, 아니면 오히려 감동적인가. 바삐 집으로 돌아가던 사람들은 대번에 누군가의 아내에게 일어난 일이리라고, 또는 자신들도 들것에 실려 의사며 간호사와 함께 저렇게 실려 갈 수도 있으리라고 생각했다……. 아, 그러나 의사며 시신들을 떠올리자 생각은 음울하고 감상적으로 변했다. 언뜻 스치는 쾌감이랄지 시각적 인상에 대한 일종의 정욕이 더 이상 그런 일은 생각하지 말라고 경고했다 — 그런 일은 예술에도 우정에도 치명적이라고. 사실이었다. 그러나, 하고 피터 월시는 생각했다. 구급차가 모퉁이를 돌아간 다음에도 그 가볍고 높은 경적 소리는 여전히 들려왔고, 토튼햄 코트 로드를 가로질러 가면서도 차는 줄곧 경적을 울리며 멀어져 갔다. 그러나, 그건 고독의 특권이야. 혼자 있을 때는 뭐든 마음대로 할 수 있거든. 아무도 보는 이가 없으면 울 수도 있지. 이런 민감함이 그가 인도의 영국인 사회에서 영락한 원인이었다. 계제에 맞게 울고 웃지 못한다는 것이. 지금도 내 속에는 뭔가가, 울음이 터질 것만 같은 게 있어, 그는 우체통 곁에 선 채 생각했다. 왜 그런지 누가 알겠어. 아마도 뭔가 아름다운 것 때문이겠지. 아니면 오늘 하루의 무게 때문일까. 아침부터 클라리사를 방문했고, 날도 더웠고, 지나치게 상기해 있었으니. 연이은 인상들이 한 방울 한 방울씩 그들이 서 있는 깊고 어둡고 아무도 결코 알지 못할 지하실로 떨어져 내리며 그를 지치게 만들었다. 조금은 그 때문에, 그 완전하고 침범할 수 없는 은밀함 때문에, 인생은 그에게 마치 놀라운 미로로 가득 차 있는 미지의 정원처럼 느껴졌다. 정말이지 그런 순간들은 숨을 멎게 했다. 그렇게 대영 박물관 맞은편 우체통 곁에 서 있을 때도, 그런 순간이, 사물들이 일시에 몰려드는 순간이 닥쳤다. 저

구급차, 그리고 삶과 죽음. 그런 감정의 급류에 휩쓸려 그는 마치 어느 높은 지붕 위로 밀려 올라가고, 그 나머지는 마치 하얀 조개 껍데기가 흩어져 있는 어느 해안처럼 휑하게 버려지는 듯했다. 그것이 그가 인도의 영국인 사회에서 영락한 원인이었다 — 이런 민감함이.

언젠가 클라리사는 그와 함께 버스 위층에 탄 적이 있었다. 클라리사는 적어도 표면적으로는 쉽게 감동하는 성격이라, 금방 낙심하는가 하면 또 금방 쾌활해지곤 했다. 그 무렵엔 감수성이 극도로 예민했고 서로 뜻도 잘 맞아서, 버스 위층에 타고 별난 장면이나 이름들, 사람들을 지적해 내면서, 런던을 탐험하고 캘러도니언 마켓[95]에서 보물을 한보따리씩 갖고 돌아오곤 했었다. 그 무렵 클라리사는 한 가지 이론을 가지고 있었다. 젊은 사람들이 으레 그렇듯이, 당시 그들은 산더미 같은 이론들을, 오로지 이론만을 가지고 있었지만. 그녀의 이론은 그들이 사람들을 모르고, 사람들에게 알려져 있지도 않다는 데 대해 느낀 불만감을 설명하기 위한 것이었다. 어떻게 서로를 알 수가 있겠는가? 매일 만나다가, 여섯 달이나, 아니면 몇 년씩 만나지 못한다. 사람들을 그처럼 잘 알지 못한다는 건 불만스러운 일이라는 데에 그들은 의견을 같이했다. 하지만 그녀는, 섀프츠버리 대로로 올라가는 버스에 앉아서 말했다. 자기는 어디에나 있는 것 같다고. 〈여기, 여기, 여기〉가 아니라(그렇게 말하면서 그녀는 의자 등받이를 툭 툭 쳤다) 어디에나. 섀프츠버리 대로를 올라가면서, 그녀는 손을 내둘렀다. 그녀는 그 모든 것이라고. 자기를 알려면, 아니 다른

---

95 런던 북부에 있는 시장. 1855년 앨버트 공에 의해 개설될 당시에는 도축 시장이었으나, 20세기 초부터는 잡동사니 벼룩시장이 되었다. 2차 대전 이후 템스 강 이남으로 이전했다.

누구라도, 그들을 완성하는 사람들, 장소들을 찾아내야 한다고. 그녀는 한 번도 말을 건네 본 적이 없는 사람들, 길거리에서 마주치는 어떤 여자, 계산대 뒤에 있는 어떤 남자, 심지어 나무나 헛간과도 묘한 친화력을 느낀다고 했다. 그것은 결국 초월적 이론으로 발전해서, 한편으로는 죽음에 대한 공포도 작용한 나머지, 그녀는 이렇게 믿기에, 혹은 적어도 믿는다고(자신의 회의주의에도 불구하고) 말하기에 이르렀다. 즉, 우리의 외현, 즉 겉으로 드러나는 부분은 나머지 부분에 비하면 너무나 일시적이며, 그보이지 않는 부분은 널리 퍼져 나간다고, 보이지 않는 것은 어쩌면 살아남아서 이 사람 혹은 저 사람과 어떻게인가 결부된 채 다시 나타나거나, 심지어 죽은 후에 특정한 장소들에 출몰하게 된다고……. 아마도 — 아마도.

거의 30년이나 된 그 오랜 우정을 돌아보면, 그녀의 이론은 어느 정도 들어맞았다. 그들의 실제 만남은 그가 늘상 떠나 있었던 데다 또 이런저런 방해를 받곤 했기 때문에(오늘 아침만 해도 엘리자베스가, 그 망아지처럼 다리가 길고 날씬한 말 없는 소녀가, 클라리사와 막 이야기를 시작하려는데 들어왔었다) 짧고 단절되고 대개 고통스러운 것이었지만, 그의 인생에 미친 영향은 이루 헤아릴 수 없을 정도였다. 신기한 일이었다. 실제의 만남이란 날카롭고 뾰족하고 불편한 씨알과도 같고 대개는 지독히 고통스럽다. 그러나 헤어져 있는 동안, 몇 년씩 잊혀진 채로 있다가, 전혀 그럴 법하지 않은 곳에서, 그것은 활짝 피어나 그 향기를 뿜어내면서, 만져 보고 맛보고 주위를 둘러보고 그 모든 것을 느끼고 이해할 수 있게 해주는 것이다. 그렇게 그녀는 그에게 다가왔었다. 배를 타고 있을 때, 히말라야에서, 아주 기묘한 계기로 인해(하기야 샐리 시튼도, 저 너그럽고 열렬한 어미 거위도! 푸른 수국을 보고 그를 생각했다지 않나!). 그녀는 그가 일찍이 알고 지냈던 어떤 사람보다도 그에게 깊은 영향을 미쳤다. 그리고 항상 이런 식으로, 그가 바라지도 않는데 그 앞에 나타나는 것이다. 냉정하고 기품 있고 비판적인 모습으로. 또는 황홀하고 낭만적인 모습으로, 어느 들판이나 영국의 가을을 연상케 하면서. 그가 그녀를 만난 것은 런던이 아니라 대개 시골에서였기 때문이다. 부어턴에서의 장면이 하나하나 뇌리를 스쳐 갔다……

어느새 호텔에 도착했다. 그는 홀을 가로질러 갔다. 붉은 의자들과 소파들, 대못처럼 뾰족한 잎사귀들이 시들어 가는 식물들이 그득히 널려 있었다. 열쇠걸이에서 열쇠를 찾아 들었다. 젊은 여종업원이 그에게 편지 몇 통을 건네주었다. 그는 위층으로 갔다 — 그는 그녀를 대개 늦은 여름에 부어턴에서 만나곤 했다. 거기서 1주일, 때로는 보름씩도 묵었다. 그 무렵 사람들은 흔히 그렇게들 했었다. 처음 어느 산에 올라갔을 때 그녀는 우뚝 서서 머리칼이 날리지 못하게 모아 쥐고는 옷자락을 바람에 휘날리면서 저 아래 세번 강이 보인다고 가리켜 보이며 소리쳤다. 한번은 숲 속에서 주전자에 물을 끓였는데 — 그녀는 솜씨가 아주 서툴렀다 — 연기가 절이라도 하듯 굽이치면서 그들의 얼굴을 스치고 지나갔고, 그녀의 작고 발그레한 얼굴이 그 사이로 보였다. 오두막에 사는 한 노파에게서 물을 얻었고, 노파는 문간까지 나와서 그들을 배웅했다. 그들은 줄곧 걸었고, 다른 사람들은 마차를 탔다. 그녀는 마차를 타는 것이 지겹다고 했고, 자기 개를 빼놓고는 어떤 동물도 싫어했다. 그들은 길을 따라 여러 마일씩 걸었다. 그녀는 이따금 걸음을 멈추고서 방향을 확인해 가며, 들판을 가로질러 그를 이끌고 돌아왔다. 그러면서 내내 논쟁을 하고 시를 논하고 사람들을 논하고 정치를 논했다(그녀는 당시 급진파였

다). 그녀가 무슨 경치나 나무를 보고 걸음을 멈추며 와서 보라
고 할 때 말고는 주위를 둘러보지도 않았다. 그러고는 또다시 그
루터기만 남은 들판을 가로질러, 그녀는 고모에게 꽃을 꺾어다
준다며 앞서 갔고, 그렇게 가녀린데도 지칠 줄 모르고 걸어 해거
름에야 기진맥진해서 부어턴에 돌아왔다. 그러고는, 저녁 식사
후에는, 브라이트코프 노인이 피아노 뚜껑을 열고 영 아닌 목청
으로 노래를 했고, 그들은 팔걸이의자에 나른히 앉아서 웃음을
참으려 애쓰곤 했다. 그러다가는 결국 웃음이 터져서 웃고 또 웃
었다 — 사실 그럴 만한 이유도 없었는데. 브라이트코프는 그런
것을 전혀 눈치 채지 못하는 듯했다. 그러고는 아침이면 집 앞의
할미새처럼 즐겁게 장난을 치며 돌아다녔다.

아, 그녀가 보낸 편지였다! 이 파란 봉투, 그녀의 글씨였다. 읽
어야 할 것이다. 또다시 그녀와 마주쳐야 할 것이고, 고통스러울
게 뻔했다! 그녀의 편지를 읽기 위해서는 엄청난 노력이 필요했
다. 〈만나서 얼마나 반가웠는지. 그 말을 꼭 하고 싶었어요.〉 그
게 전부였다.

그러나 그것만으로도 그는 마음이 산란해졌다. 언짢아졌다.
그녀가 그런 편지를 쓰지 않았더라면 싶었다. 안 그래도 그녀에
대한 생각으로 뒤숭숭한데 그렇게 불쑥 비집고 들어오다니, 마
치 옆구리를 찔리는 기분이었다. 왜 그냥 내버려 두지 않는가?
어쨌든 그녀는 댈러웨이와 결혼해서 더 바랄 것 없이 행복하게
살고 있지 않은가.

호텔이라는 데는 위안을 주는 장소가 못 되었다. 전혀 아니었
다. 옷걸이 못에는 아무나 다 자기 모자를 걸었을 테고, 생각해
보면 파리들조차도 이 사람 저 사람의 콧잔등을 돌아다녔을 것
이었다. 척 들어섰을 때 느껴지는 깔끔함이란 사실 깔끔함이라

기보다는 헐벗음이요 냉랭함에 가까웠다. 모든 것이 마땅히 그래야 하는 대로 준비되어 있었다. 어느 까다로운 하녀 감독이 새벽마다 쿵쿵거리고 기웃거리면서 순찰을 하고, 추워서 코가 파래진 하녀들에게 청소를 시켰을 것이다. 누가 뭐래도, 마치 다음 방문객이 완벽하게 깨끗한 접시에 담아 내놓아야 할 고깃덩이나 된다는 듯이. 취침용으로 침대 하나, 착석용으로 팔걸이의자 하나, 양치와 면도를 위해 물 컵 하나, 거울 하나. 책, 편지, 실내용 가운 같은 것들이 말총으로 짠 규격품 의자 주위에 마치 격에 맞지 않는 잡동사니처럼 널려 있었다. 이 모든 것이 눈에 들어온 것도 클라리사의 편지 때문이었다. 만나서 반가웠다고! 그 말을 하고 싶었다고! 그는 편지를 접어 치워 버렸다. 무슨 일이 있어도 절대로 다시 읽지 않으리라!

그 편지를 여섯시 전에 그에게 배달시키려면, 그녀는 그가 나가자마자 책상 앞에 앉아 써야 했을 터였다. 우표를 붙이고, 누군가를 우체국에 보냈겠지. 사람들 말대로, 지극히 그녀다운 일이었다. 그렇게 찾아가서 놀랐을 거야, 온갖 감정이 밀려오고, 한순간, 그의 손에 키스했을 때는, 후회도 되고, 심지어 그가 부럽기도 하고, 어쩌면 기억했겠지(그녀의 표정이 그렇게 보였다) ─ 그가 했던 말을, 만일 그녀가 그와 결혼한다면 두 사람이 어떻게 세상을 바꿔 놓을 것인가 하는 말을. 그런데 현실은 딴판으로, 중년이요, 범용함이라니. 그래서 그 불굴의 활력으로 그 모든 생각을 짐짓 밀쳐 버렸을 것이었다. 그녀에게는 남다른 생명력이, 그로서는 지금껏 근처에도 가보지 못한 강인함과 인내심, 장애를 극복하고 당당히 밀고 나가는 저력이 있으니까. 그렇다. 하지만 그가 방에서 나가자 곧장 그 반작용으로 그에게 미안해졌을 것이었다. 그녀는 어떻게 하면 그를 기쁘게 할 수 있을지(언제나 단 한 가지는 빼고) 궁리했을 것이고, 그래서 눈물이 글썽하여 책상 앞으로 다가가 그 한 줄을, 그가 호텔로 돌아오면 받아볼 수 있도록 급히 휘갈겨 썼을 것이었다. 〈만나서 얼마나 반가웠는지요!〉 그녀는 진심이었을 터였다.

피터 월시는 장화 끈을 다 풀어 놓았다.

하지만 결혼했다 해도 별로 잘되진 못했을 거야. 따지고 보면 그러지 않은 것이 훨씬 더 당연하게 생각되었다.

기묘하지만 사실이었다. 많은 사람들이 그렇게 느꼈다. 피터 월시는 그런대로 체면을 유지하고 평범한 직책을 적절히 수행하고 사람들의 호감을 얻었지만, 또 한편으로는 다소 괴짜로 여겨졌고 어딘가 뻐기는 듯이 보였다 — 그런 그가, 더구나 머리가 반백으로 세어 가는 지금, 만족한 표정, 유유자적한 표정을 하고 있다는 것은 기묘한 일이었다. 그가 여자들에게 인기가 있는 것도 그 때문이었다. 여자들은 그가 전적으로 남성적이지 않다는 것을 좋아했다. 그에게는 뭔가 남다른 분위기가, 혹은 남다른 배경이 있는 듯했다. 그것은 그가 독서가이기 때문인지도 몰랐다 — 남의 집에 가도 테이블에서 책을 집어 들고야 마니까 (그는 지금도, 풀어 놓은 장화 끈이 바닥에 끌리거나 말거나, 책을 읽고 있었다). 아니면 신사이기 때문일까. 그건 그가 파이프의 담뱃재를 터는 방식만 보아도 알 수 있고, 물론 여자를 대하는 태도에서도 금방 드러났다. 총기라고는 없는 아가씨도 그를 얼마나 쉽사리 마음대로 부리는지 무척 재미있고 우습기도 했다. 하지만 그래 봤자 여자 쪽이 손해일 뿐이었다. 다시 말해, 그는 얼마든지 호락호락하게 보일 수 있고 정말이지 명랑하고 교양이 있어서 함께 있으면 즐겁지만, 어느 정도까지일 뿐이었다. 그녀가 무슨 말을 해도 — 아니지, 그건 아니야 — 그에게는 그 속이 훤히 들여다보였다. 그는 그 점을 참지 못했다. 반면, 남자들끼리의 농담에는 고함을 치고 포복절도하며 웃어 대기도 했다. 인도에서 그는 요리의 최고 감식가였다. 그도 물론 남자였다. 하지만 사람들이 으레 존경하는 그런 남자는 아니었고 — 그 편이 더 나았다. 가령 시몬스 소령 같지는 않았다. 데이지는 전혀 그렇지 않다고 생각했다. 그녀는 어린 자식이 둘이나 딸렸는데도, 그 두 사람을 그렇게 비교하곤 했다.

그는 장화를 벗었다. 주머니도 비워 냈다. 주머니칼과 함께, 베란다에서 찍은 데이지의 사진도 나왔다. 새하얀 옷을 입고 무릎에 폭스테리어 강아지를 앉히고 찍은 것이었다. 검은 머리의 아주 매력적인 모습으로, 그가 본 그녀의 사진 중에 가장 잘된 것이었다. 그녀와의 일은 극히 자연스럽게 일어났다. 클라리사와의 관계보다 훨씬 더 자연스러웠다. 괜한 소란도 성가신 일도 없었고, 애를 태우며 조바심 낼 일도 없었다. 순풍에 돛 단 배였다. 베란다에 앉아 있는 그 사랑스럽고 예쁜 검은 머리 여자는 외쳤었다(그녀의 음성이 들리는 것만 같았다). 물론, 물론이에요, 당신께 모든 걸 바치겠어요! 원하시는 것이라면 무엇이든지! 그녀는 그렇게 외치며(그녀는 별로 신중하지 못했다) 누가 보든 말든 그를 향해 달려 나왔었다. 하기야 이제 겨우 스물네 살밖에 안 되었으니. 그런데 자식이 둘이나 있었다. 글쎄, 어떨지!

정말이지 그로서는 그 나이에 곤혹스러운 처지가 되고 말았다. 한밤중에 잠이 깨거나 할 때면 그 생각이 그를 몹시 괴롭혔다. 만일 결혼한다면? 그야 아무 문제 없지만, 그녀에게는 어떨까? 버제스 부인은 선량하고 입이 무거운 사람이라 그의 고민을 털어놓았더니, 그가 이참에 변호사를 만나겠다는 의중을 밝히고 영국에 가서 헤어져 있다 보면 데이지도 사태가 의미하는 바를 좀 더 생각해 보게 될 것이라고 말했다. 그녀의 사회적 지위가 달린 일이었다. 사람들로부터 경원당할 것이고, 자식들도 포기해야 했다. 게다가 결국에는 과거가 있는 과부가 되어, 어디 변두리에서나, 아니 아무데서나(아시지요. 화장을 잔뜩 한 그런 여자들이 어떻게 되는지, 하고 그녀는 말했다) 근근이 살아가게 될 것이었다. 그러나 피터 월시는 그 모든 충고를 웃어넘겼다. 그는 아직 죽을 생각이 없었으니까. 하여간 그녀도 나름대로 결정을 하겠지. 나름대로 판단을 할 거야, 하고 생각하면서 그는 양말 바람으로 방 안을 서성이다가 정장용 셔츠를 손질하기 시작했다. 클라리사의 파티에 갈 수도 있고, 어디 음악회에 가도 되겠지. 아니면 아무 데도 가지 말고 들어앉아서 옥스퍼드 시절에 알던 사람이 쓴 흥미로운 책을 읽어도 되고. 은퇴를 하게 되면 그도 책을 쓸 작정이었다. 옥스퍼드에 가서 보들리언 도서관을 이리저리 쑤시고 다녀야지. 검은 머리의 사랑스럽고 예쁜 여자가 테라스 끝까지 달려 나와도, 손을 흔들어도, 사람들이 뭐라 하든 상관하지 않는다고 외쳐도, 다 소용없는 일이었다. 그녀가 세상에서 제일이라고 생각하는 사나이, 완벽한 신사요 매혹적이고 고상한(그의 나이는 그녀에게 전혀 문제 되지 않았다) 사나이는 거기 있었다. 블룸즈버리의 한 호텔 방 안을 서성이면서 면도를 하고 세수를 하고 물병을 집어 들었다 면도칼을 내려놓았다 하면서, 줄곧 보들리언 도서관을 쑤시며 돌아다니고 자신의 관심을 끄는 한두 가지 사소한 문제들에 관해 진실에 도달하고자 하는 것이었다. 그는 아무하고나 한담을 하고, 그래서 점점 더 점심 시간을 지키지 않게 되고, 약속을 어기게 되고, 데이지가 노상 그러듯이 키스를 해달라거나 바가지를 긁거나 해도 맞받아 주지 못할 것이다(물론 진심으로 그녀를 아끼기는 하지만) ― 한마디로, 버제스 부인이 말했듯이, 그녀가 그를 잊는 편이, 또는 적어도 그를 1922년 8월의 그로 그저 기억해 주는 편이 더 나을 것이었다. 황혼의 십자로에 서 있는 그의 모습은, 달려가는 마차의 뒷좌석에 꽁꽁 묶여 실린 데이지가 아무리 팔을 내뻗어도, 점점 더 멀어지기만 한다. 그녀는 그 모습이 흔들리다가 사라져 가는 것을 보면서도 외친다. 당신을 위해서라면 무슨 일이든 하겠어요, 무슨 일이든…….

그는 남들이 어떻게 생각하는지 전혀 알지 못했다. 집중하기가 점점 더 어려워졌고, 자신의 생각에만 골몰하여 외곬으로 빠져들었다. 명랑한가 하면 금방 울적해지고, 여자들에게 의지하고, 멍하니 시무룩해지고, (면도를 하면서 생각하니) 점점 더 알 수가 없어졌다. 왜 클라리사는 그들에게 집을 구해 주고 데이지에게 잘해 주고 사교계에도 소개해 주고 하면 안 되는 걸까. 그렇게만 된다면 그도 잘할 수 있을 텐데 — 뭘 하겠다는 거지? 그저 이리저리 떠돌고 맴돌면서(그는 실제로는 여러 개의 열쇠와 서류들을 정리하는 중이었다) 낚아채어 맛을 보고, 혼자 있고, 요컨대 자신의 삶을 즐기고 싶었다. 하지만 물론 그처럼 남들에게 의존하는 사람도 없었다(그는 조끼 단추를 채웠다). 그것이 그가 영락한 이유였다. 그는 끽연실을 멀리하지 못했고, 대령들을 좋아했고, 골프를 좋아했고, 브리지를 좋아했으며, 무엇보다도 여자들과 사귀는 것을, 그 섬세한 교제를, 그녀들의 사랑에 대한 충실성과 대담함과 위대성을 좋아했다. 그것이야말로, 물론 나름대로 단점은 있지만(검은 머리의 사랑스럽고 어여쁜 얼굴이 봉투들 맨 위에 놓여 있었다), 인생의 정상에서 자라나는 참으로 소중하고 찬란한 꽃이라고 생각되었다. 그런데도 그는 전심으로 맞받아 줄 수가 없었다. 항상 사물의 앞뒤를 따지고(클라리사는 그에게서 무엇인가를 영구히 앗아가 버린 듯했다), 말 없는 헌신에 금방 싫증을 내고, 사랑에서도 다양성을 원했다. 물론 데이지가 다른 사람을 사랑한다면 그는 길길이 날뛰겠지만! 그는 질투심이 많은 기질이었고, 걷잡을 수 없이 질투에 빠져 괴로워했다! 한데 주머니칼은 어디 갔지? 시계는? 도장과 지갑은? 클라리사의 편지, 다시 읽지는 않겠지만 생각은 하고 싶어지는 편지는? 데이지의 사진은? 하여간 저녁 식사 시간이었다.

사람들이 식사를 하고 있었다.

꽃병이 놓인 작은 식탁들에 둘러앉아, 정장을 차려입은 이도 있고 그렇지 않은 이도 있고, 숄과 백을 옆에 내려놓은 채, 짐짓 침착한 척하면서(이렇게 여러 코스가 나오는 정찬에는 익숙하지 않았으니까), 그래도 자신감을 내보이면서(어떻든 식대는 치를 수 있으니까), 다소 피곤한 기색으로(온종일 쇼핑이다 관광이다 하며 런던을 돌아다녔으니까), 타고난 호기심으로(뿔테 안경을 쓴 멋진 신사가 들어오는 것을 뒤돌아 쳐다보기도 하고), 선량한 본성으로(시간표를 빌려 주거나 유용한 정보를 나눠 주는 등 소소한 도움이라면 기꺼이 베풀 용의가 있을 테니까), 그리고 그저 고향이 같다든가(가령, 리버풀이라든가) 아니면 이름이 같은 친구가 있다든가 하기만 해도 어떻게든 연결을 지어 보려는 욕망이 은밀히 맥박 치는 것을 느끼면서, 흘깃거리고 어색한 침묵을 지키다가 갑작스레 가족끼리의 명랑한 소란으로 돌아갔다. 그렇게들 앉아서 저녁 식사를 하고 있는 가운데 월시 씨는 들어가서 커튼 곁의 작은 식탁에 자리를 잡았다.

그가 무슨 말을 해서가 아니었다. 혼자였기 때문에 그가 말을 건넨 상대라야 웨이터뿐이었다. 그들이 그에게 존경의 눈길을 보낸 것은 그가 메뉴를 검토하는 방식, 집게손가락으로 특정한 와인을 가리키는 동작, 식탁에 다가앉아 식탐 없이 단정하게 식사를 시작하는 태도 때문이었다. 그런 존경심은 식사를 하는 동안 거의 드러나지 않고 있다가, 월시 씨가 식사를 마칠 무렵 〈바틀릿 배[梨]를 주시오〉 하고 말하는 소리가 모리스 씨 가족이 앉은 테이블까지 들려온 순간 확 피어올랐다. 그는 어쩌면 그렇게 점잖고도 절도 있게, 정당한 권리가 허용하는 범위 안에서 엄격한 규율을 지키는 사람과도 같은 태도로 말할 수 있는지, 젊은 찰스 모리스도 늙은 찰스도, 일레인 양이나 모리스 부인도 알 수가 없었다. 그러나 그가 자기 식탁에 혼자 앉아서 〈바틀릿 배를 주시오〉 하고 말했을 때, 그들은 그가 무엇인가 합법적인 요구를 하면서 자신들의 지지를 기대하기라도 한 듯이 느껴졌다. 그가 주장하는 명분은 즉각적으로 그들 자신의 것이 되었으며, 그리하여 그들의 공감 어린 눈길은 그의 눈과 마주쳤다. 마침내 모두 함께 끽연실로 갔을 때는 약간의 담소는 피할 수 없는 것이 되었다.

대단한 화제는 없었다 — 그저 런던에 사람이 많다느니, 30년째 변하지 않았다느니, 모리스 씨는 리버풀이 더 좋다느니, 모리스 부인은 웨스트민스터 꽃 전시회에 갔었다느니, 모두 왕세자를 보았다느니 하는 이야기들이었다. 하지만, 하고 피터 월시는 생각했다. 세상에서 어떤 가족도 모리스 씨 가족과 비교할 수 없어. 어떤 가족도. 서로에 대한 관계는 완벽하고, 상류층이 어떻게 살든 안중에도 없어. 자기들이 좋아하는 것을 좋아할 뿐이지. 일레인은 가업을 이어받으려고 수련 중이고, 아들은 리즈 대학의 장학금을 탔으며, 노부인(그 자신과 비슷한 나이인 듯했다)은 집에 자식이 셋 더 있다고 한다. 자동차도 두 대나 있고. 그래도 모리스 씨는 주일마다 손수 신발을 고친다니, 대단해. 정말 대단하다, 피터 월시는 붉은 플러시 천을 댄 의자들과 재떨이들 사이에 앉아 손에 든 술잔을 약간 앞뒤로 흔들면서 생각했다. 모리스 씨 가족이 호감을 가져 주어 그 자신도 무척 기분이 좋았다. 그래, 그들은 〈바틀릿 배를 주시오〉 하고 말한 사람을 좋아했다. 그들이 자기를 좋아한다고 그는 느꼈다.

클라리사의 파티에도 가야지. (모리스 씨 가족은 작별 인사를 했지만, 다시 만날 것이었다.) 클라리사의 파티에도 갈 생각이었다. 리처드에게 보수당 바보들은 인도에서 대체 뭘 하는 거냐고 물어보고 싶었다. 무슨 연극이 상연 중인지도. 그리고 음악은…… 그래, 그냥 잡담이라도 하러 가보자.

이거야말로 우리 영혼의 진실이지, 하고 그는 생각했다. 우리의 자아는 물고기처럼 깊은 바다에 살면서 어둠 속을 누비며 돌아다니고 거대한 수초 줄기 사이를 헤치고 나아간다. 햇살이 아롱거리는 곳들을 지나 어둡고 차고 깊고 헤아릴 수 없는 곳으로 계속하여 나아간다. 그러다가 불쑥 표면으로 솟구쳐 올라 바람에 쓸리는 물결 사이를 뛰놀기도 한다. 다시 말해 우리의 자아도 가끔은 한담을 하며 스스로 털고 비비고 추스를 필요가 있는 것이다. 정부는 인도에 대해 대체 뭘 어쩔 작정인지? 리처드 댈러웨이는 알고 있을 터였다.

아주 더운 밤이었고 신문팔이 소년들은 큼직한 붉은 글자로 〈폭염 내습〉을 알리는 광고판을 들고 지나갔다. 호텔 계단에는 등나무 의자들을 내놓았고, 거기에 신사들이 유유히 술을 홀짝거리고 담배를 피우며 앉아 있었다. 피터 월시도 거기 가서 앉았다. 하루가, 런던의 하루가 이제 막 시작되려는 참이었다. 날염한 평상복과 하얀 앞치마를 벗어 버리고 푸른 드레스에 진주로 성장을 하는 여인과도 같이, 낮은 그 두꺼운 옷을 벗어 버리고 얇은

망사를 걸치며 저녁으로 바뀌었고, 여인이 페티코트를 벗어 바닥에 던지며 내쉬는 것과도 같은 기쁜 한숨을 내쉬며 먼지와 열기와 빛깔을 떨쳐 버렸다. 차량은 뜸해졌다. 육중한 화물차 대신 자동차들이 빵빵거리며 쏜살같이 달려갔다. 여기저기 광장의 빽빽한 녹음 사이로 강렬한 불빛이 켜졌다. 저는 물러갑니다, 하고 저녁은 말하는 듯했다. 호텔과 가옥과 가게들의 뾰족하거나 둥그스름한 지붕들, 그 들쭉날쭉한 윤곽 너머로 황혼은 희미하게 사라져 가면서, 저는 물러갑니다, 저는 사라집니다, 하고 말하기 시작했다. 하지만 런던은 아랑곳하지 않고 하늘에 총검을 찔러 황혼을 붙들어다가 억지로 자기 향연에 동참시키려는 듯했다.

월레트 씨[96]의 서머타임이라는 대혁명은 피터 월시가 지난번 영국에 다녀간 후로 생겨난 것이었다. 그래서 길어진 저녁이 그에게는 새로웠다. 활기를 돋우어 준다고나 할까. 서류 가방을 들고 지나가는 젊은 사람들은 자유로워진 것이 무척 기쁘고 이 유명한 거리를 걷는다는 것이 말은 안 해도 자랑스러운 듯, 일종의 기쁨이, 굳이 말하자면 싸구려 기쁨인 셈이지만, 그래도 황홀감이 그들의 얼굴을 물들였다. 그들은 옷도 잘 입었으며, 분홍 양말에 예쁜 구두를 신고 있었다. 이제 두 시간쯤 영화관에서 보내려는 것이었다. 황혼이 채 가시지 않은 저녁의 푸른 불빛은 그들의 모습을 더 선명하고 세련되게 만들어 주었지만, 광장의 나뭇잎들에는 창백한 납빛으로 비쳐 — 잎들은 바닷물에라도 적셔진 듯 — 물에 잠긴 도시의 나무들 같았다. 그는 그 아름다움에 놀랐고, 또 힘이 나기도 했다. 인도에 살다 돌아온 영국인들이 당연한 권리인 듯 동방 클럽에 앉아(그런 사람들이라면 수두룩하게

96 William Willett(1856~1915). 여름 동안 시간을 한 시간 앞당기자는 주장을 했는데, 이 〈서머타임〉 제도는 그가 죽은 후 1916년부터 채택되었다.

알고 있었다) 세상이 망해 간다며 씁쓸한 결론을 내리는 곳에서, 그는 여기에 전과 다름없이 젊은 기분으로 앉아 있으니 말이다. 젊은 사람들이 누리는 서머타임이니 뭐니 하는 것들을 부러워하기도 하고, 어느 소녀의 말에서, 어느 하녀의 웃음에서 — 꼭 집어 말할 수는 없지만 — 그가 젊었을 때는 요지부동으로 보였던 피라미드 같은 구조 전체가 변하고 있음을 느끼기도 했다. 그것은 그들을 찍어 눌렀었다. 특히 여자들을 억누르고 있었다. 마치 클라리사의 헬레나 고모가 저녁 식사 후 램프 가에 앉아서 회색 압지 사이에 끼워 리트레 사전으로 눌러 놓곤 하던 꽃들처럼. 그녀도 지금은 이 세상 사람이 아니지. 클라리사한테서 그녀가 한쪽 시력을 잃었다는 소식을 들었었다. 늙은 미스 패리가 유리로 된 의안을 낀다는 것은 너무나도 어울리는 일로 — 자연의 걸작처럼 — 생각되었다. 그녀는 나뭇가지를 꼭 붙든 채 서리 맞은 새처럼 죽었을 것이다. 그녀는 또 다른 시대에 속했다. 그러나 그처럼 원만하고 완벽한 분이라 항상 돌처럼 희고 고고한 모습으로 수평선 위에 솟아 있었다. 이 모험적이고 긴 여행에서 지나간 어느 단계를 비추어 주는 등대와도 같이(그는 서리 팀과 요크셔 팀의 경기가 궁금해져서 신문을 사려고 동전을 찾아 더듬었다 — 이렇게 동전을 내미는 동작을 수백만 번은 해왔으리라. 서리 팀이 또 완패했군) — 이 끝없는 인생에서. 그러나 크리켓은 단순히 게임만은 아니었다. 크리켓은 중요했다. 그는 크리켓에 관한 기사는 읽지 않고 넘어갈 수가 없었다. 그는 먼저 속보에서 득점표를 훑어본 후, 얼마나 더운 날씨인가를 점검하고, 그다음에는 살인 사건에 관한 기사를 읽었다. 수백만 번씩 해본 일은 신선미가 없다고 할 수도 있겠지만, 그래도 훨씬 더 풍부해진다. 과거는, 경험은 풍부하게 해준다. 한두 사람을 사랑했다는 것, 그래서 젊은이들에게는 없는 힘을 얻었다는 것, 단호히 자르고, 자기가 하고 싶은 일을 하고, 사람들이 뭐라건 상관하지 않고, 별로 댓단한 기대 없이 오간다는 것(그는 신문을 탁자 위에 내려놓고 일어섰다). 하지만(그는 모자와 외투를 찾아 두리번거렸다) 아주 아무 기대도 없지는 않지. 적어도 오늘 밤에는. 왜냐하면 그는 파티에 갈 참이었기 때문이다. 그의 나이에. 또 한 가지 경험을 하게 되리라는 믿음을 가지고서. 그러나 대체 무엇을?

여하간 아름다움은 만나겠지. 눈에 보이는 뻔한 아름다움은 말고. 단순 명백한 아름다움은 아니야 — 베드퍼드 광장에서 러셀 광장에 이르는 이 길처럼. 길은 똑바르고 텅 비었으며, 복도와도 같은 균형미가 있었지만, 불 켜진 창문들, 피아노, 축음기 소리 같은 것도 그 못지않게 아름다웠다. 겉으로 드러나지 않는, 하지만 이따금씩 커튼을 치지 않은 창문, 열린 창문을 통해 그 안이 들여다보일 때면 스치는 행복의 느낌이 아름다웠다. 식탁 주위에 앉은 사람들. 천천히 춤추며 도는 젊은 사람들, 남녀의 대화, 한가로이 내다보는 하녀들(일을 마친 다음 그네들은 대체 무슨 생각을 할까), 창가에서 마르는 스타킹들, 앵무새, 화분 몇 개. 인생이란 얼마나 흥미롭고 신비하고 무한히 풍부한 것인지. 택시들이 쏜살같이 질주하고 선회하는 커다란 광장에도 쌍쌍이 거니는 남녀들이 있어 서로 장난을 치고 포옹을 하고 나무 그늘 아래로 몸을 숨기는 모습들이 감동적이었다. 너무나 조용하고 제각기 몰두해 있기 때문에, 마치 범접할 수 없는 신성한 예식이라도 거행되는 듯 그 곁을 조심스레 지나가게 되는 것이었다. 흥미로운 일이야. 자, 저 요란한 불빛 속으로 나가 볼까.

그의 가벼운 외투 자락이 바람에 날렸다. 뭐라 표현하기 어려운 독특한 걸음걸이였다. 몸을 약간 앞으로 굽힌 채, 양손은 뒷짐을 지고서, 그는 경쾌하게 걸어 나갔다. 런던을 가로질러, 웨스트 민스터를 향해. 여전히 작은 새매처럼 날카로운 눈길로 사방을 둘러보면서.

모두들 밖에서 식사를 하는 것일까? 문들이 열리고 있었다. 한 하인이 문을 열자 버클 달린 구두를 신고 머리에는 자줏빛 타조 깃털을 세 개나 꽂은 노부인이 당당하게 걸어 나왔다. 문들이 열 리고 있었다. 미라들처럼 숄을 두르고 밝은 빛깔의 꽃으로 장식 한 숙녀들, 모자를 쓰지 않은 숙녀들이 쏟아져 나왔다. 작은 앞마 당을 통해 새하얀 기둥들이 보이는 점잖은 주택가에서는 가벼운 옷차림에 머리에는 장식 빗을 꽂은 여인들이(아이들 방에 뛰어 올라 갔다가) 나왔고, 남자들은 외투 자락을 휘날리며 기다리고 있었고, 자동차가 출발했다. 모두들 외출을 하고 있었다. 사방에 서 문들이 열리고 사람들이 내려오고 출발하고 하는 것이, 마치 런던 전체가 둑에 대어 놓은 작은 나룻배에 타고 물 위에서 흔들 리고 있는 것만 같았다. 온 도시가 사육제를 맞아 떠나가는 것만 같았다. 화이트홀은 은반이라도 되는 듯 거미들이 그 위를 미끄 러져 갔고, 아크 등 주위에는 하루살이들이 모여드는 듯했다. 너 무 더워서 사람들은 여기저기 선 채 이야기를 하고 있었다. 여기 웨스트민스터 구역에는 아마도 은퇴한 판사인 듯한 노인이, 온 통 새하얀 옷을 입고서 문간에 버티고 앉아 있었다. 아마도 전직 인도 주재관이었는지도 몰랐다.

여기 한 떼의 떠드는 여자들, 술 취한 여자들이 있다. 저기는 순경과 어둠 속에 어렴풋이 드러나는 집들, 높은 집, 원형 지붕이 있는 집, 교회와 의회 건물들이 있고, 강에 떠 있는 기선의 기적 소리, 공허하고 자욱한 외침이 들려왔다. 하지만 이것이 그녀의, 클라리사의 집으로 가는 길이다. 택시들이 전속력으로 모퉁이를 돌아간다. 마치 다리의 기둥들을 돌아가는 물이 한데 합쳐지듯이 — 모두 그녀의 파티, 클라리사의 파티에 가는 사람들이 타고 있는 차들처럼 보였다.

시각적 인상의 차가운 흐름이 이제 끊어졌다. 마치 눈은 넘쳐 흐르는 잔이고, 흘러 넘치는 물은 미처 흔적도 남길 새 없이 사라지는 것만 같았다. 이제 머리가 깨어나야 했다. 몸을 가다듬어야 했다. 이 집, 불 켜진 집, 문이 열려 있는 집으로 들어설 때에. 자동차들이 그 앞에 서 있고, 밝은 옷차림의 여인들이 차에서 내린다. 영혼은 담대히 견뎌 내야 한다. 그는 주머니칼의 큰 날을 폈다.

루시는 한달음에 아래층으로 뛰어내려 왔다. 방금 응접실에 들어가 테이블 보의 주름을 펴고, 의자를 똑바로 놓고, 잠시 서서 둘러보던 참이었다. 누가 들어오더라도 얼마나 깔끔하고 얼마나 환하고 얼마나 아름답게 꾸며졌나 하고 생각하겠지. 저 아름다운 온 식기와 놋쇠로 된 부젓가락들, 새 의자 커버들, 노란 사라사 무명 커튼 같은 것들을 보면, 하고 그녀는 그 하나하나를 점검했다. 그런데 갑자기 목소리들이 들려서, 손님들이 벌써 식사를 마치고 올라오나 보다 싶었다. 어서 자리를 피해야 했다!

수상도 오신대요, 애그니스가 말했다. 손님들이 식당에서 나누는 이야기를 들었다고, 유리잔이 담긴 쟁반을 들고 들어오며 말했다. 상관없어. 수상이 한 사람 더 오든 말든 그게 뭐 어때서? 이 시간에, 접시와 소스 팬과 여과기, 프라이팬, 육즙에 담가 놓은 닭, 아이스크림 냉동기, 도려낸 빵껍질들, 레몬, 수프 그릇, 푸딩 그릇 등등에 둘러싸인 워커 부인에게는 아무래도 상관없는 일이었다. 부엌 뒤편에서 어린 하녀들이 아무리 열심히 설거지를 해도, 그릇들은 사방에서 그녀에게로 모여들어, 부엌 테이블에, 의자들 위에 그득그득 널려 있는 것만 같았다. 불길은 타닥거리며 신나게 타오르고, 전깃불은 휘황하게 번쩍거리고, 저녁상은 아직도 더 차려 내야 했다. 수상이 한 사람 더 오든 말든 워커 부인에게는 전혀 다를 것이 없다는 느낌뿐이었다.

부인들은 벌써 2층에 올라가고 있어요, 루시가 말했다. 부인들은 한 사람씩 2층 응접실로 올라갔고, 댈러웨이 부인이 맨 마지막으로 따라가며 거의 언제나 부엌에 인사를 전하곤 했다. 〈워커 부인에게 고맙다고 해줘〉가 오늘 밤의 인사였다. 이튿날 아침이면 그들은 함께 간밤의 요리들에 대해 한 가지씩 차근히 이야기하게 될 것이었다 — 수프니, 연어니, 하고. 연어는 언제나 그렇듯이 약간 설익었다. 언제나 그렇듯이 푸딩에 신경이 쓰여서 연어는 제니에게 맡기기 때문이었다. 그러다 보니 연어는 언제나 설익게 마련이었다. 하지만 금발에 은장식을 한 어느 부인이 앙트레에 대해 정말로 집에서 만드신 거예요? 하고 말하는 걸 루시가 들었다고 했다. 하지만 워커 부인은 접시들을 바삐 돌리고 화덕의 통풍구를 닫았다 열었다 하면서도 여전히 연어가 마음에 걸렸다. 식당 쪽에서는 웃음소리가 터져 나왔다. 누군가 말하는 목소리가 들렸고, 또다시 웃음소리가 터져 나왔다 — 숙녀분들이 자리를 뜨자 신사분들끼리 재미난 이야기를 하는 모양이지. 토케이를 주세요, 루시가 급하게 들어오며 말했다. 댈러웨이 씨가 왕실 저장고에서 가져온, 국왕 하사품인 토케이를 가져오라는 것이었다.

토케이가 부엌을 지나왔다. 어깨 너머로, 루시는 엘리자베스 아가씨가 아주 예쁘더라고 전했다. 눈을 뗄 수가 없었다고. 분홍 드레스를 입고 댈러웨이 씨가 주신 목걸이를 걸었다고. 제니는 개를 잊지 말아야 했다. 엘리자베스 아가씨의 폭스테리어는 사람을 물었기 때문에 가둬 두어야 했는데, 개에게도 먹을 것을 줘야 한다고 했었다. 제니는 개에게 가봐야 했다. 하지만 사람들이 저렇게 많은데 2층에 올라가고 싶지가 않았다. 벌써 문 앞에 차가 왔네! 초인종이 울리고 ― 신사분들은 아직 식당에 있었다. 토케이를 마시면서!

자, 이제 다들 2층으로 올라간다. 처음 한 사람이 오고, 점점 더 빨리 올 것이었다. 그래서 파킨슨 부인(파티 때면 고용되는)은 홀 문을 열어 놓아야겠다고 생각했다. 숙녀분들이 복도 옆방에서 외투를 벗는 동안, 홀은 금방 신사분들로 가득 찰 것이었다(그들은 머리를 쓸어 넘기거나 하면서 기다리고 있었다). 숙녀분들의 시중은 바넷 부인이 들고 있었다. 늙은 엘렌 바넷, 이 집안에서 40년이나 일했고 여름마다 파티에 와서 숙녀분들을 거들어 주기 때문에, 처녀 적부터 아는 부인들도 많았다. 그래서 격의 없이 악수를 하기도 했고, 〈마님〉이라고 깍듯이 공대를 하기는 했지만, 익살맞은 구석도 있었다. 젊은 부인들을 바라보다가, 속옷에 문제가 있는 레이디 러브조이를 솜씨 있게 도와주었다. 레이디 러브조이와 미스 앨리스는 빗이나 브러시 같은 것을 빌려 쓰는 자그마한 특권이 바넷 부인을 안 지 꽤 오래된 ― 〈30년입니다, 마님〉 하고 바넷 부인은 빗을 건네며 말했다 ― 덕분인 듯한 느낌을 받지 않을 수 없었다. 그 옛날 부어턴 시절의 젊은 숙녀들은 루주를 쓰지 않았지요, 레이디 러브조이는 말했다. 미스 앨리스는 루주가 필요 없겠는데요, 바넷 부인은 다정하게 그녀를 바라보며 말했다. 그렇게 갱의실에 앉아서 모피 코트를 털어 걸고, 스페인 숄을 쓰다듬어 펴고, 화장대를 정돈하는 바넷 부인은, 모피를 걸쳤든 자수가 놓인 숄을 둘렀든 간에, 누가 정말 훌륭한 숙녀이고 누구는 아닌지 정확히 알 수 있었다. 좋은 할머니야, 레이디 러브조이는 계단을 올라가며 말했다. 클라리사의 옛날 유모였지.

레이디 러브조이는 몸을 똑바로 폈다. 「레이디 러브조이와 미스 러브조이요.」 그녀는 윌킨스 씨(파티를 위해 고용된)에게 말했다. 그는 나무랄 데 없는 범절로 몸을 굽혔다 펴고 굽혔다 펴면서 완벽하게 공식적인 어조로 〈레이디 러브조이와 미스 러브조이…… 존 경과 레이디 니덤…… 미스 웰드…… 미스터 월시〉 하고 또박또박 사람들의 도착을 알렸다. 그의 범절은 감탄할 만했다. 가정생활도 아마 나무랄 데 없겠지. 저렇게 입술이 파르스름하고 턱을 깨끗이 면도한 사내가 자식들이라는 골칫거리를 만든다는 것이 있을 수 없어 보이기는 하지만.

「어서 오세요. 반갑습니다!」 클라리사는 말했다. 누구한테나 그렇게 말했다. 어서 오세요. 반갑습니다! 라고. 저럴 때의 그녀가 최악이었다 — 겉으로만 다정하고 진심은 없지. 여길 오다니 큰 실수야. 그냥 호텔 방에서 책이나 읽을걸, 하고 피터 월시는 생각했다. 차라리 음악회에나 가든가. 그냥 방에 있어야 했다. 아는 사람이라고는 없는데.

오, 맙소사, 이건 아닌데. 완전히 글렀어. 클라리사는 렉섬 경이 아내는 버킹엄 궁전의 원유회에 갔다가 감기에 걸려 오지 못했노라고 변명하는 말을 들으며 왠지 그런 예감이 들었다. 피터가 거기 구석에 서서 자기를 비판하는 것이 눈꼬리에 밟혔다. 도대체 왜 이런 일을 벌이는 거지? 왜 굳이 산꼭대기에 올라가 불세례를 받으려 해? 차라리 다 타버렸으면! 재가 되도록 타버렸으면! 횃불을 휘두르다 땅에 던져 버리는 편이 저 엘리 헨더슨처럼 가물가물 꺼져 가는 것보다야 낫지 않을까! 피터가 와서 구석에 서 있는 것만으로도 이런 기분이 되다니, 신기한 일이었다. 그는 그녀에게 자기 자신의 모습을 돌아보게 했고, 과장하게 했다. 생각해 보면 어리석은 일이었다. 하지만 그는 대체 왜 왔을까? 그저 비난을 하려고? 왜 언제나 빼앗기만 하고 주지는 않을까? 왜 자신의 사소한 견해라도 대담하게 내놓지 못할까? 저기 그가 서성대고 있어. 무슨 말이라도 해야 할 텐데. 하지만 그녀는 좀처럼 기회를 찾지 못했다. 인생이 바로 그런 거였다 — 굴욕, 포기. 렉섬 경의 말은 자기 아내가 원유회에 모피 코트를 입고 가지 않았다는 것이었다. 「당신들, 숙녀들은 다 똑같으니까요!」 — 하지만 레이디 렉섬은 적어도 일흔다섯 살은 되었다! 그들 노부부가 서로를 토닥이며 아끼는 모습은 사랑스러웠다. 그녀는 진심으로 렉섬 경을 좋아했다. 그녀는 자기 파티가 정말로 중요하다고 생각했고, 그런데 이렇게 지루하게 되어 간다는 것은 견딜 수 없는 노릇이었다. 무슨 일이라도, 하다못해 폭발이라도, 하다못해 무시무시한 일이라도 일어나는 편이 사람들이 그저 서성이기만 하고 저 엘리 헨더슨처럼 한구석에 처박혀서 똑바로 서 있지도 않기보다는 나았다.

낙원의 온갖 새들이 그려진 노란 커튼이 휘날렸다. 마치 방 안에 날개들이 날아들었다가 휙 나가고 또다시 빨려들어 오고 하는 것 같았다. (창문들이 열려 있었다.) 어디서 바람이 들어오나? 엘리 헨더슨은 생각했다. 그녀는 추위를 잘 탔다. 하지만 그녀는 내일 재채기를 하면서 드러눕게 된다 해도 상관없었다. 그녀가 걱정하는 것은 어깨를 드러내고 있는 처녀들이었다. 부어턴의 부목사였던 연로하고 병든 아버지 덕분에 노상 남을 먼저 생각하도록 길들어 있었기 때문이다. 하지만 아버지도 이제 돌아가셨고, 그녀는 조금 쌀쌀하다 해서 감기에 걸리거나 하지는 않았다. 절대로. 그녀가 걱정하는 것은 저 처녀들, 어깨를 드러내고 있는 처녀들이었다. 그녀 자신은 평생 머리숱도 성글고 몸매도 빈약한, 보잘것없는 존재였다. 지금은 그래도 나이 쉰을 지나니 뭔가 온화한 분위기가, 오랜 자기희생으로 정화된 모종의 기품이 있었지만, 그것마저도 체면을 유지해야 한다는 부담감과 주체할 수 없는 두려움 때문에 흐려졌다. 1년에 300파운드라는 수입과 무력한 상태(그녀 자신은 한푼도 벌지 못했다) 때문이었다. 그래서 그녀는 심약해졌고, 세월이 갈수록 사교 시즌이면 매일 밤 이렇게 차려입고 나타나는 사람들을 만날 자격이 점점 더 없어져 갔다. 그런 사람들은 그저 하녀에게 〈이러이러한 옷을 입을 거야〉 하고 말만 하면 되지만, 엘리 헨더슨은 마음을 졸이며 달려 나가 값싼 분홍 꽃을 몇 송이 사고 오래된 검정 드레스 위에 숄을 걸쳐야 했다. 클라리사의 파티에 오라는 초대장은 마지막 순간에야 도착했기 때문이다. 물론 기분 좋은 일은 아니었다. 어쩌면 클라리사가 올해는 자기를 초대하지 않으려 했을지도 모른다는 느낌마저 들었다.

왜 초대해야 한담? 정말이지 그래야 할 이유는 없었다. 단지 오래전부터 아는 사이라는 것밖에는. 물론 친척간이기는 했다. 하지만 클라리사는 그처럼 인기가 있다 보니, 둘 사이는 자연히 멀어져 갔다. 엘리로서는 파티에 간다는 것은 일대 사건이었다. 저렇게 예쁜 옷들을 보는 것만도 기쁜 일이었다. 저기, 머리를 유행하는 식으로 빗고, 분홍 옷을 입은 소녀는 엘리자베스 아냐? 많이 자랐네. 하지만 기껏해야 열일곱일 텐데. 아주, 아주 예뻐. 하지만 요즘은 처음 사교계에 나오는 소녀들도 전처럼 하얀 옷을 입지는 않는 모양이지. (그녀는 에디스에게 말해 줄 수 있도록 전부 기억해 두어야 했다.) 요즘 소녀들은 그냥 몸에 착 붙고,

치맛단이 발목 바로 위까지 오는 드레스를 입었다. 별로 어울리지는 않는다고 그녀는 생각했다.

눈이 침침해서, 엘리 헨더슨은 목을 길게 빼고 구경을 했다. 이야기 상대가 없다는 것쯤은(그녀가 아는 사람은 거의 없었다) 대수롭지 않았다. 그저 바라보기만 해도 흥미로운 사람들이라는 느낌이 들었다. 아마도 정치가들이겠지. 리처드 댈러웨이의 친구들인 모양이야. 하지만 리처드는 그 가련한 여인이 저녁 내내 거기 혼자 서 있게 내버려 둘 수 없다고 생각했다.

「아, 엘리, 그래 요즘은 어떻게 지내요?」 그는 늘 그렇듯 정다운 태도로 말했다. 엘리 헨더슨은 긴장하여 얼굴을 붉히면서, 그가 이렇게 다가와 말을 걸어 주다니 얼마나 친절한가 하고 생각하면서, 추위보다 더위를 더 못 견디는 사람들이 많은 것 같다고 대답했다.

「네, 그렇지요.」 러처드 댈러웨이가 말했다. 「그래요.」

더 무슨 말을 한다지?

「안녕하신가, 리처드.」 누군가가 그의 팔꿈치를 잡으며 말했다. 아니, 이런, 피터가 아닌가. 옛 친구 피터 월시. 만나서 반갑네 — 이렇게 만나다니 정말 기뻐! 조금도 변하지 않았군그래. 그러면서 그들은 곧장 방 저쪽으로 함께 걸어갔다. 서로 어깨를 두드리는 품이, 아마 아주 오랜만에 만난 모양이지, 엘리 헨더슨은 그들이 가는 것을 바라보며 생각했다. 그런데 저 사람 낯이 익은데. 키가 큰 중년 남자, 눈매가 퍽 아름답고, 갈색 머리에 안경을 쓰고, 존 버로스 같은 데가 있어. 에디스라면 틀림없이 알 텐데.

낙원의 새들이 그려진 커튼이 또다시 펄럭거렸다. 클라리사는 랠프 라이언이 커튼 자락을 걷어 내며 이야기를 계속하는 것을 보았다. 아주 망친 것은 아닌가봐! 이제 제대로 되어 가고 있어 —

이 파티가. 이제 막 시작했어. 이제 출발이야. 하지만 여전히 아슬아슬한걸. 당분간은 여기 서 있어야 해. 사람들이 몰려오는 것 같아.

개릿 대령 내외분…… 휴 휘트브레드 씨…… 보울리 씨…… 힐버리 부인…… 레이디 메리 매독스…… 퀸 씨…… 하고 윌킨스가 낭랑한 음성으로 안내를 했다. 그녀는 한 사람 한 사람과 대여섯 마디 말을 나누었고, 그들은 방 안으로 들어갔다. 아주 썰렁한 분위기는 아니었다. 랠프 라이언이 커튼 자락을 걷어 낸 후로는.

하지만 그녀 자신으로서는 아직도 너무 힘이 들었다. 전혀 즐기고 있지 않았다. 거기 서서 자기 자신이 아닌 그저 어느 안주인의 역할을 하는 것은 너무 힘이 들었다. 다른 누구라도 할 수 있을 일이었다. 그러나 그 어느 안주인이라는 역할을 그녀는 다소 우러러보았고, 자기가 이 모든 일을 주재하고 있다는 느낌, 자기가 마치 이 시간, 이 장면을 있게 하는 중심축이나 된 듯한 느낌이 들었다. 신기하게도 그녀는 자기 모습을 아예 잊어버리고 자기가 마치 계단 꼭대기에 박힌 말뚝쯤 되는 듯이 느껴졌다. 매번 파티를 열 때마다 그녀는 이렇게 자기 자신이 아닌 무엇인가가 되는 듯한 느낌, 어찌 보면 모든 사람이 비현실적이고 어찌 보면 훨씬 더 현실적인 듯한 느낌이 들곤 했다. 아마도 옷 때문일까. 일상생활에서 벗어났기 때문이기도 하고. 분위기 탓도 있을 거야. 다른 때는 말할 수 없는 것, 좀처럼 말하기 어려운 것도 다 말할 수가 있지. 훨씬 더 깊이 들어갈 수가 있어. 하지만 그녀 자신은 그럴 수가 없었다. 적어도 아직까지는.

「어서 오세요. 반갑습니다!」 그녀는 말했다. 오랜 벗 해리 경! 그는 손님들과 다 안면이 있을 것이다.

기묘한 것은 그들이 한 사람씩 계단을 올라올 때 드는 느낌이었다. 마운트 부인과 셀리아, 허버트 에인스티, 데이커스 부인 — 아, 그리고 레이디 브루턴!

「와주셔서 기뻐요!」 그녀는 말했다. 진심이었다 — 거기 서서 손님들이 계속, 계속 지나가는 것을 느끼는 것은 묘한 기분이었다. 어떤 이는 나이 들고, 어떤 이는…….

이름이 뭐라고? 레이디 로시터? 도대체 레이디 로시터가 누구지?

「클라리사!」 아, 저 목소리! 샐리 시튼이었다! 샐리 시튼! 대체 몇 년 만인가! 그녀의 모습은 안개라도 통해 보듯 아슴푸레했다. 그녀가 아는 샐리 시튼은 저런 모습이 아니었다. 클라리사가 더운 물병을 손에 쥐고서 그녀가 이 지붕 아래 있어, 이 지붕 아래! 하고 가슴 뛰며 생각하던 시절의 샐리는 저렇지 않았는데!

서로 얼싸안고, 당황하고, 웃어 대는 동안, 말들이 쏟아져 나왔다 — 런던을 지나는 길이었어, 클라라 헤이든한테서 들었지, 널 만날 절호의 기회잖아! 그래서 불쑥 끼어들었어 — 초대도 안 받고…….

이제는 뜨거운 물병을 침착하게 내려놓을 수 있으리라. 그녀에게서는 광채가 사라졌다. 하지만 그래도 그녀를 다시 보니 얼마나 좋은지. 나이가 들고, 더 행복해 보여. 예전만큼 예쁘지는 않지만. 응접실 문간에서 서로 이 뺨 저 뺨에 번갈아 키스하고는, 클라리사는 샐리의 손을 잡은 채 돌아서서 방이 가득 찬 것을 보았다. 떠들썩한 말소리가 들리고, 촛대들이며 펄럭이는 커튼, 리처드가 사다 준 장미꽃이 보였다.

「난 커다란 아들이 다섯이나 있단다.」 샐리가 말했다.

그녀는 더없이 자기중심적이었다. 언제나 자기를 가장 먼저 배려해 주기를 내놓고 원했다. 클라리사는 그녀가 아직도 그런 것이 사랑스러웠다. 〈꿈만 같아!〉 하고 그녀는 외쳤다. 지난날을 생각하자 기쁨으로 온몸에 생기가 돌았다.

하지만 윌킨스, 윌킨스가 부르고 있었다. 윌킨스는 모든 사람이 들어야 하고 안주인은 딴 짓을 그만두어야 한다는 듯이 고압적이고 위엄 있는 음성으로 방문객의 이름을 알렸다.

「수상이로군.」 피터가 말했다.

수상이라고? 정말? 엘리 헨더슨은 감탄했다. 에디스한테 얼마나 멋진 얘깃거리가 될까!

그를 비웃을 수는 없었다. 생김새는 아주 평범했다. 가게 계산대 뒤에서 비스킷이나 팔게 해도 좋을 성싶었다 — 온통 금줄을 두르고서, 딱한 친구. 하지만 공평하게 말하자면, 처음에는 클라리사, 다음에는 리처드의 안내를 받으며 사람들에게 인사를 하고 다니는 것은 썩 잘해 냈다. 거물답게 보이려 애쓰는 티가 났다. 지켜보고 있자니 재미있었다. 아무도 그를 쳐다보지 않았다. 하던 이야기를 계속하고 있지만, 그래도 그들이 모두 각하께서 지나가시는 것을 알고 뼛속까지 그 전율을 느끼고 있는 것이 완연했다. 수상이야말로 자신들이 대표하고 있는 것, 즉 영국 사회의 상징이 아닌가. 나이가 들기는 했지만 레이스 옷을 입고 여전히 꼿꼿하니 풍채 좋은 레이디 브루턴이 사람들 사이를 헤치며 수상에게 다가가더니, 둘이서 함께 작은 방 안으로 사라졌다. 그러자 사람들은 즉시 그 안의 기척을 살피기 시작했고, 방 안에는 이제 눈에 보이게 수런거림이 퍼져 나갔다. 수상이 오셨어!

오, 맙소사, 영국인들의 속물근성이라니! 피터 월시는 구석 자리에 선 채 생각했다. 금줄을 두르고 경의를 표하기를 얼마나 좋아하는지! 아니, 저건 또 누구야! 휴 휘트브레드 아니야! 고위 인사들 주위를 어정거리는 휴, 몸이 좀 불어나고 머리가 희끗해진, 존경스런 휴!

그는 항상 근무 중인 것처럼 보이는군, 피터는 생각했다. 특권이라도 누리는 양 비밀이 많지. 목숨이라도 걸고 지키겠다는 비밀을 잔뜩 가지고 있지만, 그래 봤자 궁정의 하인이 흘린 대단찮은 객설일 뿐, 이튿날이면 모든 신문에 날 소식들이거든. 그런 허무맹랑한 것들을 가지고 놀다가 머리가 세고 노년으로 접어들었지만, 그래도 저런 전형적인 영국 퍼블릭 스쿨 출신을 아는 특권을 가진 모든 사람들한테서 존경과 애정을 받고 있겠지. 휴를 보면 어쩔 수 없이 그런 것들이 생각나는 것이었다. 그것이 그의 스타일이었다. 피터가 바다 건너 수천 마일 떨어진 곳에서도 「더 타임스」에서 수천 번은 읽고, 비록 원숭이들이 떠드는 소리나 쿨리들이 마누라를 패는 소리를 들을지언정 그 백해무익한 잡설을 듣지 않게 된 것만도 천만다행이다 싶었던, 그 존경스런 편지들의 스타일이었다. 그 곁에 아부하듯 서 있는 가무잡잡한 젊은이는 옥스퍼드 아니면 케임브리지 출신이겠구먼. 그는 저 청년을 후원하고 지도하고 어떻게 하면 출세하는지 가르치겠지. 그보다 더 좋아하는 일이 없으니 말이야. 친절을 베풀고 노부인들의 환심을 사는 거야말로 휴의 전공이지. 늙고 병들어 아무도 자신들을 돌아보지 않는구나 싶을 때 다정한 휴가 찾아와 시시콜콜한 옛날이야기를 하며 함께 시간을 보내 주고, 집에서 만든 케이크를 칭찬해 주니 감동할 수밖에. 그야 휴는 평생 아무 때라도 공작부인과 케이크를 먹을 수 있을 테고, 그를 보면 정말로 그 유쾌한 직무로 상당한 시간을 보내는 것 같지만 말이야. 모든 것을 심판하시고 모든 자비를 베푸시는 신께서는 용서하실 수도 있겠지만. 이 피터 월시는 자비심이 없거든. 세상에는 악당들도 분명히 있겠지만, 기차간에서 계집애 머리통을 부수고 교수형을 받는 양아치들도 휴 휘트브레드와 그의 친절보다는 해악을 덜 끼친다는 걸 신도 아실걸. 지금 저 꼴을 좀 봐라. 수상과 레이디 브루턴이 방에서 나오자 발끝으로 춤추듯 나아가 발을 뒤로 빼면서 절을 하지 않나. 자기는 레이디 브루턴에게 뭔가 할 말이 있다, 둘이서만 할 말이 있다는 것을 온 세상이 보란 듯이 뻐기는 거지. 그녀가 멈춰 선다. 점잖게 고개를 끄덕인다. 아마도 그가 뭔가 심부름을 해준 데 대해 감사하는 거겠지. 그녀는 정부 부처들에서 자기를 위해 사소한 심부름으로 뛰어다녀 줄 하급 관리들, 아첨꾼들을 거느리고 있는 것이다. 그리고 그 대가로 오찬 정도 대접하겠지. 하지만 그녀는 18세기부터 내려오는 명문 출신이야. 그만하면 괜찮아.

이제 클라리사가 수상을 모시고 방을 건너가고 있다. 반백의 머리에 기품 있는 모습으로 당당하게, 생기 있는 모습으로 나아간다. 귀걸이를 달고, 인어처럼 은빛이 도는 녹색 드레스를 입고 있다. 파도 위를 노닐며 머리채를 땋는 듯이 보이는, 그녀는 여전히 그 재능을 가지고 있다. 그저 거기 존재하는 재능, 지나가는 순간 삶 전체를 집약하는 재능을. 그녀가 돌아선다. 다른 여인의 드레스에 걸린 자기 스카프를 떼어 내면서 소리 내어 웃는다. 더없이 편안하고 자연스러운 동작이었다. 그러나 역시 나이가 들었어. 제아무리 인어라도 어느 아주 맑은 저녁에 파도 위에서 자기 거울 속에 지는 해를 보았을 것이었다. 한 가닥 다정함이 스치고 지나간다. 그녀의 엄격하고 정숙하고 목석같은 구석도 이제 속속들이 따뜻해진다. 거물처럼 보이려고 최선을 다하고 있는 (부디 그에게 행운이 있기를) 저 금줄 두른 사내에게 작별 인사를 하는 그녀에게는 뭐라 말하기 힘든 위엄이 있다. 극히 섬세한 따사로움이 담겨 있다. 마치 온 세상에 복을 빌면서, 이제 모든 것의 막바지에서, 작별을 고하기라도 하는 것처럼. 그녀를 보면 그런 생각이 들었다(하지만 그녀를 사랑하는 것은 아니다).

　정말이지 수상이 와주다니 친절하기도 하지. 클라리사는 생각했다. 저기 샐리, 저기 피터가 있고 리처드는 아주 흡족한 얼굴이고, 모든 사람들이 아마도 조금은 부러운 눈길로 지켜보는 가운데 수상과 함께 방을 지나면서, 그녀는 순간의 도취를, 심장의 신경들이 부풀어 올라 파르르 떠는 듯한 기분을 맛보았다 — 그래, 하지만 그것은 다른 사람들이 느낀 것이었다. 왜냐하면 그녀는 그 느낌을 사랑했고 그 온몸이 저리는 짜릿함을 느끼기는 했지만, 그래도 그 모든 외양과 승리는(가령 피터는 그녀가 아주 멋지다고 생각할 것이다) 사실 공허한 것이었다. 그것들은 팔을 뻗으면 닿는 곳에 있지 마음속에 있는 것이 아니었다. 아마도 나이가 들어서 그런지도 모르지만, 그런 것은 전처럼 마음에 와 닿지 않았다. 수상이 계단을 내려가는 것을 보면서, 토시를 낀 어린 소녀를 그린 조슈아 경의 그림이 든 금빛 액자가 눈에 들어오는 순간 불현듯 킬먼이 생각났다. 그녀의 적인 킬먼이. 그것은 마음에 와 닿았다. 그것은 현실이었다. 아, 얼마나 그녀를 혐오하는지 — 과격하고, 위선적이고, 사악한 여자. 무서운 힘으로 엘리자베스를 유혹한 여자. 남의 집에 몰래 들어와 더럽히는 여자(리처드가 들으면 말도 안 된다고 하겠지만). 그녀를 혐오했다. 그리고 사랑했다. 필요한 것은 적이지 친구가 아니었다 — 뒤런트 부인도 클라라도, 윌리엄 경도 레이디 브래드쇼도, 미스 트룰럭도 엘리노어 깁슨도(이들이 위층으로 올라오는 것이 보였다) 아니었다. 그들이 그녀를 원한다면 찾아오면 될 것이다. 그녀는 파티를 해야 하니까!

그녀의 오랜 벗 해리 경이 있었다.

「해리 경!」 그녀는 반갑게 외치며 점잖은 노인에게 다가갔다. 그는 세인트존스 우드[97]를 통틀어 어떤 예술원 회원 두 명을 합친 것보다도 더 많은 졸작을 그려 낸 화가였다(그림들은 항상 소들을 그린 것으로, 석양의 연못에서 물을 먹거나, 앞발을 들고 뿔을 뒤로 젖혀 — 그는 일정한 범위의 동작들을 구사했다 — 〈낯선 자의 접근〉을 나타내거나 하는 것이었다. 외식을 하고 경주를 하는 그의 모든 활동은 석양의 연못에서 물을 먹는 소들에 기반을 두고 있었다).

「무슨 일로 그렇게 웃으세요?」 그녀는 물었다. 윌리 티트컴과 해리 경과 허버트 에인스티 모두가 웃고 있었기 때문이다. 아니, 아무것도 아닙니다. 클라리사 댈러웨이에게(비록 그는 그녀를 아주 좋아했고, 그녀와 같은 유형 가운데서는 그녀야말로 완벽하다고 생각하여 종종 그녀를 그리겠다고 위협하곤 했지만) 뮤직홀 무대에 관한 이야기를 들려줄 수는 없었다. 그는 파티를 가지고 그녀를 놀렸다. 자기 브랜디가 그립다고, 여기 모인 사람들은 자기한테는 너무 수준이 높다고 투덜거렸다. 하지만 그는 그녀를 좋아했고 존경했다. 감히 자기 무릎에 앉으라고 말할 수 없게 하는, 그녀의 귀찮고 까다로운 상류층 교양은 질색이었지만. 그런 가운데 저 떠도는 도깨비불 같은, 방랑하는 인광과도 같은 힐버리 노부인이 그의 떠들썩한 웃음소리(공작과 공작부인이 화제였다)를 듣고 손을 내뻗치며 다가왔다. 방 저쪽에서 그 소리를 들으니 어쩐지 안심이 되었던 것이다. 아침 일찍 잠이 깰 때면 가끔 그녀를 괴롭히는, 그래서 하녀를 불러 차를 가져오게 할 마음

97 런던 북서부의 예술가 동네.

228

조차 사라지게 하는 문제에 대해 ─ 우리가 죽어야 한다는 것이 얼마나 확실한가에 대해.

「무슨 일인지 얘기해 주시지 않겠대요.」 클라리사가 말했다.

〈오, 클라리사!〉 하고 힐버리 부인은 감탄했다. 오늘 밤에는 어쩌면 그렇게 어머니 모습 그대로인지. 처음 보았을 때 그녀 어머니가 회색 모자를 쓰고 정원을 거닐던 모습이랑 똑같다는 것이었다.

클라리사의 눈에 눈물이 고였다. 정원을 거니시던 어머니라고! 하지만, 가봐야 했다.

브리얼리 교수도 와 있었다. 밀턴 강의를 하는 그는 키 작은 짐 허튼(이런 파티에 오는데도 타이와 조끼를 구해 입지 못하고 머리도 얌전하게 빗지 못하는 사람)과 이야기하는 중이었는데, 멀리서도 말다툼을 하는 것이 뻔히 보였다. 브리얼리 교수는 아주 특이한 사람이었다. 자신과 삼류 문사들 사이에는 그 모든 학위와 명예와 강좌들이라는 차이가 있음에도 불구하고, 자신의 특이한 성질에 ─ 엄청난 박식과 소심함, 다정함이라고는 없는 쌀쌀한 매력, 속물근성이 묘하게 섞인 순진함에 ─ 우호적이지 않은 분위기는 즉각 알아차렸다. 그래서 숙녀의 단정치 못한 머리나 청년의 장화 같은 것을 보고 저 반역자들과 열렬한 젊은이들과 자칭 천재들을, 물론 나름대로 칭찬할 만은 하지만 어쩔 수 없는 하류 계층을 상대하고 있다는 것을 의식하게 되면, 파르르 떨며 고개를 약간 쳐들고는 흠! 하고 가벼운 코웃음으로 중용의 가치를, 밀턴을 음미하기 위해서는 고전에 대한 약간의 소양은 있어야 한다는 것을 암시하는 것이었다. 브리얼리 교수가 짐 허튼(검정 양말은 세탁소에 보냈는지 빨간 양말을 신고 있었다)과 밀턴에 관해 영 의견이 맞지 않는다는 것을 클라리사는 대번에 눈치 챘다. 그녀가 끼어들었다.

그녀는 바흐를 좋아한다고 말했다. 허튼도 그랬다. 그것이 그들 사이에 연결고리가 되어 주었다. 허튼(아주 졸렬한 시인)은 댈러웨이 부인이야말로 예술에 관심을 갖는 상류층 부인들 중에서 단연 최고라고 늘 생각해 온 터였다. 그녀가 그렇게 엄격하다는 것은 신기한 일이었다. 음악에 관해서는 극히 객관적이었다. 다소 도도하기는 하지만. 그래도 얼마나 매력적인 모습인지! 집도 얼마나 기분 좋게 꾸몄는지, 이런 교수 패거리만 아니라면! 클라리사는 그를 끌고 가 뒷방의 피아노 앞에 앉힐까 하는 생각도 했다. 그는 피아노를 아주 잘 쳤다.

「하지만 너무 시끄러워요!」 그녀가 말했다. 「시끄럽기도 하지!」

「성공적인 파티라는 증거지요.」 교수는 정중하게 고개를 까딱하고는, 점잖게 자리를 떴다.

「밀턴에 관해서는 온 세상의 모든 걸 다 아시는 분이에요.」 클라리사가 말했다.

「그렇습니까?」 허튼이 말했다. 햄스테드로 돌아가면 교수를 따라 할 작정이었다. 밀턴을 가르치는 교수, 중용을 말하는 교수, 점잖게 자리를 뜨는 교수를.

하지만 저 커플과도 이야기해야 해요, 클라리사가 말했다. 게이턴 경과 낸시 블로우였다.

그들이 파티를 딱히 더 시끄럽게 만드는 것은 아니었다. 그들은 노란 커튼 곁에 나란히 서서 별로 (눈에 뜨일 만큼은) 이야기를 하지 않고 있었다. 그들은 곧 함께 다른 데로 갈 것이고, 어떤 상황에서도 별로 할 말은 없었다. 그저 서로 바라보았고, 그것이 전부였다. 그것으로 충분했다. 그들은 너무나 단정하고 건전해 보였다. 그녀는 은은한 살구꽃 빛깔로 분 화장을 했지만, 그는 북북 문질러 씻고 헹구었을 뿐으로, 새와도 같은 눈매는 어떤 공도 놓치거나 어떤 타격에도 놀라지 않을 것이었다. 크리켓을 할 때면 그는 즉석에서 공을 치고 정확히 몸을 날렸다. 조랑말들의 고삐를 다루는 솜씨도 능란했다. 집에는 수많은 훈장과 조상들의 기념비가 있었고 교회에는 가문의 깃발이 걸려 있었다. 맡은 직무도 있었고, 소작인들도 두었다. 어머니와 자매들이 있었고, 온종일 상원에 있다 오는 길이었다. 그래서 그런 이야기를 하던 참이었다. 크리켓이니 사촌들이니 영화니 하고 ─ 그런데 그때 댈러웨이 부인이 다가왔다. 게이턴 경은 그녀를 무척 좋아했다. 미스 블로우도 그랬다. 부인은 태도가 아주 매력적이었다.

「아 반가워라 ─ 이렇게들 와주다니 참 고마워요!」 그녀는 말했다. 그녀는 작위를 좋아했고 젊은이들을 좋아했고 낸시를 좋아했다. 파리의 가장 뛰어난 예술가들이 만든 어마어마하게 값비싼 옷을 입고 서 있는 품이, 마치 그녀의 몸이 저절로 녹색 프릴들을 내기라도 한 것처럼 보였다.

「무도회도 열려고 했었어요.」 클라리사가 말했다.

젊은 사람들은 말할 줄을 모른다. 하기야 말할 필요가 뭐 있겠는가? 그저 소리치고 끌어안고 춤추고 새벽에 일찍 일어나면 되는데. 조랑말에게 설탕을 먹이고, 귀여운 강아지의 콧잔등에 입맞추고 쓰다듬어 주고, 온통 상기되어 쏘다니다 뛰어들어 한바탕 헤엄을 치고. 하지만 영어의 무진장한 자원, 뭐니 뭐니 해도 감정을 전달하는 힘은(저 나이 때 그녀와 피터 같으면 저녁 내내 논쟁을 벌였을 터이다) 그들 몫이 아니었다. 젊어서부터 뻣뻣해질 사람들이었다. 영지의 소작인들에게는 한없이 좋은 사람들이겠지만, 아마도 개인적으로는 좀 따분한 상대일 것도 같았다.

「참 유감이에요!」 그녀가 말했다. 「춤도 출 수 있었으면 했는데.」

그들이 와주다니 정말로 고마운 일이었다! 하지만 방마다 너무 붐벼 춤을 출 데가 없었다.

숄을 두른 헬레나 고모가 눈에 띄었다. 아, 이제 가봐야 해요 — 게이턴 경과 낸시 블로우는 놔두고서. 고모인 미스 패리가 온 것이다.

미스 헬레나 패리는 죽지 않았다. 살아 있었다. 여든 살이 넘었고, 지팡이를 짚고 조심스럽게 계단을 올라왔다. 그녀가 의자에 앉도록 리처드가 거들어 주었다. 1870년대의 버마[98]를 아는 사람들은 차례로 그녀에게 소개되었다. 피터는 어딜 갔을까? 피터와 고모는 그렇게 사이가 좋았는데. 인도니 실론이니 하는 말만 들어도, 그녀의 눈(한쪽만 의안이었다)은 천천히 깊어져 푸른빛을 띠었다. 그녀의 눈앞에 떠오르는 것은 사람들이 아니라 — 그녀는 총독이니 장군 등에 대해 그리운 추억도 자랑스러운 환상도 갖고 있지 않았다 — 난초였고, 산간 협곡과 1860년대의 외딴 산꼭대기에서 쿨리의 등에 업혀 가던, 또는 난초를(한 번도 본 적이 없는 놀라운 꽃이었다) 캐려고 그 등에서 내리던 자기 자신의 모습이었다. 그녀는 그 꽃을 수채화로 그렸다. 불굴의 영국 여인, 전쟁이 그녀의 문전에 폭탄을 던지고 가도 난초에 대한, 1860년대의 인도를 여행하던 자신의 모습에 대한 깊은 명상이 방해받은 데에 화를 낼 여인이었다 — 아, 피터가 왔다.

「와서 헬레나 고모에게 버마 얘기를 좀 해드리세요.」 클라리사가 말했다.

<hr>

98 미얀마의 옛 이름. 1824~1826년, 1852~1853년, 1885~1892년 등 수차에 걸친 영국과 버마 간의 전쟁 끝에, 버마 남부는 1886년에는 인도 제국에 속하게 되었다.

하지만 그는 저녁 내내 그녀와 한마디 말도 나누지 못했는데!

「우린 나중에 얘기해요.」 클라리사는 그를 헬레나 고모에게 데려가며 말했다. 고모는 흰 숄을 두르고 지팡이를 짚고 있었다.

「피터 월시예요.」 클라리사가 말했다.

아무 반응도 없었다.

클라리사가 초대를 했다. 너무 소란하고 피곤하지만, 그래도 클라리사가 초대한 것이었다. 그래서 왔다. 리처드와 클라리사가 런던에 살다니 유감이었다. 클라리사의 건강을 위해서라도 시골에 사는 편이 더 나을 텐데. 하지만 클라리사는 언제나 사교계를 좋아했었다.

「피터는 버마에도 갔었어요.」 클라리사가 말했다.

아, 그래. 그녀는 자기가 버마의 난초를 주제로 쓴 작은 책에 대해 찰스 다윈이 한 말을 떠올리지 않을 수 없었다.

(클라리사는 레이디 브루턴과 할 애기가 있었다.)

버마의 난초에 대한 그녀의 책은 물론 잊혀버렸지만, 1870년 이전에는 3판이나 찍었다고 그녀는 피터에게 이야기했다. 이제 그가 누구인지 기억이 났다. 그는 부어턴에 왔었다(그날 밤 클라리사가 배를 타러 가자고 부르러 왔을 때, 자기가 고모에게 한마디 말도 하지 않고 응접실을 나갔던 것을 피터는 기억했다.)

「리처드는 오찬이 아주 좋았다는군요.」 클라리사가 레이디 브루턴에게 말했다.

「리처드는 더할 나위 없이 도움이 되었어요.」 레이디 브루턴이 대답했다. 「편지를 한 장 쓰느라 도움을 받았지요. 건강은 좀 어떠세요?」

「아, 아주 좋아요!」 클라리사가 말했다. (레이디 브루턴은 정치가의 아내가 병약한 것을 싫어했다.)

「저기 피터 월시가 왔군요!」 레이디 브루턴이 말했다(달리 클라리사에게 할 말이 떠오르지 않았기 때문이다. 무척 좋아하기는 했지만. 그녀는 좋은 점이 아주 많지만, 자신과는 도무지 공통점이 없었다. 리처드가 덜 매력적인 여자, 좀 더 내조를 잘하는 여자와 결혼했더라면 좋았을 텐데. 그는 입각(入閣)할 기회를 영 놓쳐 버렸어). 「이거, 피터 월시 아닙니까!」 그녀는 그 밉지 않은 죄인과 악수를 하며 말했다. 이름을 날릴 수도 있었을 유능한 친구인데, 그러질 못했지(언제나 여자들과 문제가 있었어). 그리고 물론 미스 패리와도 인사해야지. 참 훌륭하신 노마님이다!

레이디 브루턴은 미스 패리의 의자 곁에 검은색 복장의 유령 근위병과도 같은 모습으로 선 채, 피터 월시를 오찬에 초대했다. 그녀는 호의적이기는 했지만 인도의 동식물에 대해 도무지 기억나는 것이 없었으므로 별로 자세한 이야기는 하지 못했다. 물론 인도에 가보기는 했다. 세 명의 총독 집에서 묵었고, 인도 관리들 중 몇몇은 보기 드물게 좋은 사람들이라고 생각했다. 하지만 현재 인도가 처한 상태는 ─ 그 무슨 비극인가!⁹⁹ 조금 전에 수상도 얘기했지만(미스 패리는 숄을 둘러쓴 채 수상이 조금 전에 무슨 얘기를 했든 상관하지 않았다), 레이디 브루턴은 현지에서 막 돌아온 피터 월시의 견해를 듣고 싶다고 했다. 샘슨 경과의 만남도 주선해 볼 작정이었다. 그녀는 군인의 딸인 만큼, 그 일 때문

99 인도에서 국민 운동이 일어나기 시작한 것을 가리키는 말이다. 간디의 적극적 비폭력주의는 광범한 지지를 받았고, 그가 이끄는 국민 운동은 시민 불복종 운동으로 나타났다. 이에 1919년 영국군은 다이어 장군의 명령에 따라 비무장 군중에게 발포하여 379명의 사망자와 1,208명의 부상자를 냈고, 1922년 간디는 체포, 투옥되었다. 작중의 피터 월시가 최근 인도에 있었던 기간은 1918년부터 1923년으로 되어 있으므로, 이야기하는 시점은 폭력 사태가 나고 간디가 투옥된 다음이라고 보면 되겠다.

에, 그 기막히고 불쾌한 상황 때문에 밤잠도 오지 않는다는 것이었다. 이제 다 늙어서 별 힘은 없지만. 그래도 그녀의 집, 그녀의 하인들, 그녀의 벗 밀리 브러시 ─ 그가 밀리를 기억하는지? ─ 모두가 기꺼이 도울 준비가 되어 있었다 ─ 물론 도움이 된다면 말이지만. 내놓고 영국이라는 말은 하지 않았지만, 이 남자들의 섬, 이 소중하고 소중한 땅은(비록 셰익스피어는 읽지 않았을망정)[100] 그녀의 피 속에 있었다. 만일 여자도 투구를 쓰고 화살을 쏠 수 있다면, 능히 부대를 이끌고 공격전에 나서서 가차 없는 정의로 야만 부족들을 다스리며 코를 베인 시신으로 방패에 덮여 교회에 묻히거나 어느 태고의 산기슭에 잡풀 무성한 무덤이 될 수 있다면, 바로 그런 여자가 밀리선트 브루턴이었다. 여자라는 사실과 논리적 능력의 다소간 결함(가령 그녀는 「더 타임스」에 보낼 편지를 손수 쓸 수가 없었다)이 지장이 되기는 했지만, 그래도 밤낮으로 대영제국을 생각했고, 그 갑옷 입은 여신과의 교제에서 그 총검 같은 꼿꼿함과 다부진 태도를 얻은 터였다. 그러므로 그녀가 죽어서 이 땅을 떠나 유니언 잭이 어떤 영적인 형태로라도 날리지 않는 영역을 헤매게 되리라고는 상상조차 할 수가 없었다. 죽은 자들 가운데서라도 영국인이 아니게 된다는 것은 ─ 아니, 아니! 그럴 수는 없었다!

저이가 레이디 브루턴일까(전에 알던 사람인데)? 피터 월시가 머리가 세었나? 레이디 로시터는(전에 샐리 시튼이었던) 생각했다. 저이는 물론 미스 패리이다 ─ 부어턴에 묵을 때 그렇게 화


100 〈이 남자들의 섬, 이 소중하고 소중한 땅*this isle of men, this dear, dear land*〉이란 셰익스피어의 「리처드 2세」 2막 1장에서 영국 땅을 가리키는 긴 영탄문 가운데 *This land of such dear souls, this dear, dear land*를 인용한 것으로 보인다.

를 잘 내시던 고모님이지. 벌거벗고 복도를 냅다 뛰었던 일, 그래서 미스 패리에게 불려갔던 일은 절대 잊지 못할 것이다. 그리고 클라리사! 오, 클라리사! 샐리는 그녀를 끌어안았다.

클라리사는 그들 곁에 잠시 멈춰 섰다.

「하지만 가봐야 해.」 그녀는 말했다. 「나중에 올게. 기다려.」 그녀는 피터와 샐리를 보며 말했다. 이 모든 사람들이 가버릴 때까지 기다려, 하는 뜻이었다.

「나중에 올게요.」 그녀는 서로 악수하고 있는 옛 친구 샐리와 피터를 보며 말했다. 샐리는 뭔가 옛날 기억이 난 듯 소리 내어 웃었다.

그러나 그녀의 음성에는 그 옛날의 매혹적인 울림이 없었고, 그녀의 눈은 예전처럼 빛나지 않았다. 담배를 피우고 스펀지 백을 가지러 간다며 실오라기 하나 걸치지 않고 복도를 내달리던 그 시절처럼. 엘렌 앳킨스는 말했었다. 「신사분들이 보면 어쩌려고?」 그러나 모두들 그녀를 용서했다. 그녀는 밤에 배가 고프다며 식품 저장실에서 닭고기를 훔쳐 내기도 했고, 침실에서 담배를 피웠으며, 값진 책을 배에 두고 오기도 했다. 하지만 모두들 그녀를 좋아했다(아마도 아빠만 빼고). 그녀의 열정, 그녀의 생기 — 그녀는 그림도 그리고 글도 썼다. 마을의 나이 든 부인들은 아직까지도 그녀에게 〈빨간 코트를 입고 아주 쾌활해 보이던 친구〉 얘기를 했다. 그녀는 그 많은 사람들 중에 하필 휴 휘트브레드가(아 저기 휴가 포르투갈 대사와 이야기하고 있네) 끽연실에서 자기한테 키스를 하려 했다고 비난했다. 자기가 여자도 투표권이 있다고 말한 벌로 그랬다는 것이었다. 천박한 남자들이나 하는 짓이야, 하고 그녀는 말했었다. 클라리사는 가족 기도회에서 그녀가 그 사실을 공개하려는 것을 말려야 했던 일도 기억이 났다. 대담하고 무모하고 자기가 모든 일에 중심이 되어 사건을 일으키는 것을 좋아하는 그녀로서는 능히 그럴 수 있었다. 그 때문에 클라리사는 뭔가 무서운 비극이 일어나리라고, 때 아닌 죽음이라든가 순교 같은 일이 일어나리라고 생각하곤 했다. 그런데 천만뜻밖에도 그녀는 결혼을 했고, 그것도 커다란 단춧구멍만큼 머리가 벗어진, 맨체스터의 방적 공장 주인과 결혼을 해서, 아들을 다섯이나 두었다고 한다!

그녀와 피터는 함께 자리를 잡고 앉아, 이야기를 하고 있었다. 그들이 그렇게 이야기를 하는 것은 너무나 친숙한 장면이었다. 아마도 옛날이야기를 하겠지. 그 두 사람은(리처드보다도 훨씬) 그녀와 더 많은 추억을 가지고 있었다. 정원, 나무들, 영 아닌 목청으로 브람스를 노래하던 조셉 브라이트코프 노인, 응접실 벽지, 깔개들의 냄새. 샐리는 언제까지나 그 시절의 일부일 것이었다. 피터 또한 언제까지나. 하지만 가봐야 했다. 저기 브래드쇼 부부가 와 있다. 정말 싫은 사람들. 레이디 브래드쇼(회색과 은색으로 차려입고, 수족관 가장자리의 물개처럼 몸을 가누며, 공작부인들에게 초대장을 보내 달라고 짖어 대는 여자, 전형적인 자수성가자의 아내)에게 다가가서, 말을 걸어야 한다……

그러나 레이디 브래드쇼가 먼저 말을 걸었다.

「아, 댈러웨이 부인, 저희가 너무나 늦었지요. 너무 늦어서 들어올 엄두가 안 났답니다.」 그녀가 말했다.

반백의 머리와 푸른 눈이 아주 고상해 보이는 윌리엄 경도 맞장구를 쳤다. 그런데도 오고 싶은 유혹을 물리칠 수 없었다는 것이었다. 그는 리처드에게 아마도 두 사람이 하원에서 통과시키려 하는 법안에 대해 말하는 듯했다. 왜 그가 리처드에게 말하는 것만 보아도 그녀는 마음이 오그라드는 것일까? 그는 보다시피 훌륭한 의사인데. 자기 분야에서는 손꼽히는 인물이요 세력가인 그는 다소 수척해 보였다. 하기야 어떤 환자들이 그를 찾아갈지 생각해 보라 — 비참의 극에 달한 사람들, 광기의 경계를 넘나드는 사람들, 그런 남편들과 아내들. 그는 무섭게 어려운 문제들을 결정해 주어야 한다. 그런데도 — 그녀의 느낌은 아무도 윌리엄 경한테는 불행한 모습을 보여 주고 싶지 않으리라는 것이었다. 아니, 저 사람한테는 아니다.

「이튼에 다니는 아드님은 잘 있나요?」 그녀는 레이디 브래드쇼에게 물었다.

얼마 전에 크리켓 팀에서 탈락했어요, 레이디 브래드쇼는 말했다. 이하선염 때문에요. 아이보다 아이 아버지가 더 신경을 쓰지요. 사실 저이 자신도, 하고 그녀는 말했다. 「커다란 어린애니까요.」

클라리사는 리처드에게 이야기하고 있는 윌리엄 경을 쳐다보았다. 그는 어린애처럼 보이지 않았다 — 전혀 그런 느낌이 없었다. 그녀는 누군가가 그의 조언을 구하러 가는 데 동행한 적이 있었다. 그는 전적으로 옳았다. 극히 지각이 있었다. 그러나 맙소사 — 길거리로 나오자 얼마나 살 것 같았던지! 대기실에서 누군가 불행한 이가 흐느껴 울고 있던 것도 기억이 났다.

하지만 그녀는 대체 윌리엄 경에 대해 자기가 싫어하는 것이 정확히 무엇인지 알 수가 없었다. 리처드만이 그녀와 같은 생각이었다. 〈그의 취향이 싫어. 그의 냄새가 싫어〉 하고. 하지만 그는 아주 유능하다고들 했다. 두 사람은 그 법안에 대해 이야기하고 있었다. 윌리엄 경은 목소리를 낮추며 어떤 환자 이야기를 했다. 그 일은 그가 폭탄 쇼크의 후유증에 관해 말하고 있던 것과 관계되는 듯했다. 법안에도 뭔가 해당 조항이 있어야 한다는 것이었다.

목소리를 낮추어 같은 여자들끼리의 세계, 남편들의 훌륭한 점이나 유감스럽게도 과로하는 경향 같은 것을 은근히 자랑으로 여기는 공통된 세계로 댈러웨이 부인을 끌어들이면서, 레이디 브래드쇼는(딱하게도 우둔한 여자야 — 미워할 수가 없어) 나직이 귀엣말을 했다. 「막 출발하려고 하는데, 남편에게 전화가 왔어요. 아주 슬픈 일이었지요. 한 청년이(방금 윌리엄 경이 댈러웨이 씨께 말씀드린 그 환자지요) 자살을 했답니다. 군에 있었다더군요.」 아! 클라리사는 생각했다. 내 파티 한복판에 죽음이라니, 그녀는 생각했다.

그녀는 수상이 레이디 브루턴과 함께 들어갔던 작은 방으로 들어갔다. 거기도 누가 있을지 모르지만. 하지만 아무도 없었다. 의자들에는 아직도 수상과 레이디 브루턴이 앉았던 흔적이 남아 있었다. 그녀는 경의를 표하느라 그를 향해 약간 숙인 자세로, 그는 위엄 있게 떡 버티고 앉아 있었겠지. 인도 얘기를 했을 것이다. 하지만 지금은 아무도 없었다. 파티의 찬란함이 땅에 떨어져 버린 지금, 고운 옷을 입고 이렇게 혼자 들어오다니 묘한 기분이었다.

브래드쇼 부부는 대체 무슨 작정으로 파티에 와서 죽음을 이야기하는 걸까? 한 청년이 자살을 했다. 그리고 그들은 — 브래드쇼 부부는 그녀의 파티에 와서 죽음을 이야기한다. 그가 자살을 했다고 — 하지만 어떻게? 별안간 사고 소식을 들으면 항상 그녀의 몸이 먼저 그 일을 겪곤 했다. 옷이 불붙고, 몸이 타는 것이다. 그는 창문에서 뛰어내렸다고 했다. 땅이 휙 치솟는가 싶더니, 얼결에 그의 몸은 녹슨 철책에 꿰뚫려 상처가 난다. 머릿속이 쿵, 쿵, 쿵 울리고, 그러고는 의식 불명의 암흑. 그 모든 광경이 눈에 선했다. 하지만 대체 왜 그런 짓을 했을까? 브래드쇼 부부는 하필 그녀의 파티에 와서 그 얘기를 하다니!

언젠가 서펀타인 연못에 1실링짜리 동전을 던진 적이 있었다. 그 밖에는 다른 아무것도 내던진 적이 없었다. 그러나 그는 자기 몸을 내던진 것이다. 우리는 여전히 살아가겠지(그녀도 다시 가 봐야 했다. 방들은 여전히 북적이고, 손님들은 계속해서 오고 있었다). 우리는(그녀는 온종일 부어턴과 피터와 샐리를 생각했다) 늙어 갈 거야. 중요한 단 한 가지, 그녀의 삶에서는 그 한 가지가 쓸데없는 일들에 둘러싸여 가려지고 흐려져서, 날마다 조금씩 부패와 거짓과 잡담 속에 녹아 사라져 갔다. 바로 그것을 그는 지킨 것이었다. 죽음은 도전이었다. 죽음은 도달하려는 시도였다. 사람들은 그 중심이 왠지 자신들을 비켜가므로 점점 더 거기에 도달할 수가 없다고 느낀다. 가까웠던 것이 멀어지고, 황홀감은 시들고, 혼자 남게 되는 것이다. 그럴 때, 죽음은 팔을 벌려 우리를 껴안는다.

하지만 자살한 그 청년은 — 자신의 소중한 것을 꼭 붙들고 뛰어들었을까? 〈만일 지금 죽어야 한다면, 지금이야말로 가장 행복한 때이리〉[101] 하고 언젠가 그녀는 중얼거린 적이 있었다. 새하얀 옷을 입고 계단을 내려오면서.

시인이니 사상가니 하는 이들도 있다. 만일 그가 그런 정열을 가졌다고 한다면, 그런데 윌리엄 브래드쇼 경을 만나러 갔다면, 경은 훌륭한 의사이기는 하지만 그녀가 보기에는 어딘가 악한, 성(性)도 정욕도 없고 여자에게 극히 예의 바르기는 하지만 뭔가 꼭 집어 말하기 힘든 모욕감을 줄 수도 있는 사람인데 — 영혼을

101 주 43 참조.

강압한다고나 할까, 그래 바로 그거야 — 만일 그 젊은이가 그에게 갔고 윌리엄 경이 그런 식으로 위세를 부리는 인상을 주었다면, 그렇다면 그는 생각하지 않았을까(정말이지 그녀는 그 심정을 알 수 있었다) — 인생이란 참을 수 없다, 저런 인간들이 인생을 참을 수 없게 만든다고?

그런데(바로 오늘 아침 그녀 자신도 그랬지만) 두려움이라는 것도 있다. 부모가 손에 쥐어 준 이 인생이라는 것을 끝까지 살아야 한다는 것, 평온하게 지니고 가야 한다는 것에 덮쳐 오는 무력감. 그녀의 마음속 깊은 곳에도 끔찍한 두려움이 자리 잡고 있었다. 요즈음도, 리처드가 있어 주지 않는다면, 「더 타임스」를 읽으며 그가 거기 있지 않다면, 그래서 그녀가 새처럼 옹크리고 있다가 차츰 되살아나 마치 마른 가지를 마주 비비듯 그 한량없는 기쁨의 불꽃을 피워 내지 못한다면, 그녀는 도저히 더 살 수 없을 것이었다. 그런 두려움에서 그녀는 벗어났다. 하지만 그 청년은 자살을 한 것이다.

어찌 보면 그것은 그녀의 재난이고 불명예였다. 그래서 이 깊은 어둠 속에서, 어쩔 수 없이 야회복을 입고 선 채로, 여기서 한 남자, 저기서 한 여자가 가라앉아 사라져 가는 것을 보아야만 한다는 벌을 받고 있는 것이다. 그녀는 일을 꾸민 적도 있고, 부정직했던 적도 있다. 절대로 아주 떳떳하지는 못했다. 그녀는 성공을 원했다. 레이디 벡스버러니 뭐니 하는 이들처럼 되고 싶었다. 그런데 한때는 그녀도 부어턴의 테라스 위를 걸었던 것이다.

이상하고, 믿을 수 없는 일이지만, 이렇게 행복해 본 적이 없었다. 모든 것이 좀 더 천천히 지나갔으면, 좀 더 오래 지속되었으면 싶었다. 어떤 즐거움도, 하고 그녀는 의자들을 바로 놓고 책 한 권을 서가에 꽂으며 생각했다. 어떤 즐거움도 젊은 날의 승리들과 결별하고 살아가는 과정에 자신을 내맡기고 있다가 가끔 기쁨에 떨면서 해가 뜨는 것을, 날이 저무는 것을 발견하는 것에는 비할 수 없었다. 그녀는 부어턴에서도 다들 이야기하고 있을 때 혼자 하늘을 보러 갔던 적이 얼마나 많았던가. 또는 식사 중에도 사람들의 어깨 너머로 하늘을 바라보곤 했었다. 런던에서도, 잠이 오지 않을 때면 하늘을 보았고. 그녀는 창가로 다가갔다.

어리석은 생각이긴 하지만, 하늘에는 그녀 자신의 일부가 들어 있는 듯했다. 이 시골 하늘, 웨스트민스터 동네의 이 하늘에는. 그녀는 커튼을 젖히고 내다보았다. 어머나! — 맞은편 집에서 노부인이 정면으로 그녀 쪽을 바라보고 있었다! 잠자리에 들려 하고 있었다. 그리고 저 하늘. 장엄한 하늘이 될 거야, 하고 그녀는 생각했었다. 그 아름다운 뺨을 돌리고 어둑해질 거야, 하고. 그런데 저기 — 창백한 잿빛 하늘에는 거대한 구름들이 차츰 가늘어지며 빠르게 지나가고 있었다. 뜻밖의 광경이었다. 바람이 부는 모양이었다. 맞은편 방에서는 잠자리에 들려 하고 있었다. 노부인이 돌아다니는 것을, 방을 가로질러 창가로 다가오는 모습을 지켜보는 것은 각별한 느낌이었다. 노부인도 그녀를 볼 수 있을까? 응접실에서는 사람들이 여전히 웃고 소리치고 하는데, 이렇게 조용히 저 노부인이 잠자리에 드는 것을 지켜보는 것은 각별한 느낌을 주었다. 이제 블라인드를 내렸다. 시계가 종을 치기 시작했다. 젊은이는 자살을 했지만, 불쌍하다는 생각은 들지 않았다. 시계가 시간을 알린다, 한 점, 두 점, 석 점. 그녀는 그를 불쌍히 여기지 않았다. 이 모든 것은 여전히 계속되는 것이다. 저기! 노부인이 불을 껐다! 온 집이 어두워졌다. 이 모든 것이 여전히 계속되는 가운데, 하고 그녀는 되뇌었다. 그러자 그 말이 떠올랐다. 태양의 열기를 더는 두려워 말라. 손님들에게 돌아가야 했다. 하지만 얼마나 특별한 밤인가! 그녀는 왠지 그와 — 자살을 한 청년과 — 아주 비슷하게 느껴졌다. 그가 그렇게 한 것이, 모든 것을 내던져 버린 것이 기뻤다. 시계가 종을 쳤다. 납처럼 둔중한 원이 공중으로 퍼져 나갔다. 하지만 가봐야 했다. 손님들과 어울려야 했다. 샐리와 피터를 찾아야 했다. 그녀는 작은 방에서 나와 안으로 들어섰다.

「그런데 클라리사는 어디 있어요?」 피터가 물었다. 그는 샐리와 함께 소파에 앉아 있었다. (그렇게 긴 세월이 지났는데도 그는 그녀를 〈레이디 로시터〉라고 부를 수가 없었다.) 「도대체 어딜 갔을까요?」 그는 물었다. 「클라리사는 어디 있지요?」

샐리는 중요한 인사들, 자기들은 신문에서밖에 볼 수 없는 정치가들이 많이 왔고, 클라리사는 그들을 대접하느라 함께 이야기를 해야 할 거라고 생각했고, 물론 피터도 그렇게 생각했다. 그녀는 그들과 함께 있을 것이었다. 하지만 리처드 댈러웨이는 내각에 들어가지는 못했다. 내 생각엔, 별로 출세는 못한 것 같은데요? 샐리는 말했다. 그녀는 거의 신문을 읽지 않았다. 가끔 그의 이름이 언급된 것을 보았을 뿐이었다. 하지만 그러고 보면 — 그야 뭐 클라리사가 보기에 자기는 아주 촌구석에서, 장사꾼이니 제조업자들 틈에서 외떨어져 살고 있는 셈이었지만. 그래도 따지고 보면 그들은 뭔가를 해내는 사람들이었다. 그녀 자신도 해냈으니까!

「난 아들이 다섯이나 있어요!」 그녀는 그에게 말했다.

세상에, 이렇게 변할 수가 있을까! 부드러운 모성애에 어미다운 자랑까지. 그들이 마지막으로 만난 것은 달밤에 꽃양배추 밭에서였다고 피터는 기억했다. 꽃양배추 잎을 그녀는 문학적 표현을 발휘하여 〈거친 청동 같다〉고 했고, 장미꽃을 꺾기도 했는데. 분수 곁에서 클라리사와 말다툼을 벌였던 그날, 그 암울한 밤에 그녀는 그를 이리저리 끌고 다녔다. 그는 밤차를 탈 작정이었다. 맙소사, 그때는 그도 울었다!

주머니칼을 펴드는 건 저 사람의 오랜 버릇이야, 하고 샐리는 생각했다. 거북해지면 꼭 칼을 꺼내 접었다 폈다 하지. 그녀와 피터는, 그가 클라리사와 사랑하는 사이였을 때, 아주 속을 터놓는 사이였다. 어느 날 점심 식사에서 리처드 댈러웨이를 놓고 우스꽝스러운 말다툼이 벌어졌을 때도 그랬다. 그녀는 리처드를 〈위컴〉이라 불렀다. 리처드를 〈위컴〉이라 부르면 왜 안 되는데? 클라리사는 발끈했다! 그리고 그 후로 그녀와 클라리사는 다시 만나지 않았고, 지난 10년 동안에도 만난 일이 고작 대여섯 번도 안 되었다. 피터 월시는 인도에 가버렸고, 그가 불행한 결혼을 했다는 소식은 막연히 들었지만, 그에게 아이가 있는지 어떤지도 몰랐고, 그렇다고 대놓고 물어볼 수도 없었다. 그는 많이 변해 있었다. 다소 쇠잔한 것 같지만, 훨씬 더 친절해졌다는 느낌이었고, 그에게 진심으로 애정을 느꼈다. 그는 그녀의 젊은 날과 연관되는 사람이니까. 그가 준 에밀리 브론테의 작은 책을 그녀는 아직도 간직하고 있었다. 그는 글을 쓰겠다고 했었는데, 맞나? 그 시절 그는 글을 쓰겠다고 했었다.

「글은 좀 썼어요?」 그녀가 물었다. 손을, 단단하고 모양 좋은 손을 무릎에 펴놓는 동작은 그도 기억하는 것이었다.

「한마디도 못 썼지요!」 피터가 말했고, 그녀는 웃었다.

그녀는 여전히 매력이 있어. 여전히 한 인물 하는군, 샐리 시튼은. 그런데 로시터란 대체 어떤 사람일까? 결혼식 날 동백꽃을 두 송이 달았다는 것이 피터가 그에 대해 아는 전부였다. 〈무수한 하인을 거느리고, 몇 마일이나 되는 온실들을 가지고 있답니다〉 하고 클라리사가 써 보낸 적도 있었다. 샐리는 웃음을 터뜨리며 그 말을 시인했다.

「그래요, 난 연 수입이 1만 파운드쯤 돼요.」 세전인지 세후인지는 알 수 없었다. 왜냐하면 남편이 다 알아서 해주기 때문이었다. 「그 사람을 만나 봐야 하는데.」 그녀는 말했다. 「아마도 좋아할 거예요.」

그 시절 샐리는 행색이 아주 초라했었는데. 부어턴에 오려고 마리 앙투아네트가 자기 증조부에게 준 것이라는 할머니의 반지까지 저당 잡혔다고 하지 않았던가?

아, 그랬지요. 샐리는 그 일을 기억했다. 그녀는 아직도 마리 앙투아네트가 자기 증조부에게 준 루비 반지를 간직하고 있었다. 그 시절 그녀는 자기 명의의 돈이라고는 한푼도 없었고, 그래서 부어턴에 간다는 것은 엄청나게 허리띠를 졸라매야 하는 일이었다. 하지만 부어턴에 간다는 것은 그녀에게 아주 큰 의미를 갖는 일이었다 — 그 덕분에 온전한 정신을 지닐 수 있었으니까. 집에서는 그렇게 불행했었다 — 이제는 다 지난 일이지만요, 하고 그녀는 말했다. 패리 씨는 세상을 떠났지만, 미스 패리는 여전히 살아 있었다. 내 평생 그렇게 놀라 보긴 처음이에요! 피터가 말했다. 그녀도 이미 고인이 되었으리라고 거의 확신하고 있었던 것이다. 그런데 내 생각에, 클라리사는 이만하면 결혼을 잘한 거 같은데요? 샐리가 말했다. 저 아주 잘생기고 아주 침착한 아가씨가 엘리자베스지요? 저기, 커튼 옆에, 붉은 옷을 입고 있는.

(그녀는 포플러 같아, 강물 같아, 히아신스 같아, 하고 윌리 티트컴은 생각하고 있었다. 오, 시골에 가서 하고 싶은 일을 하면 얼마나 좋을까! 가엾은 개가 끙끙대는 소리가 들린다고 엘리자

베스는 확신했다.) 저 아이는 전혀 클라리사 같지 않아요, 피터
월시는 말했다.

「오, 클라리사!」 샐리가 말했다.

샐리의 느낌은 요컨대 이런 것이었다. 즉, 그녀는 클라리사에
게 큰 신세를 졌다. 그들은 그저 아는 사이가 아니라 친구였고,
아직도 클라리사가 새하얀 옷을 입고 꽃을 한 아름 안은 채 집 주
위를 돌아다니는 모습이 눈에 선했다. 요즘도 연초를 보면 부어
턴 생각이 날 정도였다. 하지만 — 피터가 이해할지? — 클라리
사에게는 뭔가가 결여되어 있었다. 대체 무엇이? 클라리사는 매
력적이었고, 대단히 매력적이었다. 하지만 솔직히 말해(그녀는
피터가 오래된 친구, 진정한 친구라고 느꼈다 — 오래 못 만난
것이 대수이겠는가? 멀리 떨어져 있는 것이 대수이겠는가? 그녀
는 종종 그에게 편지를 쓰려다가 찢어 버렸지만, 그래도 그는 이
해해 줄 것이었다. 사람들은 말하지 않고도 이해하니까. 늙어 가
면서 느끼는 것이지만. 정말로 그녀도 늙었다. 오후에는 아들들
을 만나러 이튼에 갔었다. 그 애들이 이하선염에 걸려서), 아주
솔직히 말해, 클라리사가 어떻게 그럴 수 있었을까? — 어떻게
리처드 댈러웨이와 결혼할 수가? 스포츠맨에 개들한테나 관심
을 갖는 남자와? 문자 그대로, 그가 방 안에 들어오면 마구간 냄
새가 났다. 그런데 보다시피 이렇게 살고 있다니? 그녀는 손을
내저었다.

휴 휘트브레드가 어슬렁대며 지나갔다. 하얀 조끼를 입고, 아
둔하게 살이 쪄서, 자만심과 안일 외에는 눈에 들어오는 것이 없
다는 듯한 태도였다.

「우리 같은 건 못 본 체할 모양이지요!」 샐리는 말했다. 사실
그녀도 나설 용기는 없었다 — 그러니까 저게 휴란 말이지! 존

경스런 휴!

「저 사람은 무슨 일을 하나요?」 그녀는 피터에게 물었다.

국왕의 구두를 닦기도 하고 윈저 궁의 술병을 세기도 하지요, 하고 피터는 그녀에게 말했다. 피터는 여전한 독설가로군요! 하지만 샐리도 솔직히 말해 봐요, 피터가 말했다. 그때 그 키스 말이에요. 휴에게 당했다는.

입술에 했다니까요, 그녀는 단언했다. 어느 날 저녁 끽연실에서 말이에요. 너무나 화가 나서 곧장 클라리사에게 달려갔지요. 휴는 그런 일을 안 해! 존경스런 휴는! 그러더군요, 클라리사는. 휴의 양말은 언제나 제일 멋있다는 둥 — 하기야 오늘 밤 야회복도 그렇군요. 나무랄 데 없어요! 아이들도 있다던가요?

「여기 있는 사람들은 다들 이튼에 아들을 여섯쯤 보낸 모양이에요.」 피터가 말했다. 그 자신만 빼고 말이다. 천만다행히도 그는 자식이 없었다. 아들도, 딸도, 아내도. 뭐, 별로 섭섭해 보이지도 않는데요, 샐리가 말했다. 그는 그들 중 누구보다도 젊어 보인다고 그녀는 생각했다.

하지만 여러 가지 면에서, 하고 피터가 말했다. 그렇게 결혼한 건 어리석은 짓이었다고. 「정말 바보 같은 여자였어요.」 그는 말했다. 그러고는 덧붙였다. 「덕분에 멋진 세월을 보냈지만요.」 하지만 어떻게 그랬다는 거지? 샐리는 의아한 심정이 들었다. 대체 무슨 뜻이지? 그를 알면서도 그가 어떻게 살아왔는지 전혀 모르다니 얼마나 이상한지. 그런 말을 하는 것은 순전히 자존심 때문인지? 아마 그럴지도 모르지. 따지고 보면 그에게는 분통이 터지는 일이었을 테니까(물론 그는 괴짜이고, 남들과는 다른 사람이지만). 저 나이에 집도 없고 아무 데도 갈 곳이 없다니 분명 외롭겠지. 하지만 우리 집에 꼭 와서 몇 주일이든 지내요. 물론 그러지요. 기꺼이 가지요. 그러다가 이야기가 나오게 되었다. 댈러웨이 부부는 한 번도 자기들 집에 온 적이 없었다. 몇 번씩이나 초대를 했건만. 클라리사는(물론 클라리사 때문이지요) 오려 하지 않아요. 왜냐하면, 하고 샐리는 말했다. 클라리사는 알고 보면 속물이거든요 — 그건 인정해야 해요, 속물이지요. 자기들 사이를 갈라놓은 것은 바로 그 점이라고 그녀는 확신하고 있었다. 클라리사는 그녀가 신분을 낮추어 결혼했다고 생각하는 것이었다. 그녀의 남편이 — 그녀는 자랑스럽게 생각하건만 — 광부의 아들이라고 해서 말이다. 자기들이 가진 돈은 동전 한 닢까지도 그가 일해서 번 것이었다. 어렸을 때부터(그녀의 음성이 떨렸다) 그는 큰 자루를 날랐대요.

(이런 식으로 몇 시간이고 떠들겠군, 피터는 생각했다. 광부의 아들이라느니, 자기가 신분을 낮추어 결혼을 했다느니, 아들이 다섯이라느니, 또 무슨 애기를 했더라 — 식물, 수국, 수수꽃다리, 또 뭐라는 희귀종 히비스커스 릴리는 수에즈 운하 북쪽에서는 절대 자라지 않지만 자기는 맨체스터 근교에서 정원사를 두고 히비스커스 릴리 화단을 몇 개나 만들었다는 둥! 클라리사는 적어도 이런 식은 아니지. 비록 모성애는 덜할지도 모르지만.)

그녀가 속물이라고? 그래, 여러 면에서 그렇기는 했다. 그런데 대체 어딜 가서 통 보이질 않을까? 시간이 늦었는데.

〈하지만〉 하고 샐리가 말했다. 〈클라리사가 파티를 연다는 말을 듣고 안 오고는 못 배겼지요 — 꼭 다시 만나고 싶었어요(게다가 난 빅토리아 스트리트에 묵고 있거든요. 바로 옆 동네지요). 그래서 초대도 안 받고 왔어요. 하지만〉 하고 그녀는 목소리를 낮추었다. 「저기 저 사람은 누구지요?」

그 사람은 문을 찾고 있는 힐버리 부인이었다. 시간이 이렇게 늦었다니! 밤이 깊을수록, 손님들이 자리를 뜰수록, 옛 친구들을 만나게 되는 법이지, 하고 그녀는 중얼거렸다. 조용한 구석자리며 모퉁이들, 아름다운 전망들. 저이들은 알까? 그녀는 생각했다. 자신들이 마법의 정원에 둘러싸여 있다는 것을? 불빛과 나무와 빛나는 호수와 하늘. 클라리사는 뒷마당에 그냥 몇 개 요정의 등불을 켜지요, 하고 말했었다. 그녀는 정말로 요술쟁이라니까! 마치 유원지 같아……. 그런데 저 사람들은, 이름은 모르지만 친구들이라는 것은 알 수 있었다. 이름 없는 친구들, 가사 없는 노래들이야말로 언제나 가장 좋은 것이다. 하지만 문이 너무나 많고 전혀 뜻밖의 방들로 이어져 있어 도무지 길을 찾을 수가 없었다.

「힐버리 노부인이지요.」 피터가 말했다. 하지만 저이는 누구더라? 저녁 내내 말 없이 커튼 곁에 서 있던 저 부인은? 얼굴은 아는데, 부어턴 시절의 사람인데. 분명 창가의 큰 테이블에서 속옷을 마르고 있었던 것 같아. 데이비드슨이라는 이름이던가?

「아, 저이는 엘리 헨더슨이에요.」 샐리가 말했다. 클라리사는 저이한테 정말 냉정해요. 친척인데, 아주 가난하거든요. 클라리사는 사람들에게 정말 냉정하지요.

그런 편이지요, 피터가 말했다. 하지만, 하고 샐리가 특유의 격정적인 어조로 말을 이었다. 전에는 그런 열정적인 면 때문에 그녀를 좋아했지만, 이제는 다소 꺼려지기도 했다. 그녀는 너무나 감정이 넘쳐흘렀다 — 친구들에게는 클라리사가 얼마나 너그러운지! 얼마나 드문 자질인지! 가끔씩 밤에 또는 크리스마스 때 자신이 받은 축복을 헤아려 볼 때면 그 우정을 첫손에 꼽는다는 것이었다. 우린 젊었지요, 바로 그거예요. 클라리사는 마음이 순수했어요, 바로 그거예요. 피터는 그녀가 감상적이라고 생각하겠지

만. 사실이 그랬다. 그녀는 각자 자신이 느끼는 것이야말로 유일
하게 말할 가치가 있다고 느끼게 되었다는 것이었다. 똑똑해 봤
자 별 소용이 없었다. 그저 자기가 느끼는 것을 말해야 했다.

「하지만 난 모르겠어요.」 피터 월시가 말했다. 「내가 뭘 느끼
는지.」

불쌍한 피터, 샐리는 생각했다. 왜 클라리사는 자기들한테 와
서 얘기라도 좀 하지 않을까? 그가 바라는 건 바로 그건데. 그녀
는 알고 있었다. 저녁 내내 그는 클라리사만을 생각하며 애꿎은
주머니칼을 만지작거리고 있었다.

인생은 그리 간단치가 않은 것 같다고 피터가 말했다. 클라리
사와의 관계도 간단하지가 않았다. 그게 자기 인생을 망쳐 버렸
다고 그는 말했다. (그와 샐리 시튼은 속내를 터놓은 사이였으므
로, 그 말을 하지 않는다는 것이 오히려 어색했다.) 사랑은 두 번
할 수 있는 게 아니에요, 그는 말했다. 이런 말에 뭐라고 대답할
수 있담? 그래도 사랑을 해본 것이 낫지요(그는 그녀가 감상적
이라고 생각할 것이었다 ─ 그는 언제나 아주 신랄했으니까.)
꼭 와서 맨체스터 우리 집에서 지내야 해요. 그래요. 정말 그렇지
요. 그가 말했다. 런던에서 할 일을 마치는 대로 꼭 가서 함께 지
내고 싶어요.

그런데 클라리사는 리처드보다 그를 더 사랑했다고, 샐리는
그 점을 확신한다고 말했다.

「아니요, 아니에요!」 피터가 말했다(샐리는 그런 말은 하지 말
아야 했다 ─ 너무 지나쳤다). 저 사람 좋은 친구 ─ 방 저 끝에
서 언제나 그렇듯 장황한 언변을 늘어놓고 있는, 친애하는 오랜
벗 리처드. 리처드와 얘기하는 이는 대체 누구예요? 샐리가 물었
다. 저 고상해 보이는 이는? 촌구석에서 살다 보니 누가 누구인

지 호기심이 끝이 없다고 했다. 그러나 피터도 모르기는 매한가지였다. 저 사람은 생김새가 그리 탐탁지 않은데요, 그가 말했다. 아마 무슨 장관인가 보지요. 저 사람들 중에서는 그래도 리처드가 제일 나아 보이는군요, 그가 말했다 — 제일 사심이 없어요.

「하지만 그가 한 일이 뭐지요?」 샐리가 물었다. 그야 무슨 공적인 일이겠지요. 두 사람은 행복할까요? 샐리가 또 물었다(그녀 자신은 아주 행복했다). 왜냐하면 사실 그들에 대해 전혀 아는 바가 없기 때문에, 흔히들 그러듯, 잘 알지도 못하면서 속단을 내리게 된다는 것이었다. 사실 매일 함께 사는 사람에 대해서도 뭘 알 수가 있겠어요? 그녀가 물었다. 우리 모두가 수인(囚人) 아니겠어요? 자기 감방의 벽을 긁어 댄 사람에 관한 멋진 희곡을 읽은 적이 있는데, 그거야말로 인생의 참 모습이라고 느꼈다고도 했다 — 감방 벽을 긁어 대는 것이 인생이지요. 인간관계에 대해 실망할 때면(사람들은 참 까다로워요), 그녀는 정원에 가서 인간들이 주지 못하는 평화를 꽃에서 얻곤 했다. 하지만 아니, 그는 양배추보다는 사람들이 더 좋다고 말했다. 정말이지 젊은 사람들은 아름답지요, 엘리자베스가 방을 지나가는 것을 보며 샐리가 말했다. 저 나이 때 클라리사와는 전혀 다르지만! 그는 그녀를 이해할 수 있는지? 그녀는 입을 열지 않으니. 아직 별로 잘 몰라요, 피터가 인정했다. 꼭 백합꽃 같아요, 샐리가 말했다. 연못가에 핀 백합이에요. 그러나 피터는 우리가 아무것도 모른다는 데에 동의하지 않았다. 우리는 모든 걸 압니다, 그가 말했다. 적어도 그는 그랬다.

하지만 저기 두 사람, 하고 샐리가 소곤거렸다. 지금(클라리사가 곧 오지 않는다면 그녀는 정말로 가야 했다) 방금 리처드와 이야기를 하다가 이쪽으로 다가오는 두 사람, 고상해 보이는 남

자와 그의 다소 평범해 보이는 아내 — 저런 사람들에 대해서는
뭘 알 수가 있지요?

「고약한 사기꾼들이라는 거지요.」 피터는 그들을 흘긋 바라보
며 말했다. 그의 말에 샐리는 소리 내어 웃었다.

그러나 윌리엄 브래드쇼 경은 문간에서 걸음을 멈추고 그림을
들여다보았다. 그는 그림 한구석에서 판화가의 이름을 찾았다.
그의 아내도 들여다보았다. 윌리엄 브래드쇼 경은 그토록 미술
에 관심이 많았다.

젊을 때는, 하고 피터가 말했다. 너무 흥분해 있어서 사람들을
알지 못해요. 이제 나이가 들고 보니, 정확히는 쉰두 살인데(샐
리는 몸은 쉰다섯이지만 마음은 스무 살 처녀 같다고 했다), 이
제 좀 더 성숙해지고 보니, 하고 피터가 말을 이었다. 바라보고
이해하면서도 느끼는 힘은 줄지 않아요. 그래요, 정말 그래요. 샐
리도 맞장구를 쳤다. 매년 훨씬 더 깊고 훨씬 더 열정적으로 느끼
는걸요. 갈수록 더 그렇지요, 불행하게도. 그가 말했다. 하지만
기뻐해야지요 — 그의 경험으로는, 갈수록 더 그런 것 같았다.
인도에 어떤 사람이 있는데, 샐리에게 그녀에 관해 이야기하고
싶었다. 샐리가 그녀와 알고 지냈으면 했다. 결혼한 여자예요, 그
는 말했다. 어린아이도 둘이나 있지요. 모두 맨체스터로 오세요,
샐리가 말했다 — 헤어지기 전에 약속을 해두어야 했다.

저기 엘리자베스가 있군요, 그가 말했다. 저 애는 우리가 느끼
는 것의 절반도 느끼지 않아요. 아직은요. 하지만, 샐리는 엘리자
베스가 자기 아버지에게 다가가는 것을 보며 말했다. 부녀가 서
로 아끼고 있다는 건 눈에 보이는군요. 엘리자베스가 자기 아버
지에게 다가가는 태도를 보면 느낄 수 있어요.

아버지는 브래드쇼 부부와 이야기를 하면서 그녀를 지켜보고

있었다. 그러면서 저 어여쁜 아가씨는 대체 누구지? 하고 생각했다. 그러다가 문득 그게 바로 자신의 딸 엘리자베스라는 것을 깨달았다. 분홍 드레스를 입은 모습이 너무나 예뻐서 미처 알아보지 못한 것이었다! 엘리자베스는 윌리 티트컴과 이야기하는 동안 아버지가 자신을 보고 있는 것을 느꼈다. 그래서 아버지에게 다가갔고, 이제 둘이 함께 서서, 파티가 거의 끝나 가고 사람들이 떠나고 방이 차츰 비어 가는 것을 지켜보았다. 엘리 헨더슨도 거의 마지막으로 가려 하고 있었다. 아무도 말을 걸어 주지는 않았지만, 그녀는 에디스에게 들려줄 수 있도록 모든 것을 보아 두고 싶었던 것이다. 리처드와 엘리자베스는 파티가 끝난 것이 기뻤고, 무엇보다도 리처드는 자기 딸이 자랑스러웠다. 그 말은 하지 않을 생각이었지만, 그래도 말하지 않을 수가 없었다. 널 보고서, 저 어여쁜 아가씨가 누구지? 했단다. 그런데 내 딸이 아니냐! 그 말을 듣고 그녀는 기뻤다. 하지만 불쌍한 강아지가 끙끙대고 있었다.

「리처드는 많이 니아졌어요. 당신 말이 옳아요.」 샐리가 말했다. 「가서 한마디 해야지. 작별 인사라도 해야겠지요. 머리끔이야 뭐 그리 대수겠어요?」 레이디 로시터는 자리에서 일어나며 말했다. 「마음씨에 비하면?」

「나도 갈게요.」 피터는 말했지만, 잠시 더 앉아 있었다. 이 두려움은 뭐지? 이 황홀감은? 그는 생각했다. 나를 이토록 흥분으로 채우는 이건 대체 뭐지?

클라리사로군. 그는 말했다.

거기 그녀가 와 있었다.

# 존재의 순간들을 위한 봉헌:
# 댈러웨이 부인의 파티

문학사에서 버지니아 울프(1882~1941)는 제임스 조이스와 함께 이른바 〈의식의 흐름〉이라는 새로운 서술 기법을 발전시킨 모더니즘 소설의 실험적인 작가로 손꼽힌다. 또, 1960년대 말부터는 페미니즘 비평의 선구자로 재발견되었으며, 특히 여성이 작가가 되기가 왜 그토록 어려운지를 역사적·사회적으로 규명한 그녀의 에세이 『자기만의 방』은 오늘날까지도 페미니즘의 지침서나 다름없이 읽히고 있다. 그녀가 작가가 되기 위한 조건으로 내걸었넌 〈우리기 모두 1년에 500파운드를 벌고 자기만의 방을 갖는다면〉이라는 말은 여성의 경제적 자립과 정신적 자유를 나타내는 구호처럼 회자되는 터이다. 하지만 그녀의 이름은 이런 〈업적〉만으로는 충분히 설명되지 않는 전설적인 여운을 불러일으킨다. 생전에 이미 블룸즈버리 그룹의 중심인물로서 숱한 화제를 뿌렸던 데다, 비범한 성격과 용모, 만성적인 정신 분열증, 결국 자살로 마감한 생애는 그녀를 하나의 전설로 만드는 것이다.

그녀는 학자이자 비평가였던 레슬리 스티븐과 아름답고 활동적인 어머니 줄리아 프린셉스 덕워스 사이에서 태어났다. 두 사람 모두 재혼으로, 레슬리에게는 지적 장애인 딸이, 줄리아에게는 2남 1녀가 있었다. 두 사람 사이에서 다시 2남 2녀가 태어났으며 버지니아는 그중 셋째였다. 그래서 그녀는 〈여덟 살부터 쉰 아홉 살까지 열한 명의 식구와 일곱 명의 하인들〉이 북적이는 가운데 자라났다. 런던의 상류층이 사는 사우스 켄싱턴에 집이 있고 1년 중 서너 달은 콘월의 바닷가 별장에서 지내는, 유복한 환경이었다. 아버지 레슬리 스티븐은 『국가인명사전*Dictionary of National Biography*』(1882~1891)의 편집인으로 유명한 문필가였고, 백부 역시 유명한 법조인이자 저널리스트였으며, 할아버지는 변호사로 식민지 인도의 행정관을 거쳐 하원 의원을 지낸 인물이었다.

하지만 이런 명문가에서도 딸들은 아들과 대등한 지위를 누리지 못했다. 남자 아이들은 퍼블릭 스쿨에, 다시 말해 〈열 살에 그 안에 던져지면 예순 살에는 교장, 해군 제독, 의회 수상, 대학 총장이 되어 나타나는 가부장적 기계〉에 들여보내지는 반면, 여자 아이들은 〈1년에 40파운드의 옷값을 받는〉 것으로 만족하고 집에서 가정 교사와 부모로부터 배워야 했다. 20세기가 되기 직전까지도 영국의 웬만한 가문에서는 딸들에게 학교 교육을 시키지 않았던 것이다. 하지만 그녀는 아버지의 방대한 서재에 마음대로 드나들 수 있었고, 아버지의 손님인 당대 일류 문사들의 대화에서 지적인 자극을 받아 일찍부터 작가가 되겠다는 결심을 했다 — 물론 영민한 어린 딸의 포부를 선선히 수긍했던 아버지가 생각한 〈작가〉란 친척 여성들이 종종 그러했듯, 아버지의 유고 발간을 돕고 전기를 쓰는 정도에서 크게 지나지 않았겠지만.

그 시대 여성에게 요구되는 역할을 단적으로 보여 주는 예는 그녀의 어머니였다. 결혼한 지 4년 만에 셋째 아이를 임신한 채 남편을 여의는 불행을 겪고, 그 후 8년 만에 나이가 열네 살이나 많은 데다 지적 장애인 딸을 둔 남성의 청혼을 의무감과 동정심에서 받아들인 여성. 다시 네 아이를 더 낳고 6층짜리 집에서 18명의 식구가 딸린 살림을 총지휘하는 것이 그녀의 일이었다. 그러면서도 과부 시절에 시작했던 자선 간호의 일을 그만두지 않았으니, 그처럼 묵묵히 수고와 봉사와 희생을 감내하던 어머니야말로 훗날 버지니아가 〈빅토리아 시대 말기에는 가정마다 있었던〉 〈집안의 천사〉라 이름 붙인 여성상의 원형이었다. 그런 어머니는 그녀가 열세 살 때 갑자기 세상을 떠났고, 어머니를 대신하여 〈집안의 천사〉가 되었던 언니 스텔라마저 2년 후에 그 뒤를 따랐다. 그 충격으로 그녀는 우울증과 대인 공포증, 환청 등 최초의 신경 쇠약에 시달렸다.

아버지 레슬리의 상심은 온 집안의 분위기를 암울하게 만들었다. 점점 더 완고하고 자기중심적이 되어 가는 아버지를 돌보고 살림을 꾸리고 손님을 접대하는 그 모든 일이 사춘기 소녀들인 바네사와 버지니아, 두 자매의 몫이 되었다. 나이 차가 많이 나는 두 오빠들 역시 견디기 힘든 존재였다. 스티븐가의 지적 엘리트주의와는 달리 세속적 출세에 더 관심이 많았던 덕워스 형제들은 혼기가 다가오는 누이동생들을 번듯하게 꾸며 사교계에 데리고 나가는 것을 자신들의 의무로 여겼지만, 외가의 미모를 물려받은 이 우아한 소녀들에게 그런 외출은 괴로운 강요일 뿐이었다. 바네사는 그림 공부에, 버지니아는 그리스어 공부에 매달렸다. 케임브리지에 가 있는 오빠 토비와 보조를 맞추려는 안간힘이었다. 〈마치 야수와 함께 우리 안에 갇혀 있는 것〉 같았던 그 〈불행한 7년〉은 1904년 아버지의 죽음과 함께 끝이 났다. 버지니아는 심각한 정신 착란을 일으켜 자살을 기도했다.

아버지 혹은 어머니가 다른 형제자매들은 제각기 흩어졌다. 바네사는 동생들을 데리고 블룸즈버리 지역으로 이사했다. 가난한 지식인들과 예술가들이 주로 사는 허름하고 조용한 동네였다. 고풍스러운 가구들로 비좁고 침침했던 옛집과는 달리 집 안을 환하게 꾸몄고, 케임브리지 대학에 다니던 토비의 친구들을 초대했다. 그리하여 클라이브 벨, 색슨 시드니-터너, 리튼 스트래치, 메이너드 케인스, 레너드 울프 등이 그 집에 드나들었다. 어떤 규범이나 구속에도 얽매이지 않는 자유롭고 반항적인 정신들이 맞부딪치며 예술과 철학과 문학을 토론했고, 바네사와 버지니아는 안주인 노릇을 하면서 자연스럽게 모임에 동참할 수 있었다. 이른바 블룸즈버리 그룹이 태어난 것이었다. 버지니아는 친지의 소개로 「가디언」지에 정기적으로 기고하며 원고료를 벌기 시작했다. 〈이제 우리는 자유 여성들이랍니다!〉

1906년 4남매가 함께한 그리스 여행은 불행하게 끝났다. 여행에서 얻은 티푸스로 토비가 세상을 떠나고 말았던 것이다. 그리고 얼마 안 있어 바네사는 클라이브 벨과 결혼했다. 그 때문에 블룸즈버리 그룹은 한때 해체될 위기에 놓이기도 했지만, 이전의 지적인 분위기에서 좀 더 인간적인 분위기로 바뀌며 활기를 되찾았다. 버지니아는 스물다섯 살에 동생과 함께 독립해 살면서 가족과 친척들이 남긴 유산 덕분에 경제적 안정도 얻었으니, 드물게 일찍부터 〈자기만의 방과 연 수입 500파운드〉를 누리며 작가 수업을 할 수 있었던 셈이다. 그러나 혼기가 훨씬 지나도록 결혼하지 않았다는 사실, 즉 여성의 상식적인 진로에서 벗어나 있다는 사실은 무시할 수 없는 심리적 압박이 되었던 듯하다. 1910년 여름 그녀는 또다시 발병했고, 느린 회복기 동안 이렇게 썼다. 〈스물아홉 살에 아직 결혼도 안 하고 — 청혼도 거부하고 — 아이도 없고 — 게다가 정신병이 있고 — 작가도 아니고.〉

거듭되는 발작을 겪은 후, 1912년 그녀는 결국 레너드 울프와 결혼했다. 가정의 따스함과 인생의 반려를 원하면서도 결혼의 구속을 꺼리는 그녀에게, 레너드는 좋은 남편이 되어 주었다. 무엇보다도 그는 그녀에게 결코 〈집안의 천사〉가 되기를 요구하지 않았던 것이다. 훗날 그녀는 자신이 작가가 되기 위해서는 〈집안의 천사〉를 죽여야만 했다고 말한 바 있거니와, 〈자기만의 방과 연 수입 500파운드〉가 작가가 되기 위한 외적 조건이라면, 그처럼 인습적인 여성의 역할로부터 자유로워지는 것은 내적인 조건이라고 할 수 있을 것이다. 레너드는 작가로 잡지 편집인으로 노동당 비서로 자신의 역할을 찾아 가는 한편, 병약한 아내를 대신하여 세심하게 살림을 꾸려 나갔다. 입원 치료에도 불구하고 병이 악화되어 가는 아내를 위해 규칙적이고 안정된 생활 습관을 만들어 주었고, 지속적으로 영양 상태를 돌보고 자살 기도를 막았으며, 창작을 격려해 주었다.

이미 수년째 쓰고 있던 첫 소설 『출항*The Voyage Out*』을 탈고(1913)하고 출간(1915)하기까지 결혼 초기의 2, 3년이 특히 힘든 시기였다. 후속작인 『밤과 낮*Night and Day*』(1919), 『제이콥의 방*Jacob's Room*』(1922) 등이 인정받기 시작하자, 그녀의 정신 상태도 점차 안정되어 갔다. 레너드가 수동식 인쇄기를 사들인 것은 기계적인 수작업이 우울증을 덜어 주는 효과가 있으리라 생각했기 때문인데, 그렇게 재미 삼아 시작한 호가스 출판사는 T. S. 엘리엇을 위시한 일류 작가들의 등용문이 되었다. 화가가 된 바네사와 함께 여전히 번창하는 블룸즈버리 그룹의 중심으로, 또 호가스의 공동 경영인으로, 그녀는 문학과 예술의 첨단 조류들 가운데서 활기찬 삶을 살았다. 연이어 발표된 『댈러웨이 부인*Mrs. Dalloway*』(1925)과 『등대로*To the Lighthouse*』(1927)는 그녀를 정상의 작가로 올라서게 했다.

〈여성과 픽션〉이라는 제목으로 강연을 의뢰받은 것도 이 무렵의 일이다. 『자기만의 방A Room of One's Own』(1929)으로 출간된 이 강연 이후로 그녀는 일약 페미니즘의 기수 대접을 받으며여러 강연들에 불려 다니게 되었다. 그러면서 그녀는 여성의 사회적 지위에 대해 근본적인 성찰을 시작하게 되었으니, 그 결실로나온 것이 『세월The Years』(1937)과 『3기니Three Guineas』(1938)이다. 1880년대에서 1930년대에 이르는 여러 세대 여성들의 삶을 그린 소설 『세월』은 가부장 사회의 편협함과 억압을 고발하고 있음에도 불구하고 논지를 표면화하지 않으려는 모순된노력으로 인해 5년 이상의 산고를 치러야만 했다. 그런 논지를 본격적으로 개진한 에세이가 『3기니』이다. 〈어떻게 하면 전쟁을 막을 수 있을까〉라는 설문에 대한 답변 형식을 취한 이 글은 사실상가부장 사회가 어떻게 여성으로부터 교육과 취업의 기회를 박탈하는가에 대한 항변으로, 가부장제 또한 파시즘의 한 형태라는도전적인 결론을 제출하고 있다.

때는 파시즘이 대두하고 전쟁의 위기가 고조되어 가면서 전쟁에 대한 찬반양론의 대립이 격해지던 시기였다. 『3기니』는 정치,사회 전반에 걸친 진지한 성찰의 결과였음에도 불구하고, 전쟁의 와중에서 여성의 권리를 주장한다는 것 자체가 물색없는 일로 외면당했다. 1939년 제2차 세계 대전이 시작되면서 울프 부부의 삶에는 암운이 덮이기 시작했다. 독일군의 침공은 유대인인 레너드에게 잠재적인 위협이었으며, 시골집으로 피신했지만전시의 불편과 고통, 가까운 사람들의 연이은 죽음은 그녀의 삶을 갈수록 황폐하게 만들었다. 병증이 도지는 것을 감지한 그녀는 남편에게 마지막 편지를 썼다. 〈나는 정말로 다시 미쳐 가는것 같아요. …… 당신은 나에게 얻을 수 있는 가장 큰 행복을 주었지요. …… 나는 더 이상 당신의 인생을 망칠 수 없어요.〉 아침 일찍 집을 나선 그녀는 이슬에 젖은 초원을 가로질러 강으로 나가서 주머니에 돌멩이를 가득 집어넣고 강물로 들어갔다. 시체는 2주 후에 발견되었다.[1]

*

마흔 살의 나이로 『댈러웨이 부인』을 쓰기 시작했을 때, 그녀는 세 편의 소설 ― 『출항』, 『밤과 낮』, 『제이콥의 방』 ― 을 이미 상재하고 상당한 자신감을 확립한 작가였다. 그 밖에 단편집 『월요일이나 화요일*Monday or Tuesday*』(1921)도 펴냈으며, 평론가로서도 꾸준히 활동하여 『댈러웨이 부인』을 내기 한 달 전인 1925년 4월에는 평론집 『일반 독자*The Common Reader*』를 엮어 내는 등 작가로서 매우 활발하고 생산적인 시기에 있었다.

그 무렵 그녀의 평론 활동 중에 특히 눈에 띄는 것은 현대 소설의 본질에 관한 담론으로, 「현대 소설론Modern Novels」(1919), 「버넷 씨와 브라운 부인Mr. Bennett and Mrs. Brown」(1923) 등에서 사실주의적 소설 기법에 대한 강한 반론을 제기했다. 그녀에 따르면, 웰스, 베넷, 골즈워디 등 당대 작가들은 인간의 영혼이 아닌 육체에 치중하여 쓸데없는 것들을 묘사하는 데에 막대한 노력을 기울이느라 막상 중요한 것, 인간의 진실에는 더 이상 이르지 못한다는 것이다.

---

1 이상은 역자가 2001년 1월 웹사이트 〈여자와닷컴〉의 연재 칼럼 〈여성 인물 탐구〉에 기고했던 「버지니아 울프」와, 이 칼럼을 발전시켜 2004년 12월에 출간한 『길을 찾아』(웅진닷컴) 가운데 「자기만의 방, 버지니아 울프」를 다시 정리한 것이다.

그것을 생명이라 하든 영혼, 진실, 혹은 실재라 하든 간에, 이 근본적인 것은 변했고 더 이상 우리가 제공하는 그런 잘 맞지 않는 옷에는 담기려 하지 않습니다. 그런데도 우리는 우리의 마음이 보는 것과는 갈수록 닮지 않은 형태로, 두 장이든 서른 장이든 끈질기게 꼼꼼히 써나가는 것이지요. …… 그러나 때로, 시간이 갈수록 점점 더 자주, 순간적인 의심이, 발작적인 반항심이 들게 됩니다. …… 삶이 정말로 이러한가? 소설은 꼭 이러해야 하는가? 하고 말입니다.

마음속을 들여다보세요. 그러면 삶이란 전혀 〈이러한〉 게 아닌 듯합니다. 여느 때 여느 마음을 잠시 살펴보세요. 마음은 갖가지 인상들을 받아들입니다 — 사소한 것, 환상적인 것, 덧없는 것, 또는 날카로운 강철로 새긴 듯한 것. 사방에서 그런 인상들은 마치 무수한 원자들의 그치지 않는 소나기처럼 밀어닥치고, 그런 소나기가 월요일 또는 화요일의 삶을 이루는 것입니다. 그러니 강조점이 달라질 수밖에요. …… 만일 작가가 자유민이고 노예가 아니라면, 자기가 써야 하는 것이 아니라 쓰고 싶은 것을 쓸 수 있다면, 자기 작품을 전통이 아니라 자신의 감정에 기초할 수 있다면, 플롯이니 희극이니 비극이니 하는 것, 상식적인 연애담이니 파국이니 하는 것은 없어질 것입니다. …… 생명이란 좌우 대칭으로 정연하게 늘어서 있는 등불들이 아니라, 빛나는 후광이며 의식의 시작부터 마지막까지 우리를 감싸고 있는 반투명의 막과도 같은 것이지요. 그 가변적이고 알 수 없는, 한계가 지어져 있지 않은 영혼을, 비록 그것이 다소 상궤에서 벗어나고 복잡하더라도, 가능한 한 외적이고 무관한 것과 뒤섞이지 않게끔 전달하는 것이 소설가의 임무가 아닐까요. (「현대 소설론」)

전통적인 작가들이 젊은 작가에게 가령 〈브라운 부인〉이라는 허구의 인물을 묘사하라고 가르치는 방식, 즉 그녀의 아버지가 모처에서 가게를 경영하던 이야기에서 시작하여, 가게의 집세, 점원들의 임금 등을 명시하고, 어머니가 무슨 병으로 죽었는가를 알아내어, 암을 묘사하고, 캘리코 천을 묘사하는 등 전통적인 사실주의 방식으로 더 이상 브라운 부인이라는 한 인간을 제대로 그려 낼 수 없는 것은 ─ 이처럼 삶에 대한 시각 자체가 달라졌기 때문이다.

그렇다면 그녀 자신의 방식은 어떤 것인가? 위의 인용문에서 보듯 〈무수한 인상 ─ 원자들의 소나기〉로 이루어지는 삶을 어떻게 그려 낼 것인가? 근본적으로는 〈우리가 표현하고자 하는 것을 표현하는 어떤 방법도 옳지만〉, 삶에 좀 더 가까이 다가가기 위해서는 〈마음에 떨어지는 그 원자들을 떨어지는 순서대로 기록하고, 겉보기에는 아무리 무관하고 일관성이 없더라도, 각각의 광경이나 사건이 의식에 새겨지는 패턴을 추적해 보자〉는 것이 그녀의 제안이다. 제임스 조이스의 방법이기도 한 이런 〈심리적〉 기법이야말로 우리가 삶이라 부르는 것에 좀 더 가까이 다가가게 해주리라는 것이다.

그녀가 이런 심리적 기법을 본격적으로 시도한 실험적 작품은 1920년부터 쓰기 시작한 『제이콥의 방』이다. 〈새로운 소설을 위한 새로운 형식…… 비계 장치도 없고, 벽돌 하나도 잘 보이지 않는, 온통 어슴푸레하지만, 마음과 정열과 유머와 그 모든 것이 안개 속의 불처럼 환히 빛나는……〉 이 구조물은 1921년 말에 완성, 이듬해 10월에 출간되어, 같은 해에 출간된 제임스 조이스의 『율리시스』, T. S. 엘리엇의 『황무지』 등과 함께 모더니즘 문학의 획기적인 작품이 되었다. 하지만 이렇다 할 플롯도 없고 사회적·역사적 배경도 막연한 가운데 인물에 대한 인상들로 점철된

이 실험 소설은 인물에 대한 그녀의 이론을 구체적으로 실천한 것이기는 하나, 아직 그 포부를 십분 달성한 작품이라 보기는 어려웠다.

그녀는 점차 자신의 방법에 확신을 갖게 되었다. 1922년 2월 18일의 일기에 그녀는 이렇게 썼다. 〈나는 인기를 얻지 않기로 결심했다. 어느 정도로 진심인가 하면, 무시나 모욕도 내 작정의 일부로 여기겠다. 나는 내가 쓰고 싶은 것을 쓸 테고, 그들은 하고 싶은 말을 하면 될 것이다.〉 여섯 달 후에는 한층 더 확신이 강해진다. 〈내가 나 자신의 음성으로 말하는 방법을 마침내(마흔 살에) 발견했다는 데 대해 추호의 의심도 없다. 이 일은 어찌나 흥미로운지 칭찬 없이도 나아갈 수 있을 것 같다.〉

『댈러웨이 부인』은 그렇듯 자신감에 차 있던 1922년 8월에 시작된 작품이다. 그러나 이처럼 자신의 〈방법〉을 확신하고 있었다고 해서, 구체적인 형식이나 기법을 전제하고 그에 따라 쓴 것은 아니다. 『댈러웨이 부인』의 미국판 서문에서 그녀는 비평가들이 흔히 이 작품에 대해 갖고 있는 잘못된 시각을 이렇게 지적한다.

이 책은 방법의 계획적 산물이라고들 합니다. 작가는 당시 유행하던 소설의 형식에 불만을 갖고서, 자기만의 방식을 구걸하고 빌리고 훔치고 심지어 창조할 작정을 했다고도 합니다.

실제로는 그렇지가 않았으니, 기왕의 소설 형식에 불만을 가진 것은 사실이지만, 그 불만은 하나의 관념으로 표현되었을 뿐 그것이 살 집은 미처 짓지 못한 채였다는 것이다. 그러므로 그 관념이 살 집을 짓는 과정은 〈굴이 생겨나듯이, 달팽이가 자기 집을 분비해 내듯이〉 진행되었다는 것이 그녀의 고백이다. 그러한 점진적 구상 및 작업 진행에 대해서는 일기, 편지, 작업 노트 등 많은 자료가 남아 있다.

1922년 8월 그녀는 「본드 가의 댈러웨이 부인Mrs. Dalloway in Bond Street」이라는 단편을 쓰고, 그것을 첫 장(章)으로 하는 소설을 구상했다. 클라리사 댈러웨이와 그녀의 남편 리처드는 이미 『출항』에 등장했던 인물들로, 그들을 통해 상류 사회의 삶을 다룬 소설, 〈사교계의 안주인 클라리사 댈러웨이와 그녀가 여는 파티의 손님이 될 수상 사이의 사회적이고 정치적인, 아이로니컬한 대조를 강조하는 소설〉을 써볼 작정이었다.

두 달 후인 10월 초에 생각했던 제목은 〈집에서At Home〉 또는 〈파티The Party〉였다. 〈예닐곱 개의 각기 완결된 장으로 구성되는 짧은 책〉을 염두에 두고 실제로 총 여덟 장의 대체적인 윤곽을 적어 두기도 했다. 하지만 개별적인 이야기들은 어떻게인가 연결되어야 했고, 얼마 후 〈댈러웨이 부인은 한 권의 책으로 합쳐졌다〉. 그녀의 구상은 이어진다. 〈여기서 나는 광기와 자살의 연구를 시도하려 한다. 정상적인 사람들이 보는 세상과 비정상적인 사람들이 보는 세상을 나란히 놓기 — 그 비슷한 무엇이다. 셉티머스 스미스? — 적당한 이름이 아닐까?〉 클라리사와 셉티머스를 〈더블〉로 만들려는 구상은 16일의 일기에서 읽을 수 있다. 〈정상과 비정상은 이런 식으로 연결될 수 있다. D 부인은 진실을 보고, SS는 비정상적인 진실을 본다. 한편으로는 S의 광기가 점차 고조되고, 다른 한편으로는 파티가 다가오는 것으로 보조를 맞춰 진행할 수 있다.〉

이런 식으로 소설은 아주 천천히 형태를 갖추어 갔다. 클라리사와 셉티머스라는 구도 내지 수상까지 포함하는 삼각 구도만으로는 인물들이 충분히 살아나지 않는다는 데서, 1923년 5월에는 클라 리사의 옛 구혼자 피터 월시라는 인물도 착안되었다. 〈D 부인과 옛 남자 친구 사이의 긴 대화가 있어야겠다. …… 그녀에 대한 그의 견해. 지난날 젊은 시절에 대한 그녀의 감정의 기층……〉 나아가 인물들의 추억을 통해 작품에 시간의 요소를 도입한다는 문제로 그해 여름 내내 고심한 그녀는 마침내 8월 말에야 이런 해결책에 도달한다. 〈나는 내 인물들의 등 뒤에 아름다운 동굴을 판다. 그럼으로써 내가 원하는 바로 그것을, 인간다움과 유머, 깊이 등을 얻을 수 있으리라 생각한다. 요는 그 동굴들이 서로 이어지고, 각기 현재의 순간에 밝은 데로 나온다는 것이다.〉

이렇듯 〈1년간의 암중모색 끝에야 《터널 파기 공정》이라고나 할 것을 발견〉한 후에도 작업은 더디기만 해서 10월까지 겨우 100페이지 정도를 썼을 뿐이며, 매일 아침 약 50단어밖에 써지지 않는 시기를 겪기도 했다. 6월의 일기에 고백한 대로 그녀는 이 책에 〈거의 너무 많은 생각들*almost too many ideas*〉을 집어넣고 있었던 것이다. 『댈러웨이 부인』 미국판 서문에서 밝히고 있듯이, 본래 댈러웨이 부인 자신이 자살을 하거나 파티가 끝나면서 죽는 것으로 되어 있던 결말이 셉티머스의 자살로 바뀐 것도 그처럼 오랜 과정의 어디쯤에서였을 것이다. 또, 빅벤의 시종(時鐘) 소리를 작품 전체에 일관성을 부여하는 틀로 삼아 한동안은 〈시간*The Hours*〉을 잠정적 제목으로 삼기도 했다. 그런 우여곡절을 겪으면서 1924년 봄과 여름에 걸쳐 작품은 완성 단계에 이르렀다.

1925년 5월 출간된 『댈러웨이 부인』은 호의적 반응을 얻었고, 3주 만에 『제이콥의 방』이 1년 동안 팔린 것보다 더 많이 팔려 그녀를 기쁘게 했다. 그러나 개중에는 부정적인 평도 있었으니, 특히 제임스 조이스의 『율리시스』와 비교되어 그의 〈사실주의적

활력〉의 〈유치한 아류〉로 폄하되기도 했다. 이런 평가는 과연 타당한가?

울프는 일찍이 1918년 『율리시스』가 잡지에 연재될 당시부터 그 작품을 알고 있었고, 「현대 소설론」에서는 조이스를 자기 세대 작가들의 대표적인 예로 내세울 만큼 인정하기도 했다. 그러나 같은 글에서 그녀는 이미 그 작품의 미흡함을 느끼고 그 이유를 묻고 있으며, 1922년 책으로 출간되었을 때는 〈여드름을 긁어 대는 역겨운 학부생〉에 대해 느끼듯 짜증이 나고 환멸을 느낀다고 썼다. 〈나에게는 문맹의, 상스러운 책으로 보인다. 독학한 노동자의 책이다. 그런 사람들이 얼마나 자기중심적이고 집요하고 거칠고 충격적이고 결국에는 역겨워지는가는 누구나 다 아는 일이다.〉〈실패작. 천재성은 있지만 질이 낮다. 산만하고 찝찔하고 젠체하며 상스럽다.〉

실제로 『댈러웨이 부인』과 『율리시스』는 여러 가지 면에서 비교될 만하다. 우선, 두 작가는 심리적 방법, 의식의 흐름을 표출하는 내적 독백의 기법 등 모더니즘 소설의 기법을 상당히 공유하고 있다. 다음으로, 작품의 시공간적 구도도 비슷하다. 『율리시스』는 1904년 6월 16일의 더블린을, 『댈러웨이 부인』은 1923년 6월 어느 날의 런던을 각기 무대로 삼아 하루 동안 등장인물들의 의식의 흐름을 따라가면서 그 안팎을 조명하는 것이다. 또한, 『율리시스』에서처럼 명백히 드러나지는 않지만, 『댈러웨이 부인』에서 은근히 내비치는 『오디세이아』의 신화적 틀을 찾아보는 것도 흥미로운 일이다. 피터 월시는 오랜 방랑 끝에, 다른 여성들의 유혹을 거쳐, 클라리사 곁으로 돌아온다. 그녀는 마치 페넬로페인 양 정절을 지키며(〈침대는 좁았고 …… 아이를 낳았는데도 여전한 처녀성이 새하얀 시트처럼 자신을 감싸는 것을 어쩔 수 없었다〉) 끝나지 않을 것만 같은 바느질을 하고 있다(〈여기서 그녀는 드레스를 고치고 있다. 늘 그랬듯이 드레스를 고치고 있어〉).

『댈러웨이 부인』의 작가는 『율리시스』를 어느 정도로 염두에 두고 있었을까? 『율리시스』가 〈산만하고 …… 상스러운〉 작품이라 한다면, 그녀 자신의 작품은 어떤 점에서 그보다 더 낫다고 생각했을까? 『댈러웨이 부인』의 미국판 서문을 맺는 다음과 같은 말이 어쩌면 그 대답이 될 수 있을 것이다.

> 방법은 성공적이면 성공적일수록, 주목을 덜 끕니다. 독자는 책의 방법 혹은 방법의 결여에 대해 전혀 생각하지 않는 것이 바람직합니다. 그는 단지 책이 자기 마음에 남기는 전체적인 효과에만 관심을 가지면 됩니다. 그 가장 중요한 문제에 있어 그는 작가보다 훨씬 더 나은 재판관이지요. 실로, 자기 자신의 의견을 정리할 시간과 자유만 주어진다면 결국에는 그가 틀림없는 재판관이 될 것입니다. 그러므로 작가는 그에게 〈댈러웨이 부인〉을 맡기고 즉시 사형에 처하든 몇 년 더 생명을 허락하든 간에 평결이 정당할 것을 확신하며 재판정을 떠나려 합니다.

〈방법은 성공적일수록 주목을 덜 끕니다〉 —— 『댈러웨이 부인』이 걸작인 것은 바로 그 점 때문인지도 모르겠다. 방법을 전면에 내세운 많은 실험적 작품들이 새로운 시도 이상의 의의를 획득하지 못하고 잊혀 가거나 그 난삽함 때문에 일반 독자들에게는 읽히지 않는 반면, 『댈러웨이 부인』은 그런 실험적 의의를 넘어서도 널리 호소력을 갖는 작품인 것이다. 워낙 문학사에서 손꼽히는 작품이라 작품이 쓰인 상황을 대강 정리해 보기는 했지만,[2] 정작 작가가 작품의 〈평결〉을 맡긴 것은 이런 사정을 몰라도 그만인 〈일반 독자〉에게이다. 〈문학적 편견이나 학문적 독단에 물들지 않은 상식〉을 가진 독자, 〈지식을 전수하거나 다른 사람들의 의견을 교정하기 위해서가 아니라 자기 자신의 즐거움을 위해 책을 읽는〉[3] 독자로서 『댈러웨이 부인』을 만나는 즐거움을 누려 보기로 하자.

*

모더니즘 소설은 위에서 보았듯이 삶을 의식에 쏟아지는 〈무수한 인상 — 원자들의 소나기〉로 그려 내려 한다는 점에서 종종 회화에서의 인상주의와 비교되거니와, 인상주의 회화가 더 이상 낯설지 않은 것처럼 버지니아 울프의 이 소설 또한 그리 낯설지 않다. 이른바 〈의식의 흐름〉이니 〈내적 독백〉이니 하는 것은 이제 더 이상 특별한 〈방법〉으로 여겨지지도 않을 만큼 널리 쓰이고 있으니 말이다. 물론 울프의 문장이 단순 명쾌하고 쉽게 읽히지 않는 것은 사실이지만, 때로 레이스처럼 정교한 그 구문을 통해 그녀가 그려 내는 것은 현학적이지도 난해하지도 않은, 마음으로 공감할 수 있는 삶이다. 이 작품이 영화로 제작되기까지 했던 것은 그처럼 폭넓은 호소력 때문일 터이다.

잘 알려진 대로, 이 작품은 1923년 6월의 어느 날 여주인공이

2 이상의 내용은 『댈러웨이 부인』의 여러 판본에 실린 서문(Introduction by Elaine Showalter in Penguin Edition; Introduction by Bonnie Kime Scott in Harcourt Edition; Préface par Bernard Brugière dans l'édition Gallimard; Préface par André Maurois et l'Introduction par Pierre Nordon dans l'édition de Livre de Poche)과 버지니아 울프의 에세이 "Modern Fiction" 및 "An Introduction to Mrs. Dalloway"(June 1928; published in *The Mrs. Dalloway Reader*, Harcourt, 2003) 등을 참고하여 정리한 것이다.

3 Virginia Woolf, "The Common Reader", *The Common Reader*, 1925.

파티를 위해 꽃을 사러 가는 데서 시작하여 저녁의 파티에서 끝을 맺는 이야기이다. 여주인공 클라리사는 최근에 앓고 난 후로 부쩍 늙어 버린 오십대 초반의 여성으로, 아침 일찍 길거리로 나서면서 30여 년 전, 자기 앞에 놓인 삶을 향해, 무한한 설렘을 가지고 뛰어들던 자신의 모습을 떠올린다. 무엇인가 엄청난 일이 일어날 것만 같은 기대에 부풀어 있던, 세상을 개혁하려 했던, 모든 일에 대해 나름대로의 이론을 가지고 있던, 그 발랄한 처녀는 어떻게 되었는가? 그 시절을 함께했던 친구들은? 바로 그날 30년 전의 첫사랑이 귀국하여 찾아오고 옛 친구가 우연히 파티에 들른다는 우연의 일치는 사실주의적인 견지에서는 개연성이 부족한 얘기지만, 그런 설정 덕분에 등장인물들은 30년 전의 옛 시절과 현재의 삶 사이를 오가면서 그 사이에 놓인 세월의 폭과 삶의 의미를 반추하게 된다. 서로 이어지는 시간의 〈동굴〉들 저편에 펼쳐지는 30년 전 청춘 남녀의 모습은 얼마나 더 찬란해 보이는가. 하지만, 누구보다 도발적이고 재치가 있던 옛 친구 샐리 시튼은 부르주아 산업가의 아내가 되었으며, 모든 일에 주관이 뚜렷하여 클라리사에게 세상 보는 눈을 열어 주었던 첫사랑 피터 월시는 그렇게 함께 이야기했던 이상들을 하나도 이루지 못한 채 사회적 낙오자의 모습으로 돌아왔다. 클라리사 자신으로 말하자면 한때 피터 월시가 조롱했던 대로 — 비록 그녀의 남편은 수상이 아니라 결코 내각에 들어갈 능력이 못 되는 리처드 댈러웨이지만 — 〈계단 위에서 손님들을 맞이하는 완벽한 안주인〉이 되어 있는 터이다. 결국 〈세상 누구에 대해서도 이렇다든가 저렇다든가 말하지 않을〉 만큼 나이가 들고 만 것이다.

그렇듯, 처음 시작과는 사뭇 다르게 와버린 길, 더는 돌이킬 수 없는 길의 이쪽 끝에서 지난날을 돌아보며 그녀는 과연 자신의 선택이 옳았던가를 자문한다. 그녀가 피터를 거절하고 리처드를 택한 것은 〈모든 것이 공유되고 모든 것이 설명되기를〉 요구하는 피터를 견딜 수 없었기 때문이다. 왜냐하면 〈결혼해서 날이면 날마다 한 집에 사는 사람들 사이에는 약간의 방임, 약간의 독립성이 있어야〉 하니까. 다시 말해, 자기 자신을 지키기 위해서는 설령 자기가 한순간 편협한 태도를 취했다 하더라도 그것을 〈영혼의 죽음〉이라든가 하고 규정하는 사람을 받아들일 수가 없는 것이다. 그러나 그 결과, 〈약간의 방임과 독립성〉과 더불어 그녀가 얻은 것은 텅 빈 다락방, 좁다란 침대, 새하얀 시트처럼 자신을 감싸는 여전한 처녀성 — 한마디로 결혼 생활 가운데 자리한 고독이다. 어쩌면 같은 여성들에 대해서는 좀 더 사랑 비슷한 것을 느꼈던 것도 같지만, 타고난 경계심 때문에 실제로 그런 감정에 자신을 내맡겨 본 적은 없다. 결국 〈더는 결혼을 할 것도 아니고 아이를 낳을 것도 아닌〉, 말하자면 더 이상 여성으로서 기능하지 않는 여자,[4] 〈클라리사조차도 더는 아니고 단지 미세스 댈러웨이〉가 되어, 〈보이지도 않고 알려지지도 않은 존재〉로서 살아간다는 것 — 그것이 그녀에게 남은 삶의 몫이다.[5]

작가가 보여 주려는 것은 바로 이런 인생의 이면이라고 생각된다. 의도했던 것과는 전혀 다른 방향으로 흘러가는 삶, 사람들 사이의 고독, 서로의 눈에 비치는 그 인간적인 왜소함과 나약함

---

4 〈앓고 난 후 창백해졌다〉고 하는 그녀의 병은 「본드 가의 댈러웨이 부인」에서 이블린 휘트브레드에 대해 암시되듯이 갱년기를 가리키는 것일 수도 있다.

5 초로의 여성이 느끼는 이런 막막함을 작중 인물보다 열 살은 아래였던 사십대 초반의 작가가 어떻게 알 수 있었을까 싶기도 하지만, 당시 울프는 의사들로부터 아이를 낳아서는 안 된다는 선고를 받은 상황이었던 것을 생각하면 작중 인물에 투영되었을 작가의 심정이 조금은 짚이기도 한다.

등. 뿐만 아니라 그들이 추구하는 이상도, 그들이 살고 있는 사회
도, 진정한 가치와는 거리가 멀다. 작품의 시간적 배경으로 삼은
바로 그 무렵 — 1923년 6월 — 의 일기에서 작가는 이렇게 쓰
고 있다. 〈나는 사회 체제를 비판하고, 그것이 가장 가열하게 작
동하는 것을 보여 주고 싶다.〉 실제로 작가는 영국 사회를 지배
하는 각종 권위에 도전하는 듯하다. 가령 작품의 도입부에서 아
침에 클라리사가 꽃을 사러 갔을 때 길거리에서 들려오는 폭발
음과 뒤이은 귀빈 차량에 대한 묘사 — 차에 탄 인물의 정체도
모르는 채 군중이 표하는 맹목적인 경외감 — 는 하늘의 광고 구
름에 흘린 군중에 대한 묘사로 이어지면서, 국가수반이든 광고
구름이든 사람들을 사로잡는 것의 실체는 허황할 뿐임을 보여
준다. 저녁의 파티에서 연출되는 비슷한 장면은, 마침내 정체를
드러낸 차 안의 인물이라 할 수도 있을 수상의 범용함을 통해 대
영제국이라는 권위에 대한 맹종의 태도를 희화화(戱畵化)한 것
이라 볼 수 있다. 이렇듯 국가 권위는 물론이고, 정치, 종교, 도
덕, 이상 모두가 허세일 뿐이다. 레이디 브루턴의 이주 계획은 자
아 과잉의 소산이고, 미스 킬먼의 종교는 자기 본위의 탈출구이
며, 휴 휘트브레드의 예법과 교양은 속물주의의 극치이다. 사회
개혁을 논하던 젊은이들 — 피터, 샐리, 클라리사 — 은 체재 내
에 안주하거나 아니면 용렬한 실패자로 떠돈다.[6] 심지어 정상과
비정상을 가르는 의학의 기준도 삶을 억압하는 부당한 권위로
그려진다. 클라리사의 파티 준비와 병행하여 진행되는 또 하나

6 클라리사 자신도 예외는 아니다. 일인칭 여성 화자인 데다가 섬세한 용모,
귀족적인 취향 등에서 다분히 작가를 연상시키기 때문인지, 클라리사를 작가
와 동일시하여 그녀의 속물적인 면을 작품의 한계인 양 지적하는 평도 간혹 보
게 되는데, 그녀가 그렇게 그려진 것은 작가가 의도한 바이다.

의 줄거리인 셉티머스의 광기와 자살이라는 이야기에서 그를 죽음으로 몰고 가는 것은 다름 아닌 의사들 — 인간에 대한 이해를 결여한 의사들의 횡포인 것이다.

하지만 그렇다고 해서 『댈러웨이 부인』이 사회 고발 자체를, 혹은 인간에 대한 풍자를 목적으로 하는 소설은 아니다. 그것은 오히려 그런 억압에 굴하지 않는 삶에 대한 긍정을, 불완전한 인간들에 대한 포용을 모색하는 작품이다. 아주 간단히 말하자면, 이 소설은 각기 삶과 죽음을 향한 두 개의 〈뛰어듦〉 사이의 긴장 관계 위에 있다고 할 수 있다. 작품의 서두에서 클라리사는 이른 아침의 신선한 공기 속으로 나서면서 젊은 날의 비슷한 순간을, 아침 대기 속으로 뛰어드는 것만 같았던 순간을 상기한다. 반면, 셉티머스는 정신병자 격리 요양원으로 끌려가지 않기 위해 담장의 철책 위로 뛰어내린다. 삶을 향한 뛰어듦과 죽음을 향한 뛰어듦 — 그 두 가지는 어떻게 연관되는가?

앞서 작품의 구상 및 진행 과정에서 살펴보았듯이, 셉티머스는 처음부터 클라리사의 〈더블〉로 상정된 인물이다. 성별로나 연령으로나 사회적 지위로나, 모든 면에서 대극적인 두 인물, 작중에서 한 번도 직접 마주치는 일이 없는 이 두 인물은 언뜻 보면 도무지 공통점이 없다. 그런데 클라리사 〈대신〉 셉티머스가 자살한다는 결말이 가능한 것은 그들이 어떤 점에서는 같은 상황에 처해 있기 때문이다. 셉티머스가 전쟁 후유증으로 삶에 적응하지 못하고 있다면, 클라리사 또한 삶에 대한 근원적인 두려움을 알고 있다.

이 인생이라는 것을 끝까지 살아야 한다는 것, 평온하게 지니고 가야 한다는 것에 대해 덮쳐 오는 무력감. 그녀의 마음속 깊은 곳에도 끔찍한 두려움이 자리 잡고 있었다. 요즈음도, 리처드가 있어 주지 않는다면, 「더 타임스」를 읽으며 그가 거기 있지 않다면, 그래서 그녀가 새처럼 웅크리고 있다가 차츰 되살아나 마치 마른 가지를 마주 비비듯 그 한량없는 기쁨의 불꽃을 피워 내지 못한다면, 그녀는 도저히 더 살 수 없을 것이었다. 그런 두려움에서 그녀는 벗어났다. 하지만 그 청년은 자살을 한 것이다(241면).

그녀를 그 두려움에서 벗어나게 해주는 것은 삶 그 자체에 대한 사랑이다. 그녀가 무엇보다도 사랑하는 것은 살아 있는 순간순간들이고, 아무 목적도 없어 보이는 파티를 여는 것도 바로 그 때문이다. 그녀의 파티는 삶에 대한 마르지 않는 애정에서 우러나는 〈봉헌〉과도 같다. 그런 그녀의 진심은 〈유명한 사람들을 주위에 불러 모으기〉를 좋아하는 속물주의로 비난받기도 하고, 〈흥분하면 심장에 좋지 않은데〉 왜 그렇게 파티에 집착하는가 하는 걱정을 불러일으키기도 하고, 심지어는 〈소파에 길게 누워 지내는〉 유한부인의 호사 취미로 보이는 등 남들에게는 이해되지 않는다. 그러나 거울 속의 세월을 마주하며 〈얼음처럼 차디찬 새 발톱이 가슴속을 파고드는 듯한〉 느낌이 들 때, 그래도 여전히 현재라는 〈순간의 핵심 속으로 뛰어들어〉 〈본연의 자기 자신이 되고자 하는 부름〉 속에서 그녀가 자신의 전부를 모아 만들어 내는 것은 〈하나의 중심, 하나의 다이아몬드, 응접실에 앉아 사교의 중심이 되는 한 여인의 얼굴〉이며, 나아가 그것을 둘러싸는 파티이다. 그것이 그녀의 유일한 재능이다 — 흩어져 가는 순간들을, 흩어져 있는 사람들을 한자리에 불러 모아 〈배합하고 창조〉함으로써 살아 있는 한때, 삶에 대한 애정을 표현하는 것이.
　그러므로 그녀에게 파티는 존재의 확인에 다름 아니다. 그런 파티의 한복판에 들려온, 알지 못하는 청년의 자살 소식은 그녀가 애써 이룩한 파티 분위기에 정면으로 도전하여 〈그 찬란함을 땅에 떨어지게〉 하지만, 동시에 그 소식은 그녀로 하여금 자신의 삶을 좀 더 깊이 응시하게 하는 계기가 되어 준다. 그는 왜, 무엇을 위해 목숨을 내던졌던가? 물론, 그의 죽음 뒤에 남은 것들이 대단한 가치를 지닌 것은 아니다. 살아 있는 이들은 계속 살아가고 늙어 가겠지만, 삶 속에서 정작 중요한 것은 〈부패와 거짓과 잡담 속에〉 사라져 갈 뿐이다. 그에 비하면 죽음은 그 한 가지 중요한 것, 중심에 도달하려는 시도이다.

우리는…… 늙어 갈 거야. 중요한 단 한 가지, 그녀의 삶에서는 그 한 가지가 쓸데없는 일들에 둘러싸여 가려지고 흐려져서, 날마다 조금씩 부패와 거짓과 잡담 속에 녹아 사라져 갔다. 바로 그것을 그는 지킨 것이었다. 죽음은 도전이었다. 죽음은 도달하려는 시도였다. 사람들은 그 중심이 왠지 자신들을 비켜가므로 점점 더 거기에 도달할 수가 없다고 느낀다. 가까웠던 것이 멀어지고, 황홀감은 시들고, 혼자 남게 되는 것이다. 그럴 때, 죽음은 팔을 벌려 우리를 껴안는다(240면).

그에게나 그녀에게나 중요한 것은 그 한 가지뿐이다. 셉티머스 역시 삶을 사랑했고, 투신 직전 모자를 만드는 아내 곁에서 그녀를 바라보는 그의 시선에는 애틋한 정이 담겨 있다. 창턱에 걸터앉아 뛰어내릴 자리를 내려다보는 마지막 순간까지도 〈그는 죽고 싶지 않았다. 산다는 건 좋은 일이었다. 햇볕이 쨍쨍했다. 다만 인간들이……〉 그를 몰아세웠을 뿐이다. 그렇듯 절대로 침해되거나 강압당해서는 안 될 한 가지, 그것을 지키기 위해서라면 죽음 속으로 뛰어드는 것이 오히려 기쁜 일인 그 한 가지란 대체 무엇인가? 의사는 〈영혼〉을 강압한다. 종교는 〈영혼의 비밀〉을 파괴한다. 〈영혼의 죽음〉이라는 규정은 설령 사랑하는 사람으로부터라도 받아들일 수가 없다. 최후의 보물인 영혼 — 신을 믿지 않는 그녀가 말하는 영혼이란 인간에 내재하는 불멸의 존재라기보다는 순수한 존재감이라고나 할 무엇이다.

이상하고, 믿을 수 없는 일이지만, 이렇게 행복해 본 적이 없었다. 모든 것이 좀 더 천천히 지나갔으면, 좀 더 오래 지속되었으면 싶었다. 어떤 즐거움도, 하고 그녀는 의자들을 바로 놓고 책 한 권을 서가에 꽂으며 생각했다. 어떤 즐거움도 젊은 날의 승리들과 결별하고 살아가는 과정에 자신을 내맡기고 있다가 가끔 기쁨에 떨면서 해가 뜨는 것을, 날이 저무는 것을 발견하는 것에는 비할 수 없었다(241∼242면).

맞은편 집의 노부인이 이 방에서 저 방으로 건너가는, 또는 잠자리에 들기 전에 창밖을 내다보는, 그 무언의 장면들이 그녀에게 각별하고 심지어 엄숙한 느낌으로 다가오는 것도 같은 이유에서이다. 순수한 존재감의 확인. 단지 거기 그녀가 살아 있다는 것, 억압당하거나 침해받지 않는 영혼으로서 해가 뜨고 날이 저무는 것을 바라보는 일, 그것이야말로 떨리는 기쁨의 근원인 것이다. 미지의 청년은 죽음으로써 그 한 가지 보물을 지켰고, 그럼으로써 그녀에게 순수한 삶의 기쁨을 상기하게 해주었다.

젊은이는 자살을 했지만, 불쌍하다는 생각은 들지 않았다. 시계가 시간을 알린다, 한 점, 두 점, 석 점. 그녀는 그를 불쌍히 여기지 않았다. 이 모든 것은 여전히 계속되는 것이다. 저기! 노부인이 불을 껐다! 온 집이 어두워졌다. 이 모든 것이 여전히 계속되는 가운데, 하고 그녀는 되뇌었다. 그러자 그 말이 떠올랐다. 태양의 열기를 더는 두려워 말라. 손님들에게 돌아가야 했다. 하지만 얼마나 특별한 밤인가! 그녀는 왠지 그와 — 자살을 한 청년과 — 아주 비슷하게 느껴졌다. 그가 그렇게 한 것이, 모든 것을 내던져 버린 것이 기뻤다. 시계가 종을 쳤다. 납처럼 둔중한 원이 공중으로 퍼져 나갔다(242~243면).

『댈러웨이 부인』은 이러한 삶의 기쁨에 대한, 영혼의 자유에 대한 긍정을 말해 주는 작품이다. 주책없는 중년 부인이 되어 버린 샐리도, 〈인생을 망쳐 버린〉 피터도, 명석하지 못한 리처드도, 곱게 피어나는 딸 엘리자베스도, 서로를 따스한 시선으로 포용하는 결말은 〈마법의 정원에 둘러싸인〉 듯한 파티의 완성이라 할 만하다. 그리고 그 충만한 순간의 한복판에, 파티의 주인인 클라리사가 존재한다 — 삶에 대한 이 같은 사랑을 알고 있었던 작가, 버지니아 울프 자신이 자살을 했다는 것은 얼핏 역설로 비치기도 하지만, 다시 생각해 보면 당연한 일이었다고 할 수 있다. 한편으로 전시의 탄압과, 다른 한편으로 광기의 재발은 그녀에게 더 이상 영혼의 자유로운 삶을 허락하지 않았으니 말이다. 그리하여 그녀의 묘비에는 이런 구절이 새겨졌다.

죽음이여, 내 너에게 뛰어들리라,
패배하지 않고 굴복하지 않고서!
AGAINST YOU I WILL FLING MYSELF,
UNVANQUISHED AND UNYIELDING, O DEATH!

*

　영문학 전공자가 아닌 옮긴이로서 『댈러웨이 부인』의 번역을 제안받은 것은 뜻밖이었다. 이미 전공자들의 번역이 여러 권 나와 있던 터라 선뜻 받아들이기 어려운 일이었으나, 다른 한편으로는 작가에 대해 갖고 있던 공감을 번역이라는 작업을 통해 속속들이 음미해 보고 싶다는 바람이 일었다. 이미 인용했듯이, 작가 자신이 상정한 독자는 전문 지식이 없어도 그만인 〈일반 독자〉였으니 말이다. 〈문학적 편견이나 학문적 독단에 물들지 않은 상식〉을 가진 독자, 〈지식을 전수하거나 다른 사람들의 의견을 교정하기 위해서가 아니라 자기 자신의 즐거움을 위해 책을 읽는〉 독자 — 옮긴이 또한 그런 입장에서 책을 읽고 또 옮겨 보고 싶었다.

　『댈러웨이 부인』은 1925년 5월 14일 영국과 미국에서 각기 출간되었는데, 최종 교정 상태가 일치하지 않는다. 대체로 영국에서 나온 것을 최종본으로 보므로, 번역 대본으로는 *Mrs. Dalloway*(Penguin Books, 1992)를 썼다. 그 밖에, 주석본(Harcourt, 2005)과 이미 국내에 나온 여러 가지 번역본들, 그리고 불역본 두 가지를 참고했다. 불역본에도 주석이 달려 있어 긴한 도움이 되었다. 번역을 맡겨 주고, 또 책을 내느라 수고해 준 열린책들 편집부 여러분께 감사드린다.

2007년 1월<br>최애리

# 버지니아 울프 연보

**1878년**  레슬리 스티븐(1832~1904)과 줄리아 프린셉스 덕워스 (1846~1895)가 결혼함. 각기 배우자와 사별한 이전의 결혼에서, 레슬리는 딸 로라(1870~1945)를, 줄리아는 아들 조지(1868~1934), 스텔라(1869~1897), 제럴드(1870~1937) 덕워스를 둠.

**1879년**  바네사 스티븐(~1961) 출생.

**1880년**  토비 스티븐(~1906) 출생.

**1882년** 출생  1월 25일 애들린 버지니아 스티븐Adeline Virginia Stephen 출생. 레슬리, 『국가인명사전*Dictionary of National Biography*』의 편집자로 일하기 시작함.

**1883년** 1세  에이드리언 레슬리 스티븐(~1948) 출생.

**1885년** 3세  레슬리 스티븐, 『국가인명사전』 제1권을 출간함.

**1891년** 9세  레슬리 스티븐, 『국가인명사전』 편집자 직을 사임함. 로라, 정신 병원에 입원함.

**1895년** 13세  줄리아 스티븐 사망.

**1896년** 14세  바네사, 회화 레슨을 받기 시작함.

**1897년** 15세  버지니아, 킹스 칼리지에서 그리스어와 역사 수업을 청강함. 규칙적으로 일기를 쓰기 시작함. 4월 스텔라 덕워스, 잭 힐스와 결혼함. 7월 스텔라 사망. 버지니아, 최초의 신경 쇠약 증세를 보임. 제럴드 덕워스, 출판사를 설립함.

**1899년** 17세　버지니아, 클라라 페이터로부터 라틴어와 그리스어를 배움. 토비, 케임브리지 대학의 트리니티 칼리지에 입학하여 리튼 스트래치, 레너드 울프(1880~1969), 클라이브 벨(1881~1964) 등과 함께 학교에 다님.

**1901년** 19세　바네사, 로열 아카데미 스쿨에 입학함.

**1902년** 20세　버지니아, 재닛 케이스로부터 고전을 배움. 에이드리언, 케임브리지 대학의 트리니티 칼리지에 입학함.

**1904년** 22세　레슬리 스티븐 사망. 버지니아, 최초의 자살 기도. 조지 덕워스 결혼. 스티븐 4남매와 에이드리언, 블룸즈버리 구역의 고든 스퀘어 46번지로 이사함. 레너드 울프가 실론으로 가기 전에 찾아옴. 버지니아, 이탈리아와 프랑스를 여행함. 「가디언」에 첫 기고를 함.

**1905년** 23세　버지니아, 몰리 칼리지의 주간 대중 교양 강좌에서 가르침. 토비, 케임브리지의 친구들을 집에 초대함. 〈블룸즈버리 그룹〉이 시작됨. 버지니아, 에이드리언과 함께 포르투갈과 스페인을 여행함.

**1906년** 24세　4남매, 그리스 여행함. 바네사와 토비, 티푸스 발병. 11월 20일 토비 사망. 11월 22일 바네사, 클라이브 벨의 청혼을 수락함.

**1907년** 25세　바네사가 결혼함. 버지니아, 에이드리언과 함께 피츠로이 스퀘어로 이사함.

**1908년** 26세　바네사의 장남 줄리언 출생. 버지니아, 바네사 부부와 함께 이탈리아를 여행함.

**1909년** 27세　버지니아, 캐롤라인 에밀리아 고모로부터 2,500파운드의 유산을 상속받음. 리튼 스트리치의 청혼. 상호 동의로 취소. 버지니아, 오톨라인 모렐과 처음 만남.

**1910년** 28세　버지니아, 여성 참정권 운동에 참여함. 바네사의 차남 쿠

엔턴(~1996) 출생.

**1911년** 29세   버지니아, 서섹스 지방의 리틀 톨런드 하우스를 임대함. 레너드, 실론에서 귀국. 11월 버지니아, 에이드리언, 레너드, 존 메이너드 케인스(1883~1946), 던컨 그랜트(1885~1978)가 런던의 브런즈윅 스퀘어에 있는 집을 공동 임대함.

**1912년** 30세   버지니아, 서섹스 지방의 애섬 하우스를 임대함. 8월 10일 레너드와 결혼함. 울프 부부, 런던의 클리퍼드 인으로 이사함.

**1913년** 31세   버지니아, 첫 소설 『출항*The Voyage Out*』의 원고를 제럴드 덕워스에게 넘김. 7월 버지니아, 요양소에 들어감. 9월 자살 시도.

**1914년** 32세   제1차 세계 대전 발발.

**1915년** 33세   『출항』 출간. 4월 울프 부부, 리치먼드의 호가스 하우스로 이사함. 버지니아, 다시 규칙적으로 일기 쓰기를 시작함.

**1917년** 35세   인쇄기 구입. 호가스 출판사 설립. 여기서 최초로 출간한 작품은 부부 합작의 『두 이야기*Two Stories*』.

**1918년** 36세   버지니아, T. S. 엘리엇(1888~1965)을 만남. 바네사의 딸 앤젤리카 출생.

**1919년** 37세   울프 부부, 서섹스 지방의 몽크스 하우스를 매입함. 두 번째 소설 『밤과 낮*Night and Day*』이 덕워스의 출판사에서 출간됨. 「현대 소설론Modern Novels」(1925년 〈Modern Fiction〉으로 개정)이 『타임스 리터러리 서플리먼트*Times Literary Supplement*』에 게재됨.

**1920년** 38세   『출항』과 『밤과 낮』이 미국에서 출간됨.

**1921년** 39세   단편집 『월요일이나 화요일*Monday or Tuesday*』이 호가스 출판사에서 출간됨. 이후로 영국 내에서 그녀의 작품은 모두 여기서 출간됨. 이 단편집은 미국 하코트 브레이스에서 출간되었고, 이후로 이 출판사가 미국 내에서 그녀의 작품을 출간하게 됨.

**1922년** 40세  세 번째 소설 『제이콥의 방*Jacob's Room*』이 출간됨. 비타 새크빌 웨스트(1892~1962)와 처음 만남. 1921년과 1922년에 버지니아가 일으킨 심각한 발작으로 울프 부부, 리치먼드로 이사함. 1923년에 건강 호전. 1924년 초에 런던으로 돌아옴.

**1923년** 41세  울프 부부, 스페인 여행 후 파리를 들러 귀국함. 호가스 출판사에서 T. S. 엘리엇의 『황무지』가 출간됨.

**1924년** 42세  울프 부부, 태비스톡 스퀘어로 이사. 케임브리지 대학의 이단 협회에서 〈허구의 인물*Character in Fiction*〉이라는 제목으로 강의함.

**1925년** 43세  네 번째 소설 『댈러웨이 부인*Mrs. Dalloway*』과 평론집 『일반 독자*Common Reader*』가 출간됨. 아마도 이 무렵(4월)에 「댈러웨이 부인의 파티」 단편들 쓴 듯.

**1926년** 44세  헤이스 코트 스쿨에서 〈책을 어떻게 읽을 것인가?*How Should One Read a Book?*〉라는 제목으로 강의함.

**1927년** 45세  다섯 번째 소설 『등대로*To the Lighthouse*』가 출간됨. 울프 부부, 첫 자동차를 구입함.

**1928년** 46세  여섯 번째 소설 『올랜도*Orlando: A Biography*』가 출간됨. 10월 케임브리지 대학에서 두 차례 강의를 함, 그중 하나가 『자기만의 방*A Room of One's Own*』의 기초가 됨. 『등대로』로 페미나 문학상을 수상함.

**1929년** 47세  『자기만의 방』이 출간됨. 『포럼』지에 「여성과 허구*Women and Fiction*」를 기고함.

**1931년** 49세  일곱 번째 소설 『파도*The Waves*』가 출간됨. 여성협회에서 〈여성을 위한 직업들*Professions for Women*〉로 강연함.

**1932년** 50세  『일반 독자』 제2권이 출간됨. 케임브리지 대학에서 1933년 클라크 강연의 연사로 초빙되었으나 사절함.

**1933년** 51세    여류시인 엘리자베스 브라우닝의 전기『플러시, 전기 *Flush, A Biography*』를 출간함. 울프 부부, 자동차로 이탈리아 여행함.

**1934년** 52세    오톨라인 모렐의 집에서 W. B.예이츠를 만남. 조지 덕워스 사망. 로저 프라이 사망.

**1935년** 53세    울프 부부, 독일을 여행함. 이탈리아와 프랑스를 거쳐 귀국함.

**1937년** 55세    여덟 번째 소설『세월 *The Years*』이 출간됨. 조카 줄리언 벨이 스페인 내전에서 전사함.

**1938년** 56세    평론『3기니 *Three Guineas*』가 출간됨.

**1939년** 57세    울프 부부, 런던으로 망명한 지그문트 프로이트를 방문함. 울프 부부, 메클렌버그 스퀘어로 이사함.

**1940년** 58세    『로저 프라이 전기 *Roger Frye: A Biography*』가 출간됨.

**1941년** 59세    마지막 소설『막간 *Between the Acts*』을 탈고함. 3월 28일 버지니아, 서섹스의 우즈 강에서 자살.

열린책들 세계문학 008 **댈러웨이 부인**

**옮긴이 최애리** 서울대학교 인문 대학 및 동 대학원에서 불문학을 공부했고, 중세 문학 연구로 박사 학위를 받았다. 크레티앵 드 트루아의 『그라알 이야기』, 크리스틴 드 피장의 『여성들의 도시』 등 중세 작품들과 자크 르 고프의 『연옥의 탄생』, 조르주 뒤비의 『중세의 결혼』, 슐람미스 샤하르의 『제4신분: 중세 여성의 역사』 등 서양 중세사 관련 서적을 다수 번역했다. 그 밖에 피에르 그리말의 『그리스 로마 신화 사전』, 알베르토 망겔의 『인간이 상상한 기이한 모든 곳에 관한 백과사전』, 버지니아 울프의 『등대로』, 프랑수아 줄리앙의 『무미 예찬』, 조르주 심농의 『생폴리앵에 지나』, 『타인의 목』, 『안개의 항구』, 앙리 보스코의 『이아생트』, 오스카 와일드의 『오스카 와일드, 아홉 가지 이야기』 등 여러 방면의 역서가 있다. 서양 여성 인물 탐구 『길 밖에서』, 『길을 찾아』를 썼으며, 최근에는 『그리스도교 신앙시 100선: 합창』을 펴냈다.

**지은이** 버지니아 울프 **옮긴이** 최애리 **발행인** 홍예빈 · 홍유진
**발행처** 주식회사 열린책들 **주소** 경기도 파주시 문발로 253 파주출판도시
**전화** 031-955-4000 **팩스** 031-955-4004 **홈페이지** www.openbooks.co.kr
Copyright (C) 주식회사 열린책들, 2007, 2009, *Printed in Korea.*
**ISBN** 978-89-329-0922-6 04840 **ISBN** 978-89-329-1499-2 (세트)
**발행일** 2007년 2월 5일 초판 1쇄 2008년 11월 10일 초판 3쇄 2009년 11월 10일 세계문학판 1쇄 2024년 6월 15일 세계문학판 19쇄

이 도서의 국립중앙도서관 출판예정도서목록(CIP)은 서지정보유통지원시스템 홈페이지(http://seoji.nl.go.kr)와 국가자료공동목록시스템(http://www.nl.go.kr/kolisnet)에서 이용하실 수 있습니다.(CIP제어번호 : CIP2009003159)

# 열린책들 세계문학
## Open Books World Literature